Qui con me

ROMANZO
DELLA SERIE
SUGARLAND CREEK

BROOKE MONTGOMERY

Playlist

In the Stars | Benson Boone
Last Night | Morgan Wallen
Work Song | Hozier
Once in a Lifetime | Landon Austin
Wait | Maroon 5, feat. A Boogie Wit da Hoodie
All Of The Girls You Loved Before | Taylor Swift
Wanted | Hunter Hayes
Rock and A Hard Place | Bailey Zimmerman
Trouble | Jose Ross
Heartfirst | Kelsea Ballerini
Speechless | Dan + Shay
My Type | The Chainsmokers
Stand By Me | Lil Durk, Morgan Wallen
Exile | Taylor Swift, Bon Iver
Reputation | Post Malone
So Good | Halsey
We Got History | Mitchell Tenpenny

Welcome to

SUGARLAND CREEK
RANCH AND EQUINE RETREAT

SUGARLAND CREEK, TN

~Benvenuti al Ranch e Agriturismo con maneggio
Sugarland Creek~

La cittadina di Sugarland Creek ospita oltre duemila residenti
ed è circondata dagli spettacolari monti Appalachi. Ci troviamo
a soltanto quindici minuti dal centro, dove potete fare shopping
nei graziosi negozietti, gustare un buon caffè, guardare un film
o semplicemente godervi il panorama.

Il nostro è un ranch all-inclusive. Per quanto rustici, tutti i nostri
bungalow sono accessibili agli ospiti con mobilità ridotta grazie
alle rampe e ai sentieri con superfici stabili e lisce. In caso di
necessità e in qualunque momento, il personale può offrire
assistenza per il trasporto da un'attività all'altra con uno dei nostri
mezzi accessibili. Non esitate a contattare la reception; altrimenti
digitate il tasto "0" sul telefono della vostra stanza. Siamo a vostra
completa disposizione.

Per rendere il soggiorno ancora più speciale, vi consigliamo di
incontrare tutta la famiglia, per scoprire come il nostro ranch potrà
offrirvi la vacanza più memorabile della vostra vita!

Ecco la famiglia Hollis:

Garrett e Dena Hollis

*Il signore e la signora Hollis sono sposati da più di trent'anni e hanno
cinque figli. Il Ranch Sugarland Creek ha ospitato più di tre generazioni
Hollis. Oltre vent'anni fa, quando la famiglia ha acquistato la proprietà, ha
deciso di aggiungere un agriturismo con maneggio per condividere con il
pubblico il suo amore per i cavalli e la natura.*

Wilder e Waylon
Fratelli gemelli, i maggiori

Landen
Il terzo figlio

Tripp
Il più giovane dei fratelli

Noah
L'unica figlia e la piccola della famiglia

Sia che abbiate scelto questo posto per rilassarvi e godervi il panorama, sia che siate pronti a sporcarvi le mani, svariate sono le attività che potete svolgere nel ranch:

Escursione a cavallo e tour
(10:00 e 16:00)
Trekking, mountain bike e pesca
(mappe disponibili alla reception)
Serata giochi di gruppo
(domenica e mercoledì)
Karaoke e square dance
(venerdì e sabato sera)
Miniclub
(aperto 24/24 7/7)
Piscina
(aperta dalle 9:00 alle 21:00 7/7)
Falò e marshmallow
(venerdì)
…e molto altro, a seconda della stagione!

L'agriturismo resta aperto 24 ore al giorno. Troverete la reception per gli ospiti, il ristorante e saloon "Sugarland" e una zona dedicata alla registrazione alle nostre attività.

Rimani sempre aggiornato su
sugarlandcreekranch.com

Siamo orgogliosi di offrire ai nostri clienti l'autentica cucina del Sud; quindi vi preghiamo di comunicarci in anticipo se avete eventuali restrizioni dietetiche o preferenze, così da potervi servire al meglio. Dalle 8:00 alle 13:00 offriamo il brunch. Il ristorante è aperto per la cena dalle 17:00 alle 19:00. Se gradite recarvi fuori dal ranch per un pasto o svolgere altre attività, distiamo a meno di un'ora da Gatlinburg e saremmo lieti di fornirvi mappe e suggerimenti.

Vi ringraziamo per la visita.
Speriamo di regalarvi un soggiorno magico!

-La famiglia Hollis e il team Sugarland

Vedi la mappa nella pagina successiva!

A	The Lodge/ Guest Services		**D**	Pool House & Swimming Area
B	Ranch Hand Quarters		**E**	Trail Horse Barn & Pasture
C	Guest Cabins		**F**	Riding Horse Corral

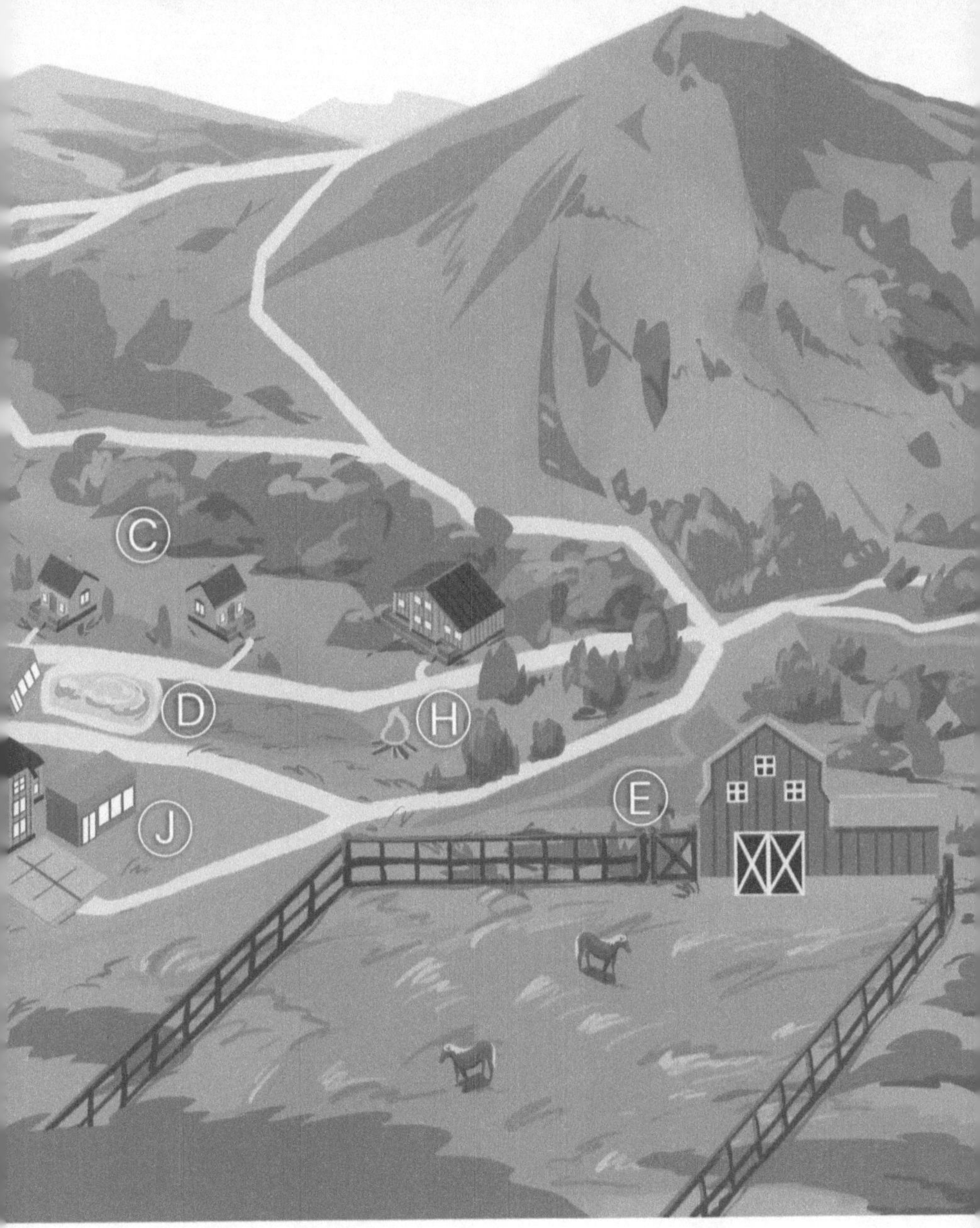

G Hollis Fishing Pond & Hut

H Bonfire Area

I Family Game Nights Area

J Gift Shop

Prologo

FISHER

*Nota dell'Autrice: Nel prologo vengono trattati argomenti sensibili: tentativo di suicidio, perdita di un figlio, lutto e morte. Se anche solo uno di essi dovesse metterti a disagio, salta pure al primo capitolo. Non è necessario leggere il prologo per comprendere il resto della storia, poiché i fatti verranno menzionati brevemente in altre sezioni del libro.

DIECI ANNI FA

Non dormo da tre settimane, da quando ho seppellito mia figlia, e tutti quanti, inclusi mia moglie e mio figlio, incolpano me per la sua morte.

Non che possa biasimarli.

Anche io incolpo me stesso.

Lyla era una bimba molto avventurosa. A soli dieci anni, era sempre pronta a seguirmi nelle mie escursioni a piedi, a cavallo, in bicicletta, nelle arrampicate e in qualunque sport acquatico. Da ex cavalcatore di tori, apprezzavo davvero tanto quel suo spirito.

Non si tirava mai indietro di fronte a un'esperienza nuova e ogni volta si divertiva come una matta.

Mio figlio Jase, di dodici anni, è il suo esatto opposto.

Preferisce rimanere a casa. Dopo aver provato per anni a trascinarlo con me in campeggio o a pescare, ci ho rinunciato.

E adesso, crescerà senza sua sorella per colpa mia.

Non avevo mai provato un dolore come questo. La sofferenza straziante mi logora ogni secondo di ogni singolo giorno. I ricordi di quel momento mi tormentano, fino al punto di provocare in me un'insostenibile sensazione di nausea.

Non ce la faccio più.

Mentre stringevo il mio angioletto tra le braccia, ricoperta di sangue e senza vita, ho supplicato qualunque entità superiore esistesse di prendere me al suo posto.

"Non lei!" urlai. "Prendi me! Sono disposto a passare l'eternità all'inferno, se la salvi. Lei è innocente!"

Era tutto il mio mondo.

Mi ero ridotto addirittura a implorare qualunque forza malvagia di uccidermi, così che quella scena smettesse di apparire di fronte ai miei occhi ogni volta che li chiudevo. Ma, dato che non ha funzionato, ho pregato che mi accadesse qualcosa: che mi colpisse un fulmine, che mi venisse addosso un camion, che mi mangiasse vivo una bestia selvatica, qualunque cosa che potesse finalmente darmi sollievo.

Merito di morire perché la mia vita fa soffrire la mia famiglia.

L'unica cosa che mi è rimasta da fare è cercare un modo per porvi fine.

Sono un guscio vuoto. Il mio cuore soffre senza sosta, incapace di trovare il senso vivere in un mondo in cui mia figlia non c'è più. La mia famiglia mi detesta al punto da non riuscire neanche a guardarmi.

Nubi oscure aleggiano nel cielo e la pioggia si scatena tutto intorno a me. Lo scroscio riecheggia nel vano del mio pick-up come se sapesse cos'è diventata la mia vita.

Ho chiesto al mio amico di infanzia di incontrarci qui. Quando due fanali appaiono di fronte a me, mi sento sollevato. È venuto. È quasi ora.

"Che succede?" mi chiede Damien quando usciamo dalle macchine e ci ripariamo sotto un albero per non bagnarci.

"Mi serve un favore", rispondo, portando una mano dietro la schiena per estrarre la pistola.

"Che diamine stai facendo, Fisher? Dammela qui!" La guarda con occhi stretti e fa per prenderla.

"Tira fuori la tua", gli dico.

Damien è diventato poliziotto a ventun anni e ora è un ispettore, quindi lo so che è armato. Se c'è qualcuno che può aiutarmi, di sicuro quello è lui.

"Cosa?" Si avvicina.

Tolgo la sicura e gli punto addosso la canna. "Ti sto minacciando, così quando mi ammazzi puoi dire che è stato per difesa personale".

"Fisher, ma che cazzo stai dicendo? Abbassa la pistola!"

"No! Non posso ammazzarmi, altrimenti la mia famiglia non riceverà la mia assicurazione sulla vita. In questo modo, almeno potranno ottenere tutti i benefici a cui ho diritto".

"Non puoi farlo", mi supplica. "Non pensi a Jase? A Mariah? Hanno bisogno di te".

"Fidati, non è così. Non sopportano quasi di guardarmi".

"Non è questa la soluzione, Fisher. Permettimi di aiutarti".

"Il fatto è che non posso esistere in un mondo in cui mia figlia non c'è più". Mi si spezza la voce quando un groppo mi serra la gola. "È colpa mia se se n'è andata".

"È stato un dannatissimo incidente!" Ripete le parole che mi ha già detto chissà quante volte.

"Non ha alcuna importanza! Avrei dovuto proteggerla", urlo. "Ti prego! Ti sto chiedendo di porre fine a questo dolore. Una vita per una vita!"

"Hai bisogno di aiuto. Parla con qualcuno. Lascia che ti porti in un posto sicuro. Non scegliere questa strada". Si avvicina, ma io indietreggio.

"Lei non è più viva, e non dovrei esserlo neanche io".

"Lo so che stai soffrendo, ma così causeresti soltanto altro dolore alla tua famiglia".

"Fidati, non mi vogliono".

"Stanno soffrendo anche loro, Fisher. Vieni con me, dai. Ti porto all'ospedale".

Scuoto la testa con decisione. "Se non lo vuoi fare tu, allora troverò un altro modo. Mi metterò in mezzo alla piazza con una pistola e aspetterò che mi ammazzi un poliziotto".

"Così la tua famiglia potrà vedere un milione di volte la scena al telegiornale? Maledizione, Fisher! Sali sul mio pick-up, cazzo! Ti prego!" Prova ad afferrarmi, ma faccio un passo indietro.

"Fammi questo favore, adesso, in privato, così nessun altro rischia di farsi male".

Sono un egoista di merda. Sto mettendo Damien con le spalle al muro perché so che non farebbe mai correre rischi a persone innocenti.

Sollevo ancora di più la pistola, e lui si ferma. "Tira fuori la tua. *Subito*!"

Ci fissiamo intensamente, e alla fine cede.

"In testa, Damien". Mi punto la canna alla tempia. "Fallo appena ti sparo. Non perdere tempo".

Cercheranno residui di polvere da sparo sui miei vestiti per confermare che sono stato io a sparare per primo e che lui si è soltanto difeso.

Serra la mascella. "D'accordo".

Ho il cuore a mille mentre guardo negli occhi il mio migliore amico. I suoi sono pieni di rabbia e tensione. Probabilmente mi odierà per quello che gli sto facendo fare, ma so che tiene abbastanza a me e alla mia famiglia da sapere che avranno bisogno dei soldi della mia assicurazione per finire di pagare la casa e per le spese.

"Per favore, di' a Mariah di controllare sotto il mio sedile della macchina. Ho appiccicato un messaggio per lei e Jase".

Anche se mi odiano, voglio che sappiano quanto li amo e che

mi dispiace tantissimo aver rovinato le loro vite portando via Lyla alla nostra famiglia.

"Così li distruggerai, Fisher. Ne sei proprio sicuro?"

Ignoro la domanda e continuo la lista di istruzioni:

"Dopodiché, di' a Mariah che troverà tutto ciò di cui avrà bisogno nella cassaforte ignifuga nel capanno. Tutti i documenti dell'assicurazione e della casa. E assicurati che, dopo aver letto la mia lettera, la bruci".

Non posso rischiare che la polizia la trovi e cominci a sospettare qualcosa sulla mia morte.

Quando ho finito, miro a un punto alle spalle di Damien e premo il grilletto.

"Merda!" sibila quando gli sfreccia il proiettile accanto.

"Fallo!" urlo, tenendo la pistola sollevata.

Damien scuote la testa, prende la mira, poi spara.

Capitolo Uno

NOAH

"Mamma mia, quanto amo i cowboy con i jeans attillati! La stagione dei rodei è perfetta per ammirare dei bei culi", annuncia a voce fin troppo alta Magnolia, la mia migliore amica di una vita. Una signora di fronte a noi si gira a guardarci tutta accigliata.

Scoppio a ridere e do una gomitata alla mia amica sul fianco, mentre entriamo nell'arena. Alla fine, la sua bocca larga non dovrebbe più sorprendermi.

"Ti capisco", dice in tono cantilenante la mia cuginetta.

"Mallory, tu tappati la bocca. Sei troppo piccola per guardare i ragazzi", le dico.

"Ho dodici anni!"

"Esattamente. Chiudi gli occhi!" Provo a coprirglieli io, ma lei mi spinge via.

Magnola ridacchia mentre saliamo la rampa che porta nell'arena. C'è odore di pelle, terra e sudore. Spettatori con indosso cappelli e stivali da cowboy vanno in giro a cercare un posto dove sedersi. Il Franklin Rodeo è l'anima della tradizione del rodeo nel Tennessee meridionale. Ogni anno, a giugno, io e la mia famiglia ci facciamo quattro ore di macchina per guardare gli spettacoli, mangiare una montagna di cibo e ascoltare musica dal vivo.

Lavoro come addestratrice di cavalli professionista al ranch della mia famiglia; quindi ho molti clienti che si affidano a me per questi eventi. Il *barrel racing* è tra le attività che preferisco, perché amo la scarica di adrenalina che si prova nel guardare i cavalli mentre provano ad aggirare i barili senza ribaltarli. Vedere il concorrente che supera la linea del traguardo è sempre un'emozione incredibile per me.

Oggi gareggia una mia cliente, Ellie. È tutta la settimana che aspetto questo momento con trepidazione. La soddisfazione che provo quando posso ammirare i frutti del mio lavoro è davvero impagabile. E poi adoro fare il tifo. Ho lavorato con Ellie e il suo cavallo quarter per circa un anno, anche se lei praticava la disciplina da molto prima.

Mentre giriamo per trovare un posto, noto che alcuni addestratori mi stanno guardando male e bisbigliano tra loro. La cosa non mi sorprende, dato che accade ogni volta che mi presento a una competizione, ma fa molto male comunque. Si tratta soprattutto di quarantenni che mi ritengono troppo giovane per avere il successo che ho ottenuto. Sono al corrente delle voci che circolano su di me, ovvero che, se sono arrivata fin qui, è soltanto grazie al mio cognome e ai soldi dei miei genitori. Non è soltanto una questione di età; gli uomini credono che non sia abbastanza forte per addestrare le razze più difficili e adorano sminuire le mie abilità, ritenendomi "non male, per essere una donna". Ma la realtà è che non avrei né clienti abituali né nuovi, se non avessi alcun talento e se le mie fossero soltanto promesse vuote.

"Non guardarli!" Magnolia mi dà una leggera gomitata. "Sono coglioni invidiosi col cazzo piccolo".

Trattengo una risata, distolgo lo sguardo e mi concentro solo sul farmi strada tra la folla.

"Ed è proprio per questo che non hanno ricevuto l'invito

all'evento di beneficenza del secolo organizzato da noi Hollis", gongolo con un sorrisetto presuntuoso.

"Puoi dirlo forte. Se lo sognano di essere invitati personalmente dalla sola e unica Noah Hollis. Non ne sono all'altezza".

Faccio l'addestratrice da anni, ma è da quando ero soltanto una ragazzina che mi do da fare ogni singolo giorno. I soldi e il ranch della mia famiglia in cui ho fatto pratica mi hanno aiutata a diventare sempre più brava, ma è stata la mia voglia di imparare e di migliorarmi a farmi raggiungere un tale livello. Però è proprio questo il motivo per cui sono così poco popolare nel mio settore.

Sei mesi fa, ho proposto l'organizzazione di una gara per raccogliere fondi in favore dei cavalli infortunati o soccorsi. Ho chiesto agli addestratori locali di invitare i loro migliori clienti, nella speranza di poter cambiare la falsa percezione che la gente si è fatta di me e dare a tutti l'opportunità di conoscere la vera me stessa. In questo modo non solo aiuterò i cavalli più bisognosi e la comunità, ma potrò anche approfittare dell'occasione per fare networking.

Tutta la mia famiglia si è messa al lavoro per far sì che non manchi niente, e la prima serata annuale si terrà al nostro ranch fra giusto qualche settimana.

Appena troviamo dei posti, Mallory vede delle amichette conosciute al campo e chiede il permesso di sedersi insieme a loro, giusto qualche fila più in là.

"Non uscire dall'edificio senza di me", le ricordo prima che si allontani. È piuttosto vicina, quindi posso tenerla d'occhio. Mallory si è trasferita dalla mia famiglia un paio di anni fa, dopo la morte dei miei zii, ed è diventata praticamente la mia nuova sorellina. Anche se a volte mi fa proprio impazzire, sono super protettiva nei suoi confronti.

Qui da qualche parte ci sono anche i miei genitori e i miei quattro fratelli maggiori. Ognuno può assistere o partecipare a quello che vuole e, dato che siamo arrivati con tre camper in cui passare la notte, ci muoviamo come ci pare. Ormai membro onorario della famiglia, Magnolia viaggia quasi sempre con noi.

Dopo dieci minuti d'attesa, il presentatore annuncia il girone di Ellie.

"Mi avvicino".

"Ma che cazzo… Non mollarmi qui!" Magnolia mi segue giù per i gradini. In teoria non si dovrebbe stare davanti a tutti, perché così facendo si blocca la visuale agli altri spettatori, ma starò lì giusto per pochi minuti.

Alcuni concorrenti cominciano a correre, e uno dei barili si ribalta; quindi bisogna attendere che lo rimettano a posto.

"Un figaccione della fila sopra la nostra ti sta fissando", sussurra Magnolia.

Mi giro un poco e vedo l'uomo di cui sta parlando: capelli castani sciolti sulle spalle, un'ombra scura sulla mascella decisa e un bel paio di baffi della lunghezza perfetta per creare la giusta frizione contro l'interno coscia. I bicipiti stretti nelle maniche arrotolate sembrano sul punto di far scoppiare il tessuto.

Con occhi sbarrati, riporto lo sguardo sull'espressione compiaciuta di Magnolia.

"Te l'avevo detto. È un bel pezzo di manzo".

Mi pare riduttivo.

Scrollo le spalle per non farle capire che mi batte il cuore all'impazzata, perché quell'uomo è troppo attraente e decisamente fuori dalla mia portata. "Mi pare troppo vecchio".

Tipo il doppio della mia età.

Ho ventidue anni, e l'uomo più grande che ho mai frequentato è Jase Underwood, che ha soltanto due anni in più di me.

"E quindi? Mica devi avere un complesso paterno per poter gustare una cucina più raffinata".

Al sentire le sue parole, alzo gli occhi al cielo. Sbircio di nuovo alle mie spalle e noto che il tipo continua a fissarmi. Ha il classico aspetto ruvido da cowboy, il che non sorprende più di tanto, in un posto simile.

"Secondo me, mi sta guardando male perché gli sto bloccando la visuale sullo spettacolo".

"No, tesoro mio, sei *tu* il suo spettacolo. Quello è uno sguardo colmo di desiderio, fidati". Si getta i lunghi capelli scuri dietro la schiena e lo osserva di nuovo.

"E tu quello sguardo lo conosci bene, vero?" Mi scappa da ridere.

"È lo sguardo di uno che sta facendo pensieri impuri. Scommetto che ti ha già spogliata con gli occhi almeno tre volte e che si è immaginato i tuoi stivali avvolti attorno al collo".

Alzo gli occhi al cielo. "Ne dubito. Non mi sorprenderebbe se ci raggiungesse e mi facesse la paternale".

"Magari ti punisce con una sculacciata…" Agitale sopracciglia, con fare allusivo, e ci abbandoniamo alla ridarella.

Le mani strette attorno alla ringhiera, riporto l'attenzione di fronte a me per non perdermi il turno di Ellie, adesso che hanno ricominciato.

Poco dopo, la vedo entrare nell'arena in sella a Ranger. È vestita di rosa scintillante dalla testa ai piedi, incluso il cappello da cowboy che abbiamo scelto insieme. C'è un motivo se la chiamano la Principessa del Rodeo.

"Vai! Forza, Ellie!" Porto le mani alla bocca e urlo quando supera il primo barile.

Sporgendomi il più possibile dalla ringhiera, grido ancora più forte.

"Ma che, ti sollevo così puoi entrare direttamente lì con lei?" ironizza Magnolia.

"Accidenti, potevo fare un cartello!"

Scoppia a ridere, ma alla fine riesco a contagiarla con il mio entusiasmo e inizia a fare il tifo insieme a me.

La postura di Ellie è perfetta mentre aggira il secondo barile e sfreccia verso il terzo.

"Forza, Ranger! Vai, vai, vai!" Non riesco a smettere di saltellare, da quanto è impeccabile la loro performance.

Quando Ellie gira intorno all'ultimo barile, per poco non perdo la testa. Corrono verso la linea del traguardo, e tutto il pubblico è in delirio.

"Quindici punto sette sei otto", annuncia il presentatore, poi si ripete per sovrastare la folla.

"Porca troia!" Copro la bocca quando mi rendo conto che sto gridando.

"Con quel tempo lì è sicuro al primo posto", mi fa notare Magnolia.

"Il massimo che era riuscita a fare era quindici punto nove. È incredibile quanto sia riuscita a migliorare".

"Sarà stato merito di tutto il tifo che hai fatto. Li hai spronati a dare il massimo". Mi dà una spallata, con un sorrisetto sul viso.

"Ah-ah. Ma scommetto che hai ragione. Forse dovrei aggiungerlo all'addestramento. Me ne sto a bordo campo a incitare i clienti". Ridacchio.

"A proposito di *urla*: per festeggiare, vai a parlare con quel cowboy sexy. Magari ti farà urlare pure lui, ma per motivi diversi". Magnolia mi spinge verso le scale e, se non fosse per la scarica di adrenalina che ho dentro, sarei già fuggita nell'altra direzione.

Sono una che non ha paura di correre rischi. Anzi, mi piace da morire il brivido di provare cose nuove. Ma, quando si tratta di relazioni o uomini in generale, dico sempre cose che mi mettono nei guai.

"Meno male che indosso i miei stivali da cowboy portafortuna". E il mio vestitino preferito, bianco e con un motivo floreale, che mi fa due tette da urlo. L'estate è appena cominciata, e siamo già sopra i venticinque gradi; quindi non avevo alcuna intenzione di passare la giornata a sudare come un cammello.

Con un sorrisetto, Magnolia mi esorta a muovermi.

Salgo fino a raggiungere la fila del cowboy, mi scuso passando davanti ad alcune persone, poi mi siedo accanto a lui.

"Ciao". Mi giro verso l'uomo, mentre beve un sorso della sua Budweiser.

La birra gli va di traverso quando si accorge che sto parlando con lui.

"Ciao", gracchia, con un colpo di tosse.

"Ti dispiace se mi siedo qui? Ho notato che continuavi a fissarmi e ho pensato che probabilmente ti stavo bloccando la visuale". Gli rivolgo un sorrisetto malizioso, poi fingo di voltarmi nella direzione in cui ero prima. Indico quel punto con un cenno del capo e aggiungo: "Ma ora che sono qui, vedo che è impossibile che il problema fosse quello".

Riporto lo sguardo nel suo, mentre un sorrisetto gli si forma sul volto. "No, infatti ci vedevo benissimo".

Il suo timbro profondo mi provoca un brivido lungo la schiena. Ho bisogno di sentirlo di nuovo.

"Oh, bene. Quindi quel tuo sguardo truce era dovuto a qualcos'altro". Le nostre ginocchia si sfiorano, e sono quasi tentata di avvicinarmi perché si tocchino.

Lui mi fissa come se stesse riflettendo su cosa dire. "Nessuno sguardo truce".

"Ah, mi era sembrato. Allora diciamo che mi stavi fissando davvero tanto intensamente". Mi lecco le labbra e aspetto che spieghi perché mi stava guardando in quel modo. Quando il silenzio imbarazzante si protrae troppo a lungo, continuo: "Comunque… dato che con me qui vicino sembri tanto a tuo agio quanto un gatto immerso nell'acqua fredda, me ne torno dalla mia amica. Puoi unirti a noi, se vuoi. Da lì c'è una vista grandiosa".

"Non tanto grandiosa quanto lo era la mia."

Lo fisso imbambolata, mezza sconvolta e mezza emozionata dalle sue parole. "C-Ci stai provando con me, per caso?"

"Forse".

Incrocio le gambe e agito la mano. "D'accordo, allora chiedi pure".

Inclina la testa di lato, la fronte accigliata. "Cosa dovrei chiederti?"

"Il mio numero".

"Non so neanche come ti chiami".

"Noah. Tu?"

"Fisher".

"Mi piace. Bene, ora che abbiamo fatto le presentazioni, il mio numero lo vuoi oppure no?"

Riporta la bottiglia alle sue labbra invitanti e, mentre beve un altro sorso, mi guarda attraverso il vetro. "Certo che sei molto diretta!"

"E perché non dovrei esserlo?" gli chiedo, tenendo lo sguardo fisso nel suo. "Sei abituato alle donne più timide, per caso? Le preferisci così? Se non sono il tuo tipo, ti basta rifiutarmi. Guarda che non mi offendo mica".

"Non è così".

Mi stringo nelle spalle e dico: "Ok", come se il suo poco entusiasmo non avesse ferito il mio ego. "Se dovessi cambiare idea, stasera lavoro al bar della Cantina. La prima birra te la offro io".

Aiuto come volontaria da qualche anno, dato che il ranch della mia famiglia è uno degli sponsor dell'evento. Anche i miei fratelli fanno la loro parte, ma non certo perché i ricavati andranno in beneficenza. Loro sono interessati soltanto ai numeri delle ragazze single, ed è per questo motivo che per la nostra raccolta fondi dovranno essere controllati da una babysitter.

Prima che Fisher possa rispondermi, scivolo via dalla fila di spalti e torno da Magnolia.

Ha gli occhi stralunati e la bocca aperta per lo shock. "Da dove diavolo è spuntato quel lato di te?"

La prendo a braccetto e la trascino da Mallory.

"Ho tirato fuori la Magnolia che è in me. Tanto sapevo che non l'avrei mai più rivisto; quindi chi se ne frega se ho fatto la figura della scema?"

"Cristo! Comunque, il modo in cui i vostri corpi sembravano calamitarsi a vicenda e l'intensità dei vostri sguardi mi hanno quasi fatto eccitare". Si sventola il viso con la mano.

Scoppiamo a ridere e ci sediamo di fronte alla mia cuginetta, che è impegnata a spettegolare con le sue amiche. Resisto all'impulso di sollevare lo sguardo per vedere se Fisher mi sta ancora guardando, ma decido di fare finta di nulla, come se non mi importasse. E io che ero andata lì spedita, convinta di dargli il mio numero! Invece, sto entrando nel panico e mi prenderei a calci per aver fatto la figura dell'idiota. Vorrei soltanto che il terreno mi risucchiasse, così da risparmiarmi l'umiliazione.

Quando tutti i concorrenti hanno gareggiato, Ellie viene dichiarata vincitrice. Schizziamo in piedi, applaudendo e lanciando fischi acuti. Non potrei essere più orgogliosa della concentrazione e della determinazione che ha dimostrato. Anche durante gli allenamenti più estenuanti si rialzava sempre e si impegnava ancora di più.

"Ma quello non è Craig Sanders?" mi sussurra Magnolia all'orecchio mentre assistiamo alla gara di *team roping*.

Seguo il suo dito con lo sguardo e arriccio le labbra. "Purtroppo sì".

Non mi sorprende vederlo qui, dato che anche lui fa l'addestratore, però vive a Sugarland Creek. Probabilmente sta cercando nuovi clienti o vuole rubarli a qualche collega.

È una vera serpe.

"Oh, merda, sta venendo qui!" Mi irrigidisco tutta quando lo vedo arrivare.

"'Giorno". Tocca leggermente il cappello, e mi viene quasi la nausea. "Congratulazioni per la vittoria!"

"Grazie", rispondo, anche se la vittoria è di Ellie. Craig se l'è presa perché è venuta da me dopo averlo licenziato, l'anno scorso.

"Però col secondo barile è stata un tantino lenta. Ti conviene aiutarla a risolvere quel problema, così la prossima volta non vincerà di nuovo per un soffio. Sarebbe un vero peccato vederla scendere in seconda posizione".

Magnolia gli scocca un'occhiata assassina, mentre io mi sforzo di sorridere. "Lo terrò a mente. Grazie mille per il suggerimento prezioso".

Noto che contrae la mascella, come se avesse la bocca piena di tabacco da masticare. Che schifo!

Mallory, ignara dalla situazione, si intromette nel discorso: "Qual era il tuo cavallo?"

Magnolia trattiene una risata, mentre io un sorriso.

"Il mio non c'è", le risponde Craig con una calma solo apparente.

Quest'uomo fa fuggire i suoi clienti perché ha un carattere di merda e neanche un po' di pazienza.

"Come mai?" gli chiede Mallory, inconsapevole della rabbia che oscura il volto di Craig.

Invece di risponderle, mi rivolge un cenno del capo. "Ci si vede, Noah".

"Cristo, spero proprio di no!" mormoro.

È un altro di quelli che pensa di dover avere più successo di me soltanto perché è più grande. E ritiene pure che sia colpa mia se i suoi clienti lo mollano e assumono me al suo posto.

Quando gli eventi della serata sono terminati, Magnolia porta Mallory al nostro camper, mentre io vado al bar per cominciare il mio turno. La mia amica mi promette che passerà a trovarmi più tardi, ma, dato che c'è anche mio fratello Tripp, dubito che lo farà davvero.

Ha una cotta per lui dagli anni delle medie, ma Tripp non ha mai ricambiato i suoi sentimenti e non è tipo da relazioni serie. Ha solo due anni in più di me, quindi posso capirlo. Però so che prima o poi la mia amica volterà pagina, e allora per lui sarà troppo tardi.

Mentre servo drink e chiacchiero con i clienti, mi ritorna in mente Fisher. Ogni volta che qualcuno si avvicina, il mio cuore salta un battito al pensiero che possa essere lui. Non so se si presenterà davvero, ma in quel caso voglio essere pronta. Prendo un tovagliolo e ci scrivo sopra il mio numero. Così, se dovesse vergognarsi troppo per chiedermelo, potrò passarglielo con nonchalance. Poi starà a lui decidere se usarlo o meno.

Però poi mi viene un'idea; quindi prendo un altro tovagliolo e butto giù il numero del mio ex. Se dovesse chiedermelo dopo avermi dato un'impressione negativa, gli passerò quello di Jase e lui non se ne renderà neanche conto.

Capitolo Due

FISHER

Appena metto piede nel bar, sono tentato di fare marcia indietro.

Che cazzo sto facendo?

Noah è una ragazza bellissima e affascinante, che però ha almeno vent'anni in meno di me. Non avrei dovuto fissarla in quel modo, ma è stato più forte di me. Nel momento stesso in cui le ho posato gli occhi addosso, mi ha consumato.

Trasudava talmente tanta energia ed entusiasmo che era impossibile non notarla. Il modo in cui faceva il tifo per la sua amica e in cui è riuscita a far gasare gli altri spettatori mi hai riportato ai giorni da cavalcatore di tori, quando gareggiare era tutta la mia vita e le folle andavano in delirio per me. Soltanto a guardarla mi è esplosa dentro una scarica di adrenalina, anche se nell'arena non c'ero io.

Quando si è seduta di fianco a me, la sua vicinanza mi ha bloccato il cuore. Poi mi ha parlato, e per poco non mi è andata di traverso la lingua.

Perché diamine dovrebbe essere interessata a un uomo che ha il doppio dei suoi anni?

Quando ho superato lo shock iniziale per quell'approccio inaspettato, era ormai troppo tardi. Se n'era già andata dopo avermi invitato a bere qualcosa. Dopo una giornata tanto lunga, non avevo neanche voglia di passare al bar, ma l'idea di poterla rivedere era troppo attraente per rifiutare.

Dopo due ore di tentennamenti, mi sono convinto ad andarci, e adesso che l'ho trovata non riesco a strapparle gli occhi di dosso.

Tra sorrisi e risate, chiacchiera con i clienti e gli altri baristi. Serve da bere e ondeggia seguendo la musica suonata dal vivo. Faccio scorrere le mani sudate sui jeans; quindi mi avvicino e spero che sia tanto felice di vedermi quanto io lo sono di vedere lei.

Non appena mi nota, un largo sorriso le incurva le labbra, e un attimo dopo si avvicina con una Budweiser.

"Sei venuto". Il suo viso si illumina mentre lascia la bottiglia di fronte a me, sopra un tovagliolo. "Però adesso la domanda è: sei qui per il mio numero o per la birra gratis?"

"Sono qui per vedere te. La birra è soltanto un bonus". Mi siedo e bevo un sorso. Il liquido mi aiuta a raffreddare i bollenti spiriti, accesi dal suo sguardo seducente.

Solleva le sopracciglia, infila la mano in tasca ed estrae due tovaglioli. Si sofferma a guardarli, poi me ne porge uno e rimette via l'altro. "Allora ti do questo".

Quando lo guardo, leggo il suo numero e sorrido. "Come sapevi che sarei venuto?"

"Non lo sapevo, ma ci speravo". Scrolla le spalle, appoggia i gomiti al bancone e si sporge verso di me. "E se poi tu non ti fossi presentato, l'avrei dato al figaccione numero due che c'è qui".

Faccio flettere i muscoli mentre mi protendo per avvicinarmi e continuo a darle la mia totale attenzione. "Il numero due, eh? E chi sarebbe?"

"Vedi quel tipo laggiù?" Con un cenno del capo indica un uomo che chiacchiera in un angolo, con in mano un bicchiere pieno di un liquido scuro. "Si chiama Hunter. Ha trentadue anni. Lavora come addetto stampa per uno dei cavalcatori di tori più famosi. E un tempo cavalcava anche lui".

Squadro il tizio mentre bevo un sorso e costringo il mio corpo a non smettere di respirare. Questo Hunter non è poi chissà che cosa. Ai miei tempi, gli avrei fatto mangiare senz'altro la polvere.

Noah si avvolge una ciocca di capelli dorati attorno al dito. "Gli uomini in giacca e cravatta non sono il mio tipo, ma con la faccia da arrogante che ha scommetto che ci sa fare almeno con la bocca. Ma, secondo me, tu sei ancora più bravo".

L'affermazione mi fa andare di traverso la birra; quindi tossisco finché non riesco a liberare la gola. *Cristo santo! Questa qui mi vuole ammazzare.*

"Tutto bene? Certo che tossisci proprio tanto". Mi passa un tovagliolo pulito, che prendo e uso per pulire la bocca.

"Continui a prendermi alla sprovvista", le dico con voce ruvida, mentre provo a mandare giù il groppo alla gola.

Si posa le mani sui fianchi, e le sue labbra rosso ciliegia si incurvano in un sorrisetto. "Non ti capita spesso che una donna ci provi con te? Mi pare poco probabile".

Adoro questo suo essere così schietta e spensierata. Non ho mai conosciuto nessuno come Noah, e l'impulso di far mia la sua bocca è più forte di qualunque cosa abbia mai provato prima.

Diretta, bellissima e senza paura d'essere se stessa.

Ma dannatamente troppo giovane.

Scuotendo la testa, sposto la mano per nascondere il sorriso che ho sulle labbra.

"Stai… arrossendo?" mi chiede, insistente, inclinando la testa per vedermi meglio in faccia.

Raddrizzo la schiena e poi abbasso la mano sul cazzo dolorante. "No. Io non arrossisco".

Le labbra di Noah si arricciano in un ghigno divertito e un leggero rossore le tinge le guance. "Oh, cowboy… stai proprio arrossendo".

Mi vengono le palpitazioni e stringo la birra come fosse un salvagente. "Tra i due, a me pare che quella accaldata ed eccitata sia tu".

Abbassa lo sguardo, le ciglia che accarezzano le guance, e poi lo riporta nel mio. Dietro quegli occhi socchiusi brilla un luccichio selvaggio e caotico, mentre si lecca il labbro inferiore e rivela un sorriso segreto.

Mi piacerebbe proprio tanto prendere quel labbro carnoso tra i denti ed esplorare ogni centimetro della sua bocca con la lingua.

"Ho…" Si ferma e inspira profondamente. Col movimento, il vestito si tende sul petto e i capezzoli premono contro il tessuto, turgidi.

"Ti ho lasciata senza parole?" Tengo gli occhi fissi nei suoi mentre sollevo la bottiglia di birra e me la scolo. Grazie al cielo che ci sono gli altri baristi a occuparsi dei clienti, perché mi piace avere la sua completa attenzione.

Un impulso selvaggio e possessivo mi monta dentro, e sento il bisogno di avere molto di più.

"Se proprio volevi zittirmi, esistono metodi più divertenti per tenermi la bocca occupata… che apprezzeremmo entrambi". La sua leggera scrollata di spalle mi fa intendere il sottinteso.

"Cristo santo!"

Il mio cazzo ha capito molto bene.

Noah nota che mi sto aggiustando il pacco e sogghigna. "Ne vuoi un'altra?"

Le porgo la bottiglia vuota. Non dovrei esagerare, visto che prima di venire qui ho bevuto del whisky direttamente dalla bottiglia per farmi coraggio.

"Dipende. Fino a quando lavori?"

"Chiudiamo tra meno di un'ora. Hai piani?"

"Per te? Sì".

Si avvicina. "Continua…"

"Mi piacerebbe scoprire se sei di quelle che urlano o di quelle che gemono".

Quando stringe con forza le labbra, ho paura di aver esagerato. La gente si muove e parla tutto intorno a noi. La musica è troppo alta perché qualcuno possa sentirci, ma date le sue tante allusioni non mi pare preoccupata di questa eventualità.

Mi passa un'altra bottiglia e, quando la prendo, non lascia

andare la presa. Le nostre dita si sfiorano, e comincia un silenzioso duello per vedere chi dei due la lascerà andare per primo.

"Se sei bravo, posso essere entrambe".

Mi va in tilt il cervello.

Prima che possa risponderle, Hunter e un paio di tipi si avvicinano al bancone, proprio dove c'è Noah. So che l'ha scelta di proposito, visto che c'è un altro barista libero.

Hunter sbatte la mano sul ripiano per attirare l'attenzione di lei. "Ehi, splendore. Non è che puoi prepararci un altro giro?"

Stringo con forza la bottiglia di birra mentre aspetto che questo stronzo se ne vada.

"Certamente". Noah getta i capelli dietro la spalla e si volta per aprire il frigorifero. Si piega in avanti, e il mio sguardo si fissa sul sedere lasciato mezzo nudo dal vestitino. Come mi giro, noto che Hunter sta facendo la stessa cosa.

Merda! Sono allo stesso livello di questo coglione.

Noah lascia tre bottiglie sul bancone e gli dà il totale. Hunter tira fuori una banconota da venti, che non lascia andare neanche quando lei fa per prenderla.

"Cosa devo fare per avere il tuo numero?" Le scocca un sorrisetto presuntuoso che sono quasi tentato di levargli dalla faccia con un pugno.

"E che cosa ci faresti col mio numero?" Noah rimane immobile mentre aspetta che lui lasci andare i soldi.

"Un cavalcatore di tori professionista e l'addestratrice di cavalli da gara migliore dello Stato..." Fa schizzare fuori la lingua e si lecca lentamente le labbra, come un ippopotamo affamato. "Scommetto che il resto riesci a immaginartelo anche da sola".

Quindi è un'addestratrice di cavalli. *Notevole.*

Noah si stampa sulle labbra un sorriso talmente finto che me ne rendo conto pure io. "Stai dicendo che vorresti regalarmi ben otto secondi di paradiso?"

Trattengo a malapena una risata.

Hunter si volta verso di me, tutto accigliato, ma si rende conto subito che sono il doppio di lui e riporta lo sguardo su Noah.

"Senti, facciamo così", gli dice lei. "Adesso paghi per i drink, mi dai una mancia bella *sostanziosa*, e io evito di metterti in imbarazzo di fronte ai tuoi amici".

La fissa a disagio per un po' e poi lascia andare la banconota.

"Non dimenticare il barattolo delle mance!" gli dice Noah in tono canzonatorio, mentre mette i soldi nella cassa.

Hunter aggrotta la fronte, tira fuori qualche banconota dal portafoglio e le ficca con rabbia nel contenitore.

Non appena i tre si allontanano, la fisso, colpito. "Quindi è così che ottieni le grosse mance, eh?"

"Si fa quel che si deve fare per sopravvivere in questa economia".

Ridacchio. È tanto spiritosa e, accidenti, i suoi commentini taglienti sono proprio sexy.

"Grazie al cielo che c'ero qui io a salvarti dalla tua seconda scelta! Mi è parso un po' troppo impaziente di infilarsi nelle tue mutandine", le dico, quasi senza pensarci.

"Fanno tutti così finché non si arriva al sodo, e poi brancolano nel buio come dei ciechi".

Un grugnito animalesco mi sfugge dalla gola per il desiderio che provo di mostrarle esattamente quello che si sta perdendo.

"È per questo che hai deciso di puntare su uomini più grandi? Perché noi siamo più bravi?" Mi scolo la seconda birra.

Giuro che l'ho appena vista tremare dalla testa ai piedi. Senza neanche chiedere, mi passa un'altra bottiglia.

"Onestamente, non ho ancora avuto alcuna esperienza, ma sono più che disposta a dare pari opportunità agli anziani".

Mi stringo il petto come se le sue parole mi avessero fatto venire un infarto, perché in realtà ci è andata vicino. "Sei crudele, sai? Manco me ne andassi in giro col deambulatore!"

"Guarda che qui chiudiamo alle undici. Meglio se inizi a incamminarti, così non dobbiamo portarti fuori in sedia a rotelle".

"Comincio a pensare che mi hai dato il tuo numero per approfittare del mio piano AARP".

Qualche ruga le si forma tra le sopracciglia, come se non fosse certa del significato dell'acronimo. "Mmh, il piano pensionistico? Mi sa che ce l'ha mio padre".

Aggrotto la fronte, e il mio sguardo si rabbuia quando lei scoppia a ridere.

Il suono mi riscalda il cuore. Potrei stare a sentirlo per ore. E farei qualunque cosa perché Noah continui a ridere.

"Senti, sono curioso. Cosa c'era sull'altro tovagliolo che hai tirato fuori?"

"Questo non te lo posso dire". Si stringe nelle spalle, con un sorrisetto sbarazzino.

Mi appoggio al bancone con le braccia incrociate e abbasso la voce. "Come mai?"

Si sporge verso di me come se stesse per dirmelo. "Perché altrimenti dovrei ucciderti".

Inarco un sopracciglio, divertito. "Ma davvero?"

Fa una scrollata di spalle. "Il codice delle donne dice così. Non possiamo rivelare i nostri segreti".

"E se ti prometto che anche io ti confido un mio segreto? In quel caso, me lo dici?"

"Mmh. Così sì che mi tenti". Picchietta un dito su quelle labbra che muoio dalla voglia di gustare.

"Ne sarà valsa la pena".

"D'accordo, allora". Incurva le labbra in un sorrisetto trionfante e prende l'altro tovagliolo piegato dalla tasca. Lo allunga verso di me.

Faccio per prenderlo, ma allontana di colpo la mano.

"Se alla fine non avessi voluto più darti il mio numero, avevo qui pronto quello del mio ex".

Ritraggo la mano che stava per rubare il fazzoletto. "Non sapevo che le donne facessero queste cose".

"Dopo aver rifiutato gli uomini una marea di volte, ci siamo fatte furbe. E in questo modo riusciamo anche a infastidire i nostri ex; così otteniamo una doppia vittoria".

"Che genialata!"

Accartoccia il tovagliolo e lo butta via. "Col mio siamo rimasti amici; quindi non ci tenevo particolarmente. Però sarebbe stato uno scherzo proprio spassoso".

Alcuni clienti la trascinano via mentre nell'aria risuona una vivace canzone country, e la gente riempie la pista da ballo. Se Noah non stesse lavorando, la porterei lì con me e userei qualunque scusa per toccarla. Non le toglierei le mani di dosso finché non fossi costretto a farlo.

Il pensiero mi scuote nel profondo.

Con mia moglie ci divertivamo a uscire durante il weekend, prima che perdessimo nostra figlia. Ballavamo e bevevamo fino all'orario di chiusura. Questa è la prima volta in dieci anni che mi viene voglia di ballare con un'altra donna, e sono bastate soltanto due conversazioni.

Non faccio sesso dai tempi del mio matrimonio. Certo, ho avuto qualche appuntamento, ma non sono mai andato oltre il bacio della buonanotte. Il desiderio di avere qualcuno come Noah sotto di me dovrebbe terrorizzarmi. Ma non lo fa.

Tra di noi c'è una chimica inspiegabile, e non ho intenzione di perdere tempo per esaminarla. Ho passato anni a punirmi per il mio passato e per il modo in cui ho reagito, ma non voglio privarmi della possibilità di essere felice.

C'è un motivo se Noah ha fatto irruzione nella mia vita. Per la prima volta da solo Dio sa quanto, voglio seguire il mio cuore e vedere dove mi porta.

Controllo il telefono e vedo che il bar chiuderà tra meno di venti minuti. C'è meno gente rispetto a quando sono arrivato, ma ora non vedo proprio l'ora che la serata finisca. Voglio passare più tempo con lei. Preferibilmente da soli.

Dieci minuti dopo, la band annuncia l'ultima canzone e l'ultimo giro di drink. Il bar viene invaso e io vengo spinto via dal mio posto. Tenendomi in disparte, continuo a guardare Noah mentre finisco la terza Budweiser.

Quando ricordo di avere il suo numero scritto sul tovagliolo, lo aggiungo in rubrica e le mando un messaggio.

FISHER

> Ti aspetto fuori, e se ti va di passare la notte nel mio camper, ti prometto che ti farò urlare nel giro di otto secondi.

Il telefono vibra proprio quando il bar si svuota e i clienti cominciano a uscire, me incluso.

NOAH

> Non bastano otto secondi per fare colpo su di me, cowboy.

Con un sorrisetto, scrivo un altro messaggio.

FISHER

> E allora cosa dovrei fare?

NOAH

> Ti toccherà scoprirlo da solo... se riuscirai a starmi dietro.

Le sue parole mi fanno pulsare il cazzo, mentre una miriade di pensieri sconci mi vortica nella mente. È la prima volta che desidero così tanto una donna che ho appena conosciuto. Dovrei ignorarla, ma non ho la forza di allontanarmi. È troppo tardi. Ormai ci sono dentro fino al collo.

FISHER

> Stai giocando con il fuoco, Noah. Ti farò rimangiare le tue stesse parole.

NOAH

> C'è un motivo se alle superiori mi chiamavano ADA. Quindi, se proprio devo morire per aver fatto qualcosa di rischioso, tanto vale farmi ammazzare da un orgasmo.

ADA? Comincio a scrivere per chiederle delucidazioni, ma mi anticipa.

NOAH

> Sta per Amante Dell'Adrenalina.

Oh, le calza a pennello.

Mando giù il groppo che mi si è bloccato in gola mentre rileggo l'altro messaggio.

Ammazzata da un orgasmo. Porca troia.

Questa ragazza è davvero audace.

Mi scrive ancora prima che possa risponderle.

NOAH

> Comunque, sempre che tu riesca davvero a procurarmene uno, di orgasmo. Non vorrei che ti andasse in tilt il pacemaker.

Accidenti! *È crudele.*

Non posso negare che mi piace da morire.

FISHER

> La tua fighetta sta già pulsando per me, dolcezza. Mi supplicherai di farti venire e, se farai la brava bambolina, allora ti darò esattamente quello di cui hai bisogno.

Il marciapiede si fa sempre più affollato mentre le ultime persone lasciano il locale. Non so quanto tempo impieghino a chiudere, ma io la aspetterei qui fuori tutta la notte.

Quando il telefono vibra di nuovo un paio di minuti dopo, trovo una fotografia delle mutandine bianche di Noah. Le sta tenendo in mano senza pudore, e mi preoccupo subito che gli altri baristi possano vederle.

NOAH

> Sono sempre una brava bambolina.

FISHER

> Mettile via.

NOAH

Non ti piacciono?

Aggiunge un'emoji triste alla fine del messaggio.

FISHER

Guarda che potrei perdere la testa, se penso che un altro uomo potrebbe vederle.

NOAH

Se non ti piace il voyerismo, allora ti consiglio di raggiungermi sul retro, dove possiamo avere più privacy.

Ci sono ancora persone sui marciapiedi e nei parcheggi; quindi è decisamente più saggio che non assistano a quello che sto per farle. Lei non ha idea di quello che mi fa o di quello che voglio farle.

FISHER

Non rimetterle. Sto arrivando.

Capitolo Tre

NOAH

Ficco le mutandine nella borsa e saluto gli altri baristi. Loro non si sono resi conto di niente, visto che mi ero chiusa in bagno per darmi una rinfrescata.

Una volta uscita dalla porta principale, faccio il giro dell'edificio per raggiungere il parcheggio in cui vengono lasciati i furgoncini del cibo durante la notte. Coi nervi a fior di pelle, asciugo le mani sudate sul vestito.

Non ho mai conosciuto un uomo con cui ho sentito sin da subito una chimica tanto intensa.

E, porca miseria, ancora non mi ha manco toccata.

In realtà, non ho mai avuto un'avventura di una notte.

Ho cercato di non darlo a vedere, ma durante la nostra conversazione avevo il cuore a mille. Quando mi ha scritto per chiedermi di vederci dopo il mio turno, ho avvertito un fremito di eccitazione al pensiero che presto saremmo stati da soli.

Magnolia aveva ragione: ogni tanto devo lasciarmi andare e godermi la vita, invece di concentrarmi esclusivamente sul lavoro. Però non sono sicura che si riferisse proprio a questo. Darà di matto quando le racconterò che sono stata col tipo dell'arena.

Fisher lo conosco a malapena, e il fatto che sto per concedermi a lui dovrebbe essere preoccupante. Ma quest'uomo misterioso mi fa mandare al diavolo la ragione. Dopo l'imbarazzo che ho provato quando non mi ha chiesto subito il numero, vederlo arrivare al bar mi ha riempita di entusiasmo. L'ho trovato più calmo e loquace rispetto alla prima conversazione, cosa che mi ha aiutato a rilassarmi e a placare i nervi.

Più parlavamo e flirtavamo, e più ardentemente desideravo la sua attenzione. Jase è stato l'ultimo con cui ho fatto sesso, ormai due anni fa, e ora sono pronta a togliere le ragnatele. Dopo di lui c'è stato un certo Dylan, ma non siamo mai arrivati al sodo. Ho chiuso con lui prima che potessimo spingerci troppo oltre perché mi sentivo terribilmente in colpa, come se in qualche modo stessi tradendo Jase, nonostante tra di noi fosse già finita. Siamo rimasti amici; quindi in parte è per questo. Ormai però è passato abbastanza tempo. Devo farmi una bella scopata senza preoccuparmi della reazione del mio ex.

Continuavo a guardare i palmi callosi delle mani di Fisher – segno che molto probabilmente fa un lavoro manuale – e ho cominciato a fantasticare su tutte le altre cose che potrebbero fare. Il mio vibratore svolge egregiamente il suo lavoro, ma a un certo punto ci si stanca di fare tutto da sole.

Mi mancano il contatto fisico e l'intimità che soltanto un partner può offrire.

Se proprio devo avere un rapporto occasionale, meglio farlo con un uomo che sembra sapere il fatto suo. Perfino con un bancone a separarci, la sua voce profonda e il suo sguardo intenso mi hanno fatto venire la pelle d'oca.

Non guasta che è dannatamente sexy e ha molta più esperienza di me. È rimasto sempre sul pezzo durante la nostra conversazione e poi pure quando abbiamo iniziato a messaggiare; quindi non mi sorprenderebbe scoprire che a letto è proprio come piace a me.

"Chiedo scusa, cowboy, per caso aspetti qualcuno?" gli chiedo appena lo vedo.

Fisher si gira, e un sorrisetto malizioso appare sulle labbra incorniciate dai baffi. Ha raccolto i capelli in uno chignon spettinato basso, ma io sto già immaginando di passarci in mezzo le dita. I jeans gli avvolgono i polpacci muscolosi, e da vicino è perfino più grosso, col petto largo e due braccia possenti.

"Avevo quasi paura che non ti saresti presentata". Mi viene incontro con le mani in tasca, mentre fa scorrere lo sguardo ardente e sensuale sul mio corpo.

"Direi che valeva la pena aspettarmi, non credi?" Mi avvicino e soltanto adesso mi rendo conto che supera di almeno trenta centimetri il mio metro e sessanta.

"Assolutamente sì. C'è una cosa che morivo dalla voglia di provare".

Prima che possa chiedergli spiegazioni, si china su di me ed elimina lo spazio che ci separa. Ma lo fermo prima che la sua bocca possa toccare la mia.

"Poi non mi ammazzi, vero?" Le parole mi escono dalla bocca prima che possa bloccarle. Mi sono resa conto di colpo che ci troviamo in un vicolo molto stretto pieno di cassonetti e poco illuminato. Manca solo il costante grido di sirene in lontananza.

"Ho la faccia di uno che vuole ucciderti?" Mi prende la mano e se la preme contro l'erezione, per dimostrarmi quanto mi desidera. Visto che riesco a sentire quanto ce l'ha duro nonostante il tessuto dei jeans, la dimensione del pacco dovrebbe terrorizzarmi.

Deglutisco con forza e, quando mi lascia andare, raddrizzo la schiena. "Beh, assomiglia molto alla scena iniziale di tutti i podcast true crime, no? Il tipo si scopa la ragazza, per poi strangolarla e liberarsi del suo corpo".

Batte le ciglia, come in attesa della battuta. Ma ho visto abbastanza programmi in televisione da sapere che molto probabilmente sono stata una stupida a incontrarlo qui dietro.

Magnolia mi ammazza, se mi faccio uccidere dal cowboy sexy che mi ha tolto le ragnatele lì sotto.

Forse non avrei dovuto dargli l'idea di una morte per orgasmo.

"Noah, se volessi ammazzarti, non mi sarei fatto vedere con te in un bar pieno zeppo di testimoni".

Mi pare giusto.

"Quindi puoi promettermi che non morirò in tua presenza?"

Stringe le labbra come se stesse trattenendo una risata; poi si passa una mano sulla barba.

"Sì, te lo prometto. Però…" Mi prende il mento tra le dita e avvicina le nostre bocche in modo pericoloso. Il suo respiro sulla mia pelle arrossata sta facendo surriscaldare ogni centimetro del mio corpo impaziente. "Sarai pronta a farlo, quando ti permetterò di venire".

Ha seriamente appena detto che… *dovrà permettermi di venire*?

Elimina la distanza che ci separa e cattura la mia bocca prima che possa pensare a una risposta. Inspiro il suo profumo di bosco, che probabilmente non è neanche acqua di colonia. Un uomo che, come lui, si sporca le mani, questo odore ce l'ha di suo. Accidenti, non so neanche che lavoro fa, ma non mi importa. Questa sera voglio spegnere il cervello. Finché sarò con lui.

Ne ho bisogno.

Credo che ne abbia bisogno anche lui.

Il calore del suo corpo mi avvolge mentre fa scivolare la lingua tra le mie labbra. È una sensazione talmente bella che uno stormo di farfalle mi invade lo stomaco, e voglio già di più. Gli stringo la maglietta, e un gemito profondo mi sfugge dalla gola quando l'erezione preme contro di me. Mi fa scorrere una mano lungo la schiena e la ferma attorno al collo, tenendomi ferma mentre mi lascia senza fiato.

"Cazzo, Noah!"

La sua bocca si sposta sul mio mento e giù sul collo. La maniera in cui succhia e lecca la pelle è come una macchia permanente sulla mia anima. Il seno si gonfia, impaziente di ricevere attenzioni, e stringo le cosce per l'intensità della sua bocca. Non ho mai provato nulla di simile ma, quando si lascia dietro una scia di morsi, il mio sussulto violento riecheggia tra di noi.

"Ti è piaciuto", afferma, la voce ruvida, prima di catturare di nuovo le mie labbra.

Il mio cuore batte all'impazzata, come se non riuscisse a

reggere il passo delle emozioni che mi stanno travolgendo. Quando Fisher si lascia andare a un grugnito profondo, capisco che anche lui è tanto preso quanto me.

"Dovremmo andarcene da qui", ansimo quando fa scivolare una mano sotto al vestito per palpare il mio sedere nudo. "O rischiamo di farci arrestare per atti osceni in luogo pubblico".

Come affonda le dita nella carne, comincio a strofinarmi con più forza contro di lui. Il fatto che sono io a farlo eccitare così tanto mi piace da morire.

"Avresti dovuto pensarci prima di farmi questo", mormora, e poi riporta la bocca sulla mia mentre io continuo a sfregarmi sull'erezione. "Dato che ti devo un segreto, ecco qual è il mio: ormai non ce la farei ad allontanarmi da te".

"Grazie al cielo!" Mi guardo intorno per assicurarmi che siamo davvero soli e decido di onorare il mio soprannome. Lo prendo per mano e lo trascino verso uno dei furgoncini. Adesso è chiuso, ma la serratura non sembra poi troppo complicata da aprire. Infilo una mano nella borsa, tiro fuori un paio di forcine e le allungo.

"Che stai facendo?" Si preme contro la mia schiena mentre infilo le due forcine nella serratura e le giro in direzioni opposte. "E questo dove l'hai imparato?"

"I miei quattro fratelli maggiori mi hanno insegnato un sacco di stronzate giusto per il gusto di farlo". Ridacchio perché, se Fisher sapesse la metà delle cose che ho fatto da piccola per stare al passo con loro, fuggirebbe a gambe levate.

"Devi spiegarti un po' meglio", aggiunge quando riesco a forzare la serratura. Ci ho messo meno di trenta secondi ed è pure quasi buio pesto. I miei fratelli sarebbero davvero fieri di me.

Forse non più di tanto, se sapessero che sto usando la loro tecnica per introdurmi in una proprietà privata. Ma questo dettaglio deve rimanere top secret.

Ficco di nuovo le forcine in borsa ed entro nel furgoncino. "Non stiamo mica rubando qualcosa. Dai, vieni".

Fisher mi segue, chiudendosi la porta alle spalle. Appena lo fa, lascio andare la borsa e mi metto in ginocchio.

"Noah…" Si guarda intorno, ma siamo avvolti dall'ombra. "Il pavimento è sporco".

Mi fa troppo ridere che in questo momento sia preoccupato per una cosa simile. "Che vuoi che sia. Vivo e lavoro in un ranch di cavalli; quindi fidati se ti dico che mi sono seduta in posti peggiori".

Abbasso la zip, sbottono i jeans, e poi li abbasso fino alle caviglie insieme alle mutande. Fisher inspira violentemente tra i denti appena avvolgo una mano attorno all'asta grossa e comincio a massaggiare.

Quando solleva la maglietta e se la toglie, di fronte a me appare una parete di muscoli sodi. Da quel che riesco a vedere, una spruzzata di peli scuri copre l'addome e il petto.

Com'è possibile che quest'uomo sia ancora single?

"Cazzo, è già troppo bello!" La sua voce è perfino più ruvida di prima mentre mi afferra la mascella, per costringermi a guardarlo in faccia. "Non c'era bisogno che lo facessi, Noah. Potevo aspettare".

Mi stringo nelle spalle, con un sorrisetto. "Io no".

Prima che possa rispondermi, avvolgo le labbra attorno alla punta e faccio roteare la lingua. Fisher impreca e si regge al bancone con una mano, mentre intreccia l'altra ai miei capelli. Io continuo a leccare e massaggiare; intanto lui geme e stringe sempre più forte sulla cute, rischiando quasi di strapparmi delle ciocche. Ripeto gli stessi movimenti per qualche secondo, per poi ficcarmelo in gola il più possibile.

"*Merda!* Sei bravissima".

Guida la mia testa su e giù lungo l'asta, fino a soffocarmi. È l'uomo più dotato con cui sia mai stata, e la circonferenza notevole mi sta già facendo bagnare tutta. Sto pregustando la sensazione di pienezza e so che Fisher mi sbatterà fino a farmi cedere le gambe.

Risucchi e schiocchi umidi riecheggiano nello spazio ristretto. I suoi testicoli si induriscono mentre li massaggio nel palmo e, quando lui sussurra il mio nome, seguito da un grugnito gutturale, so che gli manca poco.

"Sei proprio una brava bambolina", mormora, seguendo i miei movimenti col bacino. "Quella tua boccuccia calda mi sta facendo impazzire, cazzo!"

Quando la punta tocca la gola, trattengo un conato di vomito, per poi svuotare le guance e succhiare più forte. La sua stretta è salda e possessiva, ma io voglio dargli tutto quanto.

"Ci sono quasi, se vuoi sfilarlo".

Scuoto la testa con decisione. Non mi sono certo inginocchiata nel furgoncino sporco in cui mi sono introdotta illegalmente solo per farlo venire nella sua mano.

Appena le dita si stringono tra i miei capelli e mi tirano la cute, mi preparo per il finale.

Fisher rilascia un grugnito basso e profondo e raddrizza di scatto la schiena. Il suo ventre si irrigidisce mentre continuo a massaggiare e succhiare finché non è totalmente appagato e svuotato.

I nostri respiri affannati riecheggiano tra di noi; intanto ingoio e mi gusto il suo sapore.

"Cazzo, Noah! Non ci credo che l'hai fatto davvero".

Quando faccio scivolare un dito sul labbro inferiore per assicurarmi di non aver perso neanche una goccia, mi guarda con occhi colmi di desiderio e sorpresa.

"Qui non abbiamo ancora finito", dichiara, sollevando i jeans e le mutande.

Mi asciugo il mento e do una sistemata ai capelli; poi Fisher mi fa alzare in piedi senza il minimo sforzo, come fossi una piuma. Non sono per nulla una ragazza minuta, ma i suoi modi da uomo virile mi fanno sentire comunque così.

Mentre la lingua invade la mia bocca, mi prende il viso tra le mani, e i nostri corpi premono l'uno contro l'altro.

Fa scivolare una mano tra le mie cosce, e io le allargo come infila un dito dentro.

"Sei tutta bagnata per me?" mi sussurra all'orecchio, e un brivido mi corre lungo la schiena.

"Mm-mmh". Quando col polpastrello del pollice comincia a

massaggiare con piccoli cerchi il clitoride, getto indietro la testa. Mi ha a malapena toccata, e sto già ansimando come se avessi corso una maratona nel deserto.

"Dimmelo!"

"Sì, sono *tanto, tanto, tanto* bagnata. Non fermarti, ti prego!"

"Mi fai gustare questa fighetta dolce?" Affonda un altro dito dentro di me. Sussulto per la pressione, ma desidero disperatamente ancora di più.

"Qui dentro?" gli chiedo.

Ridacchia contro il mio orecchio. "Non fare la timida, *ADA*. Sei stata tu ad aprire le danze. Lascia che le chiuda io".

La maniera seducente in cui pronuncia il mio vecchio soprannome mi porta quasi al limite, e mi abbandono al suo volere.

Fisher si inginocchia, mi solleva il vestito e fa scivolare la lingua sul sesso dolorante. "Vediamo se riesco a farti finire in otto secondi?"

"Oh, mio Dio!" Mi si chiudono le palpebre mentre mi aggrappo alla sua spalla e al bancone che ho dietro.

Dopo aver succhiato e leccato per qualche secondo, mi afferra la coscia e si carica la gamba sulla spalla.

"Reggiti forte, così posso venerare la tua fighetta da dea. Comincia a contare".

Faccio a malapena in tempo a metabolizzare le sue parole, che affonda tutta la faccia tra le mie cosce. Nessuno mi aveva mai divorata in questo modo. Sono già consapevole che potrei sviluppare una dipendenza.

Affondo le unghie tra i suoi folti capelli. La sensazione della peluria ruvida del suo viso che mi gratta la pelle è esattamente come l'avevo immaginata. Il clitoride pulsa contro la sua lingua, e una nuova scarica di elettricità mi attraversa.

"Fisher, è... *Porca troia!*" Le mie parole vengono seguite soltanto da respiri affannati e gemiti, perché ormai ho perso del tutto la capacità di esprimermi.

Lavora il mio sesso con le dita, la lingua e la bocca, come un abile pittore che crea un altro capolavoro. La sua diligenza e l'abilità di farmi diventare di gelatina le ginocchia per me sono un'assoluta novità.

"Cazzo, mi manca poco!"

Solleva ancora più in alto la mia gamba, rischiando quasi di farmi cadere col sedere per terra, ma mi tiene con una stretta salda e decisa. Fisher controlla ogni centimetro del mio corpo mentre scariche di piacere mi attraversano la spina dorsale.

"Conta i secondi, piccola!" La durezza del suo tono di voce mi fa sciogliere in una pozza.

"Uno, due, tre…" Mi si intrecciano gli occhi, e faccio fatica a continuare. "Quattro, cinque".

Quando ho quasi raggiunto il limite e sto per precipitare nell'abisso, Fisher porta indietro la testa e lascia andare il clitoride.

Un gemito strozzato mi sfugge inavvertitamente dalla gola; al che Fisher fa un sorrisetto malizioso, come se fosse rimasto colpito.

"Non riesco a fermarmi. Hai un sapore troppo dolce".

"E allora perché ti sei fermato? Mi mancava pochissimo!"

Giusto altri tre secondi.

"Fidati di me". Mi fa l'occhiolino e poi affonda di nuovo le dita dentro di me.

Mi si incrociano gli occhi quando le sue labbra ritrovano il clitoride, e la sensazione intensa mi pervade un'altra volta.

"Sì, non fermarti. *Ti prego*".

"Sei". La pressione si fa sempre più insistente e per poco non travolge tutti i miei sensi. Mi preparo all'impatto, ma Fisher si allontana di nuovo.

"No!" quasi grido, con disperazione. "Piantala!"

Mi sfiora la coscia nuda col naso, mentre il mento irsuto mi gratta la pelle. "Ci siamo quasi, dolcezza".

"Smettila di tormentarmi!" gli dico, ripensando a ciò che mi ha detto prima. Mi aveva avvisata che l'avrei dovuto supplicare di farmi venire e che nel frattempo avrei rischiato di impazzire. "Se devo farlo da sola perché sei un incompetente, allora faccio subito".

"Azzardati ad avvicinare le dita alla tua bella fighetta, e ti lego i polsi dietro la schiena e ti mollo qui".

"Non lo faresti mai".

"Ho detto che non ti avrei ammazzata. Mica ho promesso che non ti avrei abbandonata a bocca asciutta".

"Allora tanto vale che poni fine alle mie sofferenze e mi strozzi".

Scuote la testa, con una risata divertita. "Fai la brava bambolina, e ti do esattamente quello di cui hai bisogno".

Fisher appoggia per terra il mio piede e poi si alza. "Girati e reggiti al bancone. Poi allarga le gambe".

Obbedisco come la donna disperata e affamata di sesso che sono. Appena sono in posizione, lui si mette in ginocchio e separa le natiche, rivelando quel punto tanto intimo che in un'altra occasione mi sarei vergognata di mostrare. Ma Fisher può vedere e toccare tutto quello che vuole, purché mi procuri il tanto agognato orgasmo di cui ho bisogno.

"Ti prego, Fisher," insisto, supplicandolo senza il benché minimo imbarazzo.

Col mio corpo piegato di fronte a sé, affonda di nuovo tra le mie cosce e gratta ogni centimetro sensibile toccato dalla sua bocca. Il piacere diventa quasi intollerabile mentre mi concentro sulle sensazioni e i movimenti della sua lingua.

"Sette".

Preme il naso dentro di me, aggiungendo frizione.

Gemendo contro la mia pelle, tiene in ostaggio il clitoride con le labbra. Tra le carezze della sua lingua e la peluria che strofina contro di me, mi getto dal precipizio e lancio un urlo mentre cavalco le onde elettriche che mi trasportano in un luogo in cui mai sono stata prima.

"Otto".

Col respiro affannato, cerco di riprendermi.

"Cazzo, Noa! Deve essere stato davvero intenso! Stai

tremando". Fisher fa scivolare le mani lungo le mie gambe, come se sapesse che ho bisogno di calmarmi.

Il mio cuore martella al ritmo frenetico del mio respiro e, per quanto provi a tenerlo a bada, non ci riesco. Nessuno mi aveva mai spinta fino al limite per poi fermarsi all'ultimo secondo, come ha fatto lui. Quando alla fine mi ha lasciata cadere, il mio corpo era ormai eccitato all'estremo, e adesso faccio fatica a rialzarmi.

Fisher mi fa voltare e mi preme contro il petto, avvolgendomi tra le sue braccia muscolose. "Tutto bene?"

Al pensiero dell'assurdità della situazione, mi scappa una risatina. "Sì, credo di sì".

"Non avevi mai avuto un orgasmo del genere", afferma, ma non in tono critico. Anzi, è colmo di gentilezza e comprensione.

"Non così... intenso. E non perché non ci abbia mai provato".

"Sono contento di essere stato io a procurartelo". Mi stampa un bacio sulla fronte, come un partner innamorato. "Gli uomini con cui sei stata in passato non sono chiaramente stati in grado di darti ciò che ti serviva".

"Ora mi hai rovinata per tutti gli altri. Spero tu sia felice". Il mio tono è duro ma non serio. Però è vero. È impossibile che i ragazzi della mia età siano così bravi. *E mi facciano contare i secondi durante l'atto.*

"Non mi dispiace affatto".

Inizio a ridere, ma mi fermo quando porta la sua bocca sulla mia. "Senti quanto sei deliziosa? Sei tu quella che ha rovinato *me* per sempre".

Mi bacia di nuovo, e ci perdiamo l'uno nell'altra finché non sentiamo delle sirene qui fuori e ci separiamo in fretta e furia.

"Porca troia!" Sussulto. "Le guardie".

Fisher chiude rapidamente a chiave la porta, e io mi butto istintivamente sul pavimento. Lui mi imita, ma poi mi prende in grembo e avvolge le braccia attorno al mio corpo. Anche se non sono dei veri poliziotti, possono comunque farci passare guai per aver violato una proprietà privata.

"Qualcuno ti avrà sentita urlare", mi sussurra all'orecchio, e mi trattengo dal ridere per l'ironia della cosa. "Magari pensavano che stessero uccidendo qualcuno, e non che ti stavo divorando la figa".

Sbuffa quando gli do una gomitata allo stomaco.

"Non è divertente", sibilo, in un sussurro. "Ci pensano i miei genitori ad ammazzarmi, se li chiamo dopo mezzanotte per farmi tirar fuori di prigione".

Considerando tutte le volte che in prigione *non* ci sono finita, se mi capitasse una volta sola, potrebbero anche chiudere un occhio, ma dubito che lo farebbero.

Per fortuna, l'ampia finestra che viene usata per prendere gli ordini e servire il cibo è chiusa, ma il parabrezza non lo è. Se una guardia dovesse sbirciare dentro, siamo fregati.

"Stai calma", mi dice quando inizio a tremare tra le sue braccia. "Sicuramente sta solo facendo un giro di routine e se ne andrà presto".

"E allora perché avrebbe acceso le sirene?" Continuo a parlare a voce bassa.

"Probabilmente ha sentito qualcosa e le ha usate per far fuggire possibili intrusi", risponde.

Il mio cuore rischia di esplodere fuori dal petto, ma almeno così non dovrò più preoccuparmi che mi becchino, perché tanto sarò morta.

La maniglia comincia a muoversi e sussulto per lo spavento; quindi Fisher mi copre la bocca.

Avvicina le labbra al mio orecchio. "Shh".

È finita.

Ecco come avrò una macchia sulla fedina penale e finirò in prigione.

Per essermi introdotta in una proprietà privata e aver violato un milione di norme sanitarie di una cucina.

Perlomeno ho avuto un orgasmo stratosferico, prima di dover abbandonare i miei stivali da cowboy per indossare l'uniforme arancione.

La maniglia si ferma, e tiro un sospiro di sollievo.

Restiamo in silenzio, in attesa che accada qualcosa; poi la luce di una torcia filtra dal parabrezza. Oddio. Ci vedrà seduti qui dentro e mi metterà in manette.

Stupida. Stupida. Stupida.

Tutto per del sesso orale.

Dell'ottimo sesso orale.

Ma so che non me la caverò tanto facilmente. Appena chiameranno i miei genitori, anche i miei fratelli, Magnolia e tutta Sugarland Creek sapranno cos'ho fatto.

E peggio ancora, pure i miei clienti potrebbero scoprirlo.

Chi vorrà assumere un'addestratrice di cavalli con dei precedenti penali?

"C'è qualcuno?" chiede una voce maschile e, quando la luce mi passa sul volto, mi si blocca il cuore in gola.

Ci siamo.

"Non. Muoverti", sussurra Fisher con voce talmente bassa che quasi non lo sentivo.

Tutto ciò che mi circonda scompare mentre cerco di rimanere il più immobile possibile.

Il bagliore della torcia danza nello spazio del furgoncino, e trattengo il fiato finché non torna di nuovo buio.

Dopo qualche minuto di silenzio, finalmente emetto un respiro.

"Credo se ne sia andato", annuncio.

"Meglio se andiamo". Fisher si alza e mi porge la mano. L'afferro e mi sollevo, poi sistemo il vestito, metto in ordine i capelli e prendo la borsa.

"Secondo te, abbiamo fatto macello qui dentro?" Mi guardo rapidamente intorno. Non mi pare ci sia niente fuori posto, ma non c'è tempo per pensarci troppo.

"A me sembra tutto in ordine. Andiamo!" Fisher sblocca la porta e la tiene aperta per farmi uscire.

Appena lo faccio, una luce mi acceca.

Merda!

Capitolo Quattro

FISHER

La porta sbatte alle mie spalle, e Noah rimane paralizzata quando una guardia si staglia di fronte a noi puntandoci la torcia in faccia.

"Non è che potrebbe abbassarla?" Cazzo, non ha senso accecarci in questo modo.

Appena lo fa, vedo un ragazzino rinsecchito che avrà l'età di mio figlio.

"Noah..." Il tipo comincia a ridere, e il mio cuore prende a martellare perfino più forte di prima.

La conosce?

"Ian?" Noah gli si avvicina, e lui le rivolge un sorrisetto familiare che mi fa incazzare all'istante. "Maledetto stronzo! Mi hai spaventata a morte!"

Il ragazzetto se la ride di gusto mentre Noah gli dà un colpo sul braccio, ma quando prova ad abbracciarla lei si allontana prima che possa farlo.

"Ti ho vista e sapevo che prima o poi saresti uscita". Si stringe nelle spalle, sfoderando un sorrisetto presuntuoso mentre mette via la torcia. "Mi ha chiamato Magnolia perché non riusciva a rintracciarti e io le ho promesso che ti avrei cercata".

"Oh, mio Dio!" Noah sbuffa e si dà una sberla sulla fronte.

"Mi sono dimenticata di scriverle dopo il turno. Non ci credo che ha chiesto proprio a te. Poi non sono neanche sparita per chissà quanto tempo".

"L'ho beccata prima e le ho ricordato che ha il mio numero. Non pensavo che l'avrebbe usato per la prima volta per chiedermi di darti la caccia, ma secondo me era solo una scusa per scrivermi".

Trattenendomi dal ridere, rimango alle spalle di Noah con le braccia conserte e aspetto che il tipo se ne vada.

Ian mi scocca un'occhiata, squadrandomi dalla testa ai piedi. Rapido, riporta l'attenzione su Noah.

Anche lei mi guarda prima di rivolgersi al tipo: "Ti ringrazio per esserti preoccupato per me, ma sto bene".

Ian imita la mia posa, incrociando le braccia scheletriche sul petto. "Quindi dovrei dirle che ti sei rinchiusa in un furgoncino del cibo con un tipo a caso? E poi come ci siete entrati lì dentro?"

"No, glielo dico io", insiste Noah. "Mica racconterai a tutti di questo piccolo *incidente*, vero?"

"Intendi la violazione di proprietà privata e atti osceni in luogo pubblico?"

Sbuffo e decido di interrompere questa conversazione ridicola. Non c'è stato alcun atto indecente in luogo pubblico, e lo sa benissimo anche lui.

"Andiamocene, Noah!" La prendo per mano.

"Tu non te ne puoi ancora andare", dichiara lui, parandosi davanti a me. "Prima voglio vedere i documenti".

Abbasso lo sguardo. Lo supero di almeno trenta centimetri e sono decisamente più grosso di lui. "Altrimenti?"

"Uno di voi ha forzato l'ingresso del furgone, e molto probabilmente il proprietario vorrà sporgere denuncia", risponde, gonfiando il petto.

Scoppio a ridere, divertito. "Nessun problema".

Prima che possa dire qualcos'altro, trascino via Noah e lo supero. Che ci provi pure a fermarmi!

"*Noah Hollis*, so dov'è parcheggiato il tuo camper! Passerò domani per continuare la discussione!" grida Ian, e quando pronuncia il suo cognome mi irrigidisco di colpo.

Non ci eravamo presentati col nome per intero.

È una *Hollis*.

E mi ha già detto che lavora come addestratrice di cavalli; quindi è probabile che il ranch della sua famiglia sia lo stesso per cui comincerò presto a lavorare al posto del signor Ryan. Dopo aver preso il certificato, ho fatto il tirocinio con lui. È andato in pensione dopo quarant'anni e mi ha raccomandato a una fetta di suoi clienti, tra cui proprio gli Hollis. Non esiste mondo in cui i genitori di Noah mi permetterebbero di portarmi a letto la loro figlia che ha la metà dei miei anni.

"Non la smetterà mai di tormentarmi", brontola Noah quando prendiamo il sentiero che porta al campeggio.

"Ma chi era?"

"Io e la mia famiglia veniamo qui tutte le estati, e lui lavora da cinque anni come addetto alla sicurezza durante gli eventi. Tempo fa sono finita nei guai insieme a Magnolia, e lui le va dietro da allora. Però lei non è interessata".

"Non mi sembra proprio che lui sia alla sua altezza", dico onestamente.

Noah ridacchia e annuisce. "È troppo presa dalla relazione tossica col suo ex per dare una chance ad altri ragazzi. Beh, tranne a mio fratello. Ma lui è troppo giovane e immaturo per qualcosa di serio". Mi guarda e sospira profondamente. "Oddio, scusami. Non volevo assillarti con queste cose. Eravamo interessati solo a quest'avventura di una notte; quindi probabilmente non te ne importa niente".

Stringendo la presa su di lei, mi fermo e la premo contro il mio petto. Noah porta in avanti il mento quando glielo prendo tra il pollice e l'indice e avvicino la bocca a un soffio dalla sua. "Se c'entri tu, sì che mi importa".

Le si mozza il fiato; al che premo le mie labbra sulle sue, e le nostre lingue iniziano a intrecciarsi in una danza di seducente desiderio. Infilo le dita tra i suoi capelli e la bacio con più passione, finché non le manca l'aria.

Mi stacco dalla sua bocca e mi sposto lungo la curva del collo, poi le sussurro all'orecchio: "Passa la notte con me".

Le sfugge un gemito gutturale, e getta indietro la testa. "Ok".

"E potrai urlare quanto ti pare, dolcezza". Un sorrisetto mi solleva l'angolo della bocca quando la sento tremare contro di me.

"Se per te questi sono preliminari, sappi che stanno funzionando".

Con una risata, la prendo per mano e inizio praticamente a correre verso la mia roulotte.

L'area del campeggio è buia e silenziosa, da mettere i brividi. Con la mano di Noah stretta nella mia, mi ritrovo a ripensare alla serie di eventi che ci ha portati a questo momento.

Mi sembra tutto un sogno, perché non avrei mai pensato di poter avere una chance con una donna come lei. Ma, adesso che siamo qui, non voglio dare nulla per scontato.

Per stanotte, è mia.

Apro la porta e Noah entra; dunque la seguo.

"Oh, accidenti! Meglio che scriva a Magnolia, prima che mi mandi dietro la polizia". Prende il telefono dalla borsa e comincia a buttare giù un messaggio.

"Che le dici?"

"Grazie per aver mandato Ian a cercarmi, maledetta. Mi hai quasi fatto perdere un orgasmo. Passo la notte con Fisher, così può regalarmi più di otto secondi di piacere. Non c'è bisogno che mandi l'esercito. Beh... a meno che non senti più mie notizie per le prossime dodici ore". Mi lancia un'occhiata, con un sorrisetto malizioso, e poi continua: "A quel punto, ti conviene inviare tutto il Tennessee in missione di soccorso, perché, anche se è super sexy e ha la lingua magica, dubito che riuscirebbe a mandarmi in coma da orgasmo per tutto quel tempo. Comunque, ti racconto tutto più tardi". Con un ghigno, preme il pulsante di invio. "Così mi lascerà in pace almeno per un po'".

Deglutisco con forza. "Beh, almeno per le prossime dodici ore".

"Magnolia non aspetterebbe mai così tanto. Le do tempo fino alla colazione; poi verrà senz'altro a cercarmi".

Il whiskey e il bicchiere da shot sono ancora sul tavolo; quindi ne verso un po' e glielo offro. "Ti va?"

"Cos'è, vuoi farmi ubriacare?" Prende il bicchiere e lo butta giù in un sorso solo.

"Questo te lo dovrei chiedere io. Continuavi a servirmi".

"Sì, della *Budweiser*". Trattiene una risata. "Mica ci si ubriaca con la birra".

Ridendo, scuoto la testa e mi verso uno shot, che bevo subito.

"Sai, hai presente quell'Hunter? Quando avevo la sua età, gli assomigliavo molto".

"Ma davvero?" mi chiede.

"Anche io ero un cavalcatore di tori. Ho fatto quella vita per anni, finché non ho mollato".

Mi passa accanto e si ferma a prendere il whisky, per versarsi un altro bicchiere. "Interessante. Non mi parevi il tipo".

"Ho passato la giovinezza a viaggiare per il paese, godendomi appieno quell'adrenalina che anche tu sembri amare molto". Faccio un sorrisetto quando porta indietro la testa e butta giù il liquido.

"Addestrare cavalli non è poi così elettrizzante, però è divertente. Ho fatto alcune acrobazie pazzesche con uno dei miei. Probabilmente un giorno mi ammazzerà, ma perlomeno potrò lasciare questo mondo facendo quello che amo".

Le passo un braccio attorno alla vita, la attiro al mio petto e le sollevo il mento. "La pensavo così pure io, finché non è quasi successo".

"È per questo che hai mollato?" sussurra.

"No, ma mi sono fatto male un'infinità di volte. Mia moglie e i miei figli non sapevano mai se sarei tornato a casa vivo o in un sacco nero".

Noah solleva le sopracciglia e sbarra i suoi occhi color dell'oceano.

"Non sono più sposato", aggiungo subito. "Abbiamo divorziato dieci anni fa".

"Oh". Tira in dentro il labbro inferiore. "Perché me lo stai dicendo?"

Faccio scorrere una mano sul mento e sospiro. "Non lo so. Sarà perché vedo quanto sei a tuo agio con me e ho paura che, quando raggiungerai la stessa confidenza con un altro ragazzo, lui possa non avere buone intenzioni".

Un angolo della sua bocca si solleva in un sorrisetto, mentre si morde il labbro. "E tu invece le hai?"

Premo il pollice sul suo labbro inferiore e lo libero dai suoi denti. "La ricerca di quella botta di adrenalina può metterci nei guai, e non vorrei mai che commettessi i miei stessi errori. O che te ne pentissi".

"Potrei solo pentirmi di non aver portato a termine quello che hai iniziato tu. Non posso tornare da Magnolia senza nuovi dettagli succosi".

Le avvolgo una mano attorno alla nuca, attirandola a me finché le nostre bocche non sono a un soffio di distanza. "Quindi, per la tua cara amica – *e anche per me* – è meglio che ti regali una notte che non dimenticherai".

"Sì, *ti prego*".

Premo la mia fronte sulla sua, con un grugnito. "Cazzo! Sentirti supplicare così me lo fa venire ancora più duro".

"Ottimo. Così possiamo saltare quello step".

Con una risata, elimino la distanza che ci separa e faccio scivolare la lingua tra le sue labbra. Noah risponde all'istante, tra gemiti e mormorii, e intanto infilo le mani sotto il suo vestito. Il suo cuore martella contro il mio, seguendo lo stesso ritmo e, per quanto lei mi stia facendo capire che lo vuole, devo sentirglielo dire.

"Noah". Ansimando, sposto una mano tra le sue cosce e faccio scorrere un dito sul sesso. "Sei sicura che lo vuoi?"

Porta indietro la testa, con un sopracciglio inarcato. "Non ammosciarti proprio ora, cowboy", risponde, abbassando lo sguardo sul mio pacco. "Se non lo volessi, non sarei qui. Quindi, se hai bisogno di sentirmi dire qualcosa per legittimare quello che stai per farmi, lo dirò".

Divertito, inarco le sopracciglia e aspetto che continui.

"Ti do il mio pieno consenso di fottermi su ogni superficie di questo posto. Ti do il consenso di mettere le mani, la lingua e la bocca su tutto il mio corpo. Insomma, devo metterlo per iscritto?"

Getto indietro la testa con una risata, perché non ho mai conosciuto una donna come Noah. All'inizio la sua sfrontatezza e la sua franchezza mi hanno preso alla sprovvista; ora invece mi fanno eccitare.

"Il consenso verbale è più che sufficiente", ribatto, affondando il dito dentro di lei.

"Grazie al cielo!" Chiude gli occhi e sposta la testa, dandomi completo accesso alla pelle delicata del collo; quindi inizio a succhiare sotto l'orecchio.

"Questo vestito deve sparire". Do uno strattone al tessuto, ma mi ferma prima che possa abbassarlo troppo.

"Toglilo dalla testa. Vedi di non distruggere il mio vestito preferito come un cavernicolo".

"Pensavo che alle donne piacesse", ironizzo, giocando con le spalline.

Trattiene una risata. "Nei romanzi rosa, forse".

"Tu li leggi?"

"Di solito prima di andare a dormire. Soprattutto libri sconci con vichinghi e mostri".

Faccio schizzare un sopracciglio all'insù. "Non voglio sapere i particolari".

"Se ci tieni al tuo ego, ti conviene".

Non le dico che conosco fin troppo bene i romanzi rosa. Mia moglie li leggeva giorno e notte, finché non si è resa conto che come marito avevo numerose lacune. Ma come biasimarla? Non ero mai a casa.

Noah alza le braccia, e le sfilo il vestito da sopra la testa, lasciandola con addosso nient'altro che un reggiseno scollato. Le sollevo un piede e le tolgo lo stivale da cowboy, per poi ripetere lo stesso procedimento con l'altro.

"Se mi dici qualcosa, magari possiamo intrepretare la scena".

"In quel caso dovresti mettere su cinquanta chili di muscoli e allungarti di un altro mezzo metro, oppure far spuntare in un baleno un altro pene".

Imbambolato, sbatto le palpebre, e la mia espressione le strappa una risata. "Ehi, guarda che sei stato tu a proporlo".

"Pensavo leggessi romanzi western su cowboy e quella roba lì".

"I miei fratelli sono degli aspiranti Clint Eastwoods; quindi non leggerei mai qualcosa che possa ricordarmeli anche solo minimamente". Rabbrividisce disgustata, e io ridacchio.

Ripensandoci, il fatto che abbia quattro fratelli conferma che fa davvero parte della famiglia per cui comincerò a lavorare. Il signor Ryan mi aveva detto che gli Hollis hanno cinque figli.

Però non posso fermarmi adesso.

E non voglio farlo.

"D'accordo; quindi niente cowboy. E che mi dici delle storie d'amore proibite?" Tolgo la maglietta e lancio via gli stivali. Se tra di noi dovesse succedere qualcosa dopo questa sera, non potremmo raccontarlo a nessuno. Ho il doppio dei suoi anni e lavorerò per la sua famiglia.

"*Quella* è la mia kryptonite. Mi piace da morire quando due persone che non dovrebbero stare insieme lottano contro tutti per la loro relazione".

Alle sue parole, mi sfugge un profondo gemito.

Quando il suo sguardo si fissa sul mio petto, inizio a sbottonarmi i jeans. Prima che me li possa togliere da solo, Noah prende in mano la situazione e me li fa scivolare lentamente lungo le gambe, per poi sfilarli dai piedi.

Dopo avermi lasciato in mutande, si alza e porta le braccia dietro la schiena. Slaccia il reggiseno e lo lancia via.

Il seno si solleva e si abbassa mentre la ammiro dalla testa ai piedi.

Porca troia! "Hai i piercing ai capezzoli".

Abbassa lo sguardo. "Oh, ma dai! Proprio così".

Sorrido e prendo un seno in mano. Col pollice accarezzo dolcemente la pelle liscia, ma sento il bisogno di morderla. "Ti fa male se lo tocco?"

"No". Me lo dimostra subito pizzicando l'altro e gemendo.

Quando poso le labbra sulle sue, lascia ricadere la mano, e io le palpo il sedere. "Stupenda, Noah. Sei stupenda, cazzo".

Ritrovo il suo collo con la bocca mentre lei mi passa le braccia dietro la schiena e preme l'erezione contro il suo ventre. "Ho bisogno di averti dentro di me, Fisher. *Ti prego*".

"Come lo vuoi?" sussurro, e le mordo il lobo.

"Veloce. Duro. Profondo. Travolgente. Lento. Terribilmente lento. E poi di nuovo profondo e duro".

La sua lista dettagliata mi strappa una risata, però adoro che sappia esattamente che cosa vuole.

La mia bocca trova la sua e faccio scorrere la lingua sul suo labbro inferiore. "E sarebbero otto momenti diversi… oppure devo fare tutto insieme, prima di lasciarti venire?"

"Dimmelo tu. È a te che piace il numero otto". Il suo tono malizioso fa pulsare più forte il cazzo dolorante contro di lei. Mi piacerebbe affondare dentro di lei per ore, ma è passato fin troppo tempo dall'ultima volta che sono stato con una donna e potrebbe bastare il suo primo orgasmo con me dentro di lei a rovinarmi. Però questo non mi farà desistere. Abbiamo tutta la notte davanti.

"Non intendo fermarmi a uno", le dico, portando una mano sul suo clitoride.

Comincia ad ansimare appena la tocco. Noah è molto reattiva; quindi so che non ci metterà molto a venire sulla mia lingua.

Mi inginocchio, le allargo le gambe e faccio scorrere il naso sulla curva della coscia. Lei solleva la gamba per darmi un accesso più agevole. Me la carico sulla spalla, mi tuffo su di lei e inizio a lavorare ogni centimetro del suo sesso con la bocca.

Dopo aver passato qualche minuto a tirarmi i capelli e gemere il mio nome, mi stritola le dita e lancia un urlo di piacere. Lecco via i suoi umori, poi stuzzico un altro po' il clitoride gonfio e alla fine metto giù la sua gamba.

Mi alzo e le prendo il viso con le mani; poi faccio scivolare la lingua tra le sue labbra perché possa sentire il suo sapore dolce.

"È stato proprio intenso", sussurra.

"E questo è stato solo il primo". Le do una sculacciata. "E ora… a letto, *piccola*!"

Capitolo Cinque

NOAH

Cazzo, dov'è finito il reggiseno?

Dopo che Fisher mi ha tolto il vestito, ho lanciato il reggiseno da qualche parte. Non posso neanche mollarlo qui e andarmene, visto che è l'unico che ho portato e non voglio accecare la mia famiglia coi piercing.

Mi metto carponi e comincio a muovermi col culo per aria, finché non lo trovo sotto i suoi jeans.

Grazie al cielo!

Dopodiché, frugo nella borsa per prendere le mutandine.

Già è abbastanza umiliante uscire conciata così alle sette del mattino; farlo pure senza biancheria intima sarebbe a dir poco *mortificante*.

E, in fondo, sono una raffinata lady del sud.

A eccezione di questa notte.

Dopo essermi vestita, infilo gli stivali e prendo le mie cose. Fisher non ha mosso un muscolo da quando ho scavalcato il suo corpo nudo per scivolare fuori dal letto. Sono quasi tentata di sentire se ha ancora polso.

Pensa un po' che culo!

Il sesso migliore della mia vita l'ha stecchito.

Lo so che è più grande di me, ma non è poi così tanto vecchio.

Quando vedo il suo portafoglio sul bancone, decido di dare una sbirciatina alla patente per controllare di che anno è. Durante la pomiciata ardente e sensuale di ieri notte, gli ho chiesto se avesse un preservativo e lui mi ha detto di prenderne uno dal suo portafoglio, che si trovava nella tasca posteriore dei jeans. Dopo averne sfilato uno, ho lanciato via l'accessorio in cuoio.

Lancio un'ultima occhiata a Fisher per assicurarmi che sia ancora in coma, poi apro il portafoglio e controllo i suoi documenti.

Ha quarantaquattro anni.

Esattamente il doppio dei miei.

Ok, non è poi così terribile.

Non sembra neanche averne quaranta.

Poteva andarmi peggio. *Poteva averne cinquanta.*

Ma poi, sbatto le palpebre e rileggo il suo cognome. È molto peggio di quanto pensassi.

Fisher Underwood.

Non può essere. Un nodo mi serra la gola e mando giù a fatica questa sorpresa assolutamente inaspettata.

Devo darmela a gambe prima che si svegli.

Cristo, spero sia soltanto un sogno dovuto all'alcool!

Anzi, un incubo.

La realtà della situazione mi svuota d'aria i polmoni.

Sono andata a letto col padre del mio ex.

Il sole mi acceca lungo tutto il tragitto di ritorno al mio camper, bruciandomi il viso. È una di quelle rare mattine estive in cui sembrano esserci quasi quaranta gradi, ma a quest'ora dovrebbero essercene la metà.

Col cazzo che il riscaldamento globale non esiste.

Ditelo alle labbra della mia vagina, che sono praticamente incollate insieme.

Frugo nella borsa per estrarre le chiavi; poi apro con cautela la porta e scivolo nel camper. Mallory sta dormendo nel lettino superiore, dato che è più piccolo e offre meno spazio. Io e Magnolia condividiamo il letto di sotto, che però è poco più di una piazza e mezza e ci fa stare spesso una addosso all'altra. Perlomeno, questa notte ha potuto averlo tutto per sé.

Decido di fare la doccia più tardi; quindi scivolo al suo fianco e mi premo contro il suo corpo.

"Che schifo! Non lo voglio il tuo sudore da sesso", grugnisce, cercando di appiccicarsi alla parete.

Trattengo una risata. "Non vuoi neanche sapere tutti i dettagli più succosi?"

"Purtroppo, sì. Ma prima voglio bermi un caffè, e che ti togli questa puzza di zoccolo sporco di dosso".

Sollevo il braccio e annuso l'ascella. "Non è vero. Magari odoro di cuoio. Lui aveva quell'odore lì, mescolato a qualcos'altro di virile".

Magnolia sbuffa e si gira verso di me. "Non ci credo che ti sei fatta una bella scopata. Finalmente si è spezzata la maledizione! Come ti senti?"

"Un po' indolenzita, sai". Al mio tono impertinente, mi dà una sberla sulla spalla.

"Oltre a quello, dai. A livello emotivo, mentale… com'è stato, in confronto a Jase?"

Un senso di nausea mi assale all'improvviso, e giuro che rischio di vomitarle addosso da un momento all'altro.

"Mags, ti prego, non ripetere mai più quella frase". Rotolo verso il bordo del letto e mi siedo, poi massaggio le tempie.

"Oh, merda! Cos'è successo?" Si alza in piedi e si inginocchia di fronte a me. "Hai urlato il nome di Jase per errore?"

"Cristo, no! Anche se non sarebbe stato poi così strano, dopo che stamattina ho scoperto una cosa…"

"Sputa il rospo, donna! Che hai scoperto? La sua età? Ha quarantacinque anni, tipo?"

Faccio una smorfia, perché *magari* il problema fosse solo quello. "Ci sei andata super vicina, ma la questione è un'altra…"

Si alza, mentre io tengo lo sguardo fisso al suolo. "Mi stai preoccupando. Dillo e basta".

Emetto un sospiro; poi affloscio le spalle e dichiaro: "È il padre di Jase".

Cala il silenzio e, quando la guardo, la trovo a bocca aperta, gli occhi vitrei.

"Mags?"

"Devo chiederti di ripetere quello che hai detto". Deglutisce con forza. "Perché non è assolutamente possibile che…"

"Ho visto la sua patente. Fisher *Underwood*".

"Potrebbe essere uno zio. O un parente alla lontana. Magari un cugino di secondo grado. Chi te lo dice che è suo padre?"

"Dopo tutto quello che mi ha raccontato, ho rimesso insieme i pezzi. Era sposato, tipo dieci anni fa; mi ha detto che aveva dei figli e che lavorava come cavalcatore di tori. E poi, la differenza d'età ha senso. Jase ha ventiquattro anni, mentre suo padre quarantaquattro. Jase mi ha detto che i suoi l'hanno avuto da giovane. Quindi quando Fisher aveva vent'anni".

"Jase non ti ha mai detto come si chiama suo padre?"

"No, ne parlava raramente. Sapevo solo che non erano in buoni rapporti dalla morte di sua sorella, e che suo padre se n'era andato per lavoro".

Significa che Fisher ha perso una figlia.

Io e Jase ci siamo mollati un paio di anni fa, però siamo rimasti amici. Non parliamo più tanto spesso, perché lui è impegnato col suo lavoro nel settore immobiliare, mentre io passo ogni minuto libero ad allenarmi.

"Non so se Fisher è tornato nella vita di Jase. Lui non mi ha detto nulla", affermo. "Però è anche vero che messaggiamo giusto qualche volta al mese".

"Wow… cioè… porca troia!" Magnolia si siede accanto a me.

"Idem". Massaggio di nuovo le tempie. "Non gli ho manco chiesto che lavoro fa. Mi ha parlato un po' dei suoi giorni da cavalcatore di tori, ma poi… beh, ci siamo distratti".

Mi dà una leggera gomitata. "Oh, ci scommetto".

Con un grugnito, mi butto all'indietro e copro il viso con le mani. Di solito non ho mai i postumi della sbornia, ma sento che sta per venirmi un forte mal di testa.

"Quindi te ne sei andata mentre dormiva ancora, eh?"

"Esatto. Ma, se proprio devo essere sincera, non sono neanche sicura fosse ancora vivo. O è morto oppure dorme come se lo fosse".

"Oddio! L'hai letteralmente mandato in coma da sesso. Brava la mia Noah!" Scoppia a ridere; poi mi dà uno schiaffetto sulla gamba nuda.

"È davvero umiliante, Mags. Come faccio a parlare di nuovo con Jase senza confessargli quello che ho fatto?"

"Prima regola: queste cose non si dicono ai propri ex. Seconda regola: trovati un ripiego e dimenticati questa storia".

"E se Jase lo portasse al ranch? O se li beccassi insieme in paese?"

"Beh, finora non è mai successo. Vedrai, sono sicura che andrà tutto bene. Anche se suo padre è tornato, probabilmente non si ricorderà neanche come sei fatta, senza avere le tue gambe avvolte attorno alla testa".

"Esilarante!" Mi risiedo e la spingo giù dal letto; poi scoppio a ridere quando cade col culo per terra. "Ti sta bene".

"Dai, voglio sapere i dettagli succosi. Non pensare di farla franca!" Si alza in piedi, e io rido di nuovo.

"Tranquilla, ti racconterò tutto dopo che *tu* mi avrai detto che cos'hai fatto ieri notte".

"S-Sono rimasta con Mallory". Fa spallucce, ma il fatto che sta evitando il mio sguardo la dice lunga.

"Mmh". Incrocio le braccia. "D'accordo, allora poi lo chiedo anche a lei".

Magnolia va in cucina e prende un paio di capsule di caffè, per poi aggiungere l'acqua nella macchinetta Keurig. "Fai pure".

Lo sa che non sveglierei mai Mallory; quindi dovrò aspettare che si alzi. Però la mia cuginetta non fa mai la spia. Anche lei vede Magnolia come una sorella, ma io sono brava a leggere le persone. Lo capirò subito se la sta coprendo.

"Faccio la doccia; dopodiché possiamo raggiungere gli altri per la colazione".

Tolgo il telefono dalla borsa e cerco tra i messaggi la conversazione con Tripp; poi comincio a scrivere un messaggio.

"Con chi parli a quest'ora?"

"Voglio sentire anche la versione di mio fratello, riguardo ieri sera..." Premo invio prima che Magnolia possa fermarmi.

"E perché lui dovrebbe saperne qualcosa?"

"Perché non sei passata a trovarmi al bar come avevi promesso, il che significa che nessuno vi ha potuto tenere d'occhio per diverse ore..."

Mi fulmina con lo sguardo. "Non sono una bambina. Non ho bisogno che qualcuno mi tenga d'occhio".

"No?" Sollevo un sopracciglio perché, quando c'è Tripp, Magnolia diventa un'altra persona. "Parli ancora col tuo ex?"

"Argh, ma perché l'hai tirato fuori? Mi fai vomitare la colazione ancora prima che abbia mangiato qualcosa".

Ridacchiando, prendo i prodotti per la doccia dal borsone e vado in bagno. Prima di chiudere del tutto la porta, faccio spuntare la testa. "Devi lavorare meglio sulla tua faccia da poker. So che stai mentendo, e scoprirò la verità".

Prima che possa raggiungermi, chiudo la porta a chiave.

"Sei una cretina, Noah". Batte il pugno dall'altra parte. "Non chiedere di me a Tripp, ti prego! Penserà che stavo parlando di lui".

"Allora devi smetterla di andare dietro a uomini che non ti vogliono! Lo dico per il tuo bene. Devi voltare pagina!" Non è la prima volta che glielo dico, ma di tanto in tanto Magnolia ha bisogno di una bella ripassata.

Tripp la evita da praticamente tutta la vita; eppure lei non riesce a superare la cotta che si è presa per lui ai tempi della scuola.

È proprio per questo che ha cominciato a frequentare Travis. Pensava che far ingelosire mio fratello potesse bastare per mostrargli cosa si stava perdendo; invece si è cacciata in una relazione altalenante e tossica. Magnolia ha fin troppo da offrire per accontentarsi, e meriterebbe davvero un amore incondizionato. Però deve aprire gli occhi.

"*E va bene.* Non parlerò o non guarderò mai più Tripp, se mi prometti che non gli scrivi di me!" Le sue patetiche suppliche mi convincono ad aprire la porta. "Sono una sfigata, lo so".

La stringo in un abbraccio. "Se può farti stare meglio, lo siamo entrambe".

Trattiene una risata e si preme contro di me. "Dovevi dirmi che non lo sono, che sono normalissima!"

"Beh, certo, avrei potuto farlo, ma questa cotta non corrisposta che c'hai *non* è affatto normale. Dobbiamo trovarti un uomo vero che ti apprezzi a pieno".

Voglio bene a mio fratello, ma è troppo scemo per vedere quello che ha di fronte. Sarebbe diverso se la vedesse soltanto come un'amica e se si trattasse di sentimenti non corrisposti; invece è dagli anni delle superiori che gioca con le emozioni di Magnolia. Le dà un po' di attenzioni, lei si gasa tutta perché lo vede interessato, ma poi Tripp si innervosisce come un cavallo che ha pestato un serpente. Lo prenderei a ceffoni, se fossi certa che non lo andrebbe a dire a nostra madre.

"Mmh. Secondo te, Fisher ha un fratello?" mi chiede la mia amica, agitando le sopracciglia.

Alzo gli occhi al cielo per il modo subdolo in cui l'ha reinserito nella conversazione. "Probabilmente. Jase ha uno zio, ma non so da che parte della famiglia. Tranquilla, glielo chiederò quando scoprirà cos'ho fatto e morirò per l'umiliazione".

"Intendi *chi* ti sei fatta". Ridacchia.

"Tappati la bocca. E vai a preparare i caffè, dai".

Mi passa un braccio dietro la schiena e mi abbraccia. "Per quello che può valere, sappi che sono fiera di te perché sei andata dietro a qualcuno che ti piaceva. Lo so quant'è stato difficile dimenticare Jase, e non dev'essere stato semplice mostrarti tanto vulnerabile con un altro uomo".

Con un sorriso tirato, mi stringo nelle spalle.

"Non mi aspettavo certo che lo dimenticassi scopandoti suo padre, ma chi sono io per giudicare?" aggiunge.

"Oh, mio Dio, ti odio!" La spingo via per chiudere la porta del bagno. Lo sa benissimo che la rottura con Jase l'ho superata da tempo; però non è facile frequentare qualcuno in un paesino tanto piccolo in cui tutti conoscono gli affari di tutti. Più che un *mare pieno di pesci*, abbiamo uno *stagnetto di rospi* emotivamente poco disponibili.

"Ti voglio bene anche io!" mi urla da fuori.

Sotto il getto d'acqua calda, rifletto sulla mia prossima mossa. Fisher capirà che l'ho scaricato appena si volterà e troverà il materasso vuoto. In realtà, però, non erano questi i miei piani. Volevo lasciargli un messaggio in cui gli spiegavo che dovevo andare e gli chiedevo di sentirci più tardi. Però, la scoperta del suo cognome mi ha sconvolta talmente tanto che non sono manco riuscita a inventarmi una scusa, prima di tagliare la corda.

Oggi è l'ultimo giorno del rodeo e c'è il rischio che lo incontri di nuovo. Ma, se dovesse chiamarmi, non credo di avere il coraggio di dirgli la verità.

Per questo motivo, non posso mai più rivederlo.

Capitolo Sei

FISHER

"**C**aspita, questa mattina i due uomini più belli di Sugarland Creek mi graziano della loro presenza!" commenta Vicky, quando ci porge i menù.

Jase ne prende uno e poi mi passa l'altro. "Lo dici a tutti i tuoi clienti".

"Ma lo penso davvero solo la metà delle volte". Ci fa l'occhiolino e poi ci versa il caffè. "Siete pronti a ordinare?"

"Sì, grazie". Chiudo il menù e faccio cenno a Jase di cominciare.

Quando lui ha finito, le dico il mio ordine, e poi lei ci lascia soli.

"Beh, ci sono novità?" chiedo a mio figlio, dopo un breve silenzio.

Appoggio le braccia sul tavolo e mi sporgo in avanti per dargli la mia attenzione, ma lui è troppo occupato con il cellulare. Tornare a Sugarland Creek e ricucire il nostro rapporto è un qualcosa che avrei dovuto fare anni fa. Quando gli ho detto di essere interessato a comprare casa, era molto contento di potermi seguire come agente immobiliare, e io non vedevo l'ora di passare del tempo con lui.

"Nulla di che", mormora, lo sguardo incollato allo schermo.

"Quando avete organizzato la prossima *open house*?"

"Questa domenica. Perché?" Solleva la testa. "Vuoi comprare un'altra casa?"

Gli rivolgo un sorriso tirato; poi mi appoggio allo schienale. "No, no. Una è più che sufficiente".

Ricomincia subito a scrivere qualcosa, ed emetto un sospiro di frustrazione. Jase non mi deve nulla, ma sarebbe carino se si degnasse di prestarmi attenzione per qualche minuto, visto che siamo usciti a fare colazione insieme. La tavola calda Milly's Diner è un caposaldo del paese, e la frequentavamo spesso quando lui e Lyla erano bambini. Diversi ricordi riaffiorano mentre sposto lo sguardo sulle vecchie panche in cuoio marrone e inspiro il profumo familiare di caffè e porridge di mais. La parete dietro alla cassa, ricoperta di disegni di bambini, mi riporta a quando i miei figli coloravano il loro menù mentre aspettavamo che arrivasse da mangiare. Lyla rubava sempre i colori migliori e lasciava a Jase il marrone e il nero.

"Come sta tua madre? E Braxton?" La mia ex moglie si è risposata quando Jase aveva quindici anni e, da quanto mi risulta, la sua è una relazione tranquilla. Braxton ha cresciuto Jase come fosse suo figlio, cosa di cui gli sarò per sempre grato; ma la consapevolezza di quanto loro due sono legati mi riempie ancora di più di rimpianti.

Jase solleva una spalla, senza distogliere l'attenzione dalla chat. "Bene. Tra poco partono per le Hawaii".

"Beati loro! So che in questo periodo sono uno spettacolo".

"Già", mi risponde.

Mentre sorseggio il caffè, aspetto che mi dica qualcosa o che tiri fuori qualche argomento interessante. Sulla punta della lingua ho una marea di domande sul Ranch Sugarland Creek, però so che riceverei soltanto altre risposte a monosillabi. Quando hanno aperto il maneggio, venti anni fa, io ero all'apice della mia carriera di cavalcatore di tori, e non mi sono mai fatto vedere neanche dopo essermi ritirato e aver cominciato a lavorare come maniscalco.

Non potrò mai rimediare ai danni che ho causato a mio figlio quando l'ho abbandonato, ma posso ancora impegnarmi con tutto me stesso per diventare quel padre che non sono stato. Anche se so che lui non mi renderà le cose semplici.

Quando terminai il periodo di riabilitazione, ormai il mio matrimonio era finito, e Jase riconosceva a malapena l'uomo che ero diventato. Volevo essere il padre che meritava di avere, però lui provava rancore nei miei confronti, per la morte di sua sorella e perché non ero stato abbastanza forte da restare.

Nonostante tutti i miei sforzi, si rifiutava di vedermi. A peggiorare la situazione, quando ormai ero pronto per rimettermi al lavoro, tutti i miei clienti avevano preso altre strade; quindi mi ritrovai costretto a lasciare Sugarland Creek.

Ho viaggiato per il Tennessee, la Georgia e l'Alabama, ma non mi sono mai fermato abbastanza a lungo da mettere radici. Quando ho preso il posto del signor Ryan, ne ho approfittato per tornare a casa e, accidenti, quanto è bello essere di nuovo qui!

Dato che Jase lavora come agente immobiliare e io volevo comprare casa, ho sfruttato l'occasione per riallacciare i rapporti, ma tutto quello che accadrà dopo dipende da lui.

"La settimana scorsa ti sei perso un ottimo rodeo". Appena pronuncio queste parole, il mio cuore batte all'impazzata al ricordo di come Noah mi ha mollato da solo nella mia roulotte dopo la notte più incredibile della mia vita. Dato che non ha mai risposto ai miei messaggi e telefonate, ho capito presto che non aveva senso continuare a insistere.

Jase arriccia le labbra e, finalmente, mi guarda. La sua espressione impassibile mi fa scoppiare a ridere.

"Queste cose piacciono più a te, non credi?"

Perfino prima che la nostra famiglia si spaccasse, quando ancora viaggiavo per partecipare alle gare, Jase non ha mai provato alcun interesse per questo mondo. Lo portavo agli allenamenti e ai tornei, provavo a coinvolgerlo, ma detestava tutto quanto. Quando mi sono ritirato e ho ottenuto il certificato da maniscalco, ho visto che non gli interessavano neanche i cavalli o i ranch. Lyla invece adorava seguirmi e parlare con me di cavalli. Tutto quel tempo passato con lei ci ha fatti avvicinare moltissimo, ed è per questo che la sua morte mi ha devastato.

"Sai, magari piacerebbero anche a te, se andassi a vederne uno", gli dico, più burbero di quanto volessi.

"Un mucchio di uomini adulti che si comportano da idioti in sella ad animali pericolosi… A me pare una cosa stupida e patetica".

"Servivano il formaggio fritto del Wisconsin, il tuo snack preferito", dichiaro, nel tentativo di alleggerire l'atmosfera, ma lui mi ignora. Mi sa che questo non è l'argomento giusto. Quando lo portavo alla fiera del nostro stato, mi implorava sempre di comprargli il cibo più unto che c'era. Accettava di venirci soltanto per quello e per i giri in go-kart. Lui ci saliva con sua madre, mentre io con Lyla, e gareggiavamo per ore.

"Scusate per l'attesa. Bobby Ray ha perso la vostra comanda, e gli ho dovuto mettere fretta. Dannato ragazzo!" Vicky lascia i piatti sul tavolo; poi prende la caraffa di caffè.

"Grazie, Vicky", le dico, quando ha finito di riempire le tazze.

"Posso portarvi qualcos'altro?"

Scuotendo la testa, prendo una fetta di bacon croccante e do un morso. Jase taglia un pezzo di salsiccia e poi la annega nella salsa gravy.

"Ti va di passare da me stasera, dopo il lavoro? Possiamo berci qualche birra, e magari mi aiuti a disfare gli scatoloni", gli propongo, divertito. La mia nuova casa è circondata da cinque acri di terreno, perfetti per un capannone in cui conservare i miei attrezzi, e per non avere vicini impiccioni.

"Lavoro fino a tardi. Esco a cena con un cliente e poi ho alcune pratiche da sbrigare. Magari tra qualche giorno".

Annuisco, portando lo sguardo sul mio piatto. "Certo, nessun problema".

Il resto del pasto procede allo stesso ritmo. Io tiro fuori argomenti diversi di cui discutere, mentre lui risponde seccamente. Però non voglio forzarlo. Qualunque cosa accada, sarò qui per lui.

L'angoscia al pensiero di incrociare Noah mi fa procedere a passo di lumaca attraverso il cancello del ranch, così da poter osservare dal finestrino le persone che sono in zona.

Parcheggio accanto alla scuderia dove Garrett mi ha dato appuntamento, poi balzo giù dal pick-up. Mentre mi avvicino alla porta, un uomo mi ferma e mi chiede se mi sono perso.

"Sto cercando il signor Hollis. Abbiamo appuntamento alle dieci".

"E tu saresti?"

Incrocio le braccia e sospiro. "Fisher Underwood. Il nuovo maniscalco".

Mi guarda dalla testa ai piedi, poi annuisce. "Ayden Carson, piacere. Gestisco le pensioni".

"Piacere mio".

"Seguimi. Dovrebbe essere nel suo ufficio".

Mentre attraversiamo il corridoio centrale, noto subito la pulizia e l'organizzazione della scuderia, una novità rispetto a tanti dei ranch in cui ho lavorato. Almeno due dozzine di box in legno fiancheggiano la lunga sala, e sembrano tutti pieni di cavalli a pensione. Questo posto è il doppio di quanto mi aspettassi.

Mentre passo, le teste degli animali fanno capolino sopra le porte e uno solleva il muso, cercando di mordermi la manica.

"Quello è Mordicchio. C'è un motivo se si chiama così". Ayden ridacchia quando mi fermo ad accarezzare il cavallo, che però prova di nuovo a mangiarmi la camicia. Sarà un vero spasso lavorare con questo qui. Quasi tutti i cavalli con più esperienza si lasciano pulire gli zoccoli tranquillamente, però alcuni diventano nervosi e dispettosi; mi morsicano i vestiti e, mentre provano a spogliarmi, mi rendono più difficile la concentrazione.

Faccio scorrere una mano lungo il braccio per asciugare la saliva e mi allontano; al che il cavallo sospira rumorosamente.

Quando raggiungo l'ufficio insieme ad Ayden, la porta si apre ed esce una donna. Mi batte il cuore a mille all'idea che possa essere Noah, però non è lei.

"Ehi", ci saluta. Fa scorrere lo sguardo sul mio corpo, per poi portarlo sui miei occhi con un sorrisetto provocante.

"Ruby, ti presento il nostro nuovo maniscalco, il signor Underwood", le dice Ayden.

La donna indossa vestiti sporchi e logori, come la maggior parte dei garzoni; quindi è palese che lavori qui. "Finalmente! Avrai un gran bel daffare". Mi dà un colpetto sul bicipite e poi mi supera.

Lancio un'occhiata ad Ayden, che erompe in una risata. "È innocua, ma non ha filtri. Il signor Ryan doveva passare sei settimane fa, e aveva già rimandato il suo solito appuntamento, che doveva essere tre settimane prima".

"Mi dispiace non essere riuscito a venire prima". Quando il signor Ryan mi ha contattato, stavo ancora lavorando dall'altra parte dello stato, e dev'essersene andato persino prima di quanto mi aveva anticipato. Significa che sono passate almeno nove settimane dall'ultima volta che qualcuno ha pulito gli zoccoli ai cavalli.

Ayden mi invita a entrare nell'ufficio, dove trovo un uomo alto e dal petto largo in piedi dietro alla scrivania.

"Tu devi essere Fisher". Mi porge la mano e me la stringe.

"Piacere di conoscerla".

"Accomodati pure. Abbiamo tanto di cui parlare, prima che la mia squadra ti metta al lavoro".

Dopo l'avvertimento di Ruby e il commento di Ayden, ho il presentimento che questo ranch diventerà la mia seconda casa.

Capitolo Sette

NOAH

"È arrivato un nuovo bocconcino", canticchia Ruby appena entro nella scuderia.

"E chi sarebbe?" Accompagno Buttercup in uno dei box per la toelettatura e lo lego alle cinghie.

"Il nuovo maniscalco. Adesso è in ufficio con tuo padre. Ma, porca miseria, per poco non mi hanno ceduto le gambe quando l'ho visto! E forse gli ho pure palpato i bicipiti quando gli sono passata accanto".

Trattengo una risata mentre rimuovo la sella e la lascio sul supporto. "Scusami, ma non hai appena festeggiato i diciotto mesi con Nash?"

Solleva la mano sinistra e agita l'anulare vuoto. "Posso ancora godermi il panorama, quando appare un cowboy pompato che pare uscito da *Yellowstone*".

Manco ricordo quante volte ho guardato la serie insieme a Magnolia; quindi le parole di Ruby catturano subito la mia attenzione.

"Dimmi di più". Prendo una spazzola e comincio a pulire Buttercup. Questa mattina ci siamo addestrati a lungo, visto che se ne deve andare domani. La sua proprietaria l'ha comprato per sfizio, senza neanche rendersi conto che il cavallo non era minimamente addestrato. E infatti l'ha buttata giù dopo neanche trenta secondi che lei era montata in sella. Dopo quattro mesi di *cross-training*, è giunto il momento che Buttercup ci lasci. Ma, visto che sono una perfezionista e pure la mia peggior nemica, non ci riesco a lasciar andare i cavalli senza prima tenere un'ultima sessione per assicurarmi che siano pronti. La signora Clark veniva due volte alla settimana per cavalcarlo sotto la mia guida, quindi so che sarà prontissima a montarlo anche senza di me.

"È praticamente un sosia di Luke Grimes. Magari un pelino più anziano. Capelli scuri, lunghi fino alle spalle. Barbetta sul mento. Occhi marroni con delle rughette sui bordi. Alto e muscoloso. Il mio futuro *paparino*".

Mentre continuo a spazzolare Buttercup, il mio cuore comincia a battere forte, perché la sua descrizione corrisponde a quella di Fisher. È impossibile che si sia presentato qui a chiedere lavoro perché ho ignorato le sue chiamate. *E se invece l'avesse fatto?* Sa il mio cognome, e basterebbe una semplice ricerca su Google per scoprire dove vivo e lavoro, visto che Sugarland Creek ha una popolazione di poco più di duemila abitanti.

Gli stalker così vengono considerati sexy soltanto nei romanzi rosa.

"Quindi è un bel pezzo di manzo?" Ayden scoppia in una sonora risata.

"Puoi dirlo forte" Ruby ridacchia.

Continuano a chiacchierare mentre il mio cervello va in tilt, e mi chiedo se possa essere soltanto una coincidenza che il nostro nuovo maniscalco sia un sosia di Fisher.

"Ehi, pronto? Terra chiama Noah". Ruby schiocca le dita davanti al mio viso.

Scuoto la testa e mi volto verso di lei. "Che c'è?"

"Tutto bene? Sei finita su Marte per un minuto buono".

Di nuovo, scuoto la testa e faccio un sorriso tirato. "Sì, tutto bene. Pensavo soltanto alla mia lista infinita di cose da fare".

"Vuoi che Mordicchio lo prepari io?"

"Mi faresti un grande favore. Grazie".

Si allontana per recuperare la sella, mentre io continuo a spazzolare Buttercup.

"Mentre tu sei fuori con Mordicchio, io penso a pulire il suo box. State via a lungo?" mi chiede Ayden. Ha sette anni in più di me e lavora al ranch da oltre dieci anni; quindi lo vedo come un fratello maggiore. Anche se lui è il manager della scuderia, all'addestramento ci penso io; quindi si coordina con me.

"Mm-mmh. Ha bisogno di farsi una bella corsetta".

E io ho bisogno di scacciare Fisher dalla mia mente.

Riporto Buttercup al suo box e, dopo avergli carezzato la fronte, chiudo la porta. Ruby ha già preparato Mordicchio e, quando inizio ad avvicinarmi, sento la porta dell'ufficio che si apre.

"Ecco mia figlia", dice mio padre. "Noah, vieni a conoscere il nuovo maniscalco".

Con un nodo alla gola, mi volto e mi trovo davanti l'uomo che pensavo non avrei mai più rivisto.

Fisher assottiglia lo sguardo mentre si avvicina, e io entro subito nel panico. A differenza mia, lui non pare assolutamente scioccato di vedermi. *Potrebbe mai andarmi peggio di così?*

Mentre loro due mi vengono incontro, faccio qualche passo indietro, sentendo l'impulso di fuggire e fingere un'amnesia.

"Sto passando", mi avverte Ayden, alle mie spalle. Ho bisogno di un attimo per ricompormi, ma sono quasi faccia a faccia con mio padre e Fisher.

Non può essere vero. Lui non dovrebbe essere qui. *Non può* essere qui.

"Noah, aspetta! Voglio presentarvi". La voce di mio padre si fa sempre più alta.

"Noah?" Ayden è alle mie spalle.

Quando mi volto verso di lui, per poco non cado nella carriola piena di sterco di cavallo che sta trasportando.

"Permesso. Sto andando nel box di Mordicchio, ma mi stai bloccando l'ingresso..." mi dice Ayden, inarcando un sopracciglio quando mi vede paralizzata.

Schiarisco la mente, poi annuisco e mi faccio da parte. "Sì, scusa".

"Noah, ti presento Fisher". La voce tonante di mio padre riecheggia alle mie spalle. "Ha preso il posto del signor Ryan".

Per mia sfortuna, giro sui tacchi troppo in fretta e inciampo sulla punta dello stivale. Mentre provo a mantenere l'equilibrio, cado all'indietro. Il peso del mio corpo finisce contro il bordo della carriola, che in un baleno si ribalta e mi rovescia addosso tutto il contenuto.

Sono letteralmente ricoperta di sterco di cavallo.

La risposta è *sì*. *Può* andarmi peggio di così.

"Noah!" Tutti quanti urlano il mio nome all'unisono, ma vorrei soltanto che il terreno si aprisse e mi inghiottisse per intero.

Qui riposa in pace Noah Hollis, morta di umiliazione mentre una montagna di merda di cavallo le è caduta addosso di fronte alla sua fiamma, che ha il doppio dei suoi anni ed è pure il padre del suo ex. E ora anche il nuovo maniscalco del ranch della sua famiglia.

Sarebbe proprio una lapide unica nel suo genere.

Una mano trova la mia e mi tira su. Appena sono caduta, ho chiuso d'istinto gli occhi e la bocca; quindi come mi siedo butto fuori un respiro.

"Tutto ok?" Fisher si inginocchia di fronte a me, la mano che stringe ancora la mia, e io la ritraggo di scatto per liberarla.

Sollevo lo sguardo e vedo che mi stanno fissando tutti. Ayden è rimasto a bocca aperta, mentre Ruby ce la sta mettendo tutta per non ridere.

"Mi dispiace tantissimo, Noah. Ho provato ad avvisarti, e poi… non lo so. Sei caduta in un baleno. Non ho fatto in tempo ad afferrarti". La voce di Ayden è colma di sincerità e, visto che non è colpa sua, dovrei accettare le scuse, ma in questo momento vorrei soltanto fuggire.

"Dai, tesoro, ora ti tiro su". Papà mi prende per mano e mi aiuta ad alzarmi.

Evito lo sguardo assassino di Fisher mentre cerco di ripulire i vestiti.

"Tutto bene?" mi chiede papà, passandomi la mano sulle spalle e sulle braccia.

Ruby si avvicina e mi sistema i capelli.

"A livello fisico, sì". Quando inspiro profondamente, me ne pento all'istante. Sono *io* che puzzo. "Se volete scusarmi…" Faccio schizzare lo sguardo su quello di Fisher, prima di ritrovare quello di mio padre. "Vado a casa a fare una doccia. Torno tra meno di un'ora".

"Certo, tesoro. Ci pensa Ayden a fare il tour con il signor Underwood; poi lo sostituisci quando torni".

Al pensiero di trovarmi da sola con Fisher, mi si irrigidisce la schiena.

"Sono già indietro con l'addestramento, e dopo questa pausa inaspettata lo sarò ancora di più. Non è che può pensarci Ruby?" ribatto. Oltre al fatto che non voglio parlare con Fisher, non mi piace neanche rimanere indietro rispetto ai miei programmi.

"Oh, ma perché no!" cinguetta Ruby. "Accompagno molto volentieri il signor Underwood per il ranch".

Un senso di sollievo mi pervade quando mio padre accetta; dopodiché me ne vado.

Dovessi anche usare tutto il sapone del mondo, non basterà mai per eliminare il senso di imbarazzo che ora sto provando.

Appena varco la porta del mio cottage, ricevo una chiamata su FaceTime da Magnolia.

"Hai la faccia di una che è appena finita su una montagna di merda".

Accigliata, attraverso la cucina e vado dritta in bagno. Prima di salire sul pick-up, ho tolto gli stivali, i jeans e la camicia, e li ho buttati sul retro. Meglio guidare mezza nuda che impuzzolentire l'abitacolo.

"Ti ha scritto Ruby?"

"Mi ha detto che hai fatto una brutta caduta e di controllare come stai". Si morsica il labbro inferiore. "E poi mi ha parlato di un certo maniscalco super sexy che stavi cercando di evitare. Su una scala da uno a Henry Cavill, di quanto sexy stiamo parlando?"

Accidenti a Ruby!

"Non è come pensi". Lascio il telefono sul ripiano e arriccio il naso quando vedo il mio riflesso allo specchio. Poi tolgo l'elastico per sciogliere la coda, e i capelli ricadono sulle spalle. "Tu non dovresti essere al lavoro?"

"Ho preso un giorno libero per la mia salute mentale".

Faccio scorrere le dita tra le ciocche annodate e sorrido. Magnolia lavora al Main Street Café ormai da tre anni, ed è da tre anni che non fa altro che lamentarsi. "E la signora Blanche te l'ha permesso? Prima o poi ti licenzia, lo sai?"

"Che ci provi!" Sbuffa. "Se accettasse le mie brillanti idee per nuovi drink e ampliasse l'offerta di dolci, allora potremmo incrementare la nostra clientela. Invece, sono costretta a preparare caffè su caffè per gli anziani del paese. Come faccio a conoscere il mio futuro marito, se gli unici uomini con cui parlo portano la dentiera e gli occhiali bifocali?"

"E credi che i tuoi drink frou frou attirerebbero davvero i ragazzi della nostra età? Se il tuo obiettivo è quello, ti conviene chiederle di cambiare l'uniforme con top corti e pantaloncini minuscoli".

"Certo che no, però ho tutto un piano. I drink attirerebbero una clientela più giovane: donne tra i venti e i trent'anni. Hai capito dove voglio andare a parare?" Si batte un dito sulla tempia, come se fosse un'idea geniale.

Con una risata, annuisco. "Sì… Così locale si riempirà di ragazzi che vogliono conoscerle. E, ovviamente, uno di loro si innamorerà di te, e il resto sarà storia".

"Esatto!" esclama, con fin troppo entusiasmo. "È un piano perfetto. Ma, grazie al mio capo, morirò zitella come lei".

"Potresti sempre provare a lavorare qui al ranch", le ricordo. "È pieno di garzoni single".

"Ma mi conosci? Magari per te finire in una montagna di merda di cavallo non è nulla, ma fossi stata al tuo posto io sarei morta".

"Non fare la drammatica! Chi lo sa, magari conosci qualcuno all'evento di beneficenza. Potrebbe dare inizio alla tua era dei cowboy".

"Oh, certo! Una mandria di uomini arroganti che indossano jeans stretti e si credono il dono di Dio all'umanità. Non vedo l'ora".

La sua espressione impassibile mi fa ridere. "Significa che anche Tripp non è sulla tua lista, eh?"

Sbuffa. "Non lo è mai stato".

Alzo gli occhi al cielo per la spudorata menzogna; poi sollevo il telefono e prendo alcuni asciugamani.

"Sei in intimo?"

"Sì. Ora devo fare la doccia. Ti richiamo più tardi".

"Non credo proprio. Devi dirmi cosa sta succedendo".

"Cos'è, vuoi farti la doccia con me? Guarda che devo tornare al lavoro".

"Non sarebbe certo la prima volta". Agita le sopracciglia, ed erompo in una risata, al ricordo di tutte quelle volte che ci siamo cacciate in guai che ci hanno costrette a fare la doccia insieme.

"Ok, d'accordo". Lascio scorrere l'acqua finché non diventa abbastanza calda. "Non sbirciare. Gli occhi sono quassù".

Trattiene una risata. "Come se non ti avessi mai vista nuda, Noah. Ti ho accompagnata a fare il tuo primo pap test e ti ho insegnato a inserire l'assorbente interno, ricordi? Ho praticamente visto il tuo collo dell'utero".

"Cristo, sei troppo strana!" Sposto il telefono sulla mensola in cui non arriva l'acqua; poi mi tolgo reggiseno e mutande.

"Ehi, guarda che mi sono anche offerta ti farti vedere il mio.

Sei tu quella che per poco non è svenuta e si è fatta prendere dall'angoscia".

Getto indietro la testa e bagno i capelli. "Perché mi hai chiesto di portarti uno specchio, così che potessi vedertelo da sola. La ginecologa stava quasi per cacciarci".

"Volevo solo vedere come è fatto, ok? Denunciami!" Il modo in cui il suo accento del sud enfatizza ogni singola parola mi fa alzare gli occhi al cielo, e mi tocca trattenere un sorriso. Magnolia Sutherland è l'esempio di una ragazzina viziata a cui non è mai stato detto di no in vita sua.

"Già, a essere troppo curiosi si finisce col mettersi nei guai. Alla fine sono stata costretta a trovare un'altra dottoressa. Ho già firmato alcuni documenti per assicurarmi che nessuno ti faccia entrare quando partorisco", ironizzo, strofinando il sapone tra le mani, per poi ripulire ogni centimetro del mio corpo.

"Sei una bugiarda, e lo sappiamo entrambe. Mi vuoi lì seduta vicino a te che ti urlo *spingi, spingi, spingi!*"

"Oddio, no! Ti prego". Rabbrividisco al solo pensiero. "Sarà già fortunato mio marito se gli permetterò di assistere alla nascita di suo figlio, per colpa dei traumi che mi hai causato tu".

"A proposito di marito… Devi parlarmi di questo maniscalco. Cos'è che ti ha sconvolto talmente tanto da farti finire in una montagna di merda di cavallo?"

Mentre passo lo shampoo tra i capelli folti, sospiro e mi preparo alla sua reazione.

"Il maniscalco è Fisher".

"Chi?"

Massaggio la cute con le dita, e aspetto che il suo cervello faccia il collegamento.

"Aspetta, intendi il Fisher del rodeo? Il Fisher di *una botta e via?*"

Asciugo l'acqua dagli occhi e osservo la sua espressione sconvolta sullo schermo.

"Esatto. Nonché il Fisher *padre del mio ex.* E adesso, il nostro nuovo maniscalco".

Rimane a bocca aperta. "Oh. Mio. Dio".

"Ho pensato esattamente la stessa cosa".

"Come accidenti è possibile?"

"Me lo chiedo anch'io".

Dopodiché, comincio ad applicare il balsamo e, mentre lo lascio sulle punte, prendo il rasoio.

"Perché ti depili?" Inarca un sopracciglio.

"Ho notato che mi sono dimenticata un pezzetto di gamba, pervertita che non sei altra".

"Mm-mmh, certo. Scommetto che al paparino Fisher piace tutta liscia".

"*Non* chiamarlo così!" le intimo. È una situazione già abbastanza incasinata anche senza che queste parole mi restino impresse nella mente.

"E perché no? È il paparino di qualcuno".

"Jase è troppo grande per chiamarlo così; quindi piantala!"

"A proposito, secondo te lo sa che ti sei scopata suo padre?"

"*Cristo!* Se continui a urlare così, a Sugarland Creek lo sapranno tutti". Sciacquo i capelli, pronta a vestirmi e a profumare di nuovo come un essere umano. "E non lo so, comunque. Sempre che abbiano ricominciato a parlarsi, è probabile che Jase mi menzioni e gli racconti della nostra relazione".

Devo scrivergli e chiedergli perché non mi ha detto che suo padre è tornato in paese. Perfino durante i nostri momenti di "pausa", continuavamo a parlarci e ci dicevamo tutto. Beh, *quasi* tutto.

"Quindi, secondo te, Fisher non lo sa?"

"Non sembrava molto sorpreso di vedermi; quindi probabilmente sapeva già che vivo e lavoro qui. Ma che sono la ex di suo figlio… chissà".

"Ooh, uno stalker furtivo. Ci piace questa roba".

"No, invece. Soltanto al tuo cervellino delirante".

"Il fatto che abbia trovato lavoro qui solo per vederti, dopo che tu l'hai cancellato dalla tua vita, è super romantico".

"Sei di quelle persone che, se vengono rapite, chiedono al rapitore di realizzare le loro fantasie malate".

"Finché non provi, non puoi giudicare. Una volta io e Travis ci abbiamo provato".

"Con quello psicopatico del tuo ex?" Mi fa infuriare pensare a come ha trattato la mia amica e a quanto a lungo lei l'abbia tollerato.

Spengo l'acqua e prendo l'asciugamano per i capelli. "Scommetto che non ha neanche dovuto *recitare*".

"Diciamo solo che di mezzo c'erano manette, corde e parecchie tirate di capelli".

"E non ti ha fatto una bella collana con le mani?" Ridacchio, avvolgendo un telo attorno al corpo, prima di mettere i piedi sul tappetino.

"Ci ha provato, ma non ci riusciva senza strangolarmi sul serio; quindi gli ho chiesto di smetterla".

"Già, scommetto che il suo problema era proprio quello…" Alzo gli occhi al cielo in modo teatrale, di fronte allo schermo.

"Beh, qua non stiamo mica parlando di lui. Com'è che, dopo aver visto Fisher, sei finita nella merda di cavallo?"

Mentre mi vesto e mi spazzolo i capelli, le racconto il momento umiliante che mi ha portata qui. Senza pietà, non prova neanche a trattenere le risate.

"È la cosa più da *me* che abbia mai sentito. Non ci credo che sei rimasta imbambolata in quel modo".

Prendo la trousse dei trucchi, e mi metto il fondotinta e del lip gloss. Lei intanto insiste che devo spiegare a Fisher perché ho ignorato tutte le sue telefonate e i messaggi, così potremo realizzare una fantasia proibita.

"Non succederà, Mags. E poi, oltre all'imbarazzo che ne proverei, c'è una regola che vieta i rapporti tra colleghi".

"Oh, lo sai che i tuoi genitori l'hanno imposta soltanto perché Wilder si è portato a letto la receptionist e poi ha chiesto a Waylon di fingersi lui per mollarla".

Trattengo una risata mentre mi metto il mascara e cerco di non farlo sbavare. Le bravate dei miei fratelli gemelli non sono certo una novità. La receptionist c'è rimasta talmente male che ha fatto una scenata e ha cominciato a lanciare in giro qualunque cosa le finisse sottomano, all'agriturismo. Un ospite ha filmato tutto e ha postato il video sui social, dove ha ricevuto tre milioni di visualizzazioni in una settimana. Mai in vita mia avevo visto i miei genitori così furiosi con mio fratello. E, dopo quella storia, hanno stabilito la regola che vieta le relazioni tra colleghi.

"Non importa; è comunque una regola", le ricordo.

Si stringe nelle spalle, con un luccichio malizioso negli occhi. "Nessuno deve saperlo".

Capitolo Otto

FISHER

Beh, merda. *Letteralmente.*

Lo sapevo che Noah sarebbe stata sorpresa di vedermi, ma non mi aspettavo che, per evitarmi, sarebbe caduta in una carriola piena di sterco di cavallo.

Adesso sono bloccato con Ruby, che ci sta mettendo un'eternità a mostrarmi ogni centimetro del ranch.

Siamo stati in ogni scuderia, magazzino, fienile e paddock.

Mi sono pure già segnato qualche bel posticino in cui posso rintanarmi con Noah, se mai mi desse l'opportunità di spiegarle perché sono qui.

Sempre che voglia mai parlarmi.

"Se ci tieni a fare anche un giro del maneggio, devi chiederlo a Noah o ad uno dei ragazzi. Io devo tornare a pulire i box, prima che Ayden ricopra di merda pure me". Ride mentre guida verso le scuderie.

"Posso iniziare il lavoro da dove mi pare?" le chiedo, quando parcheggia accanto al mio pick-up.

"No, devi rivolgerti a Noah. È lei che organizza tutto".

Apro la portiera ed esco. "Ma il manager non è Ayden?"

"Sì, ma, dato che Noah addestra quasi tutti i cavalli, è lei a dettare la tabella di marcia. Nessuno comprende davvero i suoi ritmi folli; quindi obbediamo e basta. Conviene anche a te".

"Lo farò".

"Devi portare il pick-up sull'altro lato della struttura, per allontanarti da questo ingresso. Noah fa uscire i cavalli da questo lato; quindi la ostacolerebbe".

"D'accordo, nessun problema". Non ho intenzione di farla arrabbiare sul lavoro e darle altri motivi per odiarmi.

"Mi ha appena scritto che sta uscendo di casa e arriverà tra qualche minuto. Te lo dirà lei da dove puoi cominciare".

Salgo sulla mia auto e poi la porto sul lato sud. Mi avvicino in retromarcia al blocco di cemento; poi scendo e apro il retro del veicolo, dove tengo gli attrezzi e i macchinari. Invece che per un semplice rimorchio, ho optato per una stazioncina integrata per la ferratura, così da poter trainare un rimorchio in caso di spostamenti: una soluzione che ora si rivela molto pratica.

Chiudo il grembiule in cuoio sopra i jeans, poi prendo il poggia-zoccolo e una cassetta degli attrezzi dal sedile posteriore. Il signor Hollis ha stampato i documenti per ciascun cavallo, con i dati raccolti dopo l'ultima visita del signor Ryan. C'è scritta la lunghezza dell'unghia, l'angolazione del piede e la misura del ferro che usano. Bisogna tenere in conto anche le attività specifiche di ogni cavallo, ma è molto comodo avere almeno un'idea generale. Ci sono alcuni animali arrivati dopo l'ultima visita del signor Ryan; quindi con loro mi toccherà lavorare un po' di più.

Impiegherò qualche settimana per mettermi in pari col lavoro; poi dovrò impostare una routine che concili gli addestramenti di Noah e le uscite giornaliere dei cavalli da passeggiata.

Incerto su cosa fare, armeggio un po' con i miei attrezzi mentre aspetto Noah.

Quando il suo pick-up si avvicina e si ferma accanto al mio, la vedo che mi fissa dal parabrezza. Scuotendo la testa, apre la portiera e mi raggiunge.

Mi si chiude lo stomaco quando ci ritroviamo di nuovo faccia a faccia. È passata soltanto una settimana dalla nostra nottata insieme, ma non ho mai smesso di pensare a lei. Anche se mi ha piantato in asso il mattino seguente e mi ha completamente ignorato, sono comunque contento di vederla.

"Che fai, mi stalkeri?" La sua voce è colma di irritazione.

Faccio finta che non abbia detto niente e mi avvicino. "Stai bene?"

"Dopo essere caduta nella merda di cavallo o dopo che sei apparso miracolosamente al mio ranch?" Incrocia le braccia.

"Se permetti, quello dei due che dovrebbe essere furioso sono io". Imito la sua postura. "Se ti fossi degnata di rispondermi, avrei potuto dirti che ero il nuovo maniscalco, e non saresti stata così sorpresa di vedermi da finire in una montagna di merda di cavallo".

Lascia ricadere le braccia e poi assottiglia lo sguardo. "Lo sapevi?"

"All'inizio no, ma poi, quando ho saputo il tuo cognome, ho fatto due più due. Pensavo che avrei avuto tempo al mattino per parlartene. Ma, visto che non hai risposto manco a un messaggio, ho deciso di fartelo scoprire con le cattive".

Mi lancia un'occhiata assassina. "Quindi lo sapevi prima che andassimo a letto insieme?"

Deglutisco con forza e rispondo onestamente: "Sì".

"Mi avrebbe fatto piacere saperlo". Mi supera, e io la seguo.

"Avrebbe cambiato qualcosa?"

Ignora la mia domanda mentre prende una briglia; poi apre la porta di uno dei box. "Questo è Buttercup. Se ne va domani; quindi comincia da lui. Poi sul tuo foglio ti segno le priorità. Dopo aver terminato con i cavalli a pensione, passerai a quelli da passeggiata, e alla fine ai nostri. Immagino che Ruby ti abbia mostrato dove si trovano, giusto?"

"Sì".

Fa uscire Buttercup, che dopo avermi annusato sbuffa leggermente.

"Non gli piacciono gli uomini", dichiara Noah piattamente. "Devo stargli vicino, altrimenti prova ad ammazzarti".

"Non capisco se sei seria o meno".

Solleva la briglia. "Prendilo e scoprilo da te, se non mi credi".

"Preferisco non rischiare. Ho già beccato abbastanza calci, nella mia vita. Però prima voglio vederlo camminare".

"Posso dirti tutto quello che vuoi su questo cavallo. Tallone liscio. Fettone spesso. Nessun fungo. Misura numero quattro".

"A meno che tu non voglia fare il *mio* lavoro, devo comunque vederlo camminare".

"E va bene". Serra le labbra, come se non volesse fare una scenata, dato che in giro ci sono anche Ayden e Ruby. "Vai alla fine del corridoio".

Vado fino alla porta; poi mi giro proprio quando Noah comincia a condurlo verso di me. Buttercup ha una camminata regolare e gli zoccoli toccano terra a una distanza adeguata. Le spalle si muovono in modo armonioso, il che significa che ha un'andatura equilibrata, mentre il collo si solleva e si abbassa seguendo il ritmo del resto del corpo.

"Adesso girati e allontanati per qualche secondo".

Con uno sbuffo di irritazione, Noah fa come le ho chiesto. Sembra proprio che Noah Hollis non sia abituata a prendere ordini, e che non le piaccia affatto doverlo fare.

Quando hanno percorso tre metri, si volta e torna da me.

"Dunque?" mi chiede, mentre si avvicina.

"Sembra in salute e in buone condizioni. Ha un'ottima andatura".

"Te l'avevo detto. Lo addestro da quattro mesi".

"E hai fatto uno splendido lavoro. Ma per fare il *mio* lavoro, devo verificare con cura lo stato di ogni cavallo, prima di poterci lavorare".

"Dovrai chiedere a qualcun altro di farti la sfilata, perché io sarò impegnata o nel paddock o nel centro di addestramento, se non starò preparando l'evento di beneficenza", mi dice, seguendomi di nuovo fuori.

"Quale evento di beneficenza?" le chiedo, incuriosito.

Noto che rilassa le spalle. "Si terrà tra due settimane. Sto raccogliendo fondi per aiutare i cavalli soccorsi e infortunati. Sarà una specie di mini-rodeo, con gare di *barrel racing, mutton busting* sui montoni, salto ostacoli e tanto altro".

Wow, è incredibile! È un'iniziativa davvero ambiziosa, ma questo non lo dico. Mi sta trattando in modo brusco, e ora non mi va proprio di farle complimenti.

Trovo un palo a cui legare la briglia e, quando il cavallo è fermo, gli passo una mano sulla schiena e mi faccio annusare.

"La cartelletta è sul retro del mio pick-up, se vuoi segnare l'ordine che devo seguire. Dopodiché, non ti scoccio più finché non mi servi".

Evito di guardarla in faccia mentre la mando via, ma dal modo in cui sbatte gli stivali sul terreno, deduco che non si è addolcita nei miei confronti.

"Va tutto bene. Non ti faccio del male", dico a Buttercup quando pesta il piede posteriore, come se stesse imitando le azioni di Noah. Trattengo una risata mentre faccio scivolare la mano lungo una zampa per tastare lo zoccolo.

"Prima che me ne dimentichi: i box di Shelby e Taylor Alison Swift sono uno accanto all'altro, e non amano stare lontani troppo a lungo. Quindi ti conviene lasciare che stiano qualche minuto insieme e che si salutino, prima di separarli".

Sollevo la testa, chiedendomi se mi sta prendendo per il culo. *"Come, prego?"*

"Sì, lo so che questa dipendenza può avere effetti negativi, ma stanno vicini da due anni. Taylor Alison Swift è il cavallo di Mallory, la mia cuginetta; quindi resterà nel suo box, dal momento che Mellory vive qui. Shelby, invece, è qui da qualche anno ed è a pensione full-time, visto che i suoi proprietari vivono in città. Li lasciamo stare sempre insieme, dato che nessuno dei due lascerà il ranch".

Mi alzo e la guardo negli occhi. "Avete un cavallo che si chiama *Taylor Alison Swift?"*

Noah sospira profondamente. "Sì. E, se proprio vuoi saperlo, la chiamiamo Miss Swift".

"Quindi sei una *Swiftie*?"

"No, non funziona così…" Indica prima me, poi muove il dito tra di noi. "Dobbiamo parlare solo di lavoro".

"E chi lo dice?" Prendo la cassetta degli attrezzi e la trasporto fino alla zampa anteriore di Buttercup.

"*Io*. Tu sei un dipendente del ranch e io un'addestratrice professionista di tale ranch, che appartiene alla mia famiglia. Non abbiamo altro motivo per parlare se non per discutere dei cavalli".

Mi metto in posizione, poi prendo lo zoccolo di Buttercup tra le gambe e stringo le cosce per tenerlo fermo. Lui mi dà un colpetto sulla testa e prende tra i denti qualche ciocca di capelli, ma quando Noah nota che li sta tirando lo rimprovera.

"Quindi non mentivi". Rido, prendendo la lima e il martello per sollevare le clip.

"Eh, no". È in piedi di fronte a me; poi, quando ho finito, mi passa le pinze.

"Grazie", le dico, cominciando a lavorare su tutto il ferro finché non riesco a rimuoverlo. "Immagino che sia il cavallo di una donna, giusto?"

"Esatto". Mi porge il coltello per zoccoli.

Trattengo una risata mentre lei calma Buttercup e mi passa gli strumenti come se conoscesse a memoria tutti i passaggi del procedimento. Mentre rimuovo la terra in eccesso e gratto via lo strato secco, Noah gli carezza la testa e, quando ne ho bisogno, mi passa il mio coltello con lama ad occhio.

"Canti a tutti i tuoi cavalli?" le chiedo, per provocarla, quando la sento mormorare una canzone di Taylor Swift.

"Vuoi davvero prendermi in giro per l'unica cosa che sta impedendo che questo cavallo ti prenda a calci? Quanto sei audace, signor Underwood!"

"*Signor Underwood?*" Sbuffo, rifilando il fettone finché non ottengo una bella forma triangolare. "Vuol dire che io devo chiamarti signorina Hollis?"

Noah abbassa lo sguardo e mi guarda in cagnesco, per poi darmi il raschietto.

"Preferirei che non lo facessi".

Controllo di nuovo che non siano rimasti pezzettini di unghia secca e che non ci siano imperfezioni o infezioni, dopodiché levigo e liscio tutta la superficie. Alla fine, giro il raschietto e lo passo di nuovo sullo zoccolo.

"Passavi tutti gli strumenti anche al signor Ryan, oppure io sono speciale?"

"Non montarti la testa! Ti aiuto solo per assicurarmi che fai tutto come si deve".

"Oh, quindi mi stai supervisionando, eh?" le chiedo, usando ancora il coltello per grattar via un altro strato finché non è tutto bello liscio.

"Questi cavalli sono molto importanti per me e per il ranch; quindi sì, voglio accertarmi che tu sia qualificato, prima di lasciarti fare quello che ti pare", dichiara, passandomi la taglierina per zoccoli.

"Pensi che tuo padre mi avrebbe assunto, se fossi un incapace?" le chiedo, rifinendo la parete dello zoccolo perché l'unghia non sia troppo spessa.

"Era disperato. Avrebbe assunto chiunque".

Mi gratto la guancia. "Ahia!"

"Dimostrami di essere abile nel tuo lavoro, e non ci saranno problemi".

"Hai dimenticato chi sono, per caso?" Prendo di nuovo il raschietto e limo tutto.

"No. Purtroppo, non ho un'amnesia".

"Cavalcavo tori per guadagnarmi da vivere e lavoro coi cavalli da anni. Stai davvero mettendo in discussione la mia capacità di rifinire gli zoccoli?"

"Non è niente di personale".

Finisco con gli strumenti e appoggio per terra lo zoccolo per osservarlo.

"A me invece sembra di sì, Noah. Io non metterei mai in discussione la tua capacità di addestrare cavalli anche se sei giovane, un po' egocentrica e troppo sicura di te. Prima di giudicare, ti lascerei fare il tuo lavoro".

"Hai seriamente…" Rimane a bocca aperta e scuote la testa. "Non sono egocentrica. Sono bravissima in quello che faccio. Una delle migliori della zona, in realtà. È per questo che la gente deve prenotarmi con un anno di anticipo e guadagno il doppio di qualunque altro addestratore professionista nel raggio di duecento chilometri. Ho donato ore e ore del mio tempo per organizzare l'evento di beneficenza. Già non vengo presa abbastanza seriamente in questo settore; quindi non ho voglia di sentire altri *uomini* che dicono che sono troppo sicura di me".

"Oh, chiedo scusa, avrei dovuto aggiungere…" Le rivolgo un sorrisetto dopo aver controllato di nuovo lo zoccolo di Buttercup, prima di rimetterlo giù. "Non è niente di *personale*".

Senza aspettare una sua risposta, torno alla mia auto e accendo la forgia. Funziona a gas propano; perciò ha bisogno di qualche minuto per scaldarsi. Normalmente pulirei tutti gli zoccoli prima di mettere i ferri, ma, dato che Noah vuole assistere al procedimento, adesso glielo mostro dall'inizio alla fine. Magari si sentirà abbastanza soddisfatta e smetterà di dubitare di me.

Nell'attesa, prendo un ferro numero quattro e torno allo zoccolo di Buttercup per controllare quali modifiche bisogna apportare. Devo piegarlo un poco sulla punta; quindi prendo il martello e lo colpisco per un po'.

"Questa te la potevi risparmiare, e lo sai pure tu". Il tono aspro di Noah mi costringe a trattenere una risata divertita.

"Se non sai accettare le critiche, allora non dispensarle".

"Non ti ho criticato".

"Mi hai detto che devo dimostrarti le mie capacità, Noah. È la stessa dannatissima cosa. Credi che, perché il signor Ryan è andato in pensione e mi ha raccomandato ai suoi clienti, non abbia dovuto fare un colloquio per ottenere il posto? Sono venuto un mese fa per mostrare a tuo padre cosa so fare esattamente".

"Davvero?"

"Sì, e quella volta non ti ho vista. Ti giuro che non avevo idea di chi fossi finché quell'Ian non ha usato il tuo cognome. A quel punto, però, era troppo tardi. Volevamo entrambi passare quella notte insieme; quindi non ti chiederò scusa per non avertelo detto prima. E poi, è colpa tua, visto che hai ignorato le mie telefonate. Non avevo intenzione di rivelarti una cosa così importante in un messaggio in segreteria".

"Potevi almeno scrivermi e dirmi che era urgente..." Si morsica il labbro inferiore, come se stesse cercando un modo per addossarmi la colpa. "Se avessi saputo che era importante, ti avrei risposto".

Prendo le pinze e metto il ferro nella forgia; poi chiudo lo sportello. Tornato da Buttercup, appoggio l'unghia sul poggia-zoccolo per pulire e lisciare la superficie. Nel frattempo, controllo non ci siano arrossamenti, microfratture o contusioni.

"Ora mi ignori?" mi chiede, visto che non ho più detto niente.

"Quando ho finito di applicare il ferro da cavallo, te ne puoi anche andare. Buttercup se la caverà benissimo anche senza la tua presenza".

"Cosa? E perché?"

"Perché non mi serve una babysitter. Puoi guardare che faccia bene anche questo passaggio, ma poi torna pure al tuo lavoro, così io potrò fare il mio".

"Fisher..."

"Signor Underwood". Sollevo lo sguardo e vedo che alza gli occhi al cielo. Con una mano sul fianco, scuote la testa come se non fosse abituata ad aver qualcuno che le va contro in questo modo. O come se fosse irritata perché io lo sto facendo. Onestamente, lo trovo proprio sexy. Le sue labbra carnose, incurvate all'ingiù in un broncio, attirano i miei occhi sul suo viso, e vorrei soltanto potermi avvicinare per baciarla.

"D'accordo, mi dispiace".

Le passo intorno per raggiungere la forgia e controllare se il ferro è pronto. Dopo averlo ispezionato, lo rimetto dentro per qualche altro minuto.

"Mi hai sentito?" chiede alla mia schiena.

"Sì, forte e chiaro".

"E non dici niente?"

Mi giro verso di lei, a solo pochi centimetri di distanza. Sarebbe semplicissimo chinarmi e gustare le sue labbra contrite.

"Per cosa ti dispiace, Noah? Per aver frugato nel mio portafoglio mentre dormivo? O per avermi piantato in asso senza manco salutare? Forse per avermi… *ghostato*, come dite voi giovani? Accidenti, anche solo pronunciare quel termine dovrebbe essere un crimine, alla mia età. O forse per aver insultato la mia affidabilità come maniscalco?" Invece di avvicinarmi come vorrebbe il mio cazzo, allargo le spalle e incrocio le braccia sul mio ampio petto. "Dunque, per cos'è che mi chiedi scusa?"

Digrigna i denti, chiaramente infastidita dalle mie parole. Fa schizzare lo sguardo per terra, come se stesse contemplando la sua prossima mossa, e la vedo muovere una gamba. Per un attimo, temo che possa tirarmi una ginocchiata alle palle. È abbastanza vicina da poter fare seri danni.

"Ok, prima di tutto… non stavo frugando nel tuo portafoglio". Il suo sguardo si solleva e trova il mio. "Volevo soltanto vedere i tuoi documenti per sapere quanti anni hai".

"Ed è stato quello a spaventarti? La mia età?"

"No, non proprio. Me l'aspettavo che avessi più o meno il doppio dei miei anni. Non è stato quello il problema".

Quindi è stato qualcos'altro ad allontanarla…

Abbasso le braccia, ma devo interrompere la conversazione per finire il ferro di cavallo. Dopo aver preso le pinze per toglierlo dalla forgia, inizio a modellarlo e levigarlo.

"Potresti portarmi un secchio d'acqua, per favore?" le chiedo, rendendomi conto che l'ho dimenticato.

Senza rispondere, Noah entra nella struttura, e intanto io comincio a provare il pezzo di metallo contro lo zoccolo del cavallo. Brucia sull'unghia quando lo appoggio e sollevo ripetutamente. Devo sistemare alcuni bordi; quindi torno alla forgia per martellarlo di nuovo.

Quando Noah arriva, lo rimuovo e do gli ultimi ritocchi. Lo avvicino un'ultima volta allo zoccolo e decido che è quasi perfetto.

Prima di inchiodarlo, lo metto nel secchio d'acqua perché si raffreddi.

Nell'attesa, riprendo la conversazione: "Allora dimmi qual è il problema. Ho modo di rimediare?"

Inspira violentemente dal naso e stringe le labbra prima di espirare lentamente. "No, non puoi. Non è un qualcosa che si può cambiare".

"Se non parliamo della mia età, allora devi darmi qualche dettaglio in più. Non sapevi che avrei cominciato a lavorare qui; dunque non è questo. Cos'altro può essere?"

Sono molto tentato di chiederle se abbiamo fatto qualcosa che non le è affatto piaciuto, qualcosa che ho fatto *io*, ma dai suoi gemiti e dalle urla quasi assordanti, dubito che il problema sia stato quello. Quella notte abbiamo sentito entrambi una connessione forte e intensa. E me lo dice il modo in cui mi pregava di non fermarmi. Anche adesso, rivedendola e avendola talmente vicina da poterla toccare, tra di noi permane una scintilla che lei preferisce fingere che non esista.

Deglutisce il groppo in gola, come se non riuscisse fisicamente a parlare. Il cuore mi martella nel petto all'idea che tra di noi possa esserci un ostacolo gigantesco e insormontabile.

Noah scuote la testa. "N-Non credo che dovremmo parlarne qui. O mai, in generale. È stata una notte sola. Non vedo perché non potremmo essere professionali e lavorare allo stesso ranch".

Il modo in cui rigetta un possibile rapporto mi fa aggrottare la fronte.

"Noah, dimmelo". Mi avvicino finché i nostri corpi quasi non si toccano, finché le nostre braccia non si sfiorano, e sento il profumo floreale del suo shampoo. "*Ti prego*". Le sollevo il mento, poi mi chino verso di lei e vedo fino a che punto mi fa arrivare. Nonostante tutte le sue frecciatine, non desidero altro che gustare di nuovo le sue labbra.

Il suo respiro corto si blocca quando la mia bocca tocca la sua, ma poi chiude gli occhi ed esclama: "Tuo figlio!"

Indietreggio e per poco non cado col sedere a terra per lo

stupore, visto che quelle due sono le ultime parole che mi aspettavo di sentire.

"Cosa c'entra mio figlio?"

Finalmente mi guarda, e la sua espressione si tinge di angoscia. "Stavamo insieme. Ci siamo lasciati da tempo, ma è stato un tira e molla per tutte le superiori, fino ai vent'anni".

"*Jase*? Tu… e… Jase?" Indico prima lei e poi l'ombra immaginaria di mio figlio, al suo fianco.

Annuisce, le labbra cucite.

Mi passo una mano tra i capelli, cercando di metabolizzare il fatto che non mi sono semplicemente portato a letto una donna molto più giovane di me, ma che questa è pure la ragazza di mio figlio.

Beh… ex ragazza.

Però non credo che, in tal caso, questi cavilli contino qualcosa. Loro due si sono frequentati. Hanno dei trascorsi. E io non ne sapevo niente perché ho provato a riallacciare i rapporti con mio figlio soltanto qualche mese fa. Tanti anni dopo la loro relazione e la loro rottura. Tanti anni dopo che le avrà detto che suo padre è un vero pezzo di merda.

"Cristo santo…" Sono le uniche parole che riesco a mettere insieme. Tra tutte le ragioni che mi ero immaginato, questa non era neanche lontanamente in quel cazzo di lista.

Invece di restarmene qui impalato come un idiota, recupero il ferro ormai freddo e porto a termine il lavoro. Mi assicuro che calzi alla perfezione e poi inserisco i quattro chiodi. Dopodiché, poso di nuovo lo zoccolo sul sostegno e do un'ultima passata col raschietto.

Quando ho finito, lo metto giù e osservo mentre Buttercup lo pesta qualche volta, per assicurarmi che vada bene.

"Quando l'hai capito?" le chiedo alla fine, spostando la cassetta degli attrezzi vicino all'altro zoccolo anteriore. Passo la mano sulla schiena del cavallo e lungo la zampa, perché non si spaventi.

"Quando ho visto la tua patente", risponde, avvicinandosi a Buttercup e strofinando il palmo della mano sul suo muso per calmarlo. "Non ci sono molti Underwood a Sugarland Creek. Facendo due conti, era molto probabile che foste parenti. Poi ci ho riflettuto bene e ho trovato sempre più somiglianze tra di voi. E mi sono anche ricordata che mi hai detto che un tempo viaggiavi moltissimo, e Jase mi aveva detto la stessa cosa su suo padre".

"E perché non me l'hai semplicemente detto? Il mio ego ne avrebbe risentito molto di meno, se avessi saputo la verità". Anche se non avrebbe affatto reso tutto più semplice sapere che la donna che voglio è off limit.

"Pensavo che non ti avrei più rivisto; quindi che senso aveva dirtelo?"

"Pensavi che non ci saremmo beccati da qualche parte, ora che sono tornato a Sugarland Creek?"

"Certo, immaginavo che fosse una possibilità, però all'incontro non doveva per forza fare seguito una relazione. Se avessi saputo che avresti cominciato a lavorare qui, avrei agito diversamente. Ma ero troppo in imbarazzo".

"Per cosa?"

"Per essere andata a letto col padre del mio ex. Non avevo mai avuto un'avventura di una notte e, per una volta che lo faccio, finisco a letto con un uomo da cui avrei dovuto restare alla larga. E poi, avevo paura che l'avresti detto a Jase. Se l'avesse scoperto, non mi avrebbe mai perdonata".

"Quindi non lo sa?"

Scuote la testa. "No. Siamo rimasti amici, ma è da qualche settimana che non ci sentiamo. Mi ha sorpreso vederti qui, perché ero certa che una cosa del genere me l'avrebbe detta".

Ahia, questa brucia!

E mi viene anche da chiedermi quanto siano rimasti legati, se lei è così preoccupata che questo segreto possa rovinare la loro amicizia. È raro che tra ex si resti amici. Però non so abbastanza del passato di mio figlio per poter anche solo immaginare come si comporti con gli altri. Insieme a me è un ragazzo taciturno, ma con le persone che non l'hanno abbandonato potrebbe essere diverso.

"Già, non abbiamo un bel rapporto; quindi non mi sorprende che non abbia parlato di me a nessuno. È colpa mia, non sua".

"A me ne ha parlato", ammette. "Beh, mi ha raccontato la sua versione della storia".

Purtroppo, la sua versione *è* l'unica verità che lui conosce. Non gli ho mai rivelato quello che ho cercato di far fare a Damien, e spero non lo scopra mai.

"Apprezzerei molto che non glielo dicessi, Noah. Sono venuto a ricucire il rapporto con mio figlio, e ci sono ancora molti ostacoli. Non…"

"Non avevo alcuna intenzione di farlo", mi rassicura. "Lo sa soltanto Magnolia".

Emetto un sospiro. "Grandioso".

Ridacchia. "Già, gliel'ho detto quando sono tornata a casa per la doccia; quindi non aspettarti che rimanga un segreto molto a lungo".

"Secondo te, riesco a convincerla a tenere la bocca chiusa?" le chiedo, mezzo ironico e mezzo serio. Se Jase dovesse scoprirlo, non mi rivolgerebbe più la parola. Le sue risposte a monosillabi si ridurrebbero al silenzio più assoluto.

"Ottima domanda…" Trattiene una risata, poi scuote la testa. "Tranquillo, lo sa che i miei segreti se li deve portare nella tomba".

Annuisco con gratitudine. Come padre, ho fatto una marea di schifezze quando ho toccato il fondo, ma una cosa come questa sarebbe irreversibile. Anche se so molto poco della vita di Jase alle superiori e dopo il diploma, sono praticamente sicuro che l'aver fatto sesso con una delle sue ex mi farebbe finire in cima alla sua lista nera.

Capitolo Nove

NOAH

"Ho saputo che hai mangiato merda per pranzo. Era buona?" Wilder erompe in una sonora risata prima che possa rispondergli o mandarlo a quel paese.

"Ieri sera c'era Jen a casa tua; quindi perché non me lo dici tu?" gli chiedo, mentre faccio degli affondi insieme a Millie nel paddock prima di portarla nell'area di addestramento.

"Bella questa, sorè!" Waylon mi batte il cinque a distanza ed entra nella scuderia.

Ci sono volute soltanto un paio di ore perché la notizia della mia caduta imbarazzante si diffondesse nel ranch. Strano ci abbia messo così tanto, in realtà. Ma non mi farò mettere i piedi in testa. Tutti sanno che Wilder ha una bella lista di donne tra cui scegliere e a nessuno piace Jen, per ottime ragioni, ma questo non l'ha mai fermato dal frequentarla.

I figli maggiori della famiglia sono i gemelli, Wilder e Waylon. Abbiamo sei anni di differenza, ma nessuno lo direbbe mai, perché si comportano da veri immaturi. Di solito Waylon è il razionale dei due, ma si influenzano comunque a vicenda e fanno quasi sempre i buffoni. Vivono in uno dei bungalow bifamiliari del personale, qui al ranch, e organizzano una festa praticamente ogni fine settimana. Se non fossero così bravi a gestire le passeggiate a cavallo e a stare sempre al passo con le loro mansioni, i nostri genitori li avrebbero già cacciati a calci nel sedere, soprattutto dopo la faccenda della receptionist.

"Non sei un po' troppo grande per agitarti così tanto davanti a un bonazzo?" continua Wilder, venendo a mettersi sopra un paletto della recinzione e offrendomi una visione migliore della sua espressione. compiaciuta.

"Chi l'ha detto che è stata colpa di un bonazzo?"

"Ruby".

Argh, la uccido!

"Era *lei* quella tutta agitata", ribatto; poi mi rimprovero mentalmente per la risposta stupida. "Comunque che cos'è che vuoi, oltre a infastidirmi?"

"Ho saputo che il *bonazzo* è il padre di Jase, giusto?"

"È il *maniscalco*", insisto. "Nessuno ha mai detto che è un bonazzo".

Provo a stamparmi in faccia un'espressione impassibile, così che non capisca che sto mentendo.

"Significa che il tuo fidanzatino si farà di nuovo vivo?" mi chiede, con un crudele tono di scherno. Wilder non è mai stato un grande fan di Jase, semplicemente perché era il mio ragazzo.

Non che quel playboy di mio fratello abbia il diritto di giudicare. A ventott'anni, ha frequentato quasi tutte le donne disponibili di Sugarland Creek e persino donne più grandi non tanto single.

"Ma che hai, dodici anni?" Lo guardo in cagnesco, e lui scoppia a ridere. "Siamo solo amici. Non hai del lavoro da fare?"

"Sto aspettando che Landen arrivi col rimorchio carico di fieno, così possiamo rifornire le scorte".

"Vai ad aspettarlo da un'altra parte".

Ridacchia e scavalca il recinto. Lo seguo con lo sguardo mentre entra nella scuderia. Sta parlando a voce talmente alta che lo sento pure se è dentro.

Mezz'ora dopo, Fisher mi dice che è pronto per Shelby; quindi gliela porto e la lego. La mia mente non ha ancora smesso di pensare a lui e a quel *quasi bacio*. O, perlomeno, ero convintissima che ci sarebbe stato, prima che gli rivelassi il vero motivo per il quale ero sparita.

Il mio cervello dice che dobbiamo stare lontani l'uno dall'altra. Ma il mio cuore dice di fottermene.

Quella notte, abbiamo condiviso un qualcosa che non avevo mai provato prima. Se non fosse per la regola contro le relazioni e per il fatto che è il padre di Jase, non ci sarebbe alcuna ragione per non stare insieme.

Ma questo mi fa desiderare Fisher ancora di più.

Anche se le conseguenze potrebbero cambiarmi la vita.

Ora che Miss Swift è di nuovo nel suo box, mando un messaggio a Mallory per chiederle di venire a farle compagnia, così non sentirà la mancanza di Shelby. Dato che mia cugina ha a che fare con i cavalli soltanto da un paio di anni, non le permettiamo ancora di cavalcare da sola. Mi aiuta con la toelettatura e la sellatura, però resto sempre a pochi metri di distanza quando è in sella.

Landen arriva con il rimorchio e, quando sia lui che Tripp balzano giù, so già che sta per scatenarsi l'inferno.

Finisce sempre così, quando i quattro fratelli sono insieme.

"Ehi, Noah", mi saluta Landen, avvicinandosi per poi annusarmi con molta poca discrezione. "Grazie a Dio che hai fatto la doccia! Ho sentito che…"

"Tappati la bocca, altrimenti ti spingo in una montagna di merda di cavallo calda".

Landen ridacchia e mi dà una gomitata. "Mi è già capitato. No, grazie".

"Vuoi venire a darci una mano?" mi chiede Tripp, mentre si avvicina.

Afferro la briglia di Miss Swift ed entro nel suo box. "Non è il mio lavoro. Io sto facendo il mio; quindi tu vai a fare il tuo".

Dopodiché, porto il cavallo di Mallory alla postazione per la toelettatura e la lego, così è già pronta. "Però puoi andare a prendermi la sua sella".

"Bel tentativo!" Tripp trattiene una risata. "Dove sono i gemelli?"

Controllo il corridoio centrale, ma di loro neanche l'ombra. "Mmh. Erano qui dentro giusto un attimo fa".

In quel momento, sento un fragore di risate provenire dall'altro capo della scuderia, dove sta lavorando Fisher.

Oh, merda!

"Trovati", dice Landen, correndo verso quella direzione.

"Maledizione!" Inseguo Landen e Tripp, consapevole che peggioreranno solo le cose.

"Che state facendo?" chiedo a Wilder e Waylon quando li trovo attorno a Fisher, che sta lavorando su uno degli zoccoli di Shelby.

"Lo sapevi che il padre di Jase era un famoso cavalcatore di tori?" mi chiede Wilder in tono divertito.

"Sì". Mi metto in una posizione minacciosa, con le mani sui fianchi. Già non gli piace Jase. Non vorrei che non gli piacesse neanche Fisher.

"Venerdì lo portiamo al Twisted Bull, così può farci vedere quanto è bravo sul toro meccanico che c'è lì". Il sorrisetto del cazzo di Wilder è pieno di malizia, e un brutto presentimento mi assale.

In quel bar c'è anche una grande pista da ballo, dove le coppie ballano la *line dance*. Ci sono volte in cui stanno tutti appiccicati perché c'è una marea di gente. I miei fratelli bevono sempre troppo e non c'è una volta che non diano spettacolo.

"Wilder crede che entro la fine della serata sarà diventato un professionista". Waylon ride.

"Un professionista a finire col culo per terra", ironizza Landen, scuotendo la testa.

Tripp fa un sorrisetto. "Cominciamo a piazzare le scommesse? Una birra che dura quattro secondi".

"Quattro? Io dico che regge per tre e poi pianta il muso sul pavimento", dice Waylon.

"È un pessima idea". Interrompo le scommesse.

Landen dice sei secondi, mentre Tripp cinque.

Incrocio lo sguardo di Fisher e mimo uno "scusami" con le labbra.

Un sorrisetto gli incurva l'angolo della bocca. Non prova nemmeno a tirarsene fuori.

"Dovresti venire anche tu, sorellina". Waylon mi dà una gomitata quando nota che sto fissando Fisher. "Porta anche il tuo fidanzatino".

Wilder scuote la testa. "Non puoi invitarla alla serata per uomini. Però può scarrozzarci lei". Mi lancia un'occhiata. "Ti chiamiamo quando siamo pronti a tornare a casa".

"Sei un vero stronzo". Mi avvicino e gli do un calcio allo stinco. "Verrò per assicurarmi che non mettiate in imbarazzo la nostra famiglia di fronte a tutto il paese… o almeno, non più di quanto non abbiate già fatto".

"Pfft. Ormai è troppo tardi", dice Tripp. Wilder ha la sua bella lista di momenti imbarazzanti.

"Beh, che ne dici, signor Maniscalco? Ti offro pure il primo giro". Il largo sorriso di Wilder mi fa venir voglia di dargli un pugno allo stomaco.

"Signor Underwood", lo correggo, dandogli una manata sul braccio. "Porta rispetto, altrimenti mamma ti mena".

Wilder mi dà una spinta e subito Waylon si frappone tra di noi. "D'accordo, bambini. Non litigate".

Ayden ci raggiunge, accigliato. "Ma cos'è, state facendo una riunione di famiglia? In caso contrario, piantatela di infastidire il signor Underwood e smammate!"

"Dillo ai miei fratelli". Sbuffo.

Di solito sono io quella che rimprovera e separa i ragazzi quando si azzuffano. Ma con Fisher intorno, sento il bisogno di proteggerlo, di impedire che lo importunino. L'ultima cosa di cui ha bisogno è di chiudersi con i miei fratelli in un bar che offre un toro meccanico e alcool.

"Venerdì alle dieci!" urla Wilder mentre Waylon lo trascina via.

Fisher solleva lo sguardo, le sopracciglia aggrottate. *"Di notte?"*

Landen e Tripp scoppiano a ridere.

"Ce la fai, vecchietto?" lo provoca Landen. "Lavoriamo sodo durante il giorno, ma nel weekend ci devastiamo".

Il suo tono presuntuoso mi fa alzare gli occhi al cielo.

Fisher ridacchia. "Sarò io a chiedervelo, a fine serata".

I ragazzi fischiano e gridano in coro, mentre Ayden li porta di nuovo nella scuderia.

"Non devi andarci per forza", dico a Fisher quando restiamo finalmente soli. "I miei fratelli sono… dei pazzi. Continueranno a bere finché non riusciranno più a reggersi in piedi, e ti toccherà fare il baby-sitter".

"Non ho problemi a gestire un gruppetto di ragazzini scalmanati. Ne ho avuto tanti intorno per gran parte della mia carriera. Diamine, un tempo lo ero anche io".

"Ma non lo sei più", gli ricordo.

Si stringe nelle spalle, riportando l'attenzione sullo zoccolo di Shelby. "No, ma ce la farò comunque. Sei preoccupata per me?"

"Mi preoccupa quello che potrebbero dirti", rispondo con onestà. "Non sono dei grandi fan di Jase".

"Ah".

"Detestano tutti i ragazzi che ho frequentato; quindi non prenderla sul personale".

"Significa che ti vogliono bene".

Mi scappa da ridere. "L'hai appena visto come si comportano con me. Fidati, non è per quel motivo. Semplicemente, si divertono a rompermi le palle ogni volta che possono. Potrei sposare un vero santo, ma riuscirebbero comunque a trovargli qualche difetto".

"Immagino debba essere stato divertente crescere tutti nella stessa casa". Fa un sorrisetto, poi trascina la scatola degli attrezzi vicino alla gamba di Shelby.

"Ah! I miei hanno cacciato i gemelli quando hanno compiuto ventun anni e li hanno messi in uno dei bungalow del personale. Io mi sono trasferita nel mio cottage un paio di anni fa, così che

Mallory potesse prendere la mia stanza, visto che quella dei gemelli se l'è presa nonna Grace. Landen e Tripp vivono ancora con i miei, ma non mi sorprenderebbe se anche loro se ne andassero presto".

"Una casa bella piena, direi".

"Lo è sempre. Nonna Grace si è trasferita quattro anni fa, dopo la morte di mio nonno. Lei e mamma passano tutto il tempo a cucinare per il personale. Non sorprenderti se mia madre ti invita a pranzo… o meglio, se *insiste* perché passi da lì. La domenica sera c'è la cena di famiglia, e tutti noi cinque siamo costretti a partecipare, senza eccezioni. Di solito i miei fratelli hanno ancora i postumi per aver bevuto troppo la sera prima".

"Ed è così che dovrebbero fare a vent'anni. E poi, a trenta, ne pagheranno le conseguenze con ginocchia doloranti e bruciore di stomaco".

L'immagine mi strappa una risata. "Lavorano al ranch praticamente da tutta la vita. Quasi non ci credo che nessuno di loro si è ancora rotto l'osso del collo. Da piccoli saltavano a turno giù dal tetto della scuderia sopra un trampolino, dove gli altri aspettavano per far rimbalzare e volare in aria chi si era buttato".

"Cristo!" Scuote la testa, con una risata. "Incredibile che tua madre non abbia mai avuto un infarto, con figli del genere!"

"Già".

Sto osservando Fisher mentre pulisce lo zoccolo di Shelby, quando Mallory arriva con Serena Mae, la figlia di Ayden, che ha due anni in meno di lei. Mamma le saluta, e le ragazzine corrono verso di me.

Mi avvolgono entrambe in un abbraccio, e io sorrido. "Miss Swift vi sta aspettando alla postazione per la toelettatura. Vi raggiungo tra un secondo".

Quando Mallory si è trasferita qui, si è innamorata della cavalla quarter e l'ha chiamata subito come la sua cantante preferita. Nessuno riusciva mai a dirle di no, dopo la morte dei suoi genitori; quindi ho addestrato Miss Taylor e ho insegnato a Mallory a cavalcare.

Quando sono abbastanza lontane, mi avvicino a Fisher. "Dopo scrivo a Jase e gli chiedo perché non mi ha detto che ti sei trasferito qui".

"Preparati alla cruda verità", mi avverte.

"Tutti meritano una seconda chance, Fisher".

"Ci siamo visti stamattina per colazione, e mi ha a malapena rivolto la parola. Non gli dispiaceva chiacchierare quando mi aiutava a comprare casa, ma adesso bisogna strappargli le parole di bocca".

"Gli passerà", dico, cercando di essere rassicurante, pur non sapendo se è vero o meno.

Jase non ha mai parlato molto di suo padre; quindi conosco soltanto quelle poche cose che ogni tanto si è lasciato sfuggire.

"Che gli passi o meno, io non me ne vado da nessuna parte". Fisher incrocia il mio sguardo, una tacita promessa che resterà qui indipendentemente da tutto. "Vale anche per te, Noah. Lo so che le circostanze rendono impossibile che tra di noi ci sia più di un rapporto professionale o di amicizia, ma io sono qui per te, qualunque cosa accada".

Mi batte forte il cuore e, Cristo santo, quanto vorrei che fosse tutto diverso. Vorrei non dover essere qui davanti a un uomo che desidero e non dover resistere all'impulso di baciarlo. L'attrazione che abbiamo condiviso all'inizio è ancora qui, e non è certo un segreto il fatto che Fisher ricambia quello che provo.

Siamo fottuti.

Capitolo Dieci

FISHER

Dopo che Noah è andata ad aiutare Mallory e Serena con Miss Swift, io finisco con gli zoccoli di Shelby e continuo a lavorare per il resto della giornata. Ruby e Trey, un altro dei garzoni, mi mostrano l'andatura dei cavalli quando passo da uno all'altro. Non riesco a completarne tanti quanto avevo sperato, visto che ho bisogno di tempo per adattarmi alla nuova routine. Tra gli Hollis e gli altri clienti lasciati dal signor Ryan, quest'estate avrò una marea di lavoro da recuperare.

Riesco a vedere Noah soltanto un altro paio di volte, quando entra ed esce dall'area di addestramento e dal paddock. Visto che esistono delle *regole* e lei ha dei trascorsi con mio figlio, è meglio se non ci vediamo, ma lei consuma comunque la mia mente.

Mentre sto pulendo e mettendo ordine tra gli attrezzi, il signore e la signora Hollis scendono dal loro pick-up e vengono verso di me con dei contenitori di plastica in mano.

"Com'è andata la prima giornata?" mi chiede Garrett.

"Benone. Sono stati tutti molto gentili e ospitali". Sorrido mentre Dena mette giù uno dei suoi piatti.

"Noah mi ha detto che non ti sei fermato per mangiare; quindi ti ho portato degli avanzi della cena. Puoi passare a prendere tutto il cibo che vuoi a casa, oppure mangiare all'agriturismo".

"Oh, non è necessario".

"Insisto", dice lei.

"Guarda che, se non fai come dice, verrà a portarti gli avanzi tutte le sere e ti imboccherà contro il tuo volere", afferma Garrett, ridacchiando.

"C'è gumbo di pollo e salsiccia, riso, e crostata di pesche per dolce".

"Signora Hollis, è davvero troppo. Ne è sicura?"

Mi dà una pacca delicata sul braccio, con un sorriso genuino. "Cucinare per la mia famiglia e per gli amici è il mio linguaggio d'amore".

Con un sorriso, annuisco. "La ringrazio. L'apprezzo molto".

Chiacchieriamo per qualche altro minuto, poi Dena mi invita alla cena domenicale. Provo a rifiutare, consapevole che renderebbe tutto troppo strano con Noah, ma sua madre non accetta un no come risposta. È davvero ostinata, proprio come sua figlia. I signori Hollis mi salutano ed entrano nella scuderia. Poco dopo, li sento parlare con Ayden e Trey.

Dopo aver chiuso il retro del pick-up e aver messo dentro gli avanzi, tiro fuori il telefono.

FISHER

> Grazie per aver chiesto a tua madre di portarmi da mangiare. Ha tutto un profumo delizioso.

Guardo i contenitori e sorrido al primo pasto fatto in casa che potrò mangiare dopo anni.

NOAH

> Scusa se non ti ho avvisato. Appena le ho detto che non hai fatto manco una pausa, stava già mettendo via il cibo da darti.

FISHER

> Quindi mi stavi tenendo d'occhio, eh?

NOAH

No. Ho solo notato che il tuo pick-up non si è mai mosso.

Sorrido, perché so che sta mentendo. La mia macchina non si vede dal centro di addestramento, dove lei ha passato gran parte della giornata.

Fisher: Forse avevo il pranzo al sacco.

Noah: Ce l'avevi?

Balzo in auto e metto in moto, ma non parto ancora.

FISHER

No, ho fatto una colazione abbondante.

NOAH

Sappi solo che d'ora in poi continuerà a portarti da mangiare.

FISHER

Mi ha invitato a cena questa domenica. Per te è un problema?

NOAH

Ma certo che l'ha fatto...

Mi aspetto che mi chieda di trovare una scusa o che mi dica che non posso andarci.

NOAH

Per me va bene, se credi di riuscire a non fissarmi per tutto quel tempo.

Ridacchio, scuotendo la testa. Però ha ragione. Non posso certo negarlo. Noah è bella da togliere il fiato, però sono ancora più attratto dalla sua insolenza e dalla sua sicurezza in se stessa.

FISHER

Dice quella che mi ha osservato per tutto il giorno e sapeva che non ho mangiato.

NOAH

Detta così, sembro quasi una stalker.

FISHER

Lo sei?

NOAH

Ti piacerebbe. Io l'ho pensato di te, quando ti sei presentato qui stamattina.

FISHER

Se avessi risposto ai miei messaggi, cosa che vedo sei perfettamente in grado di fare, ti saresti preparata psicologicamente.

NOAH

Ok, simpaticone. Vedi di non tirare troppo la corda, ora che lo sto facendo.

Sentendo il suo tono scherzoso, ridacchio, e ora tutto ciò che voglio è che non smetta di rispondermi.

FISHER

Dove posso vederti dopo il lavoro?

Scrivo la domanda senza neanche pensarci. Ferire Jase è l'ultima cosa che voglio fare. Eppure, la tentazione di conoscerla meglio è troppo forte. Anche se possiamo solo rimanere amici.

NOAH

Pensavo avessimo già stabilito che è una cattiva idea.

FISHER

Nessuno ha mai detto che non possiamo vederci da amici.

Qui con me

Nemmeno io credo a questa scusa di merda, ma è più forte di me. Noah mi fa impazzire. È per questo che non sono riuscito a strapparle gli occhi di dosso al rodeo.

NOAH

Amici, eh?

FISHER

Che problema c'è se siamo amici?

NOAH

Non lo so. Jase mi ha chiesto di vederci venerdì sera.

Mi si contorce lo stomaco come se mi avessero pugnalato, però non posso dirglielo. Quando ho chiesto a mio figlio di vederci questa sera, mi ha liquidato dicendo che potevamo farlo un'altra volta. Immagino che non succederà neanche quello.

FISHER

Sì?

NOAH

Quando gli ho detto che sei il nostro nuovo maniscalco, ha risposto che non ne aveva idea. Poi mi ha proposto di vederci tutti quanti per cena. Gli ho detto che gli avrei fatto sapere, ma secondo me è una pessima idea...

FISHER

Tutti e tre? Merda!

Proprio in questo momento, mi vibra il telefono: è un messaggio di Jase.

JASE

Non sapevo che i clienti di cui parlavi fossero gli Hollis. La mia ragazza vive lì al ranch. Verresti con noi a cena venerdì alle sei?

Che cazzo? L'ha chiamata "la sua ragazza"?
Prima di rispondergli, mando un altro messaggio a Noah.

FISHER

Sicura che non state insieme?

NOAH

Certo che ne sono sicura. Perché?

FISHER

Mi ha appena scritto e ti ha chiamata "la sua ragazza".

NOAH

Bah. La forza dell'abitudine, immagino.

Oppure Noah non sa che mio figlio prova ancora qualcosa per lei?

FISHER

Non avevi detto che vi siete lasciati un paio di anni fa?

NOAH

È così. Ma nessuno dei due ha avuto altre storie da allora; quindi credo che lo faccia senza rendersene conto.

Mi stringo la radice del naso e mi chiedo in che diavolo di telenovela mi sia cacciato.

FISHER

Senti, non è meglio se glielo dico? Almeno leviamo di torno subito tutto l'imbarazzo.

NOAH

No! È successo una volta sola. Non ha senso rovinare il vostro rapporto per un'avventura di una notte. Tu comportati in modo naturale. Sa che ci siamo conosciuti al ranch; quindi parleremo di lavoro e di cose normali.

Il suo "cose normali" mi fa quasi ridere. Questa situazione non ha proprio nulla di *normale*.

FISHER

Se lo dici tu...

Torno alla chat con Jase e gli rispondo.

FISHER

Volentieri. Dove?

JASE

Lilian's Steakhouse, è un locale nuovo.

FISHER

Va benissimo. Quella sera i gemelli Hollis mi hanno invitato ad andare al Twisted Bull. Ti unisci a noi?

JASE

Cosa? Vai al Twisted Bull?

FISHER

Già. Credi che non possa reggere, per caso?

JASE

Vedremo, vecchietto. Sabato mattina ho una riunione.

Anche se mi sta prendendo in giro e mi ha dato del vecchio, sorrido. Non ci eravamo mai scritti così tanto.

Poi torno alla chat con Noah.

FISHER

L'ho invitato al bar, venerdì, ma dice che il giorno dopo deve svegliarsi presto. Tu ci vieni?

NOAH

Per guardare i miei fratelli che si ubriacano e provano a cavalcare un toro meccanico per otto secondi? Oh, ho tutta l'intenzione di filmarli.

Mi scappa da ridere.

FISHER

Ci provi anche tu?

NOAH

Io l'ho già fatto qualche volta.

Ha stuzzicato la mia curiosità.

FISHER

Non che la cosa debba sorprendermi, piccola ADA. Probabilmente hai pure umiliato i tuoi fratelli...

NOAH

Fingi di non averlo mai visto...

Dopo il messaggio arriva un video.

È un video di Noah, che indossa un cappello da cowboy rosa, stivali scintillanti, una gonnellina rosa e un top senza spalline. Porta una fascia con su scritto "Festeggiata" e sta cavalcando il toro meccanico.

Si sentono i suoi fratelli che fischiano e urlano per lei, mentre si regge alle corna con tutte le sue forze. La persona che sta filmando ride a crepapelle e grida. Credo sia Magnolia, ma, comunque sia, non riesco a smettere di sorridere di fronte a una Noah così spensierata e felice.

Riesce a rimanere in sella finché non suona il timer, e la folla esulta.

Poi, quando fa per scendere, scivola e cade di faccia sul tappetino.

Qui con me

Chi sta filmando corre verso Noah, che sta ridendo talmente tanto da non riuscire quasi a respirare. Ha il viso tutto rosso e non riesce ad alzarsi in piedi, ma, quando lo fa, Wilder le va addosso e la butta di nuovo per terra.

La clip finisce così, ma era talmente divertente che mi sto quasi pisciando addosso.

FISHER

È stata la cosa più bella che abbia mai visto.

NOAH

Adesso sai perché non esco con i miei fratelli. Sono spietati e mi hanno sfidata a farlo il giorno del mio ventunesimo compleanno.

FISHER

Per me è stato esilarante. Adesso devo vederlo di persona.

NOAH

Non credo proprio, cowboy. Ero ubriaca come una spugna e, a quanto pare, questa volta devo riaccompagnare i miei fratelli a casa.

FISHER

Allora non bevo io, così tu puoi divertirti. E porto l'altro pick-up, così ci stiamo tutti.

NOAH

Magnolia ha già detto che viene e ha una super cotta per Tripp; quindi preparati alla follia più totale.

FISHER

Davvero? E per te non è strano?

NOAH

Ma no, le piace da una vita. Così adesso tu conosci uno dei suoi segreti, visto che lei sa del nostro.

Rido.

FISHER

Grazie.

FISHER

Meglio se vado. Sono ancora parcheggiato dietro alla scuderia.

NOAH

A domani, signor Underwood.

FISHER

Dolci sogni, Noah.

Quando arrivo a casa, faccio la doccia e prendo una birra. Seduto sul divano, mi guardo intorno e vedo la pila di scatoloni che devo ancora svuotare e i piatti che non ho lavato. L'angoscia opprimente di avere una marea di cose da fare, ma non abbastanza energie per completarle, mi assale con una forza spaventosa. Un senso di insicurezza mi assale quando penso al fatto che non merito nulla di tutto questo. Una seconda chance con mio figlio, una nuova vita, stabilità. E sicuramente non merito una donna come Noah. Mi sono concesso quei momenti con lei, e guarda adesso dove siamo finiti.

Non posso averla.

Non è *mia*.

È tutto ciò che non posso avere. Dopo la vita a cui ho rinunciato, dovrei averne una fatta di isolamento e solitudine.

Eppure, voglio prendere Noah tra le braccia e tenerla tutta per me.

Capitolo Undici

NOAH

Concentrarmi sul mio lavoro senza gettare lo sguardo su Fisher ogni volta che mi capita l'occasione è più complicato di quanto potessi aspettarmi. Averlo così vicino provocherà molto probabilmente un incidente, perché sono talmente idiota che rischio al cento per cento di finire contro un muro mentre lo ammiro.

Guardarlo al lavoro e fissare le sue mani mi riporta a quando mi ha sculacciata mentre lo cavalcavo nella posizione della cowgirl al contrario. Quei maledettissimi palmi callosi mi hanno fatto cose indicibili, ed è tutto ciò a cui riuscivo a pensare vedendo le vene delle sue braccia gonfiarsi mentre lavorava.

Per quanto stia provando a scacciare i ricordi della nostra notte insieme, ogni volta che chiudo gli occhi vedo qualche flash e sento i suoi grugniti profondi nell'orecchio. Stringo le cosce mentre cammino, per alleviare il dolore che mi ha lasciato lì sotto.

Dopo i messaggi che ci siamo scambiati un paio di sere fa, ci siamo detti soltanto qualche parola di sfuggita, con delle ardenti occhiatine furtive che nessuno dei due dovrebbe lanciare, dato che abbiamo deciso di essere *amici*. Ci hanno pensato Ruby e Trey a mostrargli l'andatura dei cavalli e, ogni volta che ha una domanda, ci pensano loro o Ayden ad aiutarlo. Io passo le giornate a fare avanti e indietro dal paddock al centro di addestramento, con qualche pausa nel mezzo; quindi non riusciamo mai a parlare lontano da orecchie indiscrete.

Quando Jase mi ha chiesto di vederci al Lilian's questo venerdì, sono entrata nel panico.

Non è un ristorante in cui si portano i propri amici.

È uno dei locali più raffinati del paese, con una luce soffusa romantica, rose fresche e candele su ciascun tavolo, e pure un caminetto al centro della sala. I clienti si vestono eleganti e spendono centinaia di dollari soltanto per il vino.

Invece di rifiutare o dirgli che avevo già altri impegni, ho tirato fuori suo padre. È a lui che dovrebbe dedicare il suo tempo, non a me. Ma poi questo mi si è ritorto contro quando ha proposto di uscire a cena tutti e tre insieme.

Quando gli ho chiesto se fosse una buona idea, dato che io e Fisher lavoriamo insieme, ha insistito dicendo che gli avrebbe fatto comodo avere un mediatore, visto che ancora non si parlano tanto. Mi dispiaceva troppo rifiutare; quindi ho detto che gli avrei fatto sapere. *Dopo averne parlato con Fisher.*

Non ho raccontato tutta la verità a Fisher perché è comunque una pessima idea e non ha senso farlo sentire ancora peggio riguardo alla loro situazione.

Il fatto che Jase gli abbia detto che sono la sua ragazza mi fa già capire che sarà una serata molto tosta.

E sapere che hanno un rapporto teso mi mette ancora più pressione, perché spetterà a me mantenere viva la conversazione.

Ma non lo farò da sobria.

Adesso sono per metà terrorizzata e per metà emozionata all'idea di vedere Fisher fuori dal lavoro.

Fino ad allora, proverò a distrarmi con gli addestramenti.

"Ellie, sei un po' lenta al secondo barile. Quel ritardo potrebbe costarti la vittoria", urlo dal bordo dell'arena, quando finisce la corsa. Il *suggerimento* che mi ha dato Craig Sander al rodeo mi risuona nelle orecchie, e detesto che avesse ragione. Quella serpe è

geloso perché Ellie ha rifiutato la sua offerta di allenarsi con lui e
si sta facendo un nome grazie al mio aiuto.

"È lui che rallenta ogni volta", mi risponde, con una scrollata
di spalle.

"Solleva le redini e scalcia un secondo prima. Magari
funziona".

Rimette Ranger in posizione, e io faccio ripartire il timer.

"Via!"

Osservo come aggira il primo barile in modo impeccabile; poi
segue i miei consigli per il secondo, riuscendo a far muovere più in
fretta Ranger verso il terzo, per poi fare uno scatto verso il
traguardo.

"È andata meglio!" Segno il tempo sulla cartellina, insieme agli
altri.

"Credo che gli servano dei ferri nuovi". Mi viene incontro e
poi smonta. "Abbiamo un'altra gara la settimana prossima, e a
quel punto saranno passate sette settimane dall'ultima pulizia. Le
unghie si stanno rovinando in fretta, con tutti questi allenamenti
extra".

Per controllare, faccio scorrere la mano lungo il dorso del
cavallo e giù per la zampa. Non c'è nessun problema visibile.
L'unghia sta quasi diventando troppo grande per il ferro, ma per
ora Ranger non corre alcun pericolo.

"Vuoi che chieda al signor Underwood di dare un'occhiata?
Posso aggiungerlo al suo programma di domani".

"Magari, per favore. Anche solo per tranquillizzarmi".
Aggrotta la fronte.

"Andiamoci adesso", propongo, così non dovrà aspettare.
"Vedo se riesco a infilarti".

"Grazie". Mi sorride.

Conduce Ranger mentre torniamo a piedi dall'area di
addestramento alla scuderia, per poi raggiungere la postazione di
Fisher. Quando lo vedo, è intento a forgiare un ferro, e il mio
stomaco fa le capriole appena mi rivolge la sua totale attenzione.

"Ehi", dico mentre ci avviciniamo.

"Ciao". I suoi occhi incrociano i miei, confusi, per poi spostarsi su Ellie.

"Questo è Ranger. Ellie è preoccupata che gli zoccoli possano avere qualcosa che non va. Ultimamente sta girando un po' troppo lentamente intorno ai barili. Avresti il tempo per dare un'occhiata?"

"Sì, nessun problema. Mi manca giusto l'ultimo zoccolo di Millie".

"Fantastico! Grazie".

Ranger rimane in pensione qui da noi durante i mesi di addestramento più intenso, dato che Ellie preferisce non spostarlo troppo. Comunque, è possibile che tra i viaggi e gli allenamenti abbia preso un'infezione a uno zoccolo.

"Sei quella che ha vinto al rodeo", dice Fisher a Ellie.

Divento tutta rossa quando tira fuori l'argomento.

"Esatto! C'eri anche tu?" gli chiede Ellie.

"Sì, ero tra il pubblico e ho visto Noah che faceva il tifo per te". Fa un sorrisetto, e il modo in cui mi guarda mi fa venire le farfalle nello stomaco.

Ellie ride. "Già, è un'ottima cheerleader".

"Quando sarà la prossima gara?"

"Sabato prossimo. È per questo che sono un tantino angosciata. È diventato più nervoso e lento del solito".

"Nessun problema. Andremo in fondo alla questione". Fisher le fa l'occhiolino, e sono quasi certa che un leggero rossore inizia a tingerle le guance.

Quando risponde con una risatina, le lancio un'occhiataccia. Poi mi do una sberla mentale per essere caduta così in basso.

Quando Fisher ha finito, io riporto Millie al suo box mentre Ellie fa camminare Ranger perché il maniscalco possa esaminarne l'andatura.

"Sembra ci sia un problema con la gamba destra. Leghiamolo, così comincio da lì".

Quando Ranger è in posizione, ci mettiamo accanto a lui mentre Fisher controlla lo zoccolo.

Tocca la zona con cautela e aggrotta le sopracciglia. "Sì, qui sotto c'è decisamente qualcosa. Adesso rimuovo il ferro e tolgo tutta la terra, così posso controllare meglio".

L'espressione di Ellie si rabbuia, mentre si avvolge le braccia attorno al corpo. Ranger significa tutto per lei; quindi, se ci fosse davvero qualcosa che non va, ne sarebbe devastata.

Fisher rimuove il ferro e usa il coltello per eliminare la terra in eccesso. Si avvicina allo zoccolo e ricomincia a toccare.

"Ho trovato il problema". La sua voce è colma di rammarico.

Ellie lo raggiunge. "Che cos'è?"

"Ci sono due chiodi conficcati vicino al fettone. Hanno irritato la zona e probabilmente causato un'infezione. Chiamerei subito il veterinario".

A Ellie tremano le labbra. "Oh, mio Dio!"

Aggrotto le sopracciglia, travolta dalla frustrazione. "Non capisco come sia successo. Si allena al ranch dal rodeo e stava bene".

Fisher mi guarda con aria cupa. "È probabile che sia successo qui, allora".

"Non è possibile", ribatto, sulla difensiva. "Il suo box viene pulito un giorno sì e uno no, e nessuno qui dentro se ne va in giro con dei chiodi".

Il centro di addestramento viene utilizzato soltanto da me o dai miei fratelli; il che significa che lì dentro ci va soltanto chi si sta addestrando o chi vuole osservare. Dovrà essere preparato per l'evento di beneficenza tra un paio di settimane; quindi, se ci sono dei chiodi nel terreno, è un gran bel problema.

"Non ha alcun senso…" Scuoto la testa. "Metto in pausa tutti gli allenamenti finché non controlliamo ogni angolo e siamo sicuri non ce ne siano degli altri".

Ellie mi posa una mano sul braccio. "Noah, non è colpa tua. Sono cose che succedono. Potrebbe averli calpestati al rodeo e hanno cominciato a dargli fastidio soltanto adesso. Non significa che hai sbagliato tu".

Anche se sta cercando di farmi stare meglio, non funziona. Mi assumo la piena responsabilità, quando succede qualcosa del genere ai cavalli che tengo a pensione. Il che è rarissimo, visto che ci assicuriamo sempre che il terreno resti pulito. Però mi dà il voltastomaco pensare che ho insistito così tanto perché continuassero ad allenarsi e a correre più veloci. Ranger non poteva comunicarmi il problema e ha dovuto sforzarsi nonostante il dolore.

Le rivolgo un sincero sguardo dispiaciuto, trattenendo lacrime di rabbia. "Chiamo subito il veterinario e gli dico che è urgente".

"Io posso immergere lo zoccolo nei sali di Epsom, se mi portate un secchio d'acqua", dice Fisher. "Allevierà il dolore, temporaneamente".

"Buona idea. Incarico uno dei garzoni". Prendo il telefono e corro alla scuderia.

Trey è il primo che vedo; quindi gli dico di cosa ho bisogno, e lui annuisce.

Poi chiamo il veterinario e lo imploro di raggiungerci il prima possibile.

"Che succede?" chiede Ayden.

"Ranger ha due chiodi conficcati nello zoccolo. Dobbiamo dare una bella controllata nel suo box e al centro di addestramento".

"Oh, merda! Sta bene?"

"Il veterinario sta arrivando; quindi lo scopriremo presto". Chiedo aiuto anche ai miei fratelli.

NOAH

> SOS! Centro di addestramento.

LANDEN

> È un'emergenza vera o è come quella volta che ti sei fatta portare gli assorbenti interni?

TRIPP

> O quella che ti servivano delle mutande di ricambio, dopo che avevi bevuto due litri di caffè?

Qui con me

Prima che possa bloccare lo schermo, appare un altro messaggio in una chat con i gemelli. A loro non ho scritto di proposito, perché sono tanto utili quanto un ombrello durante un uragano.

Di nuovo? Quello stronzo bugiardo è un uomo morto.

Oh, mio Dio! *Lo uccido!*

Una cosa è prendermi per il culo in privato, ma un'altra è parlare di queste cose con gli altri fratelli, che hanno la lingua lunga e sono incapaci di tenere la bocca chiusa.

LANDEN

Pure io. Cinque minuti e ci sono!

WAYLON

Io sono all'agriturismo; quindi portatemi qui i MIEI soldi.

WILDER

Io vengo a prendere il mio pagamento dal signor Maniscalco in persona.

Stronzo.

NOAH

Vi odio. Andate a fare in culo!

Detto ciò, lascio la chat di gruppo.

"Il box è a posto", dice Ayden, spingendo la carriola. "Ho pulito ogni centimetro. Non c'erano chiodi".

"Che sollievo! Grazie".

Torno da Ellie e Ranger. Fisher sta lavorando su un altro zoccolo, mentre quello infetto è a mollo in un secchio.

"Il resto come va?" chiedo.

"Per il momento tutto a posto", risponde Fisher, lavorando con meticolosità.

Ellie tiene stretto Ranger, facendogli scorrere una mano su e giù lungo il collo.

"Il box è pulito; quindi adesso aspetto i miei fratelli al centro di addestramento e diamo un'occhiata in giro".

"D'accordo".

"Vi faccio sapere se trovo qualcosa". Le passo un braccio sulle spalle e la stringo. Poi strofino il palmo della mano sul muso di Ranger. "Sei bravissimo, signorino".

Landen e Tripp arrivano insieme a me.

"Beh, mi sembri normale", ironizza Landen, fingendo di darmi una controllata. "Che succede?"

Tripp ridacchia, togliendo il berretto da baseball per passare una mano tra i capelli scuri sudati.

Spiego la situazione e dico che dobbiamo esaminare ogni centimetro dell'area per assicurarci che non ci siano altri chiodi.

"Ricevuto". Landen annuisce con decisione. "Prendo i rastrelli".

"E, visto che ci siete, mettete la carta igienica nuova nei bagni!" aggiungo, e scoppiano a ridere.

Dopo neanche dieci minuti, Tripp mi chiama e mi mostra qualche altro chiodo che ha trovato.

"Ma che cazzo?" Li prendo in mano. "Noi non usiamo questi qui. Da dove vengono?"

"Non ne ho idea. Ma sembra che qualcuno li abbia messi di proposito".

"In che senso? Chi potrebbe averlo fatto?" chiedo, aggrottando le sopracciglia.

Tripp si stringe nelle spalle. "Ti sei fatta qualche nemico, di recente?"

"Non più del solito", sbuffo.

"Ne ho trovati alcuni anche qui", urla Landen, dall'altra parte dell'arena.

Corriamo da lui, e sussulto quando vedo come sono disposti per terra.

"Sembra quasi che qualcuno ne abbia rovesciato una scatola intera e poi li abbia calpestati per nasconderli", dice.

"È assurdo. Chi può averlo fatto senza farsi vedere?"

"Può essere successo nel cuore della notte, quando eravamo tutti a letto", suggerisce Tripp.

"E le telecamere? Se è andata davvero così, non dovremmo avere delle riprese?" chiedo.

Landen scuote la testa. "Papà le ha installate soltanto all'esterno, non all'interno".

"Merda!" Serro la mascella.

"Controllo comunque", dice Tripp. "Magari hanno beccato il responsabile prima che entrasse".

"D'accordo, grazie. Prendiamo la spazzatrice magnetica. Poi voglio che sopra venga aggiunto e spianato un nuovo strato di terriccio".

"Organizzo tutto io", dice Landen.

"Il che significa che dovrò prendere io la terra". Tripp fa un sorrisetto. "Ma mi faccio aiutare da Waylon".

"Fate come volete, basta che sia fatto".

"E il paddock?" chiede Landen.

"Ero lì stamattina e non ho notato nulla di strano, ma non farebbe male controllare pure lì". Meglio prevenire che curare.

La maggior parte dei miei clienti possiede cavalli da competizione di altissimo livello; quindi la pulizia è sempre stata una delle mie priorità, ed è per questo che i garzoni spazzano la zona una volta alla settimana. Il responsabile deve avere agito ieri notte, se me ne sono accorta soltanto adesso.

E farò tutto il possibile per scoprire chi è stato e per fargliela pagare.

Capitolo Dodici

FISHER

Quando Noah torna alla scuderia, ha l'aria furiosa.

"Tutto bene?" chiedo.

Scuote la testa e guarda Ellie. "Qualcuno ha ricoperto l'arena di chiodi. È stato fatto di proposito. Mi dispiace tanto, El".

"Non dispiacerti. Non è colpa tua". Ellie le dà una pacca rassicurante sulla schiena.

"Chi diamine può essere stato?"

"Non lo so. Tripp sta controllando le telecamere esterne. Per il momento, stiamo pulendo tutta la zona. Il signor Weston sta arrivando, quindi vado a controllare anche nel paddock".

Dopo che Noah se ne va, continuo a lavorare su Ranger, però riesco a pensare soltanto a lei. Mi dispiace da morire per le ragazze. Noah ama il suo lavoro, ed è evidente che si impegna al massimo per i suoi clienti; Ellie ama Ranger e prende sul serio le gare.

L'unica cosa che posso fare è trattare con molta cura Ranger e sperare per il meglio.

Il signor Weston arriva mezz'ora dopo e stabilisce che lo zoccolo è infetto. Ranger non potrà gareggiare finché non sarà guarito del tutto; il che può voler dire tra un paio di settimane o tra parecchi mesi.

"Povero il mio bimbo! Riceverai una cascata di amore extra", dice Ellie, passandogli le braccia attorno al collo.

"Da quant'è che gareggi?" le chiedo, nel tentativo di distrarla. Sto lavorando sull'ultimo zoccolo, dato che mi sono dovuto fermare perché il veterinario potesse visitare il cavallo.

"Da quando avevo tredici anni, ma Ranger mi è stato regalato quando ne ho compiuti sedici. Poi siamo diventati inseparabili. È un vero peccato che dovremo saltare l'evento di beneficenza. Non vedevo proprio l'ora di fare il culo a Marcia Grayson".

Rido sentendo il tono deciso con cui esprime il suo spirito competitivo. "Capisco benissimo".

"Gareggiavi anche tu?"

"Cavalcavo tori", preciso. "Ma c'erano momenti in cui ero costretto a prendermi delle pause per guarire dopo una caduta o dopo essere stato calpestato. Non è una carriera semplice".

"Oddio, quindi sei un ex cavalcatore di tori?" Il suo tono si alleggerisce. "Scommetto che hai delle storie *fantastiche*!"

Ridacchio e annuisco, perché ha ragione. "Sono passati molti anni. Ho fatto tante stronzate".

"Per esempio?" La sua voce entusiasta rende difficile ignorarla.

"Una sera, dopo aver bevuto, con un amico abbiamo deciso di tornare nell'arena e di cavalcare un toro anche se eravamo ubriachi marci. Penserai che, dopo aver visto il mio amico cadere in due secondi e venire schiacciato, mi sia tirato indietro, ma non è andata così".

Scoppia a ridere, concentrando l'attenzione su di me mentre vado a prendere un altro ferro.

"Ho spaccato un paio di costole e l'osso della clavicola. Ho anche rischiato di perdere tutti i miei sponsor".

"Oh, cielo! Deve aver fatto male". Parla con voce colma di ammirazione, ma non c'è nulla di meritorio in quello che ho fatto durante i primi anni di carriera.

"Mi è capitato di stare anche peggio", mormoro.

"E dopo cos'è successo?"

"Ci ho messo tre mesi a riprendermi del tutto, ma non riuscivo comunque a cavalcare come prima. Ho dovuto prendermi un altro mese di pausa, prima che mi permettessero di tornare nell'arena".

"E il tuo amico?"

"Non è stato altrettanto fortunato. Si è rotto una scapola e non ha mai ricominciato. Il suo unico sponsor l'ha scaricato, e non poteva permettersi di continuare da solo".

"Wow! Per quanto tempo hai gareggiato?"

"Dai ventuno ai venticinque anni. Dopodiché, ho preso il certificato da maniscalco".

"Ti manca?"

"Quella vita? No. L'adrenalina? Sì. Ma era ora di ritirarmi. A casa avevo due bambini piccoli e una moglie che si preoccupava sempre per me. Dovevo cominciare a comportarmi da uomo di famiglia".

"E adesso dove sono i tuoi figli?"

"Ellie, posso parlare con Fisher per un minuto?" chiede Noah, comparendo con perfetto tempismo prima che possa rispondere.

"Oh, certo! Io intanto chiamo mia mamma e le racconto cos'è successo". Dà un bacio a Ranger e poi esce dalla scuderia.

"Da quant'è che eri lì ad ascoltare?" le chiedo quando siamo soli.

"Da un bel po'; quindi sappi che domani sera ti faccio il culo sul toro meccanico".

Trattengo una risata, scuotendo la testa per la sua arroganza. "Credi davvero che le poche volte che ci hai provato superino i miei dieci anni di esperienza?"

"No, però adesso so che mi basta farti ubriacare per vincere, senza alcuno sforzo".

Sogghigno, mentre pulisco la mia area adesso che ho finito con gli zoccoli di Ranger. Dopo il bagno nei sali di Epson e la visita del veterinario, ho fasciato il piede. Bisognerà metterlo a mollo e pulirlo tutti i giorni finché l'infezione non sarà passata.

"Devo guidare, ricordi?"

"Ne sei proprio sicuro? I miei fratelli possono sempre chiamare un Uber o un Lyft".

"E tu come torni a casa?" le chiedo, sapendo quanto sarebbe facile portarla a casa mia e tenermela tutta per me.

"Ne chiamo uno pure io. A meno che tu non abbia un'idea migliore?"

Il suo tono seducente me lo sta facendo venire duro. Vivo appena fuori dal paese; quindi in neanche cinque minuti di macchina potrei portarla nel mio letto.

"Dovresti farti accompagnare a casa da me, così so che ci arrivi sana e salva", le dico, invece di quello che sto pensando.

Ellie ritorna prima che Noah possa rispondermi e porta Ranger al suo box. "Resto qui con lui un altro po'. Va bene?"

Noah sorride. "Ma certo. Resta pure quanto vuoi, e chiamami per qualunque cosa".

Quando Ellie si allontana con Ranger, prendo la cartella per controllare chi è il prossimo.

"Fai la pausa pranzo o ti porto il prossimo cavallo?" mi chiede Noah.

Esito, prima di rispondere. "Tu ti fermi?"

Si lecca le labbra e incrocia il mio sguardo, un tacito segnale che stiamo pensando la stessa cosa: non dovremmo passare del tempo da soli.

"Credo di sì, visto che non posso riprendere con gli allenamenti finché non è tutto pulito. Per spazzare tutto il centro di addestramento i miei fratelli ci metteranno almeno un'ora, poi un'altra per spianare il terreno nuovo. Aggiungine altre due per il loro cazzeggio. Che cos'avevi in mente?"

"Beh, sai, non ho ancora fatto un tour dell'agriturismo".

Noah solleva un sopracciglio. "E vuoi che ti ci accompagni io?"

"Chi meglio della principessa del ranch in persona?"

"Com'è che mi sarei guadagnata questo soprannome?"

Preferirei chiamarla ADA o Biondina, ma così infrangerei la regola del "solo amici", visto che ci farebbe soltanto pensare a quella notte proibita che abbiamo passato insieme.

"Mi sbaglio, forse? A me pare che quella che comanda qui sia tu".

"Soltanto per ciò che riguarda i cavalli in pensione", replica, con un sorrisetto. "I miei fratelli e i miei genitori gestiscono molti altri aspetti del ranch e dell'agriturismo".

"Se non ti va di…"

"No, no, lo faccio. Però dovremmo farlo a cavallo, se vuoi vivere la vera esperienza del ranch. Posso portarti a vedere anche un paio dei sentieri più popolari".

Non me l'aspettavo, ma non rinuncerò all'opportunità di passare del tempo con lei.

"Perché no? Pulisco gli attrezzi e poi possiamo andare".

"Il mio cavallo è nella scuderia di famiglia. Tu puoi cavalcarne uno dei nostri".

Dentro di me, so che è una pessima idea. Più tempo passiamo insieme, più la desidero. Ma, se vogliamo davvero provare a essere amici e passare del tempo insieme al ristorante e al bar domani sera, devo indossare la mia faccia da poker e andare avanti.

A meno che Jase non mi dia il permesso e i genitori di Noah non revochino la regola che vieta i rapporti tra colleghi, tra di noi non può esserci nulla di più. Non ho passato anni a elaborare e superare il trauma subito per poi causarne altri.

L'erezione si attiva, in disaccordo con il cervello.

Venti minuti dopo, stiamo cavalcando fianco a fianco verso l'agriturismo. Noah indica le abitazioni del personale, l'edificio principale e i bungalow. Nel mezzo ci sono la scuderia dei cavalli da passeggiata e il pascolo, la piscina, il laghetto per la pesca e il falò. C'è gente che passeggia per la zona e ci saluta. Noah mi conduce lungo il sentiero che usano per le escursioni.

Ammira il panorama, mentre le sue spalle si rilassano. "Questo è il Sentiero del Tramonto. Uno dei preferiti della mia famiglia".

"Come mai?" chiedo, trottando alle sue spalle.

Sfodera un sorrisetto malizioso. "Lo vedrai. Andiamo!"

Con un colpetto di tacco, parte al galoppo e io la seguo. Denver è un cavallo quarter, uno dei più bravi che abbia mai cavalcato. La cosa non mi sorprende, dato che l'ha addestrato Noah.

Mentre risaliamo il sentiero, ho una visuale migliore sull'agriturismo da un lato e sul panorama dall'altro.

"È bellissimo quassù", dico quando la raggiungo.

"E non finisce qui". Noah balza giù e prende la briglia di Donut; quindi la imito con Denver. "C'è un posto che ti voglio mostrare".

Il sole mi batte addosso, e goccioline di sudore mi scivolano lungo il collo, ma non mi importa. In questo momento non vorrei essere da nessun'altra parte, se non quassù al suo fianco.

"Ci siamo". Noah mi sorride mentre volta la testa. "Da qui si riesce a vedere per chilometri".

Lega Donut a un palo; quindi faccio lo stesso con Denver.

Quando i cavalli sono bloccati, ammiro il panorama: le cime degli alberi, il ranch su un lato e l'agriturismo sull'altro, e, ovviamente, Noah.

"Scommetto che non stanca mai", dico.

"Mai". Si gira e indica qualcosa alle mie spalle. "Ho portato qui Mallory poco dopo che si è trasferita da noi, un paio di anni fa. Ho disegnato insieme a lei quelle rocce per aiutarla con il dolore e per mostrarle un posto in cui potesse venire a parlare con i suoi genitori".

Mi aveva già parlato del trasferimento di Mallory, ma non sapevo che i suoi genitori fossero morti.

"Cos'è successo? Se non ti dispiace parlarmene…" Ammiro i colori allegri delle rocce.

"Un incidente stradale", mi risponde, con un tono cupo che mi spezza il cuore.

So fin troppo bene cosa significa perdere un proprio caro.

"Perlomeno sono morti insieme", aggiunge. "Questo ci ha aiutato a sopportare meglio il dolore".

Noah si siede su una delle rocce, e io ne scelgo una al suo fianco.

"Povera Mallory! Così giovane! Aveva fratelli o sorelle?"

"No. Figlia unica". L'angolo delle sue labbra si solleva appena. "Adesso ne ha cinque maggiori".

"È stato un bel gesto accoglierla qui".

"Non potevamo fare altrimenti", dice, poggiando una mano tra di noi. "Non vivevano da queste parti; quindi Mallory non era mai stata a cavallo. Voleva imparare, e sapevo quanto sarebbe stato terapeutico; quindi le ho dato lezioni".

"E Miss Swift è il suo cavallo, giusto?" Lascio la mano accanto alla sua, senza toccarla ma abbastanza vicino da percepire il suo calore.

Noah ride, incrociando le gambe e voltandosi verso di me. così da avvicinarsi ancora di più. "Esatto. Non siamo riusciti a convincerla a non chiamarla Taylor Alison Swift; quindi abbiamo trovato un soprannome quando Ayden si è stufato di chiamarla con il nome completo… dopo il primo giorno".

Mi viene da ridere. "È fortunata ad avere una famiglia come la vostra. Non avrei mai immaginato avesse un passato simile, se non me l'avessi raccontato". Mentre le studio il volto, il mio sguardo trova il suo. "L'avete salvata".

"Mi piace pensare che ci siamo salvati a vicenda". Sfodera un sorriso e intanto sposta lo sguardo sul panorama. "Perdere mia zia e mio zio ha distrutto mia madre. Era sua sorella. Anche mio padre era sconvolto. Non l'avevo mai visto piangere, prima del funerale".

"Il dolore di una perdita è un qualcosa che si può comprendere a pieno solo quando lo si vive sulla propria pelle. È ancora peggio quando va a braccetto con il senso di colpa, e andare avanti diventa una vera sofferenza. Ti fa proprio perdere la voglia di vivere".

Fa scattare il suo sguardo verso il mio, come se volesse farmi qualche domanda; invece posa la mano sulla mia e la stringe. Al contatto, il mio stomaco fa le capriole, ma la sua espressione è colma di compassione e rimorso.

"Non oso neanche immaginare come debba essere stato per te. Jase mi ha mostrato qualche sua foto. Era bellissima".

Mi si serra la gola mentre le rivolgo un sorriso tirato. "Già, lo era. Aveva un cuore tanto grande e una scorta infinita di energie. Amava l'aria aperta e provare cose nuove. Non c'era nulla che la spaventava".

"Wow, l'esatto opposto di Jase!" Ridacchia, e lo faccio anche io, perché ha ragione.

Vorrei poterle spiegare cos'è successo, ma non posso. Ho pronunciato quelle parole a voce alta soltanto una volta, quando ho raccontato tutto a mia moglie e ai detective. Ma ripeterle ha reso tutto reale.

E io non volevo che fossero vere.

"Lyla avrebbe amato questo posto", le dico, invece. "Amava guardarmi lavorare con i cavalli e farmi un milione di domande".

Farei qualunque cosa per poterla sentire parlare per ore un'altra volta.

"Mi ricorda Mallory. È per questo che lei e Serena sono così buone amiche. Possono rimbambirsi, a furia di parlare".

"Ti riferisci alla figlia di Ayden?"

Annuisce. "Lui e sua moglie, Laney, ne hanno un altro in arrivo, che nascerà tra un paio di mesi. Ayden non sapeva dell'esistenza di Serena fino all'anno scorso".

"Cosa?"

La mia espressione le strappa una risata. Vorrei poterne sigillare il suono in una bottiglia. È così dolce e genuino. Mi fa sorridere perfino quando il cuore mi fa così tanto male.

"È una lunga storia. In breve, Ayden ha lasciato la sua città dieci anni fa per fuggire da un padre abusivo. Laney ha scoperto di essere incinta soltanto quando lui se n'era già andato. Ayden aveva cambiato numero di telefono e non usava alcun social; quindi non è riuscita a dirglielo".

"Wow! Quindi Laney l'ha cresciuta da sola?"

"Non proprio, ma quella è una storia ancora più lunga…" Le scappa da ridere. "Dovrai portar fuori Ayden per una birra, una di queste sere, e farti raccontare tutta la storia, perché è assurda. Ma la versione breve è che Laney l'ha trovato al ranch grazie a un video virale ed è venuta fin qui per dirgli che hanno una figlia. Lui è andato in Texas a conoscerla, e qualche settimana dopo Laney e Serena si sono trasferite qui per stare con lui. Si sono sposati in tutta fretta, lei è rimasta incinta e ad agosto ci sarà il ricevimento".

Perlomeno qualcuno ha avuto il suo lieto fine.

"Ayden è stato un uomo fortunato a poter riavere indietro la sua famiglia".

Noah intreccia le sue dita alle mie e mi fa un sorriso tirato. Il mio sguardo cade sulla sua bocca, e non desidero altro che eliminare quel poco spazio che ci separa.

Continuiamo a fissarci, restii come entrambi siamo a spingerci troppo oltre mentre l'aria si fa sempre più pesante.

"Noah…"

Un suono assordante riecheggia dalla sua tasca, e lei afferra subito il telefono per impostare il silenzioso.

"Merda! Ho messo un promemoria per controllare come va al centro di addestramento".

"Oh, giusto. Dovrei rimettermi al lavoro".

"Dobbiamo ancora mangiare", ribatte, alzandosi in piedi, e la seguo fino ai cavalli.

"Sicura ci sia tempo?"

Balza in sella a Donut e, dopo che anche io sono salito su Denver, mi scocca un sorrisetto presuntuoso.

"Forza, ti sfido a chi arriva per primo in fondo alla collina!" Scalcia coi tacchi e fischia; al che Donut parte al galoppo.

Cristo! Non me l'aspettavo.

"Andiamo, Denver!" Lo colpisco con meno forza rispetto a Noah. Non ho intenzione di precipitare da un dirupo e non conosco questi sentieri bene quanto lei. Ci sono troppi alberi e troppe curve perché possa sfidarla con sicurezza.

Quando la raggiungo, mi guarda con aria arrogante.

"Pensavo fossi un cavalcatore di tori o, perlomeno, un cowboy…"

"Ahia". Scoppio a ridere. "Mi sono lasciato tutta quella spericolatezza alle spalle, ricordi?"

"Oh, giusto. Hai scambiato la tessera di amante dell'adrenalina con quella di pensionato. La prossima volta ci andrò più leggera".

Muoio dalla voglia di ricordarle che quella notte è stata lei a non riuscire a reggere il mio ritmo, ma tengo il pensiero per me.

Però non dimenticherò mai come le ho fatto gridare il mio nome in otto secondi mentre tremava per l'orgasmo.

È tutto ciò che vedo quando chiudo gli occhi, e poi sento i suoi gemiti nella testa quando mi masturbo sotto la doccia.

Noah mi porta all'agriturismo, dove mi presenta un paio di receptionist che non provano neanche a nascondere che stanno flirtando con me. E, visto che mi diverto a infastidire Noah, sto al loro gioco e scrivo il mio numero quando me lo chiedono.

"Devo forse ricordarti della regola che vieta i rapporti tra colleghi?"

Il suo tono aspro mi strappa un sorriso.

"No. Grazie a te, la conosco fin troppo bene".

Andiamo al buffet, dove riempio il piatto perché tutto quanto ha un profumo troppo buono, e troviamo un tavolo libero.

"Adesso dobbiamo licenziarle". Si siede di fronte a me, col fumo che le esce dalle narici.

"Perché non licenzi me?"

Solleva di scatto la testa mentre conficca la forchetta in un pezzo di pane di mais. "Cosa?"

"Perché licenzi in automatico le ragazze e non me? Sono stato io a dare il mio numero".

"Sono state loro a chiederlo", ribatte.

"E io avrei potuto rifiutare. Quindi, secondo le tue regole, non dovremmo essere licenziati tutti e tre?" Mi stringo nelle spalle, assaggiando un boccone di cotoletta di pollo.

Il suo petto si solleva e riabbassa come se fosse spazientita, e soffoco una risata per la sua frustrazione.

"Non credi sia maleducato dare in giro il tuo numero di fronte a me?" mi chiede, e poi apre la bocca come per dire qualcos'altro, ma la richiude.

Sappiamo entrambi che daremmo ascolto ai nostri sentimenti, se non ci fossero conseguenze, ma, visto che non possiamo, siamo bloccati in questa strana friendzone che nessuno dei due vuole.

"Pensavo fossimo… *amici*. Come te e Jase, no?"

I suoi occhi color dell'oceano mi fissano intensamente. Serra talmente forte la mascella che questa potrebbe spezzarsi a metà.

"D'accordo", ribatte a denti stretti. "Allora tu domani sera non potrai arrabbiarti quando farò la stessa cosa al bar".

Col cazzo che lo farà!

"Certo. Ti faccio pure da spalla. È così che si dice, no?"

Sbuffa e si ficca il pane in bocca.

La conversione muore, e mangiamo in silenzio. Noah che si comporta da fidanzata gelosa è una delle cose più sexy che abbia mai visto, e non vedo l'ora di essere da solo con lei per dirle la verità.

"Dovremmo tornare alla scuderia", dice dopo mangiato. "Tripp e Landen hanno finito; quindi voglio passare a controllare".

"Sai qualcosa dei filmati?"

"Non ancora. Credo li controllerà adesso che hanno finito".

Ripulisco il piatto e saluto le receptionist giusto per infastidire ancora di più Noah. Si volta e va verso l'uscita. Quando la raggiungo, fa l'indifferente e mi apre la porta.

Nessuno dei due parla mentre torniamo alla scuderia della famiglia Hollis. Appena arriviamo, porto Denver alla postazione per la toelettatura.

Dopo aver legato entrambi i cavalli, rimuoviamo le selle, e seguo Noah nella selleria.

Spalanca con forza la porta, che per poco non mi finisce in faccia quando si richiude.

"Gesù!" La schivo appena in tempo.

"Colpa mia", dice Noah in tono cantilenante, senza neanche voltarsi.

L'ha fatto assolutamente di proposito.

Lascia la sella sul supporto e, quando anche io ho fatto lo stesso, prende il secchio per la toelettatura. Prima che esca, la afferro per il polso e la attiro a me.

Sussulta quando il suo petto preme contro il mio. "C-Che stai facendo?"

Faccio qualche passo, spingendola in avanti finché non finisce con la schiena contro la porta. Rilascia la presa sul secchio, che cade al suolo.

Le poso una mano sulla guancia e le sollevo il mento, finché i suoi occhi non trovano i miei. "La pianti di fare la gelosa?"

"Non lo sono!" Il battito frenetico del suo cuore dice altrimenti.

Col pollice le carezzo il labbro inferiore, mentre il mio si incurva in un sorrisetto furbo.

Mi chino fino a posare la mia fronte sulla sua. "Voglio baciarti come non ci fosse un domani, *Biondina*". Avvicino la bocca al suo orecchio. "E, dopo averti divorata per bene, mi metterei in ginocchio per gustarti tra le cosce finché non vieni sulla mia lingua. Però dovrei coprirti la bocca, perché so quanto chiasso fai".

Le si blocca il respiro mentre emette un gemito delicato, e il mio cazzo reagisce al suono.

"Ma non..."

"Prima di arrabbiarti perché ci sono delle regole da rispettare, ricordati tutti i modi in cui le infrangerei per te". Lascio la bocca a un soffio dalla sua. Siamo vicinissimi, e basterebbe mezzo passo per rubare le sue labbra.

"L'hai fatto per le receptionist".

Incrocio le sue labbra e mi trattengo dal sorridere. Invece, prendo una ciocca dei suoi capelli biondi e gliela sposto dietro l'orecchio.

"E, visto che conosco molto bene le regole, ho lasciato il numero di Jase, non il mio".

Solleva un sopracciglio, e io scoppio a ridere.

"Ho pensato che, visto che è single e può frequentare chiunque gli pare, perché no?"

E l'ho fatto anche per egoismo, nella speranza di togliergli Noah dalla testa.

Le sue pallide guance assumono una tonalità rosso fuoco.

"Ora chi è che arrossisce?" le chiedo, rinfacciandole quelle stesse parole che mi ha detto lei al bar, quella notte.

"Ma chi è quello accaldato ed eccitato, questa volta?" Abbassa lo sguardo sull'erezione ben visibile.

"Oh, quello sono senz'altro io". Sfodero un sorrisetto, perché non vale neanche la pena nasconderlo.

Ci fissiamo, in attesa che l'altro ceda, ma, prima che uno dei due possa farlo, qualcuno urla dall'interno della scuderia.

"Noah! Sei qui?"

"Merda, è Tripp!"

Mi allontano così che possa aprire la porta; poi aspetto qualche secondo perché l'erezione sparisca. L'ultima cosa di cui abbiamo bisogno è che uno dei suoi fratelli sospetti di noi, quando non sta neanche succedendo qualcosa.

Noah raccoglie il secchio per la toelettatura ed esce a parlargli. Gli dice che lo raggiungerà al centro di addestramento quando avremo finito di spazzolare i cavalli.

"Ehi". Saluto Tripp con un cenno del capo quando si avvicina. Poi lancio un'occhiata a Noah. "Se devi andare, qui finisco io e poi li riporto nei box".

Tripp sposta lo sguardo su di noi, e faccio del mio meglio per apparire normale. Non come se prima fossi stato a un passo dal cedere e baciare sua sorella.

Dal modo in cui Noah ci sta guardando, deve percepire la tensione che emana da Tripp. Fatto sta che, con riluttanza, accetta la mia proposta.

"D'accordo. Grazie, signor Underwood".

Le rivolgo un sorriso teso e ignoro lo sguardo tagliente di Tripp; quindi prendo il secchio e me ne vado, prima che riesca a vedere oltre la maschera.

Capitolo Tredici

NOAH

"Mamma mia, che bomba sexy!". Magnolia fa un fischio, dopo essersi presentata a casa mia senza invito e aver visto l'outfit che ho scelto per la cena. "Ti sei messa tutta in tiro per Jase e il paparino Fisher?"

Alzo gli occhi al cielo quando agita le sopracciglia con fare allusivo. "Ti ho detto di non chiamarlo così, mi pare".

"Mi stai dicendo che non è quello che hai urlato quando si è spinto dentro di te fino alle palle? Perché, se non l'hai fatto, è una tragedia".

Sbuffo, prendendo le scarpe col tacco e sedendomi sul bordo del letto. "No, questa cena finirà in tragedia, se Jase capisce quello che abbiamo fatto".

"A proposito, dopo il messaggio che mi hai mandato ieri sera mi hai lasciata a ovaie asciutte. Dai, raccontami tutti i dettagli succosi. Cos'è successo, dopo che Tripp vi ha beccati?"

"Non ha *beccato* proprio un bel niente. Ma, se fosse arrivato venti secondi dopo…"

"Lo sapevo!" strilla.

Ero sul punto di pregare Fisher di baciarmi, ma una parte di me non vuole sapere se l'avrebbe fatto o meno. Il lato razionale di me sa che non dovremmo. Renderebbe tutto ancora più complicato di quanto non sia già; però il mio lato più libidinoso vuole di nuovo la sua bocca e le sue mani addosso.

Quando Fisher ha sussurrato al mio orecchio, un fremito di trepidazione mi ha attraversato il corpo. Sono passate più di ventiquattr'ore, ma riesco ancora a sentire il suo respiro caldo che mi solletica il collo.

"Non ha alcuna importanza, perché non è successo nulla e non potrà capitare di nuovo". Dopo aver infilato le scarpe, mi alzo e metto gli orecchini.

"Secondo te, Jase se la prenderebbe davvero così tanto? Vi siete mollati un sacco di tempo fa, e mi pare l'ora che voltiate pagina".

"Credi davvero che apprezzerebbe che voglia *voltare pagina* con suo padre? *Sì, certo, vai pure a trombarti mio padre. Poi facciamoci una bella sessione di terapia per l'enorme trauma emotivo*", imito, con esagerazione, una voce profonda.

Magnolia alza gli occhi al cielo. "Oh, e tu digli di tapparsi la bocca, altrimenti lo fai diventare il tuo figliastro".

Trattengo una risata. "Già, così sì che si riavvicinerà al suo adorato paparino".

"Visto che mi piacerebbe da morire vedere come procede la serata... sei sicura che non possa venire come tua accompagnatrice?"

"E perché dovresti? Per creare un'assurda situazione da non-doppio appuntamento? Ho già paura che possa sfuggirmi qualcosa che in teoria non dovrei sapere".

"Tipo quanto ce l'ha grosso..."

"No! Beh, sì, ma intendo roba più personale. Mi ha parlato di cose che non dovrei sapere, se fossimo *solo* colleghi".

"Ah, quanto vorrei esserci!" Ridacchia e poi con un cenno mi chiede di fare una piroetta, perché possa vedermi da ogni angolazione. "E il fatto che hai messo un vestito da appuntamento per un non-appuntamento è la ciliegina sulla torta".

Passo le mani sul tessuto arricciato. "Dici che è troppo? Meglio se mi cambio?"

Analizzo ogni centimetro del mio outfit nello specchio a figura intera. Ho scelto un vestitino leggero bianco, con il bustino arricciato, che cade appena sotto le ginocchia. L'ho abbinato a dei tacchi blu scuro, così da guadagnare qualche centimetro in più. Visto che dopo cena andiamo al Twisted Bull, porto anche i miei stivali da cowboy preferiti. Di sicuro non riuscirei a ballare o a stare in groppa al toro meccanico su un tacco otto.

"Sei perfetta. Sarò lì al bar ad aspettarti per sapere *tutto* quanto".

"Come farai ad ascoltarmi, se avrai la lingua per metà nella gola di Tripp?"

"Non darmi false speranze!" Sbuffa quando rido. "No, stasera ho tutte le intenzioni di trovare un nuovo uomo. Basta con questi ragazzi emotivamente chiusi".

Sbarro gli occhi per la sorpresa. "Finalmente! Era anche ora, maledizione! Però non farti un tuo collega".

"Fidati, se lavorassi con qualcuno che merita di vedermi nuda, lo sapresti già. E sappiamo entrambe che, in quel caso, mollerei il lavoro".

Per Magnolia è facile dire così, ma, se qualcuno dovesse scoprire me e Fisher, non sarei io quella senza un lavoro. Il disoccupato sarebbe lui. Però il ranch ha bisogno anche di lui; quindi nessuno dei due può permettersi di lasciare il ranch.

"Ok, ora devo andare, se non voglio fare tardi, ma riprendiamo la conversazione davanti a dei Margarita!" Prendo la borsetta e abbraccio Magnolia.

"Puoi dirlo forte, tesoro. Quando arriverai, me ne sarò già scolata tre".

Scuoto la testa, con un sorriso. "Vedi di aspettarmi. Non voglio trovare la Magnolia brilla".

"E va bene". Ridacchia, accompagnandomi al mio pick-up.

"Stai attenta!" la avverto, quando ci separiamo.

"Questo dovrei dirtelo io". Alle sue parole, un senso di ansia mi invade lo stomaco. È da due giorni che temo questo momento.

Come diamine farò a sedermi vicino al mio ex e a fingere di

non star pensando a suo padre che mi sussurra all'orecchio quanto sono brava a prendere il suo cazzo?

Quando arrivo alla Lilian's Steakhouse, la trovo strapiena di gente. Quasi tutti gli sgabelli del bar sono occupati; il che significa che c'è più baccano di quanto mi aspettassi. La sala ristorante è sul retro, in una zona più tranquilla, ma preferirei restare qui, dove il casino riesce a sovrastare i miei pensieri angosciati.

"Ehi!" Fisher è appoggiato alla parete, accanto a me. Ha lo sguardo fisso su uno dei televisori montati dietro al bar, come se stesse cercando di non guardarmi. "Jase non c'è?"

"Non ancora. Appena ho parcheggiato, mi ha scritto che sarebbe arrivato tardi, però ho già fatto sapere alla direttrice di sala che ci siamo quasi".

"Oh".

Gli lancio un'occhiata e sorrido quando vedo i pantaloni neri abbinati a una giacca lunga. Sotto indossa una camicia grigia, ma senza cravatta. È un look diverso dal solito, però non mi lamento. Gli dona molto e gli dà un'aria professionale, tanto che vorrei proprio sfilargli lentamente ogni indumento dal corpo.

"Sei mozzafiato", mormora a voce talmente bassa che quasi non lo sentivo.

Un nodo mi serra la gola quando provo a ringraziarlo e ricambiare il complimento. Ma trovarmi qui da sola con lui assomiglia a un appuntamento, un appuntamento che non avremo mai, e ora desidero ancora di più che le nostre circostanze fossero diverse.

"Vuoi qualcosa da bere?" mi chiede, quando il silenzio si protrae.

"Assolutamente sì", rispondo all'istante. *Mi serve un bicchierino…
o due.*

Finalmente incrocia il mio guardo, e l'ombra di un sorriso orna
il suo volto dall'aspetto un po' trasandato. Quando si passa una
mano tra i capelli, li scompiglia in un modo che mi fa desiderare
che al posto delle sue dita ci siano le mie.

"Che veleno vuoi?" mi domanda, quando riusciamo a farci
strada fino al bancone.

Un uomo che ha il doppio dei miei anni. Ed è off-limit.

"Comincio con un Mojito. O, anzi, forse un Long Island Iced
Tea".

"Mi pari un po' indecisa, eh?" Inarca un sopracciglio. L'angolo
delle sue labbra si solleva, mentre aspetta che io prenda una
decisione.

Con una scrollata di spalle, mi siedo sullo sgabello che si libera
al mio fianco. "Allora scegli anche per me".

Quando la barista si avvicina, Fisher ordina una Budweiser
per sé, mi lancia un'occhiata con aria divertita e poi si sporge
verso di lei.

"E un Kamikaze".

Aggrotto la fronte, sorpresa dalla scelta.

Quando la barista lascia i bicchieri sul bancone, Fisher le
passa la carta e, mentre fa scivolare il bicchiere col liquido
giallognolo verso di me, avvicina la bocca al mio orecchio.

"Perché questa cena è una missione kamikaze. Spero ti
piaccia". Il suo sussurro mi provoca brividi lungo la schiena,
mentre lui avvolge la mano libera attorno allo schienale dello
sgabello.

È quasi un eufemismo, vorrei replicare, ma, quando vedo Jase
che mi raggiunge sull'altro lato, sobbalzo per la sorpresa. Fisher
mette qualche centimetro di distanza tra di noi, con una
nonchalance tale che nessuno penserebbe mai che fino a un attimo
fa aveva praticamente la lingua nel mio orecchio.

"Ehi, scusate il ritardo". Jase mi dà un bacio sulla guancia. "La riunione è finita tardi. Mi ordinate una Guinness? Informa la direttrice di sala che siamo pronti".

"Certo", risponde Fisher, tenendo lo sguardo fisso su Jase mentre quello di suo figlio danza tra di noi.

"Grazie".

Appena Jase si allontana, inspiro profondamente, prendo il bicchiere e bevo un lungo sorso.

"Ne voglio già un altro".

Fisher scuote la testa. "Non se devi guidare".

Lo guardo male, pronta a mettermi a discutere; però so che ha ragione.

"Ok, il tavolo è pronto". Jase prende la sua birra e, quando mi alzo, mi passa un braccio attorno alla vita. Mentre seguiamo la direttrice di sala, Jase mi chiede come me la sto passando. La tentazione di scrollarmi via dalla sua presa c'è, però mi fermo, non volendo che si insospettisca perché all'improvviso rifiuto il suo tocco.

"Tutto bene, sempre impegnata come al solito", gli dico quando si siede al tavolino quadrato.

Prima che possa farlo anche io, Fisher tira fuori la mia sedia per farmi accomodare, e io sbarro gli occhi.

Mi giro e mimo con la bocca, "Che stai facendo?"

Aggrotta le sopracciglia come se non riuscisse a comprendere il panico sul mio viso.

"Oh, merda, avrei dovuto farlo io!" Jase si alza, afferra lo schienale della mia sedia e mi fa cenno di accomodarmi. Quando lo faccio, mi spinge verso il tavolo e poi mi stringe la spalla.

"Un gentiluomo dovrebbe sempre far accomodare una signora", commenta Fisher quando si siede accanto a me.

"Grazie per il promemoria, *papà*". La maniera in cui enfatizza la parola mi fa trasalire.

Perché è così maleducato?

Prima di lasciare i menù ed elencarci i piatti del giorno, la direttrice di sala attende finché non ci siamo messi tutti comodi.

Quando lei se ne va, apro il mio menù per poter sottrarre il viso allo sguardo intenso di Jase.

Mi voleva qui come mediatrice, ma comincio a temere che abbia altre intenzioni.

"La Porterhouse sembra buona", dice Jase. "Scommetto che prendi la tua preferita".

Perché finge di conoscere la mia bistecca preferita, quando il miglior ristorante in cui mi abbia mai portata aveva le crocchette di pollo sul menù?

"In realtà, ho voglia di gamberi".

"In una steakhouse?" Sbuffa, chiudendo il menù con un colpo secco. "Prendi il filetto. Ti piacerà".

Mi pulsa la testa mentre vorrei urlargli addosso, perché si sta comportando da stronzo arrogante; ma, per mantenere la pace, me ne sto zitta. Io ordino quel cavolo che mi pare.

Fisher deve aver notato la mia irritazione, perché si schiarisce la gola e prende la birra.

"Anche io avrei voglia di frutti di mare. Delle chele di granchio potrebbero starci". Beve un sorso, ignorando il cipiglio di Jase.

Grazie al cielo, la cameriera arriva al tavolo e ci chiede se siamo pronti a ordinare.

Cristo, sì! E che porti pure il conto, prima che mi venga la tentazione di lanciarmi davanti a un'auto in corsa per salvarmi da questa cena.

"Buonasera, sono Melinda e questa sera vi servirò io. Vedo che avete già da bere, ma, se ne volete ancora, fatemi sapere. State festeggiando un'occasione speciale?"

Sì, il mio funerale.

La ragazza bruna sfodera un largo sorriso e, se anche percepisce l'atmosfera tesa che c'è al nostro tavolo, lo nasconde dietro alla sua euforia.

"Una semplice cena in famiglia", spiega Jase.

"Ah, che bella cosa!" Sposta l'attenzione su Fisher. "I suoi figli sono molto dolci a portarla fuori a cena. I miei genitori se la prendono sempre perché non esco mai con loro, ma la vita è troppo frenetica, no?"

Prendo in mano il bicchiere per evitare di dirle di tapparsi la bocca e di prendere l'ordinazione. Prima che Jase dica qualcosa di cattivo su suo padre o, peggio, prima che io la informi che si sbaglia, perché quello che abbiamo fatto insieme quella notte era tutt'altro che *una bella cosa in famiglia.*

"Io prendo i gamberi grigliati e un'insalata come contorno", le dico, per porre fine a questo scambio il prima possibile. Aspirerò tutto il cibo senza neanche masticare, per potermene andare prima.

Quando la cameriera si rivolge a Jase e cattura la sua attenzione, io lancio un'occhiata a Fisher. Fa un sorrisetto, poi si sposta un poco e mi stringe la gamba sotto il tavolo. Il mio cuore parte al galoppo, perché il suo tocco mi ha fatto venire la pelle d'oca.

Rapido come prima, torna a sedersi composto quando la cameriera gli parla. Sorseggio il mio Kamikaze mentre aspettiamo che la ragazza se ne vada.

"Com'è andata la prima settimana di lavoro al ranch?" chiede Jase a suo padre, quando è ormai lontana.

"Tutto bene. Non ci si annoia mai". Fisher mi rivolge un sorrisetto.

"Che vorrebbe dire?" domanda Jase, in tono brusco.

"Ci sono un sacco di cose da fare", rispondo in tutta fretta, anticipando Fisher. "Un sacco di gente che va e viene".

"E il problema con Ranger", aggiunge Fisher.

"Cos'è successo?" Jase rivolge la domanda a me, invece che a suo padre.

"Ho trovato un paio di chiodi in uno zoccolo", risponde comunque Fisher.

"E poi abbiamo trovato una marea di chiodi disseminati nell'arena del centro di addestramento. Tripp e Landen hanno dovuto usare una spazzatrice e aggiungere altro terreno. Il presunto responsabile è stato ripreso dalle telecamere".

"Quello non me l'avevi detto", dice Fisher mentre Jase mi chiede: "Chi è stato?"

Jase fulmina suo padre con lo sguardo, ma Fisher ignora il suo cipiglio e mi guarda.

"Non lo sappiamo. Indossava un cappuccio nero e ha tenuto la testa bassa quando è entrato e quando è uscito".

Il filmato l'ho visto solo ieri sera, altrimenti a Fisher l'avrei detto prima.

"Quindi sapeva dove sono le telecamere", commenta Fisher.

"Probabilmente è stato quello stronzo di Craig Sanders", dichiara Jase.

Merda, forse ha ragione!

"Può essere. Ma perché, dopo tutto questo tempo, avrebbe cominciato a tormentarmi proprio adesso?"

"Chi è Craig Sanders?" chiede Fisher.

"Un coglione che andrebbe massacrato di botte. È uno stronzo invidioso".

"Niente parolacce, Jase! Siamo al ristorante", lo ammonisce suo padre.

Se avessi un coltello, lo userei per tagliare la tensione che c'è tra di loro, perché anche solo un'altra discussione da *chi ce l'ha più grosso* e potrebbero passare alle mani.

"È un addestratore rivale che si è incazzato perché Ellie ha scelto me, invece di lui. Lei e Ranger stanno avendo molto successo nel panorama del *barrel racing*; quindi avrebbe senso che sia stato lui a ricoprire l'arena di chiodi. Sapeva che ci saremmo allenate insieme".

Fisher allarga le narici. "Quant'è pericoloso questo tipo? Dici che dovresti contattare le autorità?"

"Ha appena detto che le telecamere non hanno ripreso il volto. Cosa dovrebbero fare i poliziotti?" Il tono arrogante di Jase mi costringe a dargli un calcio sotto il tavolo, mentre lo guardo male.

"Creare una traccia cartacea per violazione di proprietà privata può aiutare, nel caso si verificasse un altro incidente", spiega Fisher. Il suo tono secco ha una nota di irritazione per il commento idiota di Jase. Non posso certo biasimarlo.

"Avremmo dovuto denunciare il fatto", concordo. "Ma la mia prima reazione istintiva è stata quella di ripulire tutto subito e prendermi cura di Ranger. Ma, visto che ci sono i filmati, possiamo mostrare quello che abbiamo".

"Scrivo allo sceriffo Wagner e gli dico di passare al ranch domani", afferma Jase, tirando fuori il telefono.

"Posso chiamarlo io", ribatto, il tono più aspro di quanto volessi, ma questo suo atteggiamento è frustrante. Non glien'è mai fregato un cazzo del ranch quando stavamo insieme, e ora fa tanto quello preoccupato.

Con una scrollata di spalle, rimette il telefono in tasca. "D'accordo, volevo soltanto levarti un peso dalle spalle".

Non ha la benché minima idea di quali pesi mi porto sulle spalle.

"Grazie, apprezzo il pensiero. Ma ci pensiamo noi". Gli rivolgo un sorriso tirato e con un cenno del capo indico Fisher, per fargli capire che dev'essere *gentile* con suo padre.

"Hai finito di disfare i bagagli?" gli chiede Jase, prima di prendere la birra.

"Sono a metà del lavoro. Devo ancora comprare alcuni mobili, ma l'essenziale l'ho già messo via".

"Dove hai comprato casa?" Non ho la minima idea di dove viva.

"A cinque minuti dal paese, sulla strada 107".

Quindi più o meno a dieci, quindici minuti dal ranch.

"Che bello! Quindi piuttosto vicino a Jase". Sorrido. Dopo che Jase ha lasciato casa di sua madre, ha preso in affitto un appartamento in paese per avvicinarsi all'ufficio.

"In realtà, ho trovato una casa che voglio acquistare". Jase fa un sorrisetto.

Sollevo un sopracciglio. "Davvero?"

Jase non è mai stato interessato a sistemarsi o a fare grandi piani per il futuro, perché gli importava soltanto di se stesso e di fare il minimo indispensabile. Quando stavamo insieme, non lo vedevo come chissà quale problema, dato che vivevo ancora con i miei e trasferirmi per l'università non faceva parte dei miei piani. Sono contenta che abbia cominciato a prendere più seriamente la sua vita e la sua carriera.

"È per questo che ho fatto tardi. Stavo parlando col mio banchiere. Domani faccio un'offerta".

Mi sporgo in avanti e gli stringo la mano. "Jase, è fantastico! Congratulazioni!"

È un grande passo per Jase, soprattutto per la sua età. Sono sinceramente fiera di lui e per tutta la strada che ha fatto.

"Sono orgoglioso di te, figliolo", dice Fisher, sollevando la Budweiser in attesa che Jase faccia un brindisi.

Jase gli rivolge un breve cenno del capo e, alla fine, solleva il bicchiere. "Grazie".

Mentre bevo un sorso del mio drink, mi sento sollevata per il fatto che il senso di disagio pare essersi attenuato.

"Hai qualche foto?" chiedo a Jase.

Prende il telefono e cerca l'annuncio. "Tre camere e tre bagni, un grande cortile, sala da pranzo e soggiorno. La cucina è stata appena ristrutturata".

"È davvero la casa dei sogni!" Sfodero un largo sorriso mentre ci mostra le foto. "Sembra bellissima".

"È bella grande", commenta Fisher. "Forse un po' troppo per una persona sola".

"Beh, adesso lo è senz'altro, ma non voglio rimanere single a vita. Un giorno, ci vivranno anche mia moglie e i miei figli". Jase mi lancia un'occhiata che mi fa accapponare la pelle. Non so se stia osservando la mia reazione all'idea che frequenti altre donne o che si sposi, ma in ogni caso è meglio che cancelli dalla mente qualunque illusione che potremmo mai rimetterci insieme.

"Non vedo l'ora di vederla dal vivo", dico, mantenendo un tono pacato. Prima che Fisher tornasse nella sua vita, senza dubbio me l'avrebbe mostrata. Da buoni amici, ci tenevamo aggiornati su tutto. Ci divertivamo insieme ed era tutto molto semplice. Adesso, è come se volesse vantarsi per dimostrare quanto se la sta cavando bene senza tuo padre.

"Facciamo domenica? Devo tornare a visitarla", propone Jase.

"Dipende. Il pomeriggio lavoro, prima della cena in famiglia".

"Io posso venire", interviene Fisher. "Prima della cena, comunque".

Jase gira di scatto la testa verso suo padre.

Oh, merda!

"Come, scusa? Ci sarai anche tu alla cena domenicale degli Hollis?"

"Sono stato invitato da Dena".

Tengo lo sguardo fisso sul mio drink, facendo roteare la cannuccia nel bicchiere come se fosse la cosa più interessante in tutta la sala.

"Che uomo fortunato! Dena è un'ottima cuoca", ribatte Jase in tono aspro. "Cerca di svignartela subito dopo il dolce, altrimenti ti costringeranno a fare *scrapbooking* con loro".

"Ehi". Gli do un calcio nello stinco.

Jase scoppia a ridere, però ha davvero ferito i miei sentimenti. Lo sa che per me le cene domenicali sono molto speciali.

Però la cosa non dovrebbe sorprendermi. Si lamentava tutte le volte che restavo fino a tardi, e a un certo punto se ne andava sempre senza di me.

"Cosa sarebbe?" chiede Fisher, con una nota di dolcezza nella voce.

"Per tradizione, aggiungiamo qualche pagina al nostro album dei ricordi tutte le settimane. Ma di solito finiamo col chiacchierare troppo e riusciamo a completare soltanto tre o quattro pagine, prima di chiudere la serata. È una cosa un po' all'antica, ma mia madre ci tiene molto. Nonna Grace racconta alcune storie, mentre noi le trascriviamo accanto alle foto".

"Una noia mortale", mormora Jase.

"Magari lo è per te", sbotto.

Fisher si schiarisce la gola, attirando l'attenzione di Jase, e gli scocca un'occhiata assassina. Non può neanche dirgli *non ti ho cresciuto come uno stronzetto* perché Jase gli sbatterebbe in faccia che, in realtà, non l'ha cresciuto affatto. Ma non c'è bisogno che dica niente. Un'occhiata penetrante, e Jase si tappa la bocca.

La cameriera si avvicina con un largo sorriso a trentadue denti, ignara del fatto che vorrei strapparmi i capelli dalla testa, e mi serve l'insalata.

"Volete qualcos'altro da bere?"

"Per me dell'acqua", risponde Fisher.

"Io prendo un'altra Guinnes. Tu?" mi chiede Jase.

"Dell'acqua". E, prima che la ragazza si allontani, aggiungo in tutta fretta: "Posso avere anche uno shot della tequila più forte che avete?"

"Ma certo! Vi porto tutto subito".

Percependo lo sguardo ardente di Fisher, evito di guardarlo e comincio a mangiare.

"Quindi stasera Twisted Bull?" chiede Jase.

"Io ci vado", risponde Fisher, prima che possa farlo io.

"Pure io, raggiungo Magnolia e i miei fratelli".

"Dovrai filmare il mio vecchio che cade col sedere a terra quando prova a cavalcare il toro". Jase ridacchia. Se non sta attento, queste sue frecciatine non faranno altro che innervosire ulteriormente Fisher. Jase mi ha chiesto di venire per fare da mediatrice, non per aiutarlo a bullizzare suo padre.

"Perché non vieni anche tu e mi mostri quello che sai fare?" gli chiede Fisher. "Non è semplice come sembra".

"Neanche morto! Da queste parti sono un rispettato agente immobiliare. Nessuno vuole vedere il tipo che gli sta vendendo casa che si comporta come un idiota ubriaco sopra un toro meccanico".

"Nessuno ha detto che ti devi ubriacare". Mi stringo nelle spalle.

"Fidati, se non bevessi, non riuscirei mai a fare una cosa tanto stupida".

"Io l'ho fatto".

"Già, ed eri ubriaca marcia. Non dovresti andarne fiera, Noah".

Sbatto con forza le ciglia, spiazzata dal modo in cui mi sta trattando, dopo che sono venuta qui per fargli un favore.

Fisher solleva leggermente la spalla. "Mi ha mostrato il video e, secondo me, è stata bravissima".

No. *No, no, no.* Perché glielo sta dicendo?

Mi preparo alla sfuriata di Jase, che però sbuffa e basta.

"I miei fratelli pensano che non possa farcela; allora, per rassicurarlo, gli ho fatto vedere il video: se ci sono riuscita io da ubriaca, allora ce la farà senz'altro pure lui", gli spiego.

"Però hai piantato la faccia per terra".

"Però ho resistito per tutti gli otto secondi, no?" dico compiaciuta, e Fisher si strozza con la birra.

Oddio. *Otto secondi.*

Resisto alla tentazione di ridere quando rischia di strozzarsi ancora una volta per le mie parole.

"Tutto bene?" gli chiedo, cercando di nascondere il mio rossore dietro il bicchiere mentre bevo l'ultimo sorso.

Fisher si dà un colpo sul petto, schiarendosi la gola. "È scesa dove non doveva".

Sì, come no.

Finalmente, la cameriera torna con le bevande, e io mi scolo subito la tequila. Vorrei chiederle di portarmene un'altra, ma so che sarebbe da irresponsabili; quindi mi accontento dell'acqua.

"Torno subito con i piatti".

Grazie al cielo!

Non vedo l'ora che torni con il cibo. Ho intenzione di divorare i miei gamberi come se puntassi al Guinness World Record, per poi darmela a gambe. Se non fossimo in un ristorante di classe, ne ficcherei un pezzo in bocca a Jase, pregando che gli si blocchi in gola, così finalmente se ne sta un po' zitto.

Mentre sto elaborando il mio piano, qualcuno chiama il mio nome, e la mia attenzione si sposta sull'uomo accanto a me.

Qui con me

E così, in un attimo, questa cena, già orribile, si trasforma in un incubo.

Qui con me

E così, in un attimo, questa cena, già orribile, si trasforma in un incubo.

Capitolo Quattordici
FISHER

L'espressione di Noah si rabbuia quando un uomo la chiama e si mette al suo fianco. Serro la mandibola non appena le poggia una mano sulla spalla. Lei fa schizzare lo sguardo sul punto di contatto, e io stringo a pugno le dita per evitare di fare qualcosa di stupido.

Tipo strappargli il braccio.

"Oh, Dylan, ciao". Il tono acuto e nervoso di Noah è preoccupante. Non so chi sia quest'uomo, ma è chiaro che non le va a genio.

"Come stai? È passato un annetto, ormai. Uno di questi giorni dovremmo vederci per parlare un po'".

Il sorriso tirato di Noah è accompagnato da occhi colmi di esitazione. "Già, è passato un bel po' di tempo. Sono sempre molto impegnata con l'addestramento e le mansioni al ranch".

"Alla fine, non mi hai mai fatto fare quella visita. Magari possiamo rimediare presto?" Le fa l'occhiolino.

Mentre bevo l'acqua, i miei occhi restano incollati su di lui da sopra il bordo del bicchiere. Noah gli sta facendo capire in tutti i modi di non essere interessata, ma questo qui pare cieco.

"Non credo sia una buona idea. Non sto cercando una relazione, in questo momento". La risposta diretta di Noah mi fa venire voglia di batterle il cinque. Ma, visto che non sarebbe opportuno, abbasso lo sguardo sul mio piatto e nascondo un ghigno.

"Oh, intendevo solo come amici, Noah. Ora è meglio che torni al mio tavolo, ma, se cambi idea, il mio numero ce l'hai". Le stringe un'altra volta la spalla e, appena si allontana, Noah sospira rumorosamente.

Quando guardo Jase, mi sta osservando con le sopracciglia corrugate, come confuso dalla mia reazione.

"Quello è uno dei tipi che hai provato a frequentare dopo di me?"

"Jase", dico in tono severo, lo stesso che usavo con lui quando era bambino. Se non ha perso il senno, ha dimenticato le buone maniere.

"Lo sa che sto scherzando". Fa spallucce, ma la sua espressione e il tono arroganti raccontano un'altra storia.

"Se proprio volete saperlo, sì, siamo usciti un paio di volte. Però tra di noi non è scoccata la scintilla; quindi ho chiuso", dice Noah.

"*Scintilla?*" Jase ridacchia. "Resterai single a vita, se aspetti quella, tesoro".

La cameriera con un tempismo impeccabile ci interrompe per servire i piatti. Il suo tono allegro è in contrasto con la nostra conversazione sgradevole.

"Posso portarvi qualcos'altro?" ci chiede, dopo aver lasciato tutti i piatti di fronte a noi.

Un taser con contorno di Novocaina.

"Va bene così, grazie", le dice Noah.

È difficile strapparle gli occhi di dosso. Sta gestendo questa cena imbarazzante molto meglio di quanto avrei saputo fare io. La tentazione di mettere Jase al suo posto è stata difficile da tenere a bada, ma le risposte pronte di Noah mi hanno aiutato a trattenermi.

"Grazie". Sorrido alla cameriera prima che se ne vada.

"Aspetta, scusa un attimo". Jase solleva una mano per attirare l'attenzione della ragazza. "Ho chiesto una porzione doppia di funghi, ma qui ce ne sono solo sette. Non mi pare molto *doppia*". Il suo tono alto e brusco mi spinge quasi a ricordargli che non è questo il modo di trattare le persone, ma le guance arrossate di Noah mi fermano. È già abbastanza imbarazzata dal comportamento di mio figlio; quindi non voglio aggiungere altra benzina sul fuoco.

Noah si mette un pezzetto di gambero in bocca, molto probabilmente per trattenersi dal gridare, e io faccio la stessa cosa con una focaccina. Ci scambiamo un'occhiata segreta che strappa a entrambi un sorriso.

La cameriera si scusa e si offre di portargliene subito degli altri. Mangiamo in silenzio; l'unico suono nell'aria è quello delle chele che sto spaccando.

"Dimmi un po': dopo quanto tempo dalla nostra rottura hai cominciato a frequentare Dylan?" le chiede Jase, e io sposto lo sguardo su Noah, intenta a fissare il suo cibo come fosse la cosa più interessante a questo mondo.

Io, invece, resterei a guardare lei per tutta la sera, perché è senza dubbio la donna più bella su cui abbia mai posato gli occhi. L'unico problema è che credo che Jase abbia cominciato a notare il modo in cui la guardo.

"Noah?" insiste Jase.

"Non so… un anno, tipo? Che importanza ha?"

"Sono solo curioso di sapere quanto ci hai messo a superare la nostra relazione".

Noah si volta di scatto verso di lui, con un pezzo di gambero in mano, e ho il serio terrore che possa ficcarglielo in bocca.

"Dobbiamo parlarne proprio adesso? Di fronte a tuo padre?"

"Quand'è che saresti diventata timida?"

"Non lo sono, ma non mi pare appropriato discutere con te della mia vita sentimentale".

Mi schiarisco la gola, così da distogliere l'attenzione da Noah. "A proposito, tu frequenti qualcuno, Jase?"

"Ho avuto qualche appuntamento. Ma molte non erano il mio tipo o non erano pronte a sistemarsi".

"Sei ancora giovane", gli ricordo. "C'è ancora tempo".

"Alla mia età eri sposato e avevi due figli", ribatte lui.

Annuisco mentre continuo a mangiare. "Sì, è vero. Ma non significa che sia una cosa per tutti".

"Credo non lo fosse neanche per te".

Sollevo lo sguardo, e noto che mi sta fissando come per sfidarmi a ribattere, ma sa che non lo farò.

"Se proprio devo essere onesto, non ero pronto a diventare marito e padre a vent'anni, ma la gravidanza è arrivata comunque. Non mi pento di aver sposato tua madre, perché abbiamo fatto due figli meravigliosi. Quando la mia carriera ha preso il volo dopo la nascita di Lyla, ho dovuto viaggiare e lavorare di continuo per far quadrare i conti. Non è uno stile di vita per tutti", ammetto.

Lo sguardo gelido di Jase mentre taglia la carne mi induce a chiedermi se dirà ciò che sta pensando davvero: che l'ho trascurato, che sua sorella è morta a causa mia o che non merito una seconda chance per far parte della sua vita.

Però non dice nulla di tutto questo.

Invece, si ficca una forchettata di cibo in bocca e fa un cenno esitante col capo. O non sa come ribattere o non vuole parlarne di fronte a Noah.

La cameriera arriva con i funghi di Jase e, grazie al cielo, la conversazione si sposta sul successo di Jase e sulla sua nuova carriera da agente immobiliare. Sono contento che abbia trovato un lavoro che ama, visto che lo sapevo che non avrebbe seguito i miei passi o lavorato comunque in un ranch. Noah parla dell'evento di beneficenza e delle acrobazie che comincerà a fare presto con Donut. Quando abbiamo finito di mangiare, gran parte del disagio si è dissipato.

Dopo aver pagato il conto, abbraccio di lato Jase e rimango fermo così per un po'. "Sono fiero di te per aver deciso di concentrarti sul tuo futuro. Fammi sapere a che ora ti muovi domenica, e ci sarò".

Annuisce. "Grazie, papà. Lo farò".

Poi Jase abbraccia Noah e le stampa un bacio sulla fronte. "Grazie per essere venuta", mormora piano, come non volesse farsi sentire da me.

Noah gli dà un pugnetto alla spalla. "Figurati, stronzo".

Jase ridacchia. "Sì, me lo merito".

Guardo mio figlio, e detesto vedere un ragazzino ferito che è stato abbandonato da suo padre quando la vita è diventata troppo difficile per lui. È a causa mia se si scaglia contro gli altri ed è così maleducato. Siamo due uomini a pezzi, il che significa che dovremo sforzarci entrambi, se vogliamo migliorare il nostro rapporto. Io sono disposto a fare il necessario per aiutarlo a guarire da ciò che gli ho fatto, però deve impegnarsi anche lui. Ormai è un adulto, e non può usare i miei errori come giustificazione.

Ci salutiamo e, quando io e Noah arriviamo al parcheggio, le dico che la seguirò, visto che lei conosce la strada.

"Oppure puoi venire in macchina con me", risponde. "Jase lo sa che ci stiamo andando entrambi; quindi non stiamo nascondendo niente".

"Credi sia una buona idea?" Mi stringo la nuca, titubante a spingermi troppo oltre, anche se ieri nella selleria ho avuto un momento di debolezza. Baciarla sarebbe stata una pessima idea, ma non riesco comunque a smettere di pensarci.

"Perché no? Così, se alla fine bevo troppo, puoi accompagnarmi a casa. E poi domani troviamo una soluzione per recuperare il tuo pick-up".

"Non avevi detto che non avresti bevuto troppo?"

L'angolo delle sue labbra si incurva in un sorrisetto subdolo. "Credo di aver mentito".

Maledizione!

"Allora andiamo".

Il Twisted Bull è proprio come me lo aspettavo. Potenti luci da palcoscenico illuminano la pista da ballo, mentre file di persone attendono il loro turno per un giro sul toro meccanico o per ordinare al bar. La musica è talmente alta da far venire l'emicrania, e la gente deve gridare per farsi sentire.

Sono finito all'inferno.

Noah mi guida nel locale attraverso il mare di gente. Ha messo gli stivali da cowboy prima di entrare, abbassandosi così di qualche centimetro; quindi non sarà facile notarla tra la folla.

"Non è fighissimo?" mi urla, girando la testa verso di me.

Certo, se avessi ancora vent'anni, andrei matto per questo posto. Capisco perché possa piacere e perché è invaso dalle persone. Ma, se qualcun altro mi dà una spallata e mi versa la birra addosso, mi carico Noah sulle spalle e levo le tende.

Quando raggiungiamo il bar, troviamo i suoi quattro fratelli e Magnolia seduti di fronte a un bancone pieno di bicchieri.

"Ehi! Finalmente!" strilla Magnolia quando Noah le si avvicina. "Com'è andata la cena?"

Noah scuote la testa, come se non volesse parlarne.

Non posso certo biasimarla.

"Fisher!" gridano i ragazzi, sollevando le birre.

"Pronto per aggiungerti alla scommessa?" mi chiede Tripp.

"Quale scommessa?" Mi appoggio al bancone, rivolto verso Noah così che i tipi ubriachi non si facciano strane idee.

"Chi durerà di più sul toro", mi spiega.

"Io, ovviamente".

Scoppiano a ridere. "Se vinci, devi pagarci il conto!"

Trattengo una risata, mentre prendo il portafoglio per ordinare qualcosa per me e Noah. "Non dovreste pagare voi per me, se vinco?"

"Non provare a usare la logica con loro". Noah scuote la testa e agita la mano per attirare l'attenzione del barista.

Un ragazzo che pare giusto un po' più giovane di Noah si avvicina, e già non mi piace il modo in cui la fissa: come se non volesse darle soltanto da bere.

"Buonasera, splendore. Che ti porto?"

"Un Margarita alla fragola, una Budweiser e un Pompino!"

"Cosa sarebbe?" le mormoro all'orecchio quando il barista si mette al lavoro.

"Un pompino o uno shot?"

"Esatto, Fisher. Quale dei due ti ha confuso?" interviene Magnolia, ridendo.

Merda, dimenticavo che lei sa tutto!

Mi sporgo verso di lei così che i ragazzi non mi sentano. "Noah mi ha parlato della tua cottarella, comunque. Qual è quello che ti piace? *Tripp*?" Inarco un sopracciglio, e lei guarda male Noah. "Spero che non mi sfugga per errore".

"Ti ammazzo nel sonno", le dice. "Una morte lenta e dolorosa".

Ridendo, passo la carta al barista. Lo so che sono giochetti stupidi, ma, come non vogliamo che Jase lo sappia, nemmeno i suoi fratelli devono saperlo. Se già detestano mio figlio, di sicuro non apprezzeranno che *io* mi sia portato a letto la loro sorellina.

"Datti una calmata, ti sta solo prendendo per il culo". Noah si stringe nelle spalle; poi le offre lo shot.

"No, tesoro, quello bevitelo tu. Fammi vedere come fai il *deepthroat*!" Magnolia lo dice a voce talmente alta da attirare l'attenzione di mezzo bar.

I miei occhi si fissano intensamente su Noah, che china la testa, avvolge le labbra attorno al bicchiere, e poi la getta di colpo all'indietro perché il liquido le cada in bocca. Dopo aver ingoiato, sbatte il bicchiere sul bancone.

"Sì! Che brava!" esulta Magnolia.

Restiamo al bar a bere per un altro po', finché qualcuno non nota un tipo che, a quanto pare, nessuno sopporta. Quando tutti si

girano verso di lui, mi volto perfino io, anche se non so di chi
stiano parlando.

"Chi stiamo guardando?" sussurro all'orecchio di Noah mentre
i suoi fratelli sono distratti.

Trema al contatto, e io sorrido per la reazione immediata del
suo corpo.

"Craig Sanders", risponde. "Il tipo che, secondo noi, ha
lasciato i chiodi. È uno stronzo invidioso".

"Sul serio?" Serro la mascella e stringo la bottiglia. "Forse
dovrei farci una bella chiacchierata".

Prima che Noah possa fermarmi, prendo la birra e vado
incontro al tipo.

"Fisher, no". La voce di Noah si fa sempre più distante alle mie
spalle. Questo stronzetto si diverte a tormentarla, e non posso
restarmene qui con le mani in mano. È già stato difficile
permettere a mio figlio di trattarla male, ma non ho abbastanza
autocontrollo per starmene zitto anche con questo stronzo.

"Craig?" chiedo quando arrivo alle spalle dell'uomo.

"Chi vuole saperlo?" Si gira e mi guarda dalla testa ai piedi. "E
tu chi saresti?"

"Eri al Ranch Sugarland Creek qualche giorno fa?"

"Non dico un accidente finché non so chi sei".

"Fisher Underwood. Il loro nuovo *maniscalco*".

Sul suo viso appare un sorrisetto furbo del cazzo, a conferma
che è lui quello che sto cercando. "D'accordo, e quindi?"

"Ci sei andato?"

Si stringe nelle spalle, bevendo un sorso del suo drink. "Non
ricordo".

Mi avvicino finché la punta di un mio stivale non tocca la sua.
"Pensaci molto bene, allora. Hai rischiato che Noah e la sua
cliente si facessero del male, con la tua bravata. Porca miseria, hai
ferito lo zoccolo di Ranger!"

Raddrizzo la schiena, sfidandolo a negare di nuovo.

"Fisher, eccoti qui". Wilder si avvicina, afferrandomi per il
braccio.

"Oh, ma che bello! C'è tutto il clan Hollis".

"Bada a quello che dici, Sanders! Solo perché Noah non ti ha invitato all'evento di beneficenza, non significa che puoi comportarti da stronzo".

Oh, cazzo!

"Neanche morto ci metterei piede nel vostro stupido ranch", sputa fuori Craig.

"Ma davvero? Perché le telecamere ti hanno ripreso", ribatte Wilder.

"Sul serio?" Craig unisce i polsi, con arroganza. "Allora perché non sono stato arrestato?"

Le sue parole strafottenti mi fanno venire voglia di tirare un bel pugno sul suo visetto insolente. A trentacinque anni, non ci avrei pensato due volte.

Ma ora sto cercando di non essere più quella persona.

La persona che usava la violenza per sfogare il dolore.

"Continua così, e rimpiangerai di non essere stato arrestato, invece di dover sopportare quello che ti faremo noi", lo minaccia Wilder, e questa volta, sono io che lo afferro per il braccio e lo trattengo. Rivedo molto del me giovane in lui; il che mi preoccupa. Wilder è alto, con la stazza di un lottatore di MMA, e potrebbe causare danni seri al corpicino allampanato di Craig.

Il sorriso arrogante di Craig si allarga. "Vi auguro una buona serata, signori. Guardate dove mettete i piedi". Poi sposta lo sguardo alle mie spalle, dove c'è Noah, e aggiunge: "Ci sono proprio tante *serpi* là fuori".

Si allontana, lasciando Wilder a ribollire di rabbia.

"Non ne vale la pena", gli dico.

"Fidati, eccome se ne varrebbe!"

Mi supera, e io lo seguo di nuovo al bar.

"Che cos'ha detto?" chiede Noah.

Stringo il collo della birra e bevo un sorso, mentre la guardo da dietro il bordo. "È stato senz'altro lui. Wilder era pronto a stenderlo", le dico, per poi raccontarle nei minimi particolari quello che è successo con Craig.

"Si sono diplomati lo stesso anno. Non sono mai andati d'accordo", mi spiega Noah. "Lui mi odia perché crede che rubi i suoi clienti. Ma, in realtà, si rivolgono a me dopo averlo licenziato perché è un incompetente".

"Quando denuncerete il fatto allo sceriffo Wagner, Wilder dovrà riferirgli quello che si sono detti. E forse vi conviene installare altre telecamere e piantare dei cartelli di proprietà privata su quel lato del ranch. In questo modo, potrete usarli a vostro favore, se dovesse farlo di nuovo".

"Ottima idea. Domani chiederò ai ragazzi di farlo".

Magnolia trattiene una risata, intromettendosi di nuovo nella nostra conversazione: "Sempre che non abbiano i postumi della sbornia".

"Allora lo faccio io. Bisogna piazzarli il prima possibile. Non so fino a che punto sia disposto a spingersi, ma non mi fido di quel tipo".

"Benvenuto nel club!" Magnolia arriccia il naso. "Non è sempre stato così. Beh, almeno non così terribile. Il suo atteggiamento è cambiato dall'anno scorso, quando Noah l'ha rifiutato. E, da allora, la sua missione è diventata quella di renderle la vita un inferno cercando di rubarle i clienti".

"Ho la sensazione che molte ragazze lo rifiutino, però è con te che ha trovato un modo per pareggiare i conti, perché avete gli stessi interessi", dico a Noah.

"Ha fatto commenti sprezzanti su quanto *dev'essere bello aver mamma e papà che pagano per la mia attività*". Noah sbuffa. "È troppo ottuso per capire che quello che ho me lo sono guadagnata. Ho pregato mio padre per cinque mesi per poter espandere il centro di addestramento. Alla fine, ho fatto una presentazione per dimostrare i vantaggi per il ranch, con gli utili previsti e i miei piani per ottenerli. Alla fine ha accettato; quindi abbiamo ampliato l'arena, così che potessi addestrare anche cavalli per il *barrel racing*. E ora io e i miei fratelli possiamo pure allenarci nello stesso momento senza starci addosso".

"E la tua signora ha raggiunto quelle cifre in metà del tempo che aveva previsto! Ha guadagnato più clienti e più ore di addestramento", dice orgogliosa Magnolia, con un largo sorriso rivolto verso Noah. "E questo significa che ora il signor Hollis le lascia fare tutto quello che vuole".

Le guance di Noah si tingono di un meraviglioso rosso ciliegia che si abbina al suo rossetto. "È vero, però mi sono spaccata la schiena per anni per raggiungere questo successo; quindi Craig può andare a farsi fottere".

Quel tipo finirà molto peggio, se non la lascia in pace.

Finiamo il primo giro di alcool, ma, appena chiamano il nome di Wilder, ci spostiamo nell'area del toro.

Ormai ha chiaramente già bevuto un bel po' di birre ed è bello scatenato quando balza in groppa al toro meccanico. "Oh, sì! Andiamoooo!" Fa agitare per aria il berretto da baseball e regge un corno con l'altra mano.

L'addetto comincia a fare il conto alla rovescia; poi preme il bottone.

"Yi-ah!" urla Wilder, le gambe che volano su e giù mentre il toro gira, prendendo velocità a ogni secondo che passa.

Noah e Magnolia hanno i telefoni in mano e ridacchiano mentre lo filmano.

Una fragorosa risata riecheggia quando cade prima dello scadere degli otto secondi.

Comincia a barcollare, finché non pianta la faccia sul tappetino e poi ci si rotola sopra.

Cristo santo!

Waylon va a porgergli la mano e lo fa alzare in piedi.

"Quanto sono durato?" chiede Wilder, biascicando le parole.

"Cinque secondi", risponde Tripp.

"Ahia! Mi dispiace per Jen", commenta Magnolia; al che Wilder le dà una spinta.

"Ora tocca a te", dice Tripp a Noah. "Ti ho aggiunta alla lista".

"Che stronzo! Ho bevuto solo un drink. Non ce la faccio da sobria".

Inarco un sopracciglio, ma non dico niente. In realtà ne ha

presi due, incluso quello al ristorante, ma tecnicamente sono quattro, se contiamo la tequila e lo shot. Non è affatto sobria.

"Facci vedere cosa sai fare, sorellina!" urla Tripp, battendo le mani per attirare l'attenzione della folla.

"Poi mi devi un drink!" Noah gli dà una spallata e poi entra nel ring.

Mentre sale in groppa, mi si stringe il petto. Si prende un attimo per infilare il vestito sotto le cosce. Non voglio che si faccia del male, ma, stando all'incoraggiamento dei suoi fratelli, loro non sono tanto preoccupati quanto me.

"Vai, Noah! Facci vedere che sai fare!" Magnolia mette le mani vicino alla bocca, urlando ogni parola strascicandola.

Il tizio conta di nuovo e poi il toro comincia a muoversi. Con un braccio per aria, Noah mantiene l'equilibrio, stringendo le cosce e aggrappandosi con forza al corno.

Il suo corpo si muove all'unisono con quello del toro, che prende velocità. I suoi occhi color oceano trovano i miei per una frazione di secondo, prima che la giri di nuovo di scatto. Le ciocche dorate volano sulle sue spalle e, non appena finisce il timer, la folla esulta.

"Sei stata fantastica!" Magnolia balza su e giù quando Noah ritorna, e si abbracciano.

Noah si getta i capelli dietro la spalla. "Così imparate a dubitare di me". Si gira a guardarmi. "È il tuo turno, cowboy".

"Sì, Fisher! Fisher, Fisher, Fisher!" Mentre urlano il mio nome, riescono a catturare l'attenzione del resto del bar e, molto presto, più di un centinaio di persone lo gridano in coro

Merda! Sono convinto di esserne in grado, però non lo faccio da anni.

Sollevo le mani. "Va bene. Va bene".

"Aspetta. Tu sei un *professionista*; quindi devi farlo senza mani!" annuncia Wilder.

"Sì!" concorda Tripp.

"Ragazzi, così non è giusto!" Noah prova a zittirli.

"Eccome se è giusto! Lui l'ha fatto tipo un milione di volte", aggiunge Landen.

"Ehi, ma dai, pensavo fossimo amici!" ironizzo, e scoppiano a ridere.

"Sali o no?" mi chiede l'addetto.

Prendo un respiro e annuisco.

Cedendo alla pressione, entro nel ring e salgo sul toro. Dopo essermi posizionato là dove posso usare le gambe per restare ancorato in posizione, stabilizzo il bacino e sollevo entrambe le braccia.

I ragazzi fanno un gran baccano ancora prima che cominci il conto alla rovescia, con fischi e urla.

Ora viene il bello!

Capitolo Quindici

NOAH

La concentrazione di Fisher è alle stelle, intanto che lo osservo col fiato sospeso. Non riesco a muovermi mentre il toro lo fa roteare e lui si regge soltanto con le cosce.

Cosce su cui voglio salire e che voglio cavalcare come se fosse il mio cowboy personale.

Non so come faccia, ma sono assolutamente scioccata.

La voce mi si blocca in gola mentre i miei fratelli urlano e fanno il tifo per lui. Mi concentro su ogni movimento, come se stesse accadendo tutto al rallentatore. I muscoli di Fisher si flettono a ogni secondo che passa e, per un istante, il caos attorno a me scompare e restiamo soltanto noi due.

Non appena il timer scade, tutti quanti saltano ed esultano, risvegliandomi bruscamente dalla trance.

Così, grido e festeggio insieme a loro.

I miei fratelli continuano a gridare in coro il suo nome mentre lui scende dal toro ed esce dal ring. Gli rivolgo un largo sorriso, e lui mi fa l'occhiolino.

"Mamma mia, è stato fantastico!" urla Tripp, dandogli una pacca sulla spalla.

Anche gli altri fratelli rompiscatole lo accerchiano, ma Fisher mantiene lo sguardo nel mio da sopra le loro teste. Prendo il labbro inferiore tra i denti, e vorrei soltanto premere la mia bocca sulla sua.

Quando gli lasciano finalmente lo spazio per respirare e Waylon entra nel ring, Fisher si mette alle mie spalle.

"Vuoi qualcos'altro da bere?" mormora al mio orecchio. Il suo respiro caldo provoca una scarica elettrica che mi attraversa il corpo, e indietreggio un poco per avvicinarmi a lui.

Quando giro la testa, le nostre bocche sono a un soffio l'una dall'altra. "Non so. Mi è permesso bere ancora?"

"Per quanto adori la tua insolenza, io qui sono appeso a un filo, Biondina. Quindi, se ne vuoi ancora, dimmelo e poi a casa ti ci porto io".

Mi piace l'idea che venga a rimboccarmi le coperte, invece di mollarmi alla macchina; quindi gli dico di sì.

Mi stringe un fianco. "Resta qui. Torno subito".

Magnolia è troppo impegnata a sbavare dietro a Tripp per notare il nostro momento segreto, ma dentro di me sto morendo.

Waylon resiste per sette secondi, prima di essere lanciato a terra. Adesso tocca a Tripp, e Magnolia lancia un urlo.

"Mi sa che mi hai spaccato il timpano", ironizzo.

Alza gli occhi al cielo e si avvicina. "Dopo inviti Fisher da te?"

Anche se, tecnicamente, mi sta accompagnando a casa, so che Magnolia non si riferisce a quello.

"Magari". Metto il broncio.

Agita le sopracciglia. "Guarda che non lo dico a nessuno".

"Sei una cattiva influenza!" la rimprovero in tono scherzoso.

"Beh, mi pare ovvio. Hai fatto la brava ragazza per ventidue anni. Ora è il momento di vivere un po', finché sei ancora giovane e sexy".

Scoppio a ridere. "Wow, grazie per il discorso di incoraggiamento".

Fisher ritorna con un Long Island Iced Tea, e per poco non mi sfugge un gridolino potendone avere finalmente uno. "Grazie!"

"Attenta! Lì dentro c'è molto alcool", mi avverte con un profondo suono baritonale che mi costringe e stringere le cosce.

"Hai paura di non riuscire a gestirmi, se sono ubriaca?" Faccio un sorrisetto attorno alla cannuccia, mentre bevo un sorso.

Fisher si china su di me fino a leccarmi la curva del collo, e mi viene la pelle d'oca. "Dolcezza, ti ho gestita benissimo quando ti ho fatta piegare sul mio letto, con la fighetta bella aperta per il mio cazzo mentre ti strozzavi con i tuoi stessi gemiti. Ti ho fatta venire in *otto secondi*, ricordi? Quindi, no, non sono preoccupato".

Rimango paralizzata, mentre mi risuonano in testa le sue parole, capaci di far bruciare ogni centimetro del mio corpo.

Quando i miei fratelli hanno finito, provano a convincere Magnolia a fare un giro sul toro, ma lei li manda tutti a quel paese. Me la rido mentre la prendono in giro, perché è la persona meno atletica del mondo e non salirebbe sul toro neanche se ne andasse della sua vita.

"Prendo qualcosa da bere", annuncia. "Poi si balla!"

Per le due ore successive, balliamo e continuiamo a bere, con Fisher che mi fissa dal bar. Non può raggiungermi sulla pista da ballo senza far insospettire i miei fratelli; quindi sta bevendo soltanto acqua e mi tiene d'occhio come se fosse un dispotico bodyguard.

"Se Tripp mi guardasse in quel modo, mi butterei in ginocchio in un secondo", commenta Magnolia mentre seguiamo la musica.

"Avresti dovuto sentire cosa mi ha detto prima". Arrossisco al pensiero e mi stringo nelle spalle. "Ma purtroppo non possiamo".

"Non so in quale universo di illusioni vivete, ma è impossibile che uno di voi non crolli, stando insieme praticamente tutti i giorni. È solo questione di quando, non di se".

Vorrei negarlo, però ha ragione.

Anche se quello che abbiamo condiviso è stato più speciale di una semplice avventura occasionale, c'è ancora molto che non sappiamo l'uno dell'altra; ma più lo conosco, più lo desidero.

"Gli facciamo vedere cosa si sta perdendo?" Magnolia fa scivolare la punta della lingua sul labbro inferiore. Ha in mente qualcosa.

Prima che possa oppormi, afferra un tipo a caso e lo trascina tra di noi.

"Ehi, sono Magnolia!" urla sopra la musica. "Questa è Noah, una mia amica!"

"Derik!" risponde lui.

"Ti autorizzo a toccarci dove ti pare, a patto che noi possiamo fare lo stesso con te", gli dice Magnolia.

Oh, mio Dio! Vorrei darle una sberla per ricongiungere i due ultimi neuroni che le sono rimasti, ma so che ormai non basterebbe a fermarla. O sta provando a far ingelosire Fisher per me o spera che Tripp se ne accorga.

Mi martella il cuore quando guardo oltre la spalla di Derik e vedo che Fisher lo sta guardando in cagnesco, con le braccia incrociate sul largo petto. Alcune ciocche scure gli stanno appiccicate al viso, creando un gioco di ombre che lo fanno assomigliare a un minaccioso boss mafioso.

Per attirare la mia attenzione, Magnolia mi dà un colpo sul braccio.

"Non guardarlo!" mi intima.

Alzo gli occhi al cielo perché non voglio farlo ingelosire o arrabbiare, ma questo non dovrebbe comunque impedirmi di spassarmela. Adoro ballare e non uscivo da mesi; quindi voglio trarre il massimo da questa serata, anche se è entrato in scena uno sconosciuto.

Quando parte la mia canzone rap preferita, mi trasformo in una pazza scalmanata. Preferisco la musica country, ma c'è un artista che riesce a farmi dimenticare la *square dance* e a indurmi a saltare su e giù, cantando a squarciagola.

Con l'alcool che prende il sopravvento, agito le braccia sopra la testa. Le mani di Derik trovano i miei fianchi. Si muove insieme a me mentre canto e porto la testa avanti e indietro. Quando sento l'erezione che preme contro la schiena, mi giro per dirgli di mettere a posto Derik Junior.

Ma, quando sollevo lo sguardo e vedo Fisher, sbarro gli occhi e mi lascio sfuggire un sussulto. Mi guardo rapidamente intorno per accertarmi che i miei fratelli non ci siano.

"Stanno giocando a biliardo sul retro", mi dice.

Lancio un'occhiata a Magnolia, e riesco praticamente a sentire il suo gridolino interiore dall'espressione sconvolta che ha sul viso. Ma io la guardo allo stesso modo, perché sta ballando con Derik, lasciando che le palpi il sedere.

"È sicuro di dovermi toccare, signor Underwood?" lo provoco, posando le mani sul suo petto mentre continuo a ondeggiare i fianchi a ritmo di musica. Ha tolto la giacca prima di entrare nel locale; quindi adesso a separarci c'è soltanto una camicia sottile.

"Non credo di potermi fermare".

I suoi occhi da sesso scorrono lungo il mio corpo mentre mi afferra per il vestito e mi attira a sé.

La lingua mi schizza fuori tra i denti, e mi mordo il labbro inferiore, desiderosa che Fisher si avvicini e ponga fine alle mie sofferenze.

"Perché mi torturi con quella bocca che non posso baciare?" Mi pizzica il labbro e poi mi ficca il pollice in bocca. "È già terribile voler qualcosa che non posso avere. Ma, anche in quel caso, non ti meriterei comunque".

Le sue parole fanno male, perché detesto che la pensi così. Tutte le probabilità sono contro di noi, ma questo non significa che lui non meriti di trovare l'amore.

Parte un'altra canzone, e i nostri corpi continuano a muoversi insieme. Quando affonda il viso nel mio collo, il suo respiro caldo mi solletica la pelle nuda, e rabbrividisco. Qui dentro ci saranno più di trenta gradi, e sto sudando da morire; quindi non è colpa del freddo.

"Sei una tentatrice, Biondina. Vorrei infilarti una mano tra le cosce e sentire quanto sei bagnata per me. Nessuna donna mi ha mai fatto un effetto simile, soprattutto non nel bel mezzo di una pista da ballo piena di sconosciuti".

E con così tante persone che potrebbero beccarci.

La mia bocca si avvicina al suo orecchio mentre gli passo una mano dietro il collo e tengo il suo corpo premuto al mio. "Non deve saperlo nessuno, Fisher".

"Meriti più di un'avventura segreta".

"Dobbiamo tenerla segreta soltanto finché non ci sentiamo pronti a dirlo agli altri", gli spiego. "Possiamo esplorare il nostro rapporto in privato, prima di decidere cosa fare e annunciarlo".

La musica è talmente alta che stiamo praticamente urlando, ma siamo così vicini che nessun altro potrebbe sentirci.

Prima che possa rispondergli, vengo scagliata di lato e perdo quasi l'equilibrio prima che Derik mi prenda al volo. "Allerta fratello!" grida Magnolia, prendendo il mio posto e facendomi cenno di imitarla, mentre si strofina contro Fisher.

Afferro Derik per le spalle e iniziamo a muoverci in maniera scoordinata. Fisher incrocia brevemente il mio sguardo, mentre guarda accigliato Magnolia che sculetta.

Con un sorrisetto, gli faccio cenno di darle corda. Con esitazione, lo fa e le tocca impercettibilmente il fianco.

"Ehi!" Arriva Landen. "Avete visto Wilder? L'abbiamo perso".

Io e Magnolia scuotiamo la testa.

"Merda!" Si passa una mano sul viso e poi dà una pacca sulla spalla di Fisher. "È un po' troppo giovane per te, amico".

Lander ride mentre si allontana, e l'espressione di Fisher mi spezza il cuore.

"Fiuu, per un pelo!" esclama Magnolia. "Dovete stare più *attenti*, insomma".

Quando siamo certi che Landen sia abbastanza lontano, Magnolia torna da Derik, e io seguo Fisher mentre va al bar.

"Cosa vuoi?" chiede, indicando con il capo le bottiglie.

Battendo le ciglia, fisso i suoi occhi pieni di sconforto. "Te".

Deglutisce con forza, avvicinandosi. "Mi fai impazzire. E forse sto davvero impazzendo".

"Ignora quello che ha detto mio fratello", lo imploro, perché vedo quanto l'ha turbato.

"Come potrei?"

"Baciami, Fisher! *Ti prego*". Potrei perfino mettermi in

ginocchio a supplicarlo. "Lascia che ti dimostri che le nostre età non contano".

"Non voglio approfittarmi di te, dopo che hai bevuto".

Inclino la testa. "Sono sobria tipo al sessantanove percento".

Un sorrisetto si forma sul suo viso. "Anche se il sessantanove è un *bel* numero, chiedimelo quando sei a zero".

"Beh, però non è giusto. Non sapevo che sarebbe stato un ostacolo, altrimenti avrei bevuto solo acqua". Metto il broncio.

"Sono contento che ti stai divertendo. Dai, ordina qualcosa".

"Ok, va bene. Ordinami un Capezzolo Scivoloso".

Quando il suo sguardo si posa sul mio petto, so che sta pensando ai miei piercing, e sfodero un sorrisetto trionfante.

"Secondo me, è ancora più buono sulla mia pelle. Che dici se lo verso qui, così proviamo?" gli chiedo con innocenza, abbassando lentamente la spallina.

Fisher scuote la testa e richiama l'attenzione del barista, però gli leggo una nota divertita negli occhi. Guardo il ragazzo che versa un bicchiere d'acqua e prepara il mio shot.

Fisher me lo passa e, prima di berlo, i nostri occhi si trovano. Un nodo gli si forma in gola mentre mi guarda buttarlo giù. Sta stringendo talmente forte il bicchiere, che non mi sorprenderebbe se implodesse e si spargesse in pezzettini dappertutto.

"Mmh, che buono! Vuoi assaggiare?" Traccio il labbro superiore con la lingua.

Provocarlo è pericoloso, ma visto che ha ammesso quanto mi desidera, il mio obiettivo è quello di farlo crollare.

Prima che lui possa respingermi, Magnolia si fionda tra di noi, senza fiato. "Posso averne un po'?" chiede a Fisher, gli occhi puntati sul bicchiere d'acqua.

Senza dire nulla, lui glielo passa, e Magnolia comincia a bere.

Dopo averne scolato la metà, rilascia un gemito soddisfatto. "Grazie. Derik mi ha invitata da lui; quindi ce ne stiamo andando".

"Credi sia una buona idea?" le chiede Fisher, anticipandomi.

"Già, Mags. Vi siete appena conosciuti. Potrebbe essere un serial killer. O avere un fetish per l'omicidio".

"Questa sì che è bella! Parlano i due poliziotti della *morale…*" Trattiene una risata, guardando me e Fisher.

"Però almeno condividimi la tua posizione", le dico. "Così sarà più semplice trovare il tuo cadavere".

"Sì, *madre*". Prende il telefono e fa come le ho chiesto. "Adesso prendimi un biglietto per il concerto, perché finalmente sto per farmi *trombare*", dice in tono cantilenante, fingendo di suonare una tromba. "Ti voglio bene, ciao!" Quando mi abbraccia, le ricordo di stare attenta. Poi prende Derik per mano e se ne va.

"Certo che è… una ragazza particolare". Fisher si gratta la guancia ruvida, come se fosse ancora perplesso per quello che è successo.

"Almeno qualcuno si farà leccare la figa, stanotte", mormoro.

Fisher mi afferra per il fianco e mi attira al suo petto, e inspiro con forza per il movimento rapido e inaspettato. Gli stringo il braccio con la mano per stabilizzarmi. Siamo circondati da molte persone; quindi rischio davvero di finire schiena a terra.

"Continuo a rivivere quella notte nel furgoncino, quando avevo la tua fighetta in faccia. Il tuo odore e il tuo sapore sono ancora bene impressi nella mia mente; quindi non confondere il mio rifiuto con il disinteresse. Ma, se dovesse presentarsi di nuovo l'occasione di fotterti con la lingua, non riuscirei a fermarmi".

In quel momento, come a comando, il suo membro si muove e spinge contro di me. Inarco un sopracciglio e sorrido, notando il suo tentativo fallito di mantenere un'aria impassibile.

"E perché dovremmo fermarci?"

"Perché una nostra relazione potrebbe ferire altre persone. Prima di decidere che lo vuoi davvero, devi sapere cosa ti aspetta, se stai con me".

Mi gira la testa al pensiero che, anche se l'uscire allo scoperto danneggerebbe di più *lui*, Fisher sta chiedendo a *me* di scegliere.

"Il rischio è più alto per te. Non dovrei essere io a chiederti di decidere?"

Qui con me

Il suo dito traccia il contorno del mio viso, mentre lui mi osserva. Carezza lo zigomo, poi scende tra le sopracciglia e sulla curva del naso, prima di arrivare sull'altra guancia e fermarsi sul mento.

"Per me la decisione è già stata presa nel momento stesso in cui ci siamo conosciuti. Non sapevo chi fossi o perché io continuassi a guardarti tra la folla, ma, dal momento in cui il mio cuore ha deciso, per me non c'è stato modo di tornare indietro. Anche se mi sforzo come un matto di ignorare questi sentimenti, il desiderio di starti vicino è troppo potente da ignorare. Se vuoi che restiamo soltanto amici, rispetterò la tua decisione e terrò le mani a posto. Ma, se vuoi di più, allora sono più che disposto a fare un tentativo".

Il mio cuore fa un balzo, mentre uno stormo di farfalle mi invade lo stomaco. Il suo tocco è leggero e delicato, e non posso che abbandonarmi nel suo abbraccio. È disposto a fare questo salto nel vuoto con me, consapevole che potrebbe rovinargli la vita, e questo mi preoccupa.

"Però mi devi promettere che, se le cose dovessero andar male, non te la prenderai con me". *Nello specifico, se dovesse perdere per sempre suo figlio a causa mia.*

"Ho molti rimpianti nella mia vita, Noah. Amare te non potrebbe mai essere in quella lista. Voglio conoscerti oltre la nostra attrazione fisica".

Mi viene la pelle d'oca e un brivido mi pervade. Il suo passato è ancora un mistero, ed esplorare quelle parti più profonde di una relazione non farà che intensificare ciò che provo per lui.

Deglutisco con forza. "Quindi niente contatto fisico, mentre ci conosciamo meglio?"

Le sue dita affondano nella mia pelle, come se lui fosse in conflitto coi suoi pensieri. "Dico di… non correre troppo".

Emetto un sospiro, perché accetterò tutto quello che ne verrà, finché saremo sulla stessa lunghezza d'onda.

"D'accordo. Quindi per il momento manteniamo un profilo basso, e decidiamo il resto man mano".

"Se intendi dire che non dobbiamo rendere pubblica la relazione, allora sono d'accordo".

Mi viene da ridere, perché adesso siamo in pubblico e ci stavamo strofinando l'uno contro l'altra sulla pista da ballo.

"Quindi è meglio se tieni a posto le mani, signor Underwood". Sposto lo sguardo sulla sala per ricordargli che non siamo soli.

"Cazzo! Allora andiamocene, perché se devo vedere un altro uomo che ti spiaccica il cazzo addosso, giuro che glielo spezzo in due".

"Ahia!" Trattengo una risata. "Faccio sapere ai miei fratelli che mi accompagni a casa".

"Vengo con te", mi dice, seguendomi prima che possa dirgli che non è una buona idea. Un'occhiata ai pantaloni tesi di Fisher e sospetteranno che c'è qualcosa sotto. "Non ci sai proprio fare con la *discrezione*".

"Non ti perdo d'occhio, in questo posto".

"Hai paura che qualcuno possa rapirmi e farmi venire in *sette* secondi?" lo provoco, mentre raggiungiamo l'area biliardo.

Impreca sottovoce, e io ridacchio. Quando li vediamo, Wilder è appoggiato al tavolo con la stecca. Dunque l'hanno trovato.

"Non sbagliare!" urlo non appena colpisce la biglia.

"Maledizione, Noah!" Mi dà una spinta, facendomi finire contro Fisher. Non mentiva quando ha detto che mi avrebbe seguito come un'ombra.

"Merda, scusami!" dice Wilder a Fisher.

"E a me non chiedi scusa, idiota?"

"Mi hai fatto sbagliare; quindi no".

Alzo gli occhi al cielo. "Tanto sei troppo ubriaco per giocare".

"E allora perché sto vincendo, eh?" Avvicina il suo viso presuntuoso al mio. "Ho già fatto cento dollari".

"Wow! Sarà perché provano pena per te", lo provoco.

"Vuoi sfidarmi tu, per vedere un po'?"

"No, sono giusto passata a dirvi che ce ne stiamo andando. Voi ce l'avete un passaggio?"

Tripp si avvicina, e da sopra la mia testa guarda Fisher, che è rimasto fin troppo vicino a me. "Guido io. Ho smesso di bere un paio d'ore fa".

"Dov'è il tuo pick-up?" mi chiede Landen.

"Al ristorante. Non aveva senso prendere due macchine, visto che dovevamo andare nello stesso posto". Mi stringo nelle spalle, pregando che non mi facciano altre domande. È già stato abbastanza imbarazzante dover spiegare perché dovevo cenare in un ristorante di classe con il mio ex e suo padre.

"Non ci hai ancora detto com'è andata la cena con i tuoi due *accompagnatori*…" dice Waylon, come se Fisher non ci fosse.

"Oh, forse perché non sono affaracci vostri". Incrocio le braccia, nella speranza che capiscano di dover chiudere la bocca.

Wilder ridacchia. "Perché il tuo ex è più arido di una pagnotta di pane raffermo".

"Ehi!" Gli do una manata sulla spalla. "Non essere maleducato!"

"Esatto, Wilder… *comportati bene*!" dice Landen in tono cantilenante, con una vocina acuta che dovrebbe sembrare quella di nostra madre. Tra di noi, quello che viene rimproverato sempre e comunque è Wilder.

"D'accordo, me ne vado. State facendo gli stronzi".

"Fisher, sei sobrio?" Tripp si ficca le mani in tasca e lo osserva.

"Ho bevuto una birra al ristorante, ore fa, e poi soltanto acqua".

Tripp annuisce e poi chiede: "Dov'è Magnolia?"

"È andata a casa di un certo Derik".

Tripp serra la mascella e stringe le labbra, mentre sposta il peso sui piedi.

E, giusto per vedere la sua reazione, aggiungo: "È un figo pazzesco. La stava quasi ingravidando sulla pista da ballo, finché non hanno deciso di andarsene".

Tripp si volta e fa il giro del tavolo da biliardo; poi prende una stecca. Mi aspetto quasi che la spezzi in due.

Una parte di me si sente in colpa, ma, se mio fratello ha

problemi che Magnolia frequenti altri ragazzi, allora deve finalmente ammettere che prova qualcosa per lei.

"Pronta?" mi chiede Fisher.

"Oh, sì". Saluto tutti e lo seguo all'uscita.

"Tripp non sembrava molto contento", commenta, posandomi una mano alla base della schiena mentre torniamo al mio pick-up.

"Sapevo che si sarebbe incazzato, ma se lo meritava".

"Ma, scusami, se a lei piace lui e, a quanto pare, anche a lui piace lei, perché non stanno insieme?" Mi apre la portiera e mi aiuta a salire.

"È la domanda del secolo".

Dopo essersi seduto dietro al volante e aver messo in moto, mi coglie alla sprovvista quando si sporge verso di me.

Mi prende il mento e mi solleva il viso finché i nostri occhi non si trovano. C'è buio nell'abitacolo, illuminato appena dalla luce fioca quella del parcheggio, ma la sua stretta è ferma e decisa. "Voglio mettere bene in chiaro una cosa: soltanto perché non vogliamo correre troppo e non lo diciamo a nessuno, non significa che tu non sei mia". Detto ciò, mi carezza il labbro col polpastrello del pollice e si china su di me.

Capitolo Sedici

FISHER

Sono tornato a Sugarland Creek perché ero pronto a rimediare ai miei errori.

Anni passati a provare rimorso, rabbia e profondo dolore mi hanno trasformato in una persona cinica. Un autolesionista.

Un uomo il cui passato cupo l'ha consumato finché non è riuscito a strisciare fuori da quell'abisso oscuro in cui era caduto, dopo essersi reso conto che stava sprecando la sua vita. Una vita che Lyla non ha avuto l'opportunità di vivere.

Non ho potuto salvarla, e non posso cambiare il fatto che non ci sia più, però posso avere un'altra occasione con Jase.

Il fatto di essermi innamorato della sua ex potrebbe rovinare tutto, ma tanto sono fottuto comunque.

Anche se mi privassi di un futuro felice con Noah, niente mi garantirebbe che Jase mi accetterà mai di nuovo nella sua vita. Ho imparato sulla mia pelle quanto può essere breve la vita, e ho già vissuto con abbastanza rimpianti.

Nulla mi impedirà di mettercela tutta per essere il padre che merita, però voglio anche essere l'uomo che Noah merita al suo fianco.

Mantenere la nostra relazione segreta potrebbe essere l'ultima goccia per Jase, ma gliene parlerò personalmente quando sarà il momento giusto, sperando che capisca.

Alla mia età, non sono tanto ingenuo da convincermi che la cosa non lo turberà. Adesso è un adulto anche lui, e devo trattarlo come tale. Si arrabbierà, e gli darò tutto il tempo di cui avrà bisogno per capire se potrà mai accettarci.

E poi, quando io e Noah avremo stabilito che ciò che c'è tra di noi è reale e non un'infatuazione passeggera, lo diremo a tutti.

Però io lo so già che è reale.

È la cosa più reale che abbia mai provato dal giorno prima che Lyla morisse.

E, anche se mi sono lasciato alle spalle i giorni in cui ero alla ricerca costante di adrenalina, questa è una dose a cui non posso rinunciare.

Sono ufficialmente recidivo. È un'emozione che non provavo da secoli e, se non sto attento, potrebbe essere la mia rovina. Ma vale la pena rischiare e cedere all'unica voglia che ho desiderato soddisfare in dieci anni.

Guardando Noah, vedo il sole che sorge in questa fredda giornata autunnale.

Le foglie cadute per terra che scricchiolano quando le calpestiamo.

Il profumo di noci pecan caramellate e di spezie di stagione che riempie l'aria agli inizi di ottobre.

Noah è il mio periodo dell'anno preferito.

E adesso è mia.

Mi sono trattenuto tutta la notte dal baciarla, per evitare di superare quel confine stabilito quando abbiamo deciso che saremmo rimasti *amici*. Ma il fatto che si sia ingelosita per le receptionist è la dimostrazione che la nostra *amicizia* non potrà mai funzionare.

Soprattutto visto che avrei voluto fare molto più che difenderla, quando Jase le stava facendo il terzo grado su Dylan.

E, ancora peggio, quando ho visto quel ragazzetto che la toccava.

Qui con me

Come potrei mai restare soltanto suo amico, quando voglio essere il suo tutto?

È stato in quel momento che ho deciso che, anche se non possiamo stare insieme in pubblico e dobbiamo mantenere il segreto, è sempre meglio che non averla affatto.

Le conseguenze le affronterò dopo. Anche se dovessero rovinarmi.

Quando aiuto Noah a salire sul suo pick-up, il mio piano è quello di tenerla per mano e accompagnarla a casa. Poi la seguirò alla porta, le darò un bacio sulla guancia e le augurerò la buonanotte.

Ma quel promemoria di vivere la mia vita al massimo *adesso* riecheggia nella mia mente, e so che non resisterò un altro minuto senza poter gustare le sue labbra.

Così, mi sporgo sopra la console centrale, le prendo il mento tra le dita e le sollevo il viso finché i suoi occhi non trovano i miei. La sua espressione sorpresa mi fa proprio ridere perché, dal linguaggio del suo corpo e dai commentini sarcastici, so bene che è tutta la sera che aspetta un mio bacio.

Adesso sembra un cerbiatto di fronte ai fari di una macchina.

"Voglio mettere in chiaro una cosa: anche se non vogliamo correre troppo e per ora non lo diciamo a nessuno, non significa che non sei mia".

Prima che possa rispondere, le carezzo il labbro col polpastrello del pollice e, come una calamita, la mia bocca tocca la sua.

Il calore istantaneo fa decollare il mio cuore, e le passo la mano dietro la nuca, ancora insoddisfatto. Le mie dita scorrono dietro la sua testa, per afferrare una manciata di capelli mentre l'altra mano scivola tra le sue cosce.

Col pollice trovo il clitoride e, quando lo massaggio da sopra il tessuto, Noah rilascia un gemito gutturale, e i suoi versi impazienti mi strappano un grugnito. Le nostre lingue duellano per il controllo, mentre brevi sussulti affannati riecheggiano tra di noi.

Le sue labbra morbide sanno di paradiso e, quando le prendo il viso tra le mani, approfondisco il bacio.

"Mmh. Sai di Capezzoli Scivolosi".

Sorride sulla mia bocca. "Vai più giù e trovi qualcosa di ancora più dolce".

"Cazzo!" sussurro, spostando la bocca vicino al suo orecchio e fermando ogni movimento. "Dobbiamo andarcene da qui, prima che qualcun altro ci becchi a compiere atti osceni in luogo pubblico".

Mi aspetto quasi che Ian appaia da un momento all'altro con la sua stupida torcia.

Noah ridacchia, e il suono arriva dritto al mio cazzo già duro.

"Almeno questa volta non abbiamo violato una proprietà privata".

"Cos'è questo plurale? Hai fatto tutto *tu*, Biondina. Io ero lì giusto per divertirmi".

Inarca un sopracciglio. "Non mi sei parso molto preoccupato, quando sono caduta in ginocchio".

Al ricordo, deglutisco con forza e scuoto la testa per il suo tono perverso.

"Cazzo, no. Ma i tuoi fratelli potrebbero arrivare all'improvviso, e dovrei spiegare perché ho la mano nelle tue mutandine e perché ho il tuo rossetto su tutta la faccia".

Il suo ghigno mi strappa un sorrisetto mentre mi pulisce la bocca e il mento. "Ecco fatto, così nessuno se ne accorge".

Mi porto il pollice alle labbra e lecco via i suoi dolci umori. "Dai, ora ti porto a casa".

"Sicuro che non vuoi entrare?" La sua voce provocante mi sta facendo avere dei ripensamenti, mentre lei apre il portone. Il cottage è dietro la casa di famiglia, ma è nascosto dagli alberi; quindi c'è comunque privacy. L'unico altro edificio qui vicino è la scuderia con i loro cavalli.

"No, però non entro comunque". Mi appoggio allo stipite del portone mentre lo apre. È qui tra le mie gambe, e la catturo per la vita, attirandola a me. "Se dovessi mai avere dei dubbi o cambiare idea, dimmelo. D'accordo?"

"Stai già provando a rompere con me?"

"No", dico con una risata priva di umorismo. "Ma non voglio che tra di noi ci sia uno squilibrio di potere perché sono più grande di te".

"Lavori per *me*, signor Underwood. Quindi, se proprio c'è uno squilibrio, è perché esci con la tua capa molto più giovane di te".

Mi lecco il labbro inferiore, divertito dal suo ragionamento. "Il mio capo è il signor Hollis".

"Ok, beh, *teoricamente* è lui… ma *praticamente*, tutti quanti lavorano in base ai miei orari, incluso te". Poi mi punta un dito al petto. "Quindi, in realtà, sono io il tuo capo; il che significa che posso dirti cosa fare". Lo spinge contro di me per enfatizzare ciascuna parola. "E ti sto dicendo di entrare e farmi tutte le cose sconce che vuoi".

Le poso il pollice sotto il mento, sollevandole la testa per baciarla. "Hai una pessima influenza su di me, *Noah Hollis*".

Si mette in punta di piedi finché le nostre bocche non si trovano. Il suo calore mi fa venire i brividi, mentre mi stringe la camicia e preme il seno contro di me.

"Sei testardo come un mulo", mormora, a pochi centimetri da me.

Faccio scivolare una mano verso il basso e le palpo il sedere, sollevando così il vestito e sentendo le mutandine di cotone sottile. "Uno di noi due dev'essere razionale".

"Il tuo cazzo vuole restare". Si struscia contro di me, e le stringo saldamente i fianchi per fermarla.

"Esatto, e questo mi pare correre troppo".

Tira fuori il labbro inferiore, fingendo un broncio, e io scuoto la testa.

"La prima volta abbiamo corso troppo", mi ricorda.

"E meritavi di meglio di una sveltina in una roulotte; quindi adesso devo rimediare".

"Ok, mi sembra giusto. Invitami fuori a cena, poi scopami contro tutte le superfici di casa mia. D'accordo?"

Tossisco, dopo essermi strozzato con l'aria per lo shock. "D'accordo".

Mi sorride, e io la bacio sulla fronte, soffermandomi un poco ad annusare il profumo floreale del suo shampoo. "Sogni d'oro, Biondina. Ti chiamo domani quando finisco dai Monroe".

Devo fare appello a tutto il mio autocontrollo per tornare al suo pick-up e non cedere all'ultimo minuto. Non vorrei altro che affondare dentro di lei per tutta la notte, ma non sono mai stato bravo con le relazioni. Se devo rischiare tutto per la felicità e l'amore, allora questa volta farò le cose per bene.

Capitolo Diciassette

NOAH

Le sette arrivano presto, quando vai a dormire alle due di notte.

Ma ne è valsa la pena per passare del tempo con Fisher e parlare finalmente di noi. Siamo stati degli sciocchi a credere di poter restare soltanto amici, dopo la notte che abbiamo passato insieme. Anche se potrebbe ritorcersi contro di noi, spero che riusciremo a trovare il modo di dirlo a Jase e alla mia famiglia.

Almeno per ora, possiamo concentrarci sul conoscerci meglio senza badare alle critiche altrui.

Non ho smesso di sorridere da quando mi sono svegliata e, dato che sto lavorando con una vivace stronzetta, la dice lunga sul come mi sento. Oggi nemmeno Craig Sanders riuscirebbe a guastarmi l'umore, neanche dopo tutto quello che ha detto ieri sera.

"Forza, Piper! Possiamo farcela!" Le carezzo il collo e poi aggiusto le redini, mentre affondo i talloni. Oggi è un po' ostinata, ma stiamo superando la cosa.

Comincia a correre, salta la prima barriera e galoppa senza problemi fino alla seconda, dove fa un altro balzo perfetto. Quando raggiungiamo il terzo ostacolo, quello più alto, si irrigidisce e capisco che lo colpirà ancora prima che lo faccia.

"Dai, bella! Riproviamoci!" La guido alla seconda barriera e ricominciamo. Quando è in posizione, do un colpo di tacco e sollevo le redini più in alto appena prima che salti e superi l'ostacolo.

"Evvai!"

Piper è un appaloosa che ho cominciato ad allenare nel salto ostacoli un paio di settimane fa. La sua proprietaria, Harlow, non ha mai praticato la disciplina; quindi stiamo iniziando con calma. Ha soltanto sedici anni, ma sua sorella maggiore Delilah ha frequentato Waylon per un periodo; così le ho offerto delle lezioni a buon prezzo per cominciare. Era il minimo che potessi fare, dopo che la sua famiglia ha dovuto sopportare mio fratello. Harlow ha le lezioni di equitazione qualche volta a settimana e, nel frattempo, io lavoro con Piper.

La alleno per un'altra ora, ripetendo i salti per correggerli e cercando di trovare un buon ritmo. Quando la porto in scuderia, ci pensa Ruby a spazzolarla al posto mio; così posso andare alla stalla di famiglia per recuperare Donut e portarlo a fare una passeggiata. Durante questa settimana folle non ne ho avuto il tempo, ma so che è di cattivo umore.

Quando controllo l'ora sul telefono, appare un messaggio di Jase.

JASE

Mi piacerebbe uscire di nuovo a cena con te.
Soltanto noi due.

Rileggo il messaggio, e la mia prima reazione è quella di inviare l'emoji che vomita. Invece di offenderlo, opto per la via dell'onestà.

NOAH

Sarò molto occupata fino all'evento di beneficenza.

Qui con me

JASE

Oh, eddai! Dovrai pur mangiare. Lascia che ti porti fuori, così possiamo chiacchierare come ai vecchi tempi!

I vecchi tempi? Ci siamo lasciati due anni fa e come amici siamo usciti solo qualche volta. Vive nello stesso mondo di illusioni di Magnolia, che finge di non provare nulla per Tripp.

Questa volta cerco di essere più diretta.

NOAH

Non credo sia una buona idea. Sono stressata per l'organizzazione e devo anche occuparmi degli allenamenti. Quando sono più tranquilla, possiamo riparlarne.

Un pochino sono disonesta, perché non ho intenzione di andare davvero a cena con lui. Ma perlomeno riesco a scrollarmelo di dosso, anche se solo temporaneamente. Non è mai stato così insistente, ed è una cosa che non mi piace.

JASE

Vabbè. Ho sentito che hai ballato con uno sfigato a caso al bar. Per lui il tempo ce l'avevi, eh?

Ma che cazzo?

NOAH

Mi stai spiando?!

JASE

In questo paesino la gente parla.

Alzo gli occhi al cielo per il suo tono critico e possessivo.

NOAH

Posso ballare con chi voglio e fare tutto ciò che mi pare. Solo perché sono impegnata non significa che puoi comportarti da stronzo.

JASE

Scusami se pensavo che gli amici trovassero sempre il tempo per vedersi. Ora capisco cosa pensi di me.

"Noah! Dove vai?"

Sobbalzo quando Mallory urla dall'ingresso.

"A prendere Donut. Tu che fai?" le chiedo, infilando il telefono in tasca. A Jase ci penso dopo.

"Voglio cavalcare Taylor Alison Swift! Mi aiuti?"

Mi corre incontro, e io le rivolgo un sorriso dispiaciuto. "Scusami, piccoletta. Ho una marea di lavoro arretrato da recuperare. Ci sono Rudy e Trey. Puoi chiedere a loro?"

"Aspetto te. Quando torni?"

Controllo l'ora sul telefono, notando che Fisher non si è ancora fatto vivo. Lo so che probabilmente non è abituato a mandare i messaggi del buongiorno, visto che non frequenta nessuno da anni, però speravo comunque che si facesse sentire.

"Dammi più o meno quarantacinque minuti, ok?"

"Ok! Vado da Serena finché non hai finito".

Se ne va, e io le urlo dietro: "Non dare fastidio alla signora Carson!"

È al nono mese di gravidanza e potrebbe partorire da un momento all'altro. Anche se il termine è fra due settimane, è possibile che entri in travaglio in anticipo.

"Non lo farò!" grida Mallory, mentre corre fuori dalla scuderia.

Balzo in sella a un quad e mi metto in marcia. Ci vogliono giusto pochi minuti, ma metto comunque della musica perché stamattina non ho preso il caffè all'agriturismo, e a me serve una dose di caffeina per restare sveglia.

La scuderia è buia e deserta quando ci entro. Questo weekend, tocca ai gemelli dare da mangiare e pulire i nostri cavalli. Facciamo tutti a turno, ma, conoscendoli, probabilmente loro sono ancora a letto con i postumi della sbornia.

"Ehi, bello", dico dolcemente quando entro nel box di Donut e gli strofino il palmo della mano sul muso.

Mi dà un colpetto con la bocca, chiaramente arrabbiato perché non sono venuta prima.

"Sì, lo so. Mi farò perdonare con una passeggiata bella lunga".

Dopo averlo portato alla postazione per la toelettatura e averlo legato, prendo il necessario dalla selleria e lo spazzolo finché non è pronto per la sella. Lavorerò più spesso con lui dopo l'evento, visto che Delilah vuole che la aiuti con l'equitazione acrobatica. È venuta a parlarmi prima del rodeo, però le ho detto che avevo bisogno di tempo per decidere perché avevo già una montagna di cose da fare. Non mi alleno con le acrobazie dall'estate scorsa, quando Landen è passato con la sua moto da cross e ha spaventato Donut. Rotolando giù in un baleno, me la sono cavata con un semplice ginocchio graffiato. Mia madre ha dato di matto e ha preteso che cominciassi ad addestrarmi soltanto in compagnia di qualcun altro. Dato che nessuno era disposto a tenermi d'occhio, ho smesso.

Ma ora sono pronta a rimettermi in gioco per vedere se potremmo formare una bella coppia. Delilah ha molta esperienza e gareggia regolarmente, ma, visto che ha licenziato Craig, sta cercando un nuovo istruttore.

Quando Donut è sellato e io sono in posizione, cavalchiamo fuori dalla scuderia. "Andiamo a vedere l'agriturismo!"

Ormai non devo quasi neanche guidarlo, visto che conosce la strada. Gli piace vedere le persone e i cavalli da passeggiata. Beh, non posso saperlo con certezza, però mi sembra sempre felice di andarci.

Prendiamo il sentiero per l'agriturismo, che ci fa passare attorno al laghetto da pesca. Gli ospiti amano rilassarsi qui, dove possono stare vicini ai propri bungalow. C'è anche un capanno sempre rifornito di attrezzatura per la pesca, esche e snack. Nei pressi del lago ci sono la scuderia per i cavalli da passeggio e il pascolo. Wilder e Waylon lavorano spesso lì, visto che si occupano delle escursioni giornaliere.

In mezzo, al di là del ruscello, ci sono l'edificio principale, un negozio di souvenir e uno stabile per il personale. Lì dentro, i cuochi cominciano di buon'ora a preparare i piatti della giornata, dato che offriamo colazione e cena in stile buffet. È anche il posto in cui si trova tutto il necessario per le pulizie.

Il negozio di souvenir ha aperto giusto l'ultimo autunno e, quando la famiglia di Ayden si è trasferita qui, Laney ne è diventata la manager. Aveva già fatto esperienza con la boutique di sua madre in Texas e stava comunque cercando lavoro; quindi è calzata proprio a pennello.

Saluto gli ospiti che ci passano accanto e mi fermo un paio di volte per far accarezzare Donut a dei bambini. Dopo essere passati intorno all'agriturismo, superiamo l'area del falò e la casa con piscina. Tutti i venerdì sera, organizziamo una festa di dolcetti *s'more* davanti al fuoco, per i bambini e le famiglie. Se qualcuno non è capace di abbrustolirli, c'è sempre un membro dello staff pronto ad aiutare.

La piscina è aperta tutti i giorni fino alle nove. Non c'è un bagnino di turno, ma c'è sempre un dipendente nelle vicinanze, in caso di bisogno. Vorrei avere più tempo per godermela, ma il lavoro mi tiene impegnata molto oltre l'orario di chiusura, quando gli ospiti sono già tornati nelle camere.

In totale, abbiamo cinque bungalow. Due accolgono fino a dodici persone, mentre gli altri tre fino a sei. Quando c'è il pienone, contiamo ben quarantadue ospiti. A seconda di quanti rimangono e decidono di fare un'escursione a cavallo, i gemelli sono più o meno impegnati con i loro percorsi guidati. Amano rendere l'esperienza più divertente facendo battute e segnalando dettagli sciocchi del paesaggio. Wilder adora dire alle ragazze dove ha dato il suo primo bacio o dove ha smutandato Waylon quando erano ragazzini. Di solito riesce a strappare una bella risata al gruppo.

Dopo aver superato la zona recintata in cui si terrà l'evento di beneficenza, attraversiamo la strada chiusa dove si trovano gli alloggi dei dipendenti. I gemelli vivono in uno dei bungalow bifamiliari e, figuriamoci, il pick-up di Wilder è ancora parcheggiato nel vialetto. Quello di Waylon non c'è; quindi spero che almeno lui stia lavorando. Non esistono giorni di riposo, quando vivi qui.

Per tornare al ranch, normalmente farei la strada al contrario superando il recinto, l'edificio principale e il laghetto. Ma, visto che Mallory mi sta aspettando, prendo una scorciatoia. Guido Donut attraverso la zona del bosco interdetta agli ospiti. È un'area verde dei monti che separa il ranch dall'agriturismo.

Quando raggiungiamo la scuderia, rimango perplessa nel trovare le porte chiuse, visto che so di averle lasciate aperte. Guardandomi intorno, non vedo nessun veicolo parcheggiato nelle vicinanze. Waylon non può aver completato tutte le mansioni in meno di un'ora, a meno che non sia arrivato appena dopo la mia partenza. Anzi, dovrebbe essere qui, ma non vedo né sento nessuno.

Smonto e conduco Donut alla porta. Quando la apro, vedo che la luce è ancora accesa, ma il box del mio cavallo è chiuso. L'ho lasciato aperto così che, se i miei fratelli fossero arrivati mentre non c'ero, avrebbero capito che l'avevo portato fuori.

"C'è nessuno?" chiedo, mentre porto Donut alla postazione per la toelettatura e lo lego. "Waylon?"

Il parquet scricchiola nella selleria, e mi batte forte il cuore. Mi fermo e ascolto se succede di nuovo. Di norma, non mi comporterei come la ragazzetta scema nei film horror, che scende nello scantinato buio senza torcia e da sola quando c'è un noto serial killer a piede libero, ma, se si tratta dei miei cavalli, non sto a pensarci due volte. Craig mi ha già presa di mira e, al bar, ha lasciato intendere che non si sarebbe fermato. Non permetterò che la faccia di nuovo franca dopo aver violato una proprietà privata.

Mentre cammino furtivamente nel corridoio, riecheggia un altro scricchiolio. C'è senz'altro qualcuno. Noto un rastrello accanto alla carriola e lo prendo. Se lì dentro c'è Craig che vuole farmi incazzare o sta piazzando chissà quale trappola, sta per ricevere un bel colpo in testa e un calcio nelle palle.

Con lo stomaco chiuso, stringo il manico del rastrello con una mano sudata e allungo lentamente l'altra verso la maniglia. Apro la porta e trafiggo l'aria con il rastrello.

In un silenzio assoluto, mi guardo intorno per cercarlo. Uno dei supporti per le selle si è rovesciato, facendo cadere a terra alcuni attrezzi, e probabilmente è stato questo a causare il rumore che ho sentito. Dopo aver poggiato il rastrello al muro, mi inginocchio e comincio a riordinare.

Quando la porta sbatte alle mie spalle, rilascio un sussulto strozzato. Degli stivali sbattono sul pavimento, e balzo in piedi. Una mano, però, si avvolge attorno alla mia vita e mi stringe contro un petto solido. Sento una botta di adrenalina mentre la presa si fa più salda. Tiro una brutta gomitata allo stomaco dello sconosciuto e poi, prima che possa fare qualcos'altro, gli assesto un pugno sul naso.

Mi lascia andare con un profondo grugnito. "Cazzo!"

Mi giro, col piede pronto a fargli una vasectomia amatoriale, ma vedo dei capelli lunghi che non sono decisamente quelli di Craig.

"Oh, mio Dio! *Fisher*?"

Si alza, reggendosi il naso, e sbarro gli occhi nel vedere il sangue che gli cola lungo la mano.

"Cosa…" mormoro, sbattendo con forza le palpebre. "Che ci fai qui?"

"Non hai visto il mio messaggio?"

Mi affretto a prendere il telefono. "No, chiaramente no". Dopo averlo estratto dalla tasca, vedo il suo nome sullo schermo.

FISHER

Quando torni, raggiungimi nella selleria.

"M-Ma come?" Scuoto la testa. "Oggi non dovevi essere dai Monroe? Dove hai parcheggiato? Perché non hai detto niente quando sono entrata?" Blatero un milione di domande, mentre cerco qualcosa per fermare il sangue.

Visto che non trovo niente, gli dico di resistere ancora un po' intanto che vado a prendere qualcosa in bagno. Quando ritorno, ha praticamente smesso di sanguinare.

Avvicino la salvietta di carta al suo viso; poi gli pulisco il naso e la mano.

"Beh, mi fa piacere sapere che sai difenderti, ma Cristo Santo! Non ero pronto a questo".

"Mi dispiace *tanto*", dico, scandendo bene le parole.

Fa un sorrisetto. "Noah, non sono arrabbiato. Hai reagito esattamente come avresti dovuto, non sapendo che c'ero io".

"Come mai sei qui, quando mi hai detto che stavi lavorando?"

"Ho finito presto dai Monroe e ho deciso che non potevo aspettare un minuto di più per baciarti di nuovo; quindi ho parcheggiato all'agriturismo e sono venuto qui a piedi. Ho visto il quad parcheggiato e poi il box di Donut aperto; quindi ho capito che dovevi essere uscita per una passeggiata e ti ho mandato quel messaggio. Stamattina ho comprato dei cartelli di proprietà privata e li ho montati mentre ti aspettavo. Ho anche ordinato delle telecamere nuove".

Sbatto le palpebre. "Wow, grazie mille! Io sto ancora cercando di capire perché ti stavi nascondendo qua dentro".

"Beh, non avevi ancora risposto al mio messaggio; così, quando ho sentito dei passi, mi sono nascosto dietro la porta, nel caso stesse arrivando qualcun altro. Poi ti ho vista, ho puntato al tuo collo e ho chiuso la porta per avere privacy".

Stringo la radice del naso, mentre il mio respiro si stabilizza. Non ho neanche notato il suo pick-up, quando ho superato il parcheggio. "Magari la prossima volta che ti avvicini di soppiatto chiamami, ok?"

L'angolo della sua bocca si solleva, mentre mi stringe il fianco. "Pensavo avessi letto il mio messaggio e sapessi che ti aspettavo qui".

"Beh, invece no. Quindi, quando qualcuno si avvicina senza dire una parola, suppongo sia un *assassino*!" sussurro a voce alta.

Arriccia una ciocca dei miei capelli e me la sposta dietro

l'orecchio. "Ho preso nota. Sono venuto qui con l'intenzione di sedurti".

Inarco un sopracciglio. "Hai la mia attenzione".

Ridacchia, avvicinandosi finché non stiamo quasi per toccarci. "Lo so che va contro la mia regola del non correre troppo. Però mi mancavi e volevo gustare le tue labbra".

Poggiandomi a lui, sorrido adesso che il battito del mio cuore è tornato normale. "Nessun problema".

Fisher mi prende il viso tra le mani e preme la sua bocca sulla mia. Un versetto mi sfugge dalla gola, e lui affonda la lingua più in profondità, scatenando tra le mie gambe un'ondata di calore che subito si diffonde nel resto del corpo. Gli stringo la maglietta, aggrappandomi a lui con tutte le mie forze, e lui mi spinge verso la porta.

"Cazzo, Biondina! È una pessima idea", mormora, facendo scorrere la lingua sul mio viso, per poi succhiare la pelle sotto l'orecchio.

"Non è quello che a una donna piace sentire quando ha un cazzo che preme contro di lei". Ansimo, inclinando il collo per dargli maggior accesso.

"Fidati, lo *voglio*. Ma, se ti tocco, non riuscirò a fermarmi, e invece dobbiamo farlo. Non ti scopo in una scuderia".

Ridacchio per il suo cipiglio. "Bah, a me pare proprio sexy".

"Non lo sarà più, quando ci beccheranno". Appoggia le mani sulla porta, ai lati della mia testa, e concentra lo sguardo su di me. "Qui dentro ci lavora qualcun altro?"

"In teoria, i miei fratelli; però Wilder è ancora a letto. Waylon non so dove sia".

Riporta la bocca sulla mia e fa scorrere delicatamente la lingua tra le mie labbra. "Dimmi quanto sei bagnata".

La sua voce tirata mi strappa un sorriso, perché ce l'ha durissimo e sta provando a mantenere il controllo e a non correre troppo.

Quando fa un passo indietro per lasciarmi spazio, mi giro e premo la schiena contro il suo petto. I nostri respiri rapidi sono l'unico suono nell'aria mentre sbottono i jeans e infilo una mano nelle mutandine.

"Mmh…" Gemo, bagnando un dito.

Fisher mi afferra la coda di cavallo, mi tira indietro la testa e poi abbassa la bocca fino al mio orecchio. "Toccati!" grugnisce. "Datti un orgasmo!"

Sarebbe più bello se usasse le sue dita, ma non posso negare che la sua erezione premuta contro la schiena e il suo respiro caldo sul collo sono quasi altrettanto soddisfacenti.

Piccoli sbuffi d'aria mi sfuggono dalla bocca mentre ansimo per le sensazioni intense. Con la mano libera, Fisher mi tiene il braccio e guida le mie dita mentre massaggio in cerchio il clitoride.

"Ma che brava che sei, Biondina! Sei tanto bagnata per me, vero?"

"Mmm-mmh". Mi morsico il labbro per non gemere troppo forte.

"Fai finta che ti stia toccando io. Sono io che ti sto facendo bruciare nel profondo, che ti sto facendo perdere nel piacere. Pensa alla mia bocca sulla tua fighetta dolce".

"Sì, *ti prego*", lo imploro, senza preoccuparmi che qualcuno potrebbe beccarci.

"La tentazione è tanta, Noah. Ma questa volta non posso; quindi devi farlo tu per me. Infila due dita nella tua fighetta".

Faccio come dice e poi metto un piede sopra il secchio per la toelettatura per potermi spingere più in fondo. Le richieste sussurrate di Fisher e i suoi baci sul collo mi fanno perdere il controllo nel giro di pochi minuti.

"Sei terribilmente sexy quando vieni".

Il mio corpo si affloscia contro il suo mentre poso la testa sul suo petto e mi riprendo dal godimento. Fisher mi afferra il polso, sfila la mia mano dalle mutandine e si porta le dita alla bocca.

"Cazzo! Il tuo sapore dolce mi tormenterà per il resto della giornata".

Inarco la schiena contro l'erezione. "Secondo me, sarà l'ultimo dei tuoi problemi".

Mi fa roteare e mi mette una mano sulla nuca, attirandomi verso la sua bocca per un assaggio.

"Meglio che vada, prima che qualcuno mi veda, ma ti chiamo stasera".

"Dovresti chiamarmi su FaceTime. Per le otto".

Inarca un sopracciglio. "Come mai?"

Abbasso la gamba per abbottonare i jeans e do una sistemata ai capelli. Poi apro la porta e guardo da una parte all'altra del corridoio per assicurarmi che siamo soli. Quando sono certa che non c'è nessuno, mi giro verso Fisher.

"Perché sarò nella vasca". Faccio l'occhiolino, e lui scuote la testa.

"Guarda che sto già soffrendo…" Abbassa lo sguardo sul pacco.

Elimino la distanza che ci separa e gli do un ultimo bacio. "Allora vieni da me alle nove. Lascio la porta aperta".

Capitolo Diciotto

FISHER

Dover stare chino con uno zoccolo tra le gambe per ore, col cazzo dolorante, non corrisponde certo alla mia idea di divertimento.

Ma, quando si tratta di Noah Hollis, sono pronto a sopportare qualunque cosa, pur di poterla gustare di nuovo.

Così, quando mi ritrovo alla sua porta alle nove di sera in punto, ho portato con me qualcosa che mi impedirà di spingermi troppo oltre.

Nonostante sia sgattaiolato qui come avessi di nuovo diciassette anni.

Ho perfino parcheggiato su un lato dell'agriturismo e camminato per un chilometro, così che nessuno notasse il mio pick-up. Anche se stavolta ho lasciato l'attrezzatura a casa, non voglio rischiare.

"È in VHS?" mi chiede Noah quando le dico che ho portato un film degli anni Ottanta.

La guardo con aria impassibile, e lei scoppia a ridere.

"In Blu-ray", ribatto. "Almeno lo sai come sono fatte le videocassette?"

"Sì, le ho viste in un documentario vintage sui primi anni Duemila".

Per poco non collasso al pensiero che *vintage* sia solo due decenni fa.

Solo adesso legge il titolo: *"Overboard, Una coppia alla deriva?"*

"Esatto, devo spiegarti chi sono Goldie Hawn e Kurt Russell".

"Chi?"

Scuoto la testa, prendo il disco e lo infilo nel lettore. "Esattamente".

"Prima vuoi fare un giro della casa? Possiamo anche prendere qualcosa da bere e da mangiare", dice, afferrando la mia mano.

Visto che è un cottage piuttosto piccolo, ci mettiamo due minuti. È un posticino luminoso e grazioso, esattamente come immaginavo potesse essere la casa di una donna come Noah. Fotografie di lei con amici, parenti e cavalli ricoprono le pareti. C'è anche un vecchio acquarello del paesaggio del ranch, incorniciato, che pare risalire agli anni del film che stiamo per guardare. Il tramonto che scintilla tra gli alberi, con una recinzione rustica sul davanti, è un'immagine bellissima.

"Chi l'ha dipinto?" le chiedo, prima che mi conduca in cucina.

"Non lo so. Mio nonno l'ha regalato a mio padre quando ha preso le redini del ranch. Lui poi l'ha passato a me quando mi sono trasferita, così che potessi portarmi dietro un pezzetto di casa". Mentre lo guarda, si mette a ridere. "È sciocco, perché sono a letteralmente cinque minuti da loro, ma siamo sempre stati molto uniti".

"Non l'ha voluto nessuno dei tuoi fratelli?"

"Ho chiesto a mio padre la stessa cosa e mi ha risposto che loro non lo avrebbero apprezzato tanto quanto me". Si stringe nelle spalle. "I miei fratelli mi prendono in giro perché sono la cocca di papà, ma non credo che per loro sia stato un problema. Mia madre ha stampato alcune foto del quadro, per avere delle copie per gli album".

"Ah". La tradizione di cui Jase si è lamentato. "Non vedo l'ora di vedere il tuo".

"Scommetto che lo vedrai domani, perché mia mamma non ha

ritegno, quando si tratta di raccontare i fatti miei. Preparati a sentire di quando mi è arrivato il ciclo".

Mi gratto la guancia, divertito. A quanto pare, nessuno in famiglia ha paura di dire ciò che pensa.

"Preferisci i popcorn o dei dolci?" mi chiede, mentre fruga in dispensa. "Ho entrambe le cose, visto che aggiungo gli M&M's nei popcorn".

"Sembra buono. Salato e dolce".

"Ottima scelta. Da bere, ho tè freddo, Red Bull o Budweiser". Si gira, in attesa di una risposta.

Inarcando un sopracciglio, le chiedo: "Perché hai della *birra*?" Soprattutto, proprio quella che bevo io.

Prende una bottiglia per me e una Red Bull per sé. "Speravo davvero che venissi; quindi sono andata in paese dopo il lavoro e ho fatto rifornimento. Era di turno la signora Bridges, ed è un tantino impicciona".

Ridacchio, pur non conoscendo la persona. "Che cos'ha detto?"

"Mi ha chiesto per chi la stessi comprando e che piani avessi per la sera". Quando apre il tappo e me la passa, sogghigno, ricordando la volta in cui ha fatto la stessa cosa al bar quando ci siamo conosciuti.

"Grazie", le dico. Poi, tira fuori una bottiglia di Jägermeister. "Quella per che cos'è?"

"Per me". Apre la lattina di Red Bull e poi versa entrambi i liquidi nel bicchiere. "Per fortuna, questa sera non devo guidare". Il suo ghigno mi strappa un sorriso.

"Io prendo solo la birra. Devo passare dal bosco per tornare al mio pick-up".

"Oppure puoi… restare qui, e domattina ti do un passaggio". Beve un sorso del suo intruglio, ma mi fissa da dietro il bordo del bicchiere.

"Stai cercando di causare uno scandalo di cui la signora Bridges possa parlare, vero?" Le vado incontro.

Per poco non sputa il sorso, ma copre rapidamente la bocca. "Perlomeno sarebbe un qualcosa di interessante".

Lasciando la birra sul bancone, mi metto tra le gambe di Noah, le sollevo il mento e faccio scorrere il pollice sul suo labbro inferiore, dov'è rimasta qualche goccia del drink. "Sai, magari stava solo cercando di essere gentile e di fare conversazione".

"Oh, no. La gente di Sugarland Creek è pettegola. È per questo che nonna Grace si incontra con le sue amiche per il brunch del sabato. Spettegolano di *tutto* il paese".

"Un club di vecchiette?" Sorrido. "Lo trovo esilarante".

"Non quando l'*argomento* sei tu", ribatte, mettendo giù il bicchiere. "E, fidati, se avessi detto alla signora Bridges che stavo comprando della birra per il nuovo maniscalco della zona, che ha il doppio dei miei anni ed è il padre del mio ex, la storia sarebbe uscita in prima pagina sul giornale della domenica".

Mi chino e sfioro la pelle sotto il suo orecchio con le labbra. "Quindi che le hai detto, quando te l'ha chiesto?"

Noah inclina la testa di lato, passandomi le braccia attorno alla vita mentre succhio leggermente. "Le ho detto di farsi gli affaracci suoi... ma in termini più gentili. Ho detto che una signora non va a dire in giro certe cose".

Stringendola per la vita, inspiro il profumo del suo shampoo mentre le affondo il viso nel collo. "Non vogliamo certo darle qualcosa di cui spettegolare, vero?" Succhio con più forza, e lei si fa una risatina.

"Un succhiotto posso coprirlo col correttore giusto e con i capelli, ma la tua bocca sarebbe più utile in altri posti".

Ridendo, porto la mia bocca alla sua per un bacio a stampo, senza soffermarmi troppo. "Guardiamoci il film".

Quando mi allontano, Noah aggrotta la fronte. Ce l'ho duro da tutto il giorno e, se non lo facessi, basterebbe un breve istante di debolezza per cedere a quello che desideriamo entrambi.

"La tua *morale*..." Fa le virgolette con le dita e continua: "...è una bella guastafeste".

Con un sorrisetto, prendo la birra e il suo bicchiere. "Prendi il cibo".

L'unica televisione che ha si trova in camera da letto; quindi lascio i bicchieri sul comodino e, quando lei arriva con i popcorn e i cioccolatini, faccio partire il film.

"C'è qualcosa che devo sapere sul film o mi ci butto alla cieca?" mi chiede, passandomi la ciotola per poi mettersi comoda contro la testiera.

"No, non ti dico niente. Voglio vedere le tue reazioni reali". Mi siedo accanto a lei, spalla contro spalla, rivolto verso il televisore.

"D'accordo. Preparati ai miei commenti sinceri".

Non che mi aspettassi che Noah si trattenesse, ma ha un commento su qualunque cosa.

Lo stile, i capelli, quanto è irrealistico che una storia simile possa svolgersi nel mondo moderno con tutta la tecnologia che c'è e i social media. E il fatto che una donna ripescata dal mare con un'amnesia diventerebbe virale su tutti i social e ne parlerebbero anche nei podcast. Io non utilizzo i primi e non ascolto i secondi; quindi annuisco e basta.

"Non dirmi che suo marito comincia a tenere a lei *adesso*, quando è lui che l'ha mollata all'ospedale…" Sospira, alzando gli occhi al cielo. "Che uomo pessimo!"

Io me ne sto zitto a godermi le sue critiche, anche se spezzano il mio cuore da appassionato di film anni Ottanta.

"Oh, no, i bambini ci rimarranno malissimo! Ha promesso al piccolino che non se ne sarebbe mai andata!" Rizza la schiena e si sporge verso lo schermo, col fiato sospeso.

"Allora forse dovrei spegnere, così non ti rattristi". Prendo il telecomando come se volessi fermare il film.

"Non azzardarti!" mi intima, portando indietro il braccio per darmi una sberla sulla mano. "Mi hai fatta appassionare a questo stupido film; adesso me lo lasci finire".

Trattenendo una risata, mi sposto alle sue spalle, nello spazietto tra il suo corpo e la testiera, e la prendo in mezzo alle gambe. Poi la tiro indietro, fino a premerla contro il mio petto.

"Vuoi che ti distragga?" dico in tono provocante, portando le labbra sulla sua nuca per soffiarle aria calda sulla pelle fresca.

"Stai giocando sporco". Rabbrividisce contro di me, mantenendo la concentrazione incollata allo schermo. "Provi a sedurmi adesso che sono distratta".

Ridendo, passo le braccia attorno alla sua vita e faccio scivolare le mani tra le sue cosce nude. Indossa dei pantaloncini comodi, che si sono sollevati quando si è seduta.

"Non so di che parli. Ti sto solo baciando il collo".

"Bugiardo…" Sospira. "E pure un pessimo bugiardo".

Inarca la schiena quando faccio scorrere le dita sul tessuto che copre il suo sesso.

"Vuoi che mi fermi?" le chiedo.

"No…" Il suo petto vibra appena aumento la pressione.

"Continua a guardare il film. Devi vederlo fino alla fine".

"C'è il lieto fine? Perché, se non c'è, allora mi giro per prendermi il mio, di lieto fine".

"Noah". Pronuncio il suo nome ridendo. È molto facile farla eccitare e, anche se non dovrei provocarla così tanto quando so che vuole vedere Annie e Dean che si mettono insieme, è troppo divertente guardarla mentre prova a trattenersi, per una volta.

Le sue mani mi stringono le cosce mentre massaggio dolcemente e bacio il suo collo. Ce la sta mettendo tutta per mantenere la concentrazione e non cedere.

"Gli conviene lottare per lei, maledizione!" Scuote la testa quando Annie entra nella limousine con suo marito, e i bambini corrono dietro al veicolo. "Oh, mio Dio! Non ce la faccio più".

"Parli del film o di me che ti tocco?"

Getta indietro la testa sulla mia spalla. "*Cazzo!* Di entrambe le cose".

"Pensi di riuscire a venire così, prima del loro lieto fine?" le chiedo, infilandole le dita sotto le mutandine e sentendo la sua eccitazione. "Porca miseria, sei bagnata fradicia!"

"Stai facendo un gioco sleale, signor Underwood". Allarga le gambe mentre mi stringe le cosce. "Questo film dovrebbe avere l'opzione per velocizzarlo".

"Tsk tsk. Qui non si salta niente. Forse non dovrei farti venire finché non finisce il film, e vedere se riesci ad aspettare".

"No, no, no. Non credo mi sia rimasta così tanta forza di volontà".

Oh, tesoro, siamo in due.

"Mi piace come idea…" insisto, affondando un dito dentro di lei. "Non ti permetto di venire finché non ci saranno i titoli di coda".

Faccio scivolare la mano libera sotto la sua maglietta e trovo i capezzoli coi piercing.

Maledizione, mi sa che non è l'unica che non riesce a trattenersi!

"Sei malefico", dice a denti stretti, il respiro affannato mentre prova a tenere gli occhi aperti.

"No, non ancora". Col pollice trovo il clitoride e premo con forza, mentre continuo a fottere con le dita il suo sesso stretto. I suoi umori mi scivolano sulla mano, e so che non ci vorrebbe molto per portarla all'apice.

"Fisher, ti prego. Guarda che non mi vergogno di supplicarti".

"Manca pochissimo, piccola. Resisti. Kurt sta per andare a prendersi la sua donna", le dico, mentre il personaggio si tuffa dalla barca e nuota verso la protagonista.

"Deve darsi una cazzo di mossa, o giuro che mi incazzo", si lamenta Noah, quando Annie si butta giù dalla sua barca.

Finalmente i due si incontrano in acqua e vengono riportati a bordo.

"Mancano solo otto secondi, Noah. Ce la fai?" mormoro al suo orecchio quando Dean chiede ad Annie cosa potrà mai offrirle, visto che lei ha già qualunque cosa.

Ecco un'insicurezza che lui ed io abbiamo in comune.

"Sette".

Noah si lecca le labbra mentre cerca di trattenere l'orgasmo pronto a esplodere.

"Sei".

Annie si ferma a guardare i quattro bambini che scrivono lunghe liste per Babbo Natale e poi sorride a Dean.

"Cinque".

E poi gli dice che vuole una bambina.

"Quattro. Tieni gli occhi incollati allo schermo, altrimenti ti perdi la scena finale", sussurro, e lei rabbrividisce.

Le stringo più forte il capezzolo quando parte la musica. "Tre".

Finalmente Annie e Dean hanno il loro momento e si baciano. "Due".

C'è una ripresa dall'alto che mostra tutti e sei sulla barca, intenti a godersi il loro bel lieto fine.

"*Uno*".

E poi, quando mi spingo più a fondo in lei e muovo il pollice in cerchio, Noah va in frantumi tra le mie braccia. Lancia un urlo e si morde il labbro, mentre cade giù dal precipizio.

"Ma che brava che sei, Biondina!" Le prendo il mento tra le dita e porto la sua bocca alla mia, sentendo il suo odore sulla mia mano.

Quando mi stacco dal bacio, lecco prima un dito e poi infilo il resto in bocca.

"Hai un sapore delizioso quando vieni, sai?"

"Sono stati gli otto secondi più lunghi della mia vita", mormora.

Scoppio a ridere. "Ne so qualcosa".

Dopo aver dato a Noah un lungo bacio della buonanotte, torno al mio pick-up con l'erezione dolorante, *di nuovo*. Lei voleva *restituirmi* il favore, ma per me era più che sufficiente darle ciò di cui aveva bisogno. Per me Noah non sarà mai una semplice avventura di una notte. Quando verrà il momento di svelare la nostra relazione, che la gente la accetti o meno, saprò che ciò che condividiamo non si basa soltanto sulla nostra connessione fisica, perché ognuno di questi momenti segreti ci fa avvicinare.

Noah voleva che dormissi da lei, ma domattina incontro Jase per vedere la casa che vuole acquistare. Anche se mi sento una merda perché gli sto mentendo e nascondendo qualcosa, voglio essere un padre presente. Magari, se gli farò qualche domanda su di lei, soprattutto dopo la nostra cena imbarazzante, riuscirò a comprendere meglio il loro rapporto di amicizia; così dirgli la verità non sarà troppo difficile.

O, almeno, lo spero.

Capitolo Diciannove

NOAH

Quest'uomo sta cercando di uccidermi prolungando l'attesa. E la pagherà.

Esco dalla scuderia e vado al pick-up, dato che devo lavarmi prima della cena domenicale. Dopo le solite mansioni mattutine, mi sono allenata un po', ho controllato come sta Ranger, ho risposto ad alcune email riguardo l'evento di beneficenza e sono passata da Donut. Non vedo l'ora di potermi allenare più spesso con lui, quando sarò meno indaffarata. So che Delilah sta aspettando con ansia una risposta.

Qui con me

FISHER

Mi vuoi solo per il mio cazzo, vero?

NOAH

No, anche le dita e la bocca sono state molto utili.

Ridacchio, sapendo che reagirà alzando gli occhi al cielo o in maniera simile. Sta prendendo la mano con il sexting, ma, quando controllo la sua risposta mentre entro in casa, l'ultima cosa che mi aspettavo di vedere era una fotografia del pacco. Strabuzzando gli occhi per assicurarmi di non essermelo immaginata, mando giù il groppo alla gola e fisso *lui*.

Le vene del braccio e della mano sono gonfie mentre stringe l'erezione da sopra i jeans, per mostrarmi quanto ce l'ha duro.

NOAH

Con quello potrei aiutarti io, se me lo permettessi. In caso ti fossi dimenticato del momento nel furgoncino, quando mi sono messa in ginocchio...

FISHER

Lo ricordo benissimo.

NOAH

Mi fai venire i complessi, perché ho paura che non ti piacciano i miei pompini.

Tolgo di dosso i vestiti da lavoro e apro la doccia. Le cene dai miei genitori sono sempre uno spasso, ma questa sera sono nervosa da morire perché ci sarà anche Fisher. Non so se comportarmi normalmente o fare l'indifferente con lui lì. Se qualcuno dovesse vedere qualcosa di strano, non esiterebbe a farlo notare... Soprattutto i miei fratelli, che ci hanno quasi beccati venerdì sera.

Mentre sto per spostarmi sotto il getto d'acqua, ricevo una

chiamata su FaceTime. Decido di rispondere, e porto il telefono nella doccia.

"Salve, signor Underwood", dico in tono provocante, lasciando il cellulare sulla mensola, così che non si bagni. Noto che lui è in macchina. "Mi sto allenando a chiamarti così per stasera. Che ne pensi?"

Il suo sguardo scorre sullo schermo. "Ehm, mi sai che sei nuda nella doccia. Perché hai risposto?"

"Non montarti la testa, mio caro. Parlo su FaceTime sotto la doccia anche con Magnolia".

Inarca un sopracciglio, e io rido.

"Che c'è? Sono una persona molto impegnata; devo essere multitasking". Prendo la saponetta e la sfrego sulle braccia e sul petto.

"Fai sul serio?" mi chiede.

"Sì, devo prepararmi per la cena".

"Non mi riferisco a quello. Ti verranno davvero i complessi perché non ti permetto di succhiarmi il cazzo?"

Trattengo una risata e annuisco con decisione mentre pulisco con nonchalance il resto del corpo. "Sì. Dovrò trovare qualche idiota conosciuto al bar e…"

"Noah". La sua voce profonda e stressata spezza l'aria, ma io continuo a parlare mentre mi sciacquo.

"E gli faccio il pompino migliore che mi riesce. In fondo, la pratica rende perfetti, giusto?"

Quando lancio un'occhiata allo schermo, lo sguardo di Fisher è letale. "Che c'è?"

"Le tue piccole tattiche adorabili non funzionano con me".

"Non ho idea di cosa parli".

Poi inclino il telefono verso il basso, così che possa vedere sotto la vita. "Aspetta, devo mettere la crema da rasatura".

Invece di essere discreta, gli do le spalle, mi piego in avanti e la spalmo su tutte le gambe.

"Cristo santo!"

La sua risata frustrata mi strappa un sorriso.

"C'è qualche problema?" chiedo con finta ingenuità.

"Giusto l'erezione dura come il marmo che avrò quando entrerò in casa dei tuoi genitori".

"Forse è meglio che te ne occupi prima", suggerisco con innocenza; poi prendo il rasoio e comincio a depilarmi.

Fisher grugnisce. "Mi sono già vestito e sto andando lì".

"Mi dispiace per te".

"Hai un giocattolino lì dentro?" Guarda alle mie spalle.

Mi giro e noto il vibratore a forma di rosa sulla mensola opposta.

"Sì, ed è waterproof".

"Davvero? Fammi un po' vedere".

Cambio di nuovo la posizione del telefono, sollevandolo perché possa vedermi soltanto dal seno in su. "Te lo devi guadagnare, signor Underwood".

China la testa, come se stesse cercando di sbirciare oltre lo schermo, ma può vedere solo ciò che gli mostro io.

Il pomo d'Adamo si muove quando deglutisce con forza. "Hai lasciato la porta aperta?"

Un angolo delle mie labbra si solleva. "Forse".

Scuote la testa, e sento chiaramente che sta spingendo sull'acceleratore. "Non ti muovere. Sto arrivando".

Quando chiude la chiamata, ridacchio.

Per sua fortuna, devo ancora radere l'altra gamba e lavarmi i capelli. Se riesce a raggiungermi prima che finisca, allora avrà un posto in prima fila per me e il mio vibratore.

Dieci minuti dopo, una portiera sbatte da qualche parte fuori casa; poi, un momento dopo, dei passi pesanti riecheggiano all'interno mentre si dirigono verso il bagno.

Attendo con ansia sotto il getto caldo finché la porta non si spalanca, e appare un Fisher completamente nudo.

Questa non me l'aspettavo.

Senza dire nulla, apre la doccia e tiene lo sguardo puntato sul mio. Sussulto quando mi spinge contro la parete.

L'acqua sbatte sulla sua pelle mentre mi prende il mento tra le dita e preme la sua bocca sulla mia.

Il mio corpo si rilassa contro di lui, crogiolandosi al bacio e al tocco delle sue mani.

"In ginocchio, Biondina! *Ora!*"

Il suo tono burbero mi lascia un po' sbigottita, ma, maledizione, mi fa pure eccitare!

Sarà colpa di tutte quelle storie erotiche piene di mostri che leggo prima di andare a letto. *È un campanello d'allarme?* Bah, tanto sono sorda.

Mi posiziono al centro della doccia e mi metto in ginocchio. Fisher si gira, con l'erezione in bella mostra e, quando la afferra, quasi mi viene l'acquolina in bocca.

"Dovrei punirti, invece di cedere a quello che vuoi tu". Le sue lunghe dita massaggiano l'asta. "Ma l'idea che la tua boccaccia possa avvicinarsi al cazzo di un altro uomo mi ha costretto a correre qui".

Il mio sguardo trova il suo mentre mi mordo il labbro, per non supplicarlo come una drogata di zucchero che ha un disperato bisogno di dolci.

"Apri la bocca e tira fuori la lingua!" mi ordina, e io obbedisco immediatamente.

Non conoscevo ancora questo lato di Fisher, ma il mio corpo l'ha accettato alla velocità della luce.

"Così, brava", mi dice, afferrando una ciocca dei miei capelli bagnati e tirandomi verso di sé. Sbatte l'asta sulla mia lingua un po' di volte prima di spingersi tra le mie labbra. "Ora succhiami il cazzo come una brava bambolina!"

Svuoto le guance al punto che mi fanno male e ricopro l'erezione possente con la mia saliva finché non mi vengono quasi i conati per quanto arriva in fondo. Gli stringo le cosce con le mani, usandole come supporto per tenermi in posizione e muovermi verso di lui.

Fisher ansima e grugnisce mentre lo spingo sempre più vicino al limite. Faccio fatica a respirare mentre boccheggio e lecco la vena rigonfia.

"Porca troia, sei bravissima, Biondina! Non fermarti!" Stringe la presa sui miei capelli mentre aumento il ritmo. "Mi manca pochissimo. Vuoi il mio sperma in gola?"

Affondo le unghie nella sua carne e gemo una risposta strozzata che sta per *ti conviene, cazzo*!

Dopo pochi secondi in cui lo spingo più in profondità e vado più veloce, Fisher grugnisce ed esplode. Il suo seme caldo zampilla sulla mia lingua, mentre ingoio e lecco via ogni goccia.

Quando sollevo lo sguardo, getta indietro la testa con un profondo grugnito. Prima il suo corpo bloccava l'acqua, ma adesso questa scorre anche su di me.

"In piedi!" Mi porge una mano per tirarmi su e poi mi intrappola contro la parete. "È per questo che stavo aspettando, Biondina. Lo sapevo che, non appena avrei avuto di nuovo la tua bocca calda su di me, sarei durato troppo poco. Non sono mai stato attratto così tanto da una donna, e la cosa mi terrorizza. Non voglio farti scappare correndo troppo, ma il mio cuore ti appartiene, Noah. Lo so che in teoria è sbagliato, visto che ho il doppio dei tuoi anni, sono il padre di Jase e siamo colleghi, ma, quando penso a te e a come mi sento quando stiamo insieme, mi pare la cosa più giusta di questo mondo".

La vulnerabilità che traspare dal suo tono mi stringe il petto. L'impatto delle sue parole mi fa quasi soffocare, perché non c'è nulla che desideri di più del poter stare con lui senza doverci nascondere.

Gli passo le braccia attorno al collo finché non arrivo alle sue labbra con le mie. "Ti sembra giusto perché *è* giusto. La gente può accettarlo e sostenerci oppure scegliere di allontanarsi. Ma resterò qui al tuo fianco, indipendentemente dal resto. Nulla che tu possa dirmi potrà mai convincermi a lasciarti". Quando le nostre fronti si trovano, aggiungo in tutta fretta: "A meno che tu non sia un assassino e mi dica che vuoi sventrarmi come un pesce. Quello sì che mi farebbe fuggire a gambe levate".

Fisher ridacchia piano mentre sposta la bocca sul mio viso. "Sono quasi sicuro che me l'hai detto anche quando ci siamo conosciuti".

"Beh, dovevo chiedertelo. La volta che non lo faccio…" Con il pollice, simulo un taglio alla gola.

"Devi smetterla di ascoltare programmi sugli omicidi".

Scuote la testa, e io rido.

"Arriveremo super in ritardo", gli ricordo.

"Merda, è vero! Devo spostare il pick-up, prima che qualcuno lo veda".

"Spero che nessuno passi da qui, visto che siamo dietro la casa dei miei, ma è meglio essere prudenti finché non ne parliamo con la famiglia".

"Anche se vorrei gridare che sei mia per far sapere a tutti i ragazzetti di vent'anni che sei off-limit, ammetto che mi piace tenere tutto questo per noi, per il momento".

Gli avvolgo le braccia attorno alla vita e poso il mento sul suo petto mentre lo guardo. "Lo scopriranno quando riceveranno il nostro invito di nozze".

Trattiene una risata, spostandomi alcune ciocche bagnate dal viso. "Tuo padre mi ucciderebbe".

Faccio spallucce. "Forse sì, forse no".

Chinando il capo, mi posa una mano sul viso e preme un bacio delicato e sensuale sulle mie labbra. La tenerezza dei suoi movimenti mi provoca un brivido lungo la schiena e, se non rischiassimo di arrivare in ritardo, lo terrei qui con me tutta la notte.

"Ora mi asciugo e mi vesto, così arrivo prima di te".

"Buona idea. Io qui non ne ho ancora per molto".

Era mia intenzione darmi una bella sistemata: capelli in piega, lip gloss e trucco completo. Invece mi limito ad applicare rapidamente una crema idratante colorata e a raccogliere i capelli in uno chignon.

Mentre esce dalla doccia, gli guardo il sedere prima che prenda un telo. Quando si gira, mi nota e fa un sorrisetto.

"Hai un bel culo. Denunciami pure!"

Ridacchia, prendendo un altro asciugamano per i capelli.

"Allora tu dovresti denunciarmi perché faccio la stessa cosa ogni volta che ti pieghi di fronte a me".

"Dobbiamo impegnarci entrambi a essere molto più discreti, quando siamo con altra gente".

Il suo sguardo cade sul mio seno; poi, quando mi schiarisco la gola, torna ai miei occhi. "Che c'è?"

Ridendo, scuoto la testa. "Ok, siamo fottuti".

Arrivo a casa dei miei venti minuti dopo che Fisher se n'è andato. Per fortuna, sono arrivata giusto qualche minuto in ritardo rispetto al *vero* orario in cui ci mettiamo a mangiare, ma nessuno lo nota perché mancano ancora due dei miei fratelli. Mio padre e Fisher stanno discutendo di football, e trattengo un sorriso quando noto quanto poco è interessato Fisher. Ce la sta mettendo tutta per apparire preso dalla conversazione, ma non appena i nostri sguardi si incrociano, la sua espressione si illumina. Scuoto rapidamente la testa per ricordargli che non può fissarmi come se ricordasse benissimo il mio corpo nudo.

"Tesoro, ciao". Mamma mi raggiunge e mi abbraccia forte.

Distolgo lo sguardo da Fisher e mi concentro su di lei.

"Landen e Wilder stanno arrivando; poi possiamo metterci a tavola".

"D'accordo".

Nonna Grace sta glassando qualcosa vicino ai fornelli; quindi vado da lei e le do un abbraccio. "Che profumino delizioso! Dovrai insegnarmi la ricetta". Affondo il dito in un pezzettino di torta.

Mia nonna mi dà un colpetto sul polso, e io sobbalzo.

"Stasera abbiamo un ospite. Non vuole le tue dita nel suo dessert".

Non appena pronuncia queste parole, sento Fisher che tossisce e, quando mi giro, vedo che si sta strozzando con del tè. Mi si surriscaldano le guance al pensiero che, in realtà, non gli dispiacerebbe affatto, ma distolgo lo sguardo prima che qualcuno possa notare la mia reazione.

"Santo cielo, Fisher! Stai bene?" Mia madre si mette al suo fianco e gli dà qualche pacca sulla schiena.

"Sì, signora. Sto bene. È andato giù male".

"Questo perché sta bevendo quella schifezza da mammoletta", commenta Tripp. "Ti prendo una birra".

Tripp mi si avvicina per aprire il frigorifero, e io gli do una gomitata. "Lo sai che a mamma non piace che beviamo a cena".

"Fisher mica è minorenne". Trattiene una risata, prendendo due lattine di Bud Light, e ne passa una a Fisher.

"Grazie", dice lui a mio fratello, sollevando la linguetta.

"Dov'è Mallory?" chiedo.

"All'acquapark con Serena. Avevo detto a Ayden di tornare per cena, ma mezz'ora fa mi ha scritto che le bambine non se ne volevano andare", mi spiega mamma, stringendosi nelle spalle.

"Scommetto che si stanno divertendo un mondo", la rassicuro, e lei annuisce con un sorriso.

Da quando i genitori di Mallory sono morti, mia madre è diventata molto protettiva nei suoi confronti e fa in modo di coinvolgerla nelle tradizioni di famiglia.

Waylon si siede e chiede a Fisher: "Allora, prima di tornare qui hai viaggiato molto, vero?"

"Sì, più o meno per otto anni".

Fisher fa il maniscalco da ancora più tempo e Lyla è morta dieci anni fa; quindi ha cominciato a viaggiare per lavoro soltanto due anni dopo. Però Jase ha detto che li ha abbandonati appena è morta sua sorella. Dov'è stato per quei due anni?

"Contento di esser tornato qui?" prosegue Waylon.

Fisher mi lancia una rapida occhiata prima di rispondere a mio fratello. "Molto più di quanto potessi immaginare".

"L'altro giorno ho incontrato Jase al supermercato", gli dice mia madre, e neanche io lo sapevo. "Mi ha detto che sta comprando casa".

"Già, me l'ha fatta vedere stamattina. È perfetta per lui".

"Era un vero tesoro con la nostra Noah. Ci siamo rimasti molto male quando si sono lasciati. Ero certa che si sarebbero rimessi insieme, poi sposati e che un giorno avrebbero avuto dei bambini".

Uccidetemi *ora*.

"Io no", dichiara Tripp e, per una volta, vorrei battergli il cinque per aver bruscamente interrotto la conversazione.

"*Tripp*", lo rimprovera nostra madre. È preoccupata che possa offendere Fisher parlando in modo negativo di suo figlio; invece si sbaglia di grosso.

"Non la merita", si difende mio fratello, però non dice che a tutti loro non piaceva Jase giusto perché suo padre è qui.

"Nessuno merita la mia Noah", afferma mio papà in modo assertivo.

Alzo gli occhi al cielo e sospiro. "Noah è qui, e può decidere da sola chi vuole o non vuole frequentare".

"Sei ancora giovane, tesoro. Sembra che Jase stia crescendo e diventando più maturo; quindi mai dire mai. Magari un giorno vi ritroverete".

Le parole di mia madre mi danno il voltastomaco.

Sono fissati con lui perché è stato l'unico ragazzo che ho frequentato a lungo alle superiori. Se solo sapessero che la nostra relazione non era tanto seria quanto pensavano loro… Dopo il diploma, ci vedevamo soltanto nei weekend, e anche quegli incontri sembravano essere più tra due amici che tra una coppia innamorata pazza.

"Siamo solo amici, mamma", le ricordo. "E tra di noi non ci sarà mai niente di più".

"All'agriturismo c'è un nuovo garzone che ha venticinque anni ed è single. Vi devo presentare. Lavora con i cavalli", mi dice, come se fosse un requisito che cerco negli uomini.

Fisher mi piaceva ancora prima che sapessi che lavora come maniscalco e, anche se ci siamo conosciuti a un rodeo, non sapevo neanche che ci facesse lì. Sapevo soltanto che tra di noi era scoccata la scintilla e che volevo tastare il terreno prima della fine dell'evento.

"Quand'è che la serata si è trasformata nel *Dating Show Noah*? Manco fossi sul letto di morte, mamma mia!"

"Non ascoltarli, tesoro!" Nonna Grace si siede accanto a Fisher.

Che Dio lo aiuti!

"Sei comunque troppo giovane per metter su famiglia. Viaggia per il mondo, vivi la tua vita e sposati soltanto quando trovi uno spasimante in grado di gestire il tuo lato avventuroso. Altrimenti, stai soltanto sprecando il tuo tempo con dei *ragazzini*".

"Uno *spasimante*, eh?" ripeto, versandomi un bicchiere di tè freddo prima di sedermi di fronte a lei e Fisher. "In questo caso, forse mi tocca trovare un gentiluomo più grande di me che sa come si trattano le donne", continuo, usando un forte accento di campagna.

"È quello che ho fatto io…" dice nonna Grace, mentre posa il tovagliolo sul grembo. "Credi che abbia sposato il primo uomo che me l'ha chiesto? Tsk. Tuo nonno ha dovuto sudare".

Oh, mio Dio!

Rimango a bocca aperta.

"Nonna… sei scandalosa!" ironizzo.

"Mamma, sei sicura di voler raccontare quella storia ai tuoi nipoti?"

"Sì!" diciamo all'unisono io e Tripp. Mi sorprende che ancora non ce ne abbia parlato, ma sono proprio curiosa di sentirla.

Proprio come sta per iniziare, il portone d'ingresso si spalanca ed entrano gli altri due fratelli.

"Finalmente! Stiamo morendo di fame", li rimprovera mio padre, invitandoli a sedersi.

"Non guardate me". Landen scuote la testa, poi indica Wilder. La cosa non sciocca nessuno.

"Nonna stava giusto per dirci come ha conosciuto nonno", dico, mentre i due prendono della birra e si siedono ai miei lati.

"Pensavo si fossero innamorati alle superiori, o qualcosa del genere…" dice Tripp, allungando la mano per prendere il cibo, ma io gli do subito una gomitata per ricordargli che deve aspettare la preghiera.

"Beh, ero alle superiori quando ci siamo conosciuti, ma non è stato in quegli anni che abbiamo cominciato a frequentarci", precisa nonna Grace.

Quando siamo tutti a tavola, mia madre ci esorta: "Diciamo la preghiera, prima che racconti a tutti di come hai sposato un uomo che aveva quindici anni in più di te".

Mi copro la bocca, sorpresa dall'informazione che ha anticipato, e mi dispiace dover aspettare per sentire la storia. Ci prendiamo tutti per mano, poi lancio un'occhiata a Fisher. Mia nonna fa commenti su quanto è grosso e forte. Trattengo una risata quando lo vedo arrossire per il complimento.

Mia madre inizia la sua solita preghiera, mentre io mando la mia.

Caro Gesù, ti ringrazio per il cibo, ma ti prego di rendere meno imbarazzante questa cena, prima che io faccia qualcosa di stupido, tipo spifferare a tutti che ho fatto sesso col nostro nuovo maniscalco e che probabilmente mi sto innamorando follemente di lui. Se inviassi un uragano, uno tsunami o un meteorite per fermare la cena il prima possibile, lo apprezzerei molto.

Poi mi faccio il segno della croce proprio quando mia madre dice "amen".

Capitolo Venti

FISHER

Evitare di guardare Noah quando è seduta proprio di fronte a me è un'abilità che non credevo necessaria.

Non aiuta il fatto che, ogni volta che mi sfiora la scarpa con la sua, ricordo molto rapidamente dove siamo appena sua nonna mi si avvicina.

Dopo che la signora Hollis ha detto la preghiera, nonna Grace ha promesso che, dopo cena, avrebbe raccontato di come ha conosciuto suo marito. Poi mi ha guardato e mi ha fatto l'occhiolino.

Per fortuna, la conversazione si è spostata sull'evento di beneficenza, distogliendo l'attenzione da me.

"Ci aspetta una settimana molto impegnativa per i preparativi. Dovranno fare tutti la loro parte", dice Garrett, rivolgendosi ai quattro figli.

"Il bello è che l'evento lo organizza Noah, e veniamo coinvolti tutti quanti", ribatte Wilder, sbuffando.

"Oh, mi *dispiace*. Aiutare i cavalli soccorsi è al di sopra del tuo codice morale?" Il tono esageratamente dolce di Noah strappa una risatina agli altri fratelli.

"Direi proprio che hai sbagliato a pensare che Wilder ne abbia uno". Landen le dà una gomitata.

Wilder porta indietro la schiena, passa un braccio dietro Noah e dà una sberla a Landen.

Dena interviene: "Piantatela, ragazzi! Abbiamo compagnia".

Sollevo lo sguardo dal piatto, come se non l'avessi neanche notato e la cosa non mi infastidisse.

"A proposito, uno dei giudici non può venire; quindi ne abbiamo uno in meno", dice Garrett. "Pensavo di scrivere un'email a un paio di quelli in lista d'attesa per trovare un sostituto. Ma, visto che sarebbe all'ultimo minuto, non credo che riusciremo a trovare qualcuno".

"Posso farlo io", annuncio dopo aver ingoiato il boccone, e tutte le teste si voltano verso di me. Mi schiarisco subito la gola. "Speravo di dare una mano".

Gli occhi di Noah si spostano dai miei a quelli di suo padre.

"Vuoi fare il giudice?" mi chiede Garrett.

Annuisco. "Sì, perché no".

"Che idea meravigliosa!" esclama Dena. "Dovresti anche portare la tua attrezzatura. Scommetto che ai bambini piacerebbe un mondo vedere come lavori sugli zoccoli o come modelli i ferri".

"Sarebbe proprio forte", aggiunge Tripp. "Sai come si giudica?"

Sorrido. "Ho assistito a un gran bel numero di rodei nella mia vita. Credo di potermela cavare".

"Sarebbe molto gentile da parte tua", dice Noah, rivolgendomi un sorrisino furtivo. "Aggiungo il tuo nome sulla brochure".

"Scommetto che anche a Jase farà piacere", dice Dena. "Lavorerà allo stand della sua agenzia immobiliare".

"Già, me l'ha accennato questa mattina".

Quando me l'ha detto, un poco mi ha sorpreso, perché so che odia stare al ranch e in mezzo ai cavalli. Ma evidentemente, pur di fare networking, si presta anche a questo.

Durante il resto della cena discutono di come preparare il centro di addestramento per le gare. Ci sono ancora moltissime cose da completare in cinque giorni, e ho intenzione di aiutare

Noah in ogni modo possibile, perché ha paura di non fare in tempo.

"Sono disponibile a darvi una mano dove c'è bisogno", dico. "Mettetemi al lavoro".

"Ti pentirai di averlo detto…" mormora Waylon, e una risata si solleva dai ragazzi.

"Giovedì bisogna montare gli spalti", dice Garrett ai gemelli; poi sposta la sua attenzione su Landen e Tripp. "Dobbiamo fare spazio per i cavalli che arriveranno; quindi quelli che abbiamo in pensione vanno spostati nella scuderia di famiglia o in quella dell'agriturismo. Mettete insieme i cavalli che vanno d'accordo e liberate quindici box. Bisogna anche tenere in conto lo spazio che ci serve per le pecore".

"Bisogna anche tosare l'erba dei campi dietro al centro, per i parcheggi", dice Noah.

"E *tu* cos'è che farai?" sbotta Wilder.

"Vuoi la lista?" Quando lascia la forchetta e tira fuori il telefono, so che sta per metterlo al suo posto.

Noah si schiarisce la gola. "Prendere tavoli e sedie per gli stand, confermare i furgoncini del cibo, inviare l'itinerario a tutti gli sponsor e gli addestratori, organizzare l'asta silenziosa all'agriturismo, pubblicare i moduli di iscrizione per le escursioni a cavallo, scrivere i miei discorsi, assicurarmi che il centro di addestramento sia pronto e pulito, allestire i tavoli per il presentatore e i giudici, confermare che i bagni arriveranno in tempo, oh… e preoccuparmi di tutto il marketing e il networking che ho organizzato con i giornali dello stato e delle interviste scritte che mi hanno inviato". Sposta gli occhi su Wilder con un'occhiata assassina. "Senza contare il mio addestramento e i colloqui con i clienti che devo ancora fare".

Cala il silenzio.

"Direi che ti serve un assistente", mormoro con un sorrisetto, offrendomi implicitamente volontario per la posizione. Pur essendo molto impegnato col lavoro, troverò sempre il tempo di aiutare Noah.

"Fidati, lo so". Noah sbuffa e punta la forchetta contro Wilder. "C'è qualcos'altro che vorresti sapere?"

Landen le strappa la forchetta di mano e la appoggia lentamente sul tavolo. "Questa la prendo io, prima che lo ammazzi".

Garrett ridacchia. "Noah, non ti preoccupare. Finiremo tutto quanto. È il nostro primo anno; quindi dovremo fare un po' di fatica per capire cosa funziona".

Noah aggrotta la fronte. "È faticoso sopportare Wilder".

"Scommetto che sei felice di avere soltanto un figlio, eh?" mi dice Tripp, e la risata generale si blocca quando Noah sussulta. "Che c'è?"

Poveraccio, non può saperlo.

"In realtà, ne ho due", gli dico in tono cortese. "Mia figlia ci ha lasciati dieci anni fa".

Nonna Grace trova la mia mano e la stringe leggermente. Avendo perso suo marito, mi capisce di sicuro. Però non voglio la compassione degli altri. Lo trovo sbagliato.

Tripp si dà una sberla in fronte, scuotendo la testa. "Accidenti, mi dispiace tanto! L'ho ricordato soltanto adesso".

Noah lo guarda in cagnesco, e le tocco piano il piede sotto il tavolo per attirare la sua attenzione. Quando trova il mio sguardo, scuoto la testa e sorrido perché non insista.

"Va tutto bene", rassicuro Tripp. "Lyla avrebbe adorato questo vostro caos. Mi seguiva sempre al lavoro e le piaceva tanto conoscere gente nuova".

"Ora non vi dispiace più sentire la mia storia d'amore, eh?" Nonna Grace si sporge verso di me, strappandomi una risata.

"Oh, ce la devi raccontare assolutamente dopo il dolce", dice Noah.

"Resti per lo *scrapbooking*?" mi chiede nonna Grace.

Con un largo sorriso, guardo Noah. "Non posso perdermelo".

Dopo il dolce, i ragazzi levano le tende affermando che vogliono rimettersi al lavoro, ma, a giudicare dalle loro espressioni furbe, ne dubito. Dena dice che ci sono sere in cui restano e altre in cui se ne vanno, ma Noah non si perde mai le sessioni di *scrapbooking*. Adoro tutti gli sforzi che fa per passare del tempo con i suoi genitori. Probabilmente lo apprezzano più di quanto lei si renda conto.

"Quanti ne avete fatti?" chiedo, quando Dena e Noah mollano le scatole di materiali e gli album.

"Probabilmente trenta o quaranta", dice Noah. "Ho assunto un fotografo; quindi ne voglio fare uno nuovo soltanto per l'evento".

"Non vedo l'ora di vederlo". Dena sorride. "Eccone uno che potrebbe piacerti". Mi porge un album che ha una foto di copertina familiare.

"Oh, è uguale al quadro che ha Noah a casa".

Sento Noah che inspira violentemente e mi rendo conto dello scivolone.

"Proprio così. Tu come lo sai?" mi chiede Dena, mentre dispone i fogli colorati e gli sticker.

Nonna Grace tiene la testa bassa, ma noto il sorrisetto che ha sulle labbra, come se sapesse qualcosa che non dovrebbe sapere.

Noah mi soccorre subito, prima che io possa rispondere: "Stava affissando quei cartelli di proprietà privata e gli ho chiesto di installare delle telecamere fuori da casa mia. Dopo che Craig si è presentato al Twisted Ball e mi ha minacciata, volevo aumentare il livello di sicurezza".

"Ho accettato volentieri di aiutarla e le ho già ordinate", dico, onestamente. "Ho trovato un paio di punti perfetti che permettono di inquadrare sia il davanti che il retro della casa".

"Se fosse per me, la faccia di quel ragazzetto finirebbe su tutti i telegiornali", brontola nonna Grace.

Noah trattiene una risata mentre io sfoglio l'album: pagine e pagine di panorami del ranch e alcune dove è ritratta la famiglia a cavallo. Mi concentro su ciascuna foto, ammirando quanto sono davvero splendidi il ranch, l'agriturismo… e anche la loro storia.

Sollevo una fotografia di Noah in piedi su un cavallo, senza sella. "Qui quanti anni avevi?"

Si sporge sul tavolo per controllare. "Undici, forse dodici".

Le mie sopracciglia schizzano in aria. "E facevi acrobazie a quell'età?"

"Oh, quello non è niente. Si avvicinava ai cavalli selvaggi già a otto anni". Dena scuote la testa, ma la sua voce ha un certo senso di orgoglio. "Era come se non riuscisse a percepire il pericolo".

Perché è una vera amante dell'adrenalina.

"Non erano tanto le *acrobazie* a interessarmi, quanto vedere fino a dove potevo spingermi", dice Noah, e le sue guance si tingono di una meravigliosa tonalità di rosso. "Non avevo paura degli animali; quindi più crescevo e più osavo".

Sorrido, sapendo fin troppo bene come funziona. "Comunque sia, secondo me hai un dono".

Garrett ci raggiunge e si siede. "Il dono di far venire un infarto ai suoi genitori".

"Mica sono l'unica". Noah sbuffa mentre lavora a una pagina del suo album. La osservo mentre prende dei piccoli sticker in stile vintage e li incolla attorno a una fotografia.

"Beh, è diverso, visto che dopo quattro maschi è arrivata finalmente una bambina. Volevo sempre vestirti tutta carina, ma tu non volevi saperne", dice Dena, che poi mi offre una tazza di caffè decaffeinato.

"Volentieri, grazie". Ne prendo una e me la porto alle labbra.

"Se vieti a una ragazza di sporcarsi, lei vuole farlo ancora di più". Noah sfodera un sorrisetto.

E adesso mi ha fatto pensare agli altri modi in cui potrebbe sporcarsi.

"Questa foto di famiglia è molto bella", dico mentre osservo due pagine affiancate ricoperte di fotografie con tutti e sette.

"Quello lì è il servizio fotografico che abbiamo fatto per il nostro quindicesimo anniversario", spiega Dena. "I gemelli avranno avuto dodici o tredici anni".

Il che significa che Noah ne aveva sei o sette.

Ce n'è una in cui sono davanti a una scuderia, con la casa padronale in sottofondo.

Sembrano la perfetta famigliola del sud.

"Tutto bene?" mi chiede nonna Grace, accanto a me.

Sbatto le palpebre e mi accorgo che stavo fissando la stessa pagina da qualche minuto.

"Sì, tutto bene. Sto solo ammirando la vostra bellissima famiglia". Volto pagina e trovo altri cavalli e panorami del ranch.

"È una disgrazia ciò che è accaduto a tua figlia. Mariah e Jase hanno passato un lungo periodo buio. Ricordo che li vedevo in chiesa tutte le domeniche". Nonna Grace copre la mia mano con la sua, e non trovo le parole giuste da dirle. Sta provando a darmi conforto, ma lei non sa che Lyla è morta a causa mia. Non merito la sua compassione.

Aggrotto la fronte, distogliendo lo sguardo. "Grazie".

"Nonna, devi ancora raccontare la storia sul nonno", interviene Noah.

Non riesco a guardarla, non adesso, ma le sono grato per aver deviato l'attenzione da me.

Dena sbuffa mentre nonna Grace si gira per guardare un altro album di fronte a noi.

"Eccolo qui…" Lo apre e sfoglia qualche pagina prima di raggiungere le fotografie delle sue nozze. "Tuo nonno aveva quindici anni in più di me, ma nessuno l'avrebbe mai detto, perché quasi non è invecchiato di un giorno finché non ha raggiunto i settant'anni".

"Perfino allora, era comunque un bell'uomo", commenta Dena, sogghignando mentre cerca altri sticker e decorazioni.

"Dove vi siete conosciuti?" chiede Noah.

Prendo il caffè, dispiaciuto che non contenga caffeina perché ieri notte non ho dormito molto.

"Beh… era il pastore alla mia scuola superiore".

Dopo aver rischiato di sputare il liquido che ho in bocca, porto una mano alle labbra e mi sforzo di deglutire, però Noah lo nota.

"Nonna!" È rimasta a bocca aperta.

Dena scuote la testa, e Garrett trattiene una risata. Di sicuro conosce la storia.

Nonna Grace si stringe nelle spalle, con un sorriso innocente sul volto. "Abbiamo cominciato a frequentarci solo dopo il diploma. Quell'estate ho iniziato a seguire un gruppo di bambini, e così noi due ci siamo avvicinati".

"Non ci credo che ti sei fatta un pastore!"

"*Noah*!" la rimprovera Dena.

Noah ridacchia e solleva la mano per battere il cinque a sua nonna. "Ben fatto, nonna!"

"Era un vero gentiluomo, ma comunque molte persone non approvavano la nostra relazione. Inclusa mia madre".

"Quindi che cos'hai fatto?" chiede Noah, tutta l'attenzione concentrata su sua nonna, come se sperasse di ricevere la soluzione al nostro dilemma.

"Quello che avrebbe fatto qualunque adolescente ribelle a cui veniva detto no…" Nonna Grace solleva lo sguardo, con un sorrisetto furbo. "Ci vedevamo di nascosto".

Trattengo un sorriso divertito, costringendomi a tenere lo sguardo sull'album perché non vedano la mia reazione. Ma *porca troia*!

Noah ride mentre fruga tra altri fogli e decorazioni.

Sua nonna potrebbe essere l'unica ad accettare la nostra relazione, ma avere la sua benedizione sarebbe un bonus.

"Per quanto tempo?" chiede Noah.

"Due anni", le risponde. "A quel punto, non me ne fregava più niente di quello che pensavano tutti gli altri, perché ero innamorata pazza di lui".

"Però non eri la moglie di un pastore. O almeno, non che ricordi…"

"Dopo esserci sposati, ci siamo trasferiti a Sugarland Creek e lui ha deciso di dedicarsi alla carpenteria. Io sono diventata casalinga e mamma a tempo pieno".

"Che genere di mobili realizzava?" chiedo.

"Di tutto", risponde nonna Grace con orgoglio. "Ha arredato quasi tutta casa nostra, così come molte altre del luogo. Era l'uomo più impegnato che conoscessi, ma aveva sempre tempo per la cena domenicale".

"È da lì che viene la tradizione", spiega Noah.

"Ha costruito gran parte dei mobili dei bungalow per gli ospiti", aggiunge Dena. "Anche tanti di quelli che abbiamo qui".

"Amava lavorare con le mani e creare un qualcosa dal nulla. Era inarrestabile. È morto qualche anno fa di infarto".

Sentendo la tristezza nella voce di nonna Grace, mi sporgo verso di lei e catturo la sua mano con la mia. "Mi dispiace proprio tanto. Doveva essere un uomo meraviglioso".

Posa l'altra mano sulla mia e mi rivolge un largo sorriso. "Lo era. Nonostante la differenza d'età, il nostro amore era reale e forte. È valsa la pena rischiare tutto per seguire il mio cuore". Mi fa l'occhiolino.

L'atmosfera è un po' più cupa quando torniamo allo *scrapbooking*. Dena mi riempie di nuovo la tazza, e io la ringrazio.

Continuano a mostrarmi altri album, tra cui quello delle nozze di Dena e Garrett. Ciascun figlio ha il proprio album con appunti, ritagli e fotografie delle loro vite. Ce ne sono molti pieni di ricordi di compleanni, festività e primi giorni di scuola.

Mi si stringe il cuore pensando a tutti i ricordi della mia famiglia che ho dato per scontati. Dopo la morte di Lyla, riuscivo a pensare soltanto a ciò che avevo perso e non a ciò che mi era rimasto.

Dopo altre due ore passate a parlare e a sfogliare album, siamo finalmente pronti a chiudere la serata. Noah mi ha mostrato alcuni dei suoi preferiti, mentre Dena mi ha raccontato di come lei e Garrett hanno inaugurato l'agriturismo.

È la serata più normale che abbia passato con qualcun altro in tanto tempo.

Spero soltanto che mi accetteranno anche dopo che avranno conosciuto la verità su me e Noah.

Capitolo Ventuno

NOAH

Dopo aver passato la domenica sera in compagnia della mia famiglia e di Fisher, il mio cuore era colmo di gioia. La cena mi ha offerto uno scorcio su come potrebbe essere la nostra vita dopo che avremo rivelato a tutti che stiamo insieme. Conoscere la storia dei miei nonni – sapere dove si sono conosciuti e come si è evoluto il loro rapporto – mi dà la speranza che un giorno anche noi potremo avere il nostro lieto fine.

Quando Fisher se n'è andato, io sono rimasta ad aiutare con le pulizie. Poi mi ha scritto che era stato costretto a tornare presto perché il giorno dopo avrebbe cominciato a lavorare di buon'ora e, nonostante lo capissi, mi è mancato comunque.

Sono trascorsi cinque giorni, e Fisher ha passato ogni minuto del suo tempo libero ad aiutarmi con l'evento. Insieme, abbiamo completato praticamente tutta la mia lista di cose da fare. Anche se ho messo all'opera pure i miei fratelli, lui ha fatto più di tutti loro messi insieme.

"Certo che quell'uomo non ha paura di sudare", sussurra Magnolia accanto a me, mentre lo osserviamo condurre i cavalli al rimorchio, così da consentirci di trasferirli nella scuderia di famiglia.

Avevo incaricato Landen e Tripp, ma hanno convinto Fisher a dare una mano offrendogli birra gratis.

Non va certo matto per gli alcolici, quindi so che lo sta facendo soltanto per me.

Io e Magnolia incliniamo la testa di lato per ammirare le braccia che si flettono a ogni movimento e il suo fisico scolpito.

"Molto discrete, eh?" Wilder si avvicina di soppiatto alle nostre spalle, e io trasalisco sapendo che mi ha beccata a fissare Fisher.

"Che maleducato!" Magnolia gli dà una manata sul braccio.

"Renditi utile o vattene!" sbotto.

Wilder la infastidisce facendole il solletico sui fianchi, e presto lei comincia a rincorrerlo fuori dalla scuderia. Scuoto la testa perché la tratta come una sorellina molesta, ma perlomeno non se la prende soltanto con me.

Mallory e Serena entrano e vanno dritte al box di Miss Swift.

"Che fate?" chiedo, fermandole.

Mallory solleva un sacchetto di verdure. "Le abbiamo portato delle carote e del sedano".

"Che cavallo fortunato!" Sorrido.

"Non vedo proprio l'ora che sia domani!" esclama Serena con voce acuta.

"Anche io!" Mallory fa un sorrisetto.

"Noah, quando possiamo fare un altro pigiama party?" chiede Serena. "È passato tipo un mese".

Quando capita, durante il weekend organizziamo una serata tra ragazze a casa mia. Restiamo sveglie a guardare commedie romantiche adatte alla loro età e mangiamo una marea di cibo spazzatura. È una nostra tradizione che ho molto a cuore.

Le abbraccio entrambe. "Presto, promesso. Quando finisco con l'evento e alcuni addestramenti, la mia vita rallenterà un pochino. Magari, dopo il matrimonio di Ayden e Laney facciamo un pigiama party gigantesco! Che ne dite?"

"Evvai!" strillano.

Io e Fisher ci siamo visti da soli giusto un paio di volte questa settimana, quando è venuto in gran segreto da me dopo il lavoro, perché di solito a fine giornata eravamo troppo esausti per organizzare qualcosa. Durante il giorno, ci scambiamo qualche occhiatina e condividiamo dei brevi momenti nella selleria, ma non è sufficiente.

Lo voglio tutto per me per una settimana intera.

"Allerta ex!" mormora Magnolia al mio orecchio come si avvicina alle mie spalle. "Meglio se la pianti di guardare il culo a paparino Fisher".

Alzando gli occhi al cielo, mi giro e vedo Jase, che pare un pesce fuor d'acqua col suo completo sciccoso e la cravatta.

"Ehi, eccoti qui!" Si toglie gli occhiali e mi avvolge in un abbraccio non gradito.

"Ciao, che ci fai qui?" Faccio un passo indietro, mettendo distanza tra di noi.

Questa settimana mi ha scritto ogni singolo giorno, ma io non gli ho mai risposto. Dopo la maniera in cui mi ha trattata, non avevo alcuna voglia di parlargli.

"Il mio capo mi ha chiesto di preparare il nostro stand, e tu non hai risposto a nessuno dei miei messaggi; quindi volevo vederti".

Perché avrei dovuto, visto che si comporta da coglione possessivo?

Mi sforzo di fare un sorriso e sposto alcune ciocche dal viso. "In questi giorni sono molto occupata, te l'ho detto".

"Non vuol dire che non puoi trovare qualche minuto per me, Noah". Mi fissa con occhi intensi.

Ficco le mani in tasca per trattenermi dal prendere a pugni la sua faccia da arrogante. "Ti serve una mano per trovare gli stand?"

Abbiamo noleggiato un gigantesco tendone bianco, che abbiamo montato vicino al centro di addestramento; quindi è impossibile non notarlo. Inoltre, su ciascun banchetto è esposto il nome dell'azienda. Ma prima Jase si leva di torno, meglio è.

"Sì, grazie. C'è una cosa di cui vorrei parlarti".

Digrigno i denti, maledicendomi per essermi offerta volontaria.

"Ok".

Trovo lo sguardo di Magnolia, che finge di vomitare.

"Bene, andiamo". Jase mi prende per mano e intreccia le sue dita alle mie; poi si incammina lungo il corridoio centrale.

Come mi volto, Magnolia scuote la testa.

"Aiutami!" mimo con la bocca.

Prima che possa vedere la sua reazione, Jase mi tira verso di sé e usciamo insieme all'esterno. Non voglio essere maleducata o destare sospetti, ma lui non è mai stato così affettuoso. Non mi ha più presa per mano da quando ci siamo lasciati.

"Noah", dice, attirando la mia attenzione quando ci fermiamo di fronte al tendone bianco. "Voglio chiederti scusa per come mi sono comportato al ristorante e per il modo in cui ti ho parlato l'ultima volta che abbiamo messaggiato".

Le mie sopracciglia schizzano verso l'alto, visto che non mi aveva mai chiesto scusa. Jase il rimorso non l'ha mai conosciuto.

"Sto cercando di farmi un nome nel settore immobiliare e mi sto facendo schiacciare dalla pressione. Ho sfogato lo stress su di te, e so che ho sbagliato". Prende la mia mano tra le sue, lo sguardo sincero mentre mi fissa negli occhi. "Spero che tu sappia quant'è importante per me la nostra amicizia e tutto quello che abbiamo passato insieme. Sono cresciuto molto e non ti ho sempre trattata come si deve. Per questo, ti chiedo scusa".

Deglutisco nervosamente, col cuore che batte a mille, e libero la mano dalla sua presa sudata. Oggi Jase ha qualcosa che non va.

"Wow! Ehm, grazie? Non so proprio che dire. Anche io sono felice di averti come amico, Jase".

"Il ritorno di mio padre mi ha fatto pensare a quanto è importante la famiglia. Con lui ho ancora molta strada da fare, ma tu non mi hai mai tradito. Sei l'unica con cui riesco a immaginare di costruire un futuro e invecchiare. Sei bellissima, genuina e non nascondi i tuoi sentimenti. E so che, se non te lo dicessi adesso, rischierei di perderti per un altro. Nessun uomo potrà mai essere alla tua altezza, e non ti sto dicendo che io sarei perfetto, ma mi impegnerei tutti i giorni per essere la persona che meriti".

Solitamente, sono brava a sviare e cambiare discorso durante una conversazione scomoda, ma sono al cento per cento impreparata a sentirmi dire da Jase che vuole rimettersi con me.

"Quindi… che ne pensi, Noah? Vuoi darci un'altra chance? Adesso ho una stabilità finanziaria. Ho appena comprato casa. Posso darti tutto ciò che vuoi e pure di più".

Dopo il suo discorsetto, mi sfugge una smorfia mentre mi si chiude la gola, e proprio non trovo le parole giuste per non offenderlo. "Jase… ehm… come mai proprio adesso? Non abbiamo mai parlato di rimetterci insieme da quando ci siamo lasciati, due anni fa. Mi hai presa un po' alla sprovvista". Faccio un passo indietro per creare distanza tra di noi.

Annuisce e prova ad attirarmi a sé, ma non glielo permetto. "Lo so, ma non riesco a smettere di pensare a te. Insieme eravamo felici. È per colpa della mia immaturità e dei miei problemi emotivi se la nostra relazione è finita. Avevo bisogno di crescere e di diventare qualcuno, prima di potermi impegnare seriamente. E adesso sono pronto a farlo con *te*".

"Perché proprio con *me*?"

"Sei l'unica donna che abbia mai amato. Il mondo degli appuntamenti è un incubo e, dopo diversi tentativi falliti, ho capito che c'era un motivo se non trovavo quella giusta: perché sono destinato a stare con te. Sei tu la mia anima gemella".

Anima gemella? Ma che diamine sta blaterando?

"Sei molto dolce, Jase. Non sai quante donne sognano di sentirselo dire. È… È solo che, purtroppo, non credo di essere la persona giusta per quelle parole".

"Non capisco". La sua voce si fa più profonda, mentre allarga le narici: "C'è un altro? Come puoi gettare al vento tutti quegli anni insieme?"

"Mi stai mettendo molta pressione addosso, Jase. Non me l'aspettavo minimamente. Non mi hai mai fatto capire che volevi rimetterti con me".

Mi stringe il braccio, sotto la spalla, e mi attira con forza contro il suo petto. "Piccola, siamo fatti per stare insieme. Dammi solo una seconda chance per dimostrartelo".

Provo a spingermi via, ma lui stringe con più forza. "Mi fai male".

"Dimmi che sei mia, e ti lascio andare".

"Non lo dico". Faccio scivolare lo stivale tra i suoi piedi, pronta ad attaccare. Mi basta sollevare la gamba perché il ginocchio trovi i suoi testicoli.

"C'è un altro, vero?" dice a denti stretti, il tono basso e minaccioso.

"Non c'entra niente! Non mi interessa rimettermi con te", dico con fermezza, dimenandomi.

Trasalisco quando afferra anche l'altro braccio e comincia quasi a scuotermi.

"Chi cazzo è? Qualcuno che hai conosciuto al Twisted Bull? O qualcuno che lavora all'agriturismo? Chi è quel perdente?" Si guarda intorno, come se si aspettasse che quest'uomo misterioso appaia all'improvviso; il che potrebbe anche accadere, se Fisher dovesse vedere il modo in cui mi sta trattando suo figlio.

"Lasciami!" urlo.

"Chi è che ti scopi, troietta? Voglio farci a botte, così vedrai chi ti merita davvero". Abbassa il viso sul mio collo e fa scorrere la lingua sotto il mio orecchio.

Non lo avverto neanche, perché non se lo merita, e sollevo il ginocchio tra le sue cosce. Mi molla all'istante e cade al suolo, mormorando parolacce mentre si regge il pacco.

"Troia di merda! Ma che cazzo?" urla con voce stridula.

Il mio cuore minaccia di scoppiarmi nel petto mentre mi piego e provo a controllare il respiro. "Ti avevo detto di lasciarmi andare. Dovresti saperlo che non mi devi toccare, quando ti chiedo di non farlo".

"Psicopatica del cazzo", sussurra, riuscendo a malapena a pronunciare le parole.

Mi stringo nelle spalle. "Se non toccassi le donne che non

vogliono essere toccate, allora non mi sarei ritrovata costretta a punirti".

Magnolia corre verso di noi; poi mi afferra per il braccio e mi trascina indietro. "Che diamine è successo?"

"Jase ha imparato una lezione con le maniere forti". Sto ancora ribollendo di rabbia quando ci raggiungono i miei fratelli e Fisher.

"Jase!" Fisher lo aiuta ad alzarsi, ma suo figlio rimane piegato in ginocchio, cercando ancora di riprendere fiato.

"Lascialo andare, Fisher. A lui ci pensiamo noi". Wilder si frappone tra me e Jase, scrocchiando le nocche.

"Me ne occupo io", dice Fisher ai miei fratelli; poi dà una pacca sulla spalla a suo figlio. "Andiamo! Ti accompagno a casa".

"Lasciami stare!" Jase se lo scrolla di dosso, e noto subito negli occhi di Fisher quanto il gesto l'ha ferito.

"Vuoi fare a botte con gli omaccioni, eh?" lo provoca Wilder, rimboccandosi le maniche.

"Wilder, piantala!" Lo supero per mettermi di fronte a Jase. "Vattene. Prima di dare ai miei fratelli un motivo per menarti. *Subito*".

Invece di darmi retta, mi spinge contro Wilder, e io rimbalzo contro il petto di mio fratello.

"Sei un uomo morto, cazzo!" Landen è il primo a colpire, e scaraventa Jase per terra.

"No, fermi!" urlo, ma ormai è troppo tardi.

Quando Jase prova ad alzarsi, Tripp gli dà un calcio al ginocchio.

Wilder lo colpisce in faccia con un montante, e Jase barcolla all'indietro. Comincia a uscirgli del sangue dal naso, ma ciò non basta comunque a fermarlo.

"Femminucce di merda!" sputa fuori Jase.

Waylon lo afferra per la camicia e gli dà una testata.

Fisher prova a separarli mentre io grido perché si fermino. Magnolia fa del suo meglio per intervenire, ma quando i miei fratelli si incazzano a questo livello, diventano inarrestabili.

Mentre Fisher prova a proteggere Jase, Landen sferra un pugno e lo colpisce per errore al naso.

"Oh, mio Dio, piantatela! Così lo ammazzate!" Li tiro per le magliette da dietro, sperando di riuscire a farli rinsavire.

Soltanto quando dell'acqua gelida schizza a piena velocità su di noi, cominciano a correre come matti da una parte all'altra.

"Che cazzo è stato?" sbotta Wilder, asciugandosi il viso.

Mio padre arriva di corsa dietro Magnolia, prende la pompa e la chiude. "Via di qui, ragazzi! *Subito*".

I miei fratelli imprecano sottovoce mentre si allontanano. Mi inginocchio accanto a Jase mentre si tiene il volto tra le mani, con sangue che cola sui polsi e le braccia. "Cristo! Stai bene?"

Fisher arriva al suo fianco, in viso un'espressione che non gli avevo mai visto. Anche lui ha il naso insanguinato. Vorrei poterlo toccare e assicurarmi che stia bene.

"Devi andare all'ospedale. Ti ci porto io", dice a suo figlio.

"Vaffanculo!" Jase sputa altro sangue, piegandosi di lato mentre prova ad alzarsi.

"Jase!" lo rimprovero, dato che Fisher non ha fatto nulla per meritare un atteggiamento simile. Jase dovrebbe ringraziarlo per il suo tentativo di fermare i miei fratelli. "Piantala di fare lo stronzo e vai a farti controllare!"

Mio padre si avvicina, sollevando Jase per la camicia come se non pesasse niente. Jase grugnisce di dolore.

"Tu vieni con me". Poi scocca un'occhiata a Fisher. "Non preoccuparti, non gli farò del male. Nonna Grace gli darà una sistemata, e poi ci faremo una bella chiacchierata su come si è permesso di mettere le mani addosso a mia figlia".

Fisher ha l'aria smarrita, incerto se intervenire o lasciare che Jase paghi le conseguenze delle sue azioni.

"Papà, per favore, non essere troppo cattivo".

"La punizione l'ha già avuta, ma adesso riceverà un discorsetto da uomo a uomo", risponde con voce profonda e aspra, scuotendo un poco Jase.

Amareggiato, Fisher annuisce, come per autorizzare mio padre a fare quello che deve.

Gli leggo il rimorso scritto in faccia, come se sapesse che era compito suo crescerlo nel modo giusto. Non è la prima volta che Jase parla troppo o fa l'arrogante, ma non si era mai sfogato in modo tanto terribile. Sono sempre riuscita a farlo ragionare, ma questa volta è come se avesse provocato di proposito i miei fratelli perché lo picchiassero. Non ne capisco il motivo, ma ne discuteremo un'altra volta.

Mentre mi volto verso Magnolia, lei guarda prima Fisher e poi me.

La prendo tra le braccia. "Grazie".

"Non è stata la prima volta che ho dovuto usare la pompa sui tuoi fratelli, e non sarà l'ultima".

Sbuffo. "Purtroppo".

"Ora vi lascio soli. Anche lui ha bisogno di una sistemata". Indica Fisher con un cenno del capo, e annuisco.

"Buona idea. Ci vediamo da me", gli dico, senza lasciargli il tempo di discutere mentre vado al pick-up. Ci penseranno i miei fratelli a completare quello che è rimasto da fare per stasera.

"Sicura che posso stare qui?" mi chiede Fisher per la terza volta, nel mio bagno.

"Nessuno sta pensando a dove ci troviamo in questo momento". Con cautela, gli sfilo la camicia e gli sbottono i jeans. "E poi, devi lavare via questo sangue".

Apro la doccia e mi spoglio mentre aspetto che l'acqua sia abbastanza calda. Ricordo ancora benissimo quello che abbiamo fatto giusto qualche giorno fa qui dentro. Ma ora non è il momento. Il rapporto tra Fisher e Jase è molto più complicato di quanto pensassi.

È impossibile che Jase possa mai gestire con maturità la verità su me e suo padre.

Fisher mi prende per mano e mi segue sotto il getto. Ci laviamo a turno in silenzio, spostando lentamente la saponetta sugli arti e le parti intime dell'altro.

"Parlami!", lo esorto, spezzando il silenzio.

"Non so chi sia mio figlio, ed è colpa mia. Sta dando i numeri, e io non ci posso fare niente".

Sfrego i palmi delle mani sul suo petto umido, sentendo il battito furioso del suo cuore mentre il mio soffre per lui.

"Jase è sempre stato uno che reagisce senza pensare. Non è colpa tua. Non è mai andato d'accordo con i miei fratelli, ma non era mai passato alle mani. Non capisco cos'abbia causato lo sfogo".

"La disperazione", risponde. "Il pensiero di perderti l'ha fatto impazzire".

"Hai sentito il discorso?"

"Ho inteso molto presto la situazione".

"È stato inaspettato. Non avevo idea che volesse rimettersi con me. Ma, anche se fossi single, non sarei interessata. Ho provato a respingerlo con tutta la cortesia possibile, ma poi la situazione è precipitata in un attimo".

"Aveva detto qualcosa che avrebbe dovuto farmelo capire, ma speravo di sbagliarmi".

Assottiglio lo sguardo. "Di che parli?"

"Aveva detto che voleva una seconda chance in amore e che questa volta avrebbe fatto le cose per bene. Quando mi ha portato a fare il giro della casa nuova, ha detto che vuole mettere su famiglia e creare dei ricordi tutti suoi. Non gli ho chiesto di spiegarsi meglio perché pensavo si riferisse al fatto che da bambino non ha potuto crearli. Credevo stesse dicendo di volerli insieme a sua moglie e ai suoi figli".

"Forse il fatto che sei tornato ha fatto riaffiorare alcuni di quei ricordi dolorosi e, invece di discuterne con te, si sta comportando così". Mi stringo nelle spalle. "Comunque sia, ciò non giustifica il suo atteggiamento di oggi".

Aggrotta la fronte. "Hai ragione".

"Ti dispiace se ti faccio una domanda su Lyla?"

Mi sposta delle ciocche bagnate dalla guancia e mi carezza lentamente il viso col pollice. "Chiedi pure".

"Domenica sera hai detto una cosa su cui ho continuato a rimuginare. Jase mi ha sempre fatto intendere che sei scomparso qualche settimana dopo la morte di tua figlia. Tu hai detto che hai viaggiato per circa otto anni. Ma, se lei vi ha lasciati dieci anni fa, cos'hai fatto per i primi due?"

Il pomo d'Adamo si muove quando deglutisce con forza, e ho paura di aver toccato un nervo che lo mette a disagio.

"Sono stato in un centro di salute comportamentale", risponde infine. "Jase non lo sa".

"Oh…" Sbatto le palpebre. "Come mai non lo sa?"

"Non volevo sapesse cosa avevo fatto o, meglio, provato a fare. Se avesse saputo dove ero stato, si sarebbe chiesto il perché, e allora avrei dovuto mentirgli. Non volevo sapesse la verità".

Inclino la testa di lato quando gli si spezza la voce. "Perché sei stato in quel posto?"

Abbassa lo sguardo, serrando la mascella. "Avevo tendenze suicide, Noah. Tre settimane dopo aver sepolto mia figlia, ho chiesto a un amico di ammazzarmi".

Il mio cuore martella nel petto mentre elaboro la sua confessione e cerco le parole giuste da usare.

"Ho sofferto come un cane. Non vedevo la luce in fondo al tunnel e volevo soltanto morire".

"Sei ancora qui; quindi immagino che non sia riuscito a farlo".

"Oh, mi ha sparato. Però non mi ha colpito nel punto da me indicato".

Sbarro gli occhi. "E dove l'ha fatto?"

"Alla spalla". Sposta le sue dita sul braccio sinistro e mi mostra la piccola cicatrice. "Hanno rimosso la pallottola durante l'operazione. Immagina la delusione quando mi sono svegliato all'ospedale".

"Jase non ne sa niente?"

"No. Non volevo pensasse che non fossi abbastanza forte per restare e fargli da padre. È stato il momento peggiore della mia vita e non volevo fornire spiegazioni a un bambino di dodici anni. Mariah gli ha detto che stavo viaggiando per lavoro".

"E quando poi è cresciuto? Avrebbe potuto aiutarlo a capire che cos'avevi passato e perché eri stato così distante".

"Sono cose che non contano, quando sei genitore. Non abbandoni i tuoi figli, punto. È imperdonabile. Mi vergognavo ed ero mortificato. Non volevo sapesse che avevo scelto di morire piuttosto che essere suo padre".

"Il dolore non è tutto bianco o tutto nero, Fisher. C'è una zona grigia, quel posto in cui ci perdiamo talmente tanto da dimenticarci di tutto e di tutti. Il dolore ci consuma così profondamente da renderci ciechi di fronte alla sofferenza delle altre persone coinvolte. Sono certa che anche lui abbia provato la stessa cosa, dopo aver perso sua sorella".

"Non so spiegare perché ho scelto di abbandonarlo quando anche lui stava soffrendo".

"Immagino che, per aver raggiunto un livello simile, tu debba aver provato un dolore incommensurabile. Dovresti dare un po' di credito a tuo figlio. A quest'età, secondo me potrebbe capire".

"Non era solo questione di dolore. C'era anche il senso di colpa".

"È morta in un incidente durante un'escursione, vero?"

"Ho provato a prenderla al volo…" Gli si spezza la voce. "È successo tutto troppo in fretta, maledizione!"

La diga crolla e le lacrime cominciano a sgorgare mentre vedo quanto gli riesce difficile parlarne. La sensazione di bruciore che mi scende giù per la gola mi sta strozzando.

"Le è scivolato il piede mentre si sollevava verso un appiglio. È precipitata verso il basso, gridando mentre cercava di afferrare qualcosa. Stavo quasi per prenderla al volo, ma sono inciampato su una roccia, e il suo corpo si è schiantato di fronte a me".

Dio mio!

Mi si blocca la voce in gola, mentre altre lacrime mi rigano le guance.

"Le si è spezzato il collo sul colpo".

Scuoto la testa, asciugandomi il viso. È un'immagine troppo terribile. Non riesco a dire parola.

"Ho trasportato il suo corpo per tre chilometri e, quando ho raggiunto il mio pick-up, ho contemplato l'idea di buttarmi giù da un burrone per morire con lei. Il dolore è stato immediato e insopportabile. Però sapevo che Mariah meritava di seppellire sua figlia; quindi sono andato al pronto soccorso. Non potevo dirglielo per telefono, così ho chiesto allo sceriffo di portare lei e Jase all'ospedale. Mi batteva i pugni sul petto mentre la stringevo a me, urlando ripetutamente che la sua bambina era morta per colpa mia. Jase è rimasto a osservare il crollo di sua madre, e tutti e due hanno puntato il dito contro di me".

Gli poso una mano sul viso, offrendogli la tacita rassicurazione di cui ha bisogno mentre emette un respiro tremolante. Il suo sguardo cade sui nostri piedi, e lui si schiarisce la gola come se stesse cercando di tenere a bada le sue emozioni.

"I miei genitori mi hanno tagliato fuori dalle loro vite quando ho deciso di lavorare come cavalcatore di tori; quindi per me è sempre stata una priorità avere un legame stretto con i miei figli. Mia moglie e Jase non erano persone avventurose, allora io e Lyla partivamo per conto nostro. Era una mia responsabilità e anche io sentivo che era stata colpa mia. Avrei dovuto starle più vicino o non permetterle di salire tanto in alto, ma Lyla amava sfidare la sorte nonostante i miei avvertimenti. Le piaceva essere coraggiosa e provare cose nuove. Mariah era fissata con l'idea che, se non l'avessi incoraggiata così tanto, lei non avrebbe sentito il bisogno di salire così in alto per ricevere le mie lodi. Dentro di me, sapevo che anche mia moglie stava soffrendo profondamente e aveva bisogno di puntare il dito contro qualcuno".

Non riesco neanche a immaginare come dev'essere stato per entrambi. Perdere i miei zii un paio di anni fa ha sconvolto profondamente la mia famiglia. Non riesco neanche a sopportare l'idea di perdere uno dei miei fratelli o di dover vedere i miei genitori soffrire fino a quel punto.

"Non riuscivo a dormire, a mangiare, a lavorare. Non so neanche cosa sia successo in quelle tre settimane dopo il suo funerale. Ero praticamente intontito; il mio corpo non faceva altro che respirare e rivedere quel momento ogni volta che chiudevo gli occhi. Jase aveva appena perso sua sorella, e i suoi genitori non erano nemmeno in grado di soddisfare i suoi bisogni".

"Mi dispiace tantissimo per quello che vi è successo. Nessun genitore dovrebbe mai seppellire un figlio". Gli prendo la mano e intreccio le mie dita alle sue. Vorrei poter dire la cosa giusta per placare il suo dolore, ma nulla potrebbe mai cancellare la sofferenza e il rimorso che ha provato negli ultimi dieci anni.

"Il mio unico pensiero fisso era quello di togliermi la vita. Non avevo mai pensato alla morte prima del suo incidente, ma non ce la facevo a vivere in un mondo in cui Lyla non esisteva. Mariah non mi guardava neanche. Jase era distante a causa delle sue convinzioni. Volevo porre fine alle mie sofferenze e alle loro. È stata una mossa egoista, ma ai tempi non mi importava".

"Ed è stato allora che hai chiesto al tuo amico di spararti", sussurro.

Annuisce, stringendomi la mano. "Volevo che la mia famiglia ricevesse almeno la mia assicurazione sulla vita. Damien era un poliziotto; quindi aveva la possibilità di far sembrare che fosse stata una rapina andata male o qualcosa del genere".

Emetto un sospiro. "Grazie a Dio che non ti ha dato retta!"

"Dopo il mio risveglio, ero incerto se odiarlo o essergli grato per avermi dato un'altra chance".

"E, quando la spalla è guarita, sei andato in quel centro?"

"Sì, mi ha costretto lui. Ha promesso che avrebbe tenuto il segreto soltanto se avessi accettato di farmi aiutare".

"Ti è servito?"

"Sì e no. Ho passato due anni tra sessioni con lo psicologo e terapia del lutto, ma è un dolore che non sparisce mai. Continui a covarlo dentro, mentre la sofferenza ti tiene in ostaggio. E, perfino quando provo a ricordare a me stesso che posso voltare pagina, il senso di colpa mi trattiene. Dopo dieci anni, ero stanco di quel rimorso che mi paralizzava. Jase è l'unica famiglia che mi sia rimasta, e non volevo passare un giorno di più senza provare a tornare a far parte della sua vita".

"Jase è un ragazzo confuso e ferito, che è stato costretto a crescere troppo in fretta. Non capisce perché l'hai abbandonato. Glielo devi dire, così che possa finalmente chiudere quel capitolo della sua vita. Probabilmente è cresciuto con l'idea che te ne sei andato per colpa sua, che lui per te non era abbastanza. Jase ha bisogno di parlare con qualche specialista per affrontare la sua sindrome dell'abbandono, e conoscere il *perché* non gli sei stato vicino potrebbe aiutarlo con il processo di guarigione".

"Ho paura di peggiorare solo le cose".

"Magari all'inizio sarà così. Ma Jase ha più bisogno di te di quanto sia disposto ad ammettere".

"E, quando gli dirò che mi sto innamorando della donna che vuole lui, secondo te come reagirà? Nulla di quello che potrei dirgli sul passato avrà più importanza. Sono certo che ai suoi occhi sarà il tradimento definitivo, soprattutto ora che so che prova qualcosa per te".

Il mio stomaco si contorce alle sue parole, ma non mi ci soffermo troppo sopra. "A nostro favore, c'è da dire che nessuno dei due sapeva che Jase volesse rimettersi con me. E non sapevo neanche chi fossi, quando ti ho conosciuto".

"Temo che per lui non avrà importanza".

E io temo che Fisher abbia ragione.

Capitolo Ventidue

FISHER

Non avevo mai raccontato quella storia a qualcuno di così caro per me. Le uniche persone che la conoscono sono i miei vari psicologi e il mio amico d'infanzia. Non sento Damien da quando sono tornato a vivere qui, ma mi faccio vivo con lui ogni sei mesi per non farlo preoccupare.

Ammettere di aver rovinato la tua vita fino a quel livello non è un qualcosa di semplice da dire, soprattutto alla persona di cui ti sei innamorato e che vuoi veda solo il meglio in te.

Noah è sempre stata l'eccezione. Con lei sento di poter portare alla luce tutte le parti più oscure di me. Mi ascolta e non mi compatisce. Però non potrò mai farla mia.

Jase non mi perdonerebbe mai, se scoprisse il nostro segreto.

E se non scegliessi mio figlio, non riuscirei mai a perdonarmi di aver rovinato tutto una seconda volta. Jase ha bisogno di suo padre più che mai. Lui ha bisogno di una guida e di una figura di riferimento, ma, soprattutto, io ho bisogno di essere onesto sul perché l'ho abbandonato. Lo chiamo tutte le sere per organizzare qualcosa insieme, ma ogni singola volta si rifiuta di vedermi.

Però non sono tornato a Sugarland Creek per arrendermi tanto facilmente.

Deve potersi fidare di nuovo di me e, se dovesse scoprire che gli ho mentito, non lo farà mai.

Dopo la doccia con Noah, ci sdraiamo sul suo letto, e lei mi permette di abbracciarla, consapevole di quello che accadrà tra di noi. Parliamo del più e del meno, a esclusione del proverbiale elefante nella stanza.

Passano tre ore, prima che si volti e mi guardi.

"Meglio che vada a controllare che sia tutto pronto per domani. Possiamo parlarne di nuovo dopo l'evento?"

La tristezza nella sua voce mi uccide.

Le passo un dito sugli zigomi, sul naso e percorro tutta la lunghezza della sua mascella, imprimendomi nella mente ogni centimetro del suo viso. Annuendo, le rivolgo un sorriso dolce. "D'accordo. Io dovrei andare da Jase".

Quando mi ha accompagnato alla porta, le prendo il volto tra le mani e mi faccio strada tra le sue labbra con la lingua, per un bacio appassionato.

"Posso chiederti un'ultima cosa?" mi domanda, come poso la fronte sulla sua.

"Dicevi sul serio prima quando hai detto che ti stai innamorando di me?"

Cazzo, non mi sta rendendo le cose più facili.

"Sì, Biondina. Era tutto vero".

Salgo gli scalini dell'appartamento di Jase e busso. Quando mi sono presentato dagli Hollis, Garrett mi ha informato che nonna Grace ha medicato mio figlio e che, dopo che loro due hanno fatto una *chiacchierata* sul rispetto, Jase è tornato a casa.

"Che vuoi?" mi chiede Jase, che sembra tanto sconsolato quanto me mentre regge in mano una lattina di birra quasi finita.

Faccio una smorfia quando vedo i due occhi neri e il cerotto sul naso. "Ti sei dato una calmata?"

Si stringe nelle spalle e poi annuisce.

"Bene. Mettiti le scarpe".

"Dove andiamo?" chiede con esitazione, come se fosse pronto a rifiutare.

"A trovare tua sorella".

Non sono più stato alla tomba di Lyla da quando l'abbiamo seppellita. Vorrei poter dire di ricordare ogni secondo di quel giorno, ma ero troppo stordito per metabolizzare quello che mi accadeva intorno. L'unico ricordo che ho è quello di Mariah che piange accanto a sua madre e dei miei genitori seduti vicino a Jase.

A parte quello, la mia mente ha cancellato tutto.

"Tua madre ti ha mai portato qui?" chiedo a Jase, guidando lentamente nel cimitero. Un brivido mi pervade mentre guardo le lapidi. Odio i cimiteri.

"Tutti gli anni, per il compleanno di Lyla". Jase parla a voce bassa, con lo sguardo fuori dal finestrino.

Dopo aver parcheggiato ed essere sceso dall'auto, mi rendo conto che non ricordo dove è stata sepolta. In fondo, non vengo in questo posto dal funerale. Sapevo che, stando qui, avrei sentito la sua assenza e avrei ricordato ciò che è accaduto nelle settimane successive alla sua morte, ma non esiste una scusa valida per non passare a farle visita.

Sono un padre di merda.

Per fortuna, non devo chiedere nulla, perché Jase si incammina. I fiori che hanno lasciato per lei l'ultima volta sono morti da tempo, e mi pento di non aver portato un bouquet fresco.

"Tua madre ha scelto una bella lapide".

Mentre la fisso, la leggo per la prima volta.

Figlia e sorella amata
Lyla Eleanor Underwood
13 ottobre 2001 – 3 maggio 2013

"È stata nonna. Mamma non riusciva a calmarsi abbastanza per decidere".

"Oh". Infilo le mani in tasca, incerto su come cominciare questa conversazione che non avrei mai voluto fare con lui. "Non era l'unica troppo scossa per fare qualcosa".

"Onestamente, non ricordo molto. Solo che mamma piangeva tutto il giorno tutti i giorni e che tu sei scomparso poche settimane dopo". Il suo tono cupo è come una pugnalata al cuore, perché so che rivelargli la verità potrebbe cambiare tutto.

"Non volevo abbandonarti, Jase. Avrei voluto essere abbastanza forte, però ero in guerra con me stesso".

Si gira a guardarmi, le sopracciglia corrugate. "Perché incolpavano te?"

"Anche io incolpavo me stesso. Il rimorso mi ha mangiato vivo. Il dolore di averla persa mi ha consumato". Scuoto la testa. Mi vergogno di aver atteso dieci anni per fargli questo discorso. "C'è una cosa che dovresti sapere sul perché me ne sono andato. Non so quanto possa più avere importanza, ma meriti di conoscere la verità".

Mi metto in ginocchio e stendo il palmo di una mano sull'erba appena tagliata, sentendomi più vicino a mia figlia che in tutti questi anni.

"Sarei morto, pur di salvarla", dico, con un nodo alla gola al pensiero di ciò che ho fatto passare al mio amico d'infanzia e alla mia famiglia. "Ho provato a togliermi la vita, pur sapendo che non l'avrebbe riportata indietro".

Jase si avvicina, ma tengo comunque lo sguardo chino per evitare il suo.

"Quando?"

"Tre settimane dopo". Mi si spezza la voce mentre mando giù il nodo bloccato in gola. "Sentivo di non poter esistere in un mondo in cui lei non c'era. Il dolore ha continuato a soffocarmi finché non ce l'ho più fatta a resistere".

Butta fuori un respiro brusco. "Mamma lo sa?"

Porto lo sguardo nel suo. "Sì".

Aggrotta la fronte. "Non me l'ha mai detto".

"Ha provato a proteggerti mentre stava vivendo nel suo inferno personale. Aveva bisogno di puntare il dito contro qualcuno, e io mi sono offerto volontario perché, indipendentemente da quello che dicevano gli altri, so che è stata colpa mia".

"Come hai provato a ucciderti?"

"Ricordi il mio amico Damien?"

"Sì. Mi ha portato dei regali tutti gli anni per Natale e il mio compleanno".

"Oh. Non me l'ha mai detto". Però è proprio tipico di lui.

"A Braxton non piaceva quando passava a trovarci. Secondo lui, aveva un effetto negativo su mamma. Ogni volta, dopo che Damien se ne andava, per qualche giorno lei si sentiva a pezzi. Però, dato che a me piaceva parlare con lui, lei gli permetteva di stare da noi".

"Lo vedo soltanto un paio di volte all'anno per la stessa ragione", ammetto.

"Cosa c'entra lui con Lyla?" Si siede accanto a me.

Se devo vuotare il sacco, preferisco farlo di fronte a entrambi i miei figli.

"Gli ho chiesto di fare una cosa per me. Vuoi conoscere tutta la storia? Ho provato a risparmiarti i dettagli perché non è una cosa di cui vado fiero, però spiega perché sono scomparso. Almeno per quei primi due anni".

Jase ci pensa un attimo prima di annuire. "Sì, voglio saperlo".

Inspiro profondamente, preparando mente e cuore per questo tuffo nel passato, dopo averlo già fatto con Noah. Però anche lui merita di saperlo.

"Ai tempi, la morte di Lyla è stato il punto più basso della mia vita, finché tre settimane dopo non ho chiesto a Damien di spararmi e ho capito di aver toccato il fondo con *quello*. Tu e tua madre davate la colpa a me, e non mi era rimasto nulla per cui vivere. Pensavo che la morte fosse la mia unica via di uscita".

Gli spiego cos'è successo quel giorno e come mi sono sentito quando mi sono risvegliato all'ospedale. Jase ascolta attentamente ogni parola, ma con un'espressione impassibile. Non saprei dire come sta prendendo il tutto.

"Non puoi chiedere a qualcuno di ucciderti e poi far finta di niente. Soprattutto se si tratta di un poliziotto". All'ironia, scuoto la testa. "Damien sapeva che avevo bisogno di aiuto e che, se non l'avessi ricevuto, prima o poi sarei riuscito nel mio intento. La sofferenza e il dolore erano intollerabili; mi hanno svuotato finché non sono diventato il guscio di me stesso. Così ho passato due anni in un centro di salute comportamentale. Mi mancavi tantissimo, ma tua madre non è mai riuscita a perdonarmi; quindi abbiamo divorziato. Non voleva che tu sapessi dove mi trovavo e, ai tempi, ero d'accordo con lei. Ero preoccupato di come avresti potuto prenderla. Col tempo, ho capito che ho lasciato troppo spazio all'interpretazione sul perché ero scomparso. Non avertelo detto ti ha convinto che ti avessi abbandonato".

"Sì, è vero. Mamma mi ha detto che avevi deciso di viaggiare per lavoro perché stare a casa ti ricordava troppo Lyla", ammette. "Ricordo che mi chiedevo perché non chiamassi mai o non avessi mai mandato una cartolina".

Una fitta di dolore mi assale con forza. Ogni parola di verità che lascia la mia bocca è accompagnata da un dolore acuto nel petto.

"Nella mia testa mi ero convinto che anche tu, come tua madre, mi avessi tagliato fuori dalla tua vita Mi ha detto che stavate meglio senza di me, e quindi pensavo fosse vero. Credevo che non farmi più vivo vi stesse aiutando a voltare pagina. Non volevo ricordarvi ciò che era successo".

"Beh, non era così". Prende un respiro tremolante, come se anche lui stesse lottando con le sue emozioni. "Ho perso mia sorella *e* mio padre nello stesso mese. Pure mia madre, praticamente. È stata malissimo, per anni, e soltanto quando Braxton è entrato a far parte delle nostre vite è tornata più o meno normale". C'è un momento di silenzio quando sposta lo sguardo a terra. "Avevo davvero tanto bisogno di te". La sua voce è bassa e colma di dolore, mentre strappa dei fili d'erba.

Anche se non biasimo Mariah per il modo in cui ha reagito alla tragedia, vorrei fosse stata più onesta con me e non mi avesse fatto credere che neanche Jase mi voleva più intorno.

"Jase". Sospiro profondamente e ricomincio a parlare soltanto quando mi guarda di nuovo. "Ho tantissimi rimpianti. Ho passato gli ultimi otto anni tra sessioni con psicologi e sedute di terapia del lutto. Durante ciascuna di esse, parlavo dei miei obiettivi. Il primo era quello di tornare a far parte della tua vita. Sapevo di aver molto da spiegare e di cui scusarmi. Avevo rovinato tutto, e dovevo trovare il coraggio per ritornare. Mi dispiace tantissimo di averti deluso".

"Ricordo di aver provato un mix di felicità e rabbia quando mi hai chiamato, l'anno scorso. Ero felice perché era incredibile poter sentire la tua voce. Ma arrabbiato perché ho capito quanto facilmente avresti potuto farlo secoli prima. Volevo vederti e aiutarti a compare una casa, ma non ero sicuro di voler un rapporto padre e figlio".

Annuisco, allungando la mano per stringergli la spalla. "Vorrei poter tornare indietro e agire diversamente. Fidati. Vivrò con quei rimpianti fino al giorno della mia morte. L'unica scusa che ho è che il dolore ha preso il sopravvento. Perfino dopo aver lasciato il centro, non ero più lo stesso uomo che avevi conosciuto. Però adesso sono qui, e voglio far parte della tua vita, se me lo permetterai. Possiamo seguire insieme una terapia familiare, oppure trovare un gruppo per l'elaborazione del lutto. Sono disposto a qualunque cosa. E lo so che non mi devi assolutamente niente. Quindi, se non ti senti pronto, rispetterò la tua decisione".

"Non è così semplice". China la testa. "Una parte di me ha paura che tu te ne vada di nuovo".

Abbasso la mano e la poso sul mio ginocchio. "È comprensibile. Ma, per tua informazione, non ti abbandonerò più. Sono qui perché ci sei tu. Se ti trasferissi nel luogo più freddo della Terra, ti seguirei. Però, ti prego, non farlo, perché, cazzo, quanto odio il freddo!"

Un lieve sorriso appare sul suo viso ben curato. "Ricevuto".

Segue un momento di silenzio mentre ascoltiamo il fruscio degli alberi mossi dal vento.

"Io non pensavo fosse colpa tua, comunque", lo dice a voce talmente bassa che quasi non lo sentivo.

Inclino la testa di lato, mentre un altro brivido mi assale. Ci sono trenta gradi; eppure ho le ossa gelate. "In che senso?"

Il suo sguardo trova il mio. "Per la morte di Lyla. Hai detto che io e mamma abbiamo incolpato te, ma io non l'ho fatto".

Sollevo le sopracciglia. "Oh. Credevo ti avesse detto com'è morta".

"Ha detto solo che è caduta da un dirupo e non l'hai presa in tempo. Poi ha detto che era colpa tua se si trovava lì. Ho saputo tutta la storia soltanto quando me l'ha raccontata Damien, appena ho compiuto sedici anni".

Trasalisco, e il mio corpo trema. Leccando le labbra secche, poso lo sguardo sulla lapide. "Che ti ha detto Damien?"

Jase ripete gli eventi esatti di quella giornata. Sapeva anche tutto ciò che ho detto a Noah, ma per tutti questi anni io non ne avevo idea.

"E mi ha anche detto che, secondo lui, non è stata colpa tua", aggiunge. "E neanche secondo me".

Sollevo la testa e incrocio il suo sguardo. "Davvero?"

"A me pare sia stato un tragico incidente. Non è colpa di nessuno. Lyla era inarrestabile. Ricordo quanto fosse avventurosa". Sorride mentre guarda il cielo. "Mi supplicava sempre di andare con lei su per le colline o di venirne giù in bicicletta. Era un'amante del brivido. Eravamo diversi in questo, ma io la ammiravo".

Gli occhi mi si riempiono di lacrime per la seconda volta in un giorno solo. "Non sai cosa significhi per me sentirtelo dire". Strofino il palmo della mano sugli occhi e annuisco. "E sì, era sempre a caccia di adrenalina, come me. Più qualcosa era pericoloso, più lei voleva farlo".

Jase riporta lo sguardo su di me, gli occhi assottigliati. "Papà, non ti ritengo responsabile per quello che è successo a Lyla, ma per avermi abbandonato quando *io* avevo bisogno di te. Ho passato anni a chiedermi per quale mio difetto tu avessi deciso di andartene. Ho cominciato a credere che, se fossi stato simpatico come Lyla o estroverso quanto lei, allora magari saresti rimasto". Gli si spezza la voce, e io mi avvicino per attirarlo in un abbraccio. Le lacrime rigano le guance di entrambi mentre restiamo fermi in questa posizione per alcuni minuti.

"Mi dispiace tantissimo, Jase. Non saprei neanche esprimere quanto. Avevi bisogno di me, e io ti ho deluso".

"Vorrei fidarmi di nuovo di te", ammette. "Però una parte di me è ancora furiosa".

"Lo so". Annuisco, lasciandolo andare. "Voglio che lavoriamo insieme per poter creare un rapporto forte, sano e di fiducia. È l'unico motivo per cui sono qui. Sei la mia priorità. Non voglio mai più farti del male comportandomi diversamente da come meriti".

Il senso di colpa per essermi innamorato di Noah mi tormenta, perché so che cosa devo fare per poter mantenere questa promessa. Farà un male cane, e lei mi odierà, ma questa volta devo scegliere mio figlio e non perseguire la strada dell'egoismo. Quando la vita si è fatta più dura, desideravo morire, e di conseguenza l'ho abbandonato. Ma poi sono sopravvissuto, e me ne sono andato comunque.

Se lui prova qualcosa per Noah, non accetterà mai che la ami anche io.

Ora ha più bisogno di me che mai. Devo lasciargli tempo per guarire e avere pazienza perché il nostro rapporto possa ricucirsi. Se dovesse scoprire che gli ho mentito e frequentato in segreto la sua ex, non mi perdonerebbe una seconda volta.

"Ricordi quando Lyla ha preparato il suo zainetto di Barbie e ha detto che voleva fuggire in bici?" mi chiede Jase con una risata, mentre fissa la lapide.

"Oh, sì. Aveva preparato un panino con burro d'arachidi e marmellata; poi aveva preso una busta di Doritos e due succhi di frutta". Rido al ricordo. "Tua madre ci ha detto di darle corda; quindi ci siamo assicurati che avesse preso i vestiti giusti e allacciato le scarpe, e io ho gonfiato le ruote".

"Era stranamente intelligente, per avere nove anni. Ed era pure un po' sfacciata". Jase fa un sorrisetto. "Ma perché voleva fuggire?"

Mi passo una mano tra i capelli mentre ricordo quel giorno. "Voleva un cagnolino: quindi aveva deciso di trovare una nuova famiglia che le permettesse di avere tutti i cani che voleva".

"Giusto".

"È balzata in sella ed è andata dai Mueller. Avevano un San Bernardo che l'ha inseguita nel loro cortile, finché alla fine lei non è crollata per la stanchezza. Dopo che è addormentata sul loro divano, io e tua madre siamo andati a prenderla in macchina e l'abbiamo riportata a casa. Mentre le rimboccavo le coperte, ha chiesto se potevamo avere un cane come il loro".

"E poi ne abbiamo preso uno quattro mesi dopo".

Scoppiamo a ridere entrambi, perché Lyla era davvero tenace quando voleva qualcosa.

"L'aveva chiamato Piccolo, vero?" gli chiedo.

"Sì, Piccolo il San Bernardo".

Sorrido perché altri ricordi di Lyla che avevo rinchiuso in un angolino della mente stanno tornando in superficie. Riviverli era troppo doloroso, ma adesso sono contento di averli.

"È morto qualche mese dopo che te ne sei andato", ammette Jase. "Il veterinario ha detto che aveva una rara patologia cardiaca. Mamma era convinta fosse morto di crepacuore, perché Lyla gli mancava tanto quanto a noi".

Scuoto la testa. "Mi dispiace tanto".

Jase annuisce, come se un groppo gli impedisse di parlare.

Quando il vento si alza, decidiamo di andarcene, ma poi chiedo a Jase di lasciarmi solo per un momento. Torna al mio pick-up, mentre io rimango di fronte alla lapide, a scusarmi ancora e ancora per non essere venuto prima.

"Non smetterò mai di desiderare di essere morto io, quel giorno, e non tu. Un giorno ci ricongiungeremo e, quando quel momento arriverà, ti prenderò al volo e non ti lascerò mai più andare. Riposa in pace, bambina mia".

Mentre mi allontano, lascio che le lacrime sgorghino liberamente, anche se detesto che accada. Ho fatto del mio meglio per non abbassare la guardia, ma, dopo essere crollato con Noah ed essere venuto qui con Jase, era normale che finisse così.

Appena salgo in macchina, metto in moto e abbasso i finestrini.

"È stupido pensare che potrei avere una famiglia normale e felice tutta mia? Una moglie e dei figli, magari perfino un cane o due", mi chiede Jase, guardando fuori mentre usciamo dal cimitero.

"No, affatto. Meriti di trovare qualcuno che ti renda felice. Trovare la persona con cui puoi passare il resto della tua vita è una cosa meravigliosa. Ed essere padre è l'emozione più grande di questo mondo. Stringere te e Lyla da piccoli mi rendeva tanto orgoglioso. Lo so che può essere difficile crederci dopo quello che ho fatto, ma voi due siete stati i miei più grandi successi e due vere e proprie benedizioni".

"Immagino di aver rovinato tutto con Noah", mormora.

Il mio cuore ha un sussulto quando sento quel nome uscire dalla sua bocca. Dobbiamo parlare di lei e di quello che le ha fatto, ma la nostra conversazione cuore a cuore aveva la priorità, ed è per questo che l'ho portato qui.

Mi schiarisco la gola. "Vuoi parlarne adesso?"

"Non le ho mai parlato in quel modo. Lo so che ho esagerato, ma non sono riuscito a contenere la rabbia. Non mi perdonerà mai".

"Invece potrebbe. Perché hai reagito in quel modo?"

"È una cosa stupida". Si stringe nelle spalle, ma lo incoraggio a dirmelo comunque. "Craig Sanders dice che l'ha vista pomiciare con un tipo nel suo pick-up al Twisted Bull, la sera che siamo andati insieme al Lilian's. Immagino di essermela presa perché ho sempre pensato che un giorno ci saremmo rimessi insieme. Se potessi dimostrarle che sono l'uomo giusto per lei, capirebbe che siamo compatibili. Un buon lavoro e una casa nuova. Il passo successivo è mettere su famiglia. Quando mi ha rifiutato, non so cosa mi sia preso, ma ci ho visto rosso. Il pensiero di lei con un altro non mi ha mai assillato… fino a ora, direi".

La mia schiena si tende come la corda di un arco, mentre resto in attesa di vedere se mi chiederà quello che mi aspetto.

Per caso sa che quella sera l'ho accompagnata io a casa col suo pick-up? O crede che ci siamo spostati ognuno per conto proprio?

"Eri lì con i suoi fratelli, giusto? L'hai vista con qualcuno? Quando mi ha rifiutato, le ho chiesto chi è che sta frequentando, ma non ha voluto dirmelo".

"Ehm… sì, stava ballando con un tipo". Non è una menzogna, ma mi sento comunque una vera merda. "Beh, c'era anche Magnolia. Sono stati tutti e tre insieme per un po'".

"Dovevo saperlo che avrebbe trovato qualcuno migliore di me".

Il fatto che Jase si senta così giù di corda è legato alla sua bassa autostima. Un'altra cosa che avrei dovuto insegnargli io.

"La ami ancora, quindi?" Procedo con cautela, sperando che non mi legga come un libro aperto.

Si stringe nelle spalle, e mi si secca la gola.

"Credevo di sì, forse, ma, dopo aver parlato con nonna Grace, diciamo che ho capito che ero innamorato dell'*idea* di amarla: avere una partner, una moglie, qualcuno che mi aspetti a casa. Le voglio bene, questo lo so, ma non sono sicuro di volere una relazione con lei".

Sbatto le ciglia un po' di volte, non sapendo se dovrei sentirmi sollevato o meno.

"Ha senso?" mi chiede.

"Certo".

Che no.

Però non voglio dargli qualche indizio che potrebbe portarlo a scoprire la verità. Non questa qui.

Sarebbe un tradimento da cui non riusciremmo mai a riprenderci.

"Devi chiederle scusa", gli dico. "E anche ai suoi fratelli".

"Mi hanno preso a calci! A quelli lì non dico un cazzo".

Lo fulmino con lo sguardo. "Li hai costretti a proteggere la loro sorella minore".

"Potevano farsi i fatti loro. Noah sa badare a sé stessa". Fa un cenno verso il suo pacco, e io trattengo una risata.

Un'ondata di orgoglio mi travolge, perché so che è proprio così.

"Anche io mi sono preso un pugno per te", gli ricordo, con un sorrisetto.

Un lieve sorriso gli arriccia le labbra. "Non avresti dovuto provare a proteggermi".

"Jase…" dico in tono delicato. "D'ora in avanti ti proteggerò sempre".

Anche se significa doverlo proteggere da una verità che lo ferirebbe.

"Vuoi entrare per una birra?" mi chiede, quando parcheggio di fronte al suo appartamento.

Spengo il motore. "Sì, volentieri. Però non posso restare troppo, visto che domani faccio da giudice".

"Il mio capo è incazzato perché non ho preparato lo stand. Ha mandato qualcun altro, ma tanto so che non sarò più il benvenuto".

Lo seguo alla porta. "Aspetta qualche giorno, poi chiedi scusa e rimedia ai tuoi errori. Noah mi pare una ragazza comprensiva".

O, almeno, lo spero.

"Lo è. I suoi fratelli mi odiavano già da prima; quindi non riuscirò mai a conquistarli".

"Non vedo perché no. Vi piace scatenarvi e alzare le mani".

Sbuffa, aprendo la porta prima di entrare. "Direi che non basta avere delle tendenze violente in comune per andare d'accordo. Non mi va di dover schivare i loro pugni tutte le volte che ce li ho intorno".

Scoppio a ridere e annuisco, mentre lui mi conduce in cucina e poi mi passa una lattina dal frigorifero. "Stai descrivendo tutti i ventenni irruenti che ho conosciuto. Diamine, pure io ero così. Prima o poi supererete questa fase e prenderete decisioni più sagge". Apro la linguetta. "Cominciando dal non comprare birra così scadente".

"Ehi, adesso ho un mutuo e le bollette da pagare. Bisogna essere responsabili e tutte quelle stronzate lì".

Mettendo giù la lattina, faccio qualche passo e prendo Jase tra le braccia. Non lo abbracciavo così da quando era dodicenne e, anche se adesso è un uomo di ventiquattro anni, per me sarà sempre il mio bambino. Un ragazzino che ha bisogno di suo padre, indipendentemente dall'età.

All'inizio, ho paura di essermi spinto troppo oltre, ma poi lui si gira e ricambia il gesto.

È la sensazione più bella di questo mondo.

Posso farcela. Posso essere qui per lui mentre lavoriamo sul problema dell'abbandono e sul conseguente dolore. Possiamo imparare a conoscerci di nuovo, e magari, un giorno, la sofferenza che gli ho causato si attenuerà.

"Ti voglio bene, Jase. Lo so che ho molto da farmi perdonare, ma, se me lo permetti, mi impegnerò con tutto me stesso".

Quando lo lascio andare, Jase ha gli occhi rossi.

"Mi farebbe davvero tanto piacere, papà".

È la prima volta che mi chiama papà con un tono colmo di ammirazione.

"Abbiamo molto da recuperare". Gli sorrido e mi appoggio al bancone della cucina.

"Da cosa vuoi cominciare?"

"Perché non mi parli un po' della prima volta che hai guidato?"

L'angolo delle sue labbra si solleva, e ride. "Vai proprio dritto alla roba migliore, eh?"

Quando me ne vado, ore dopo, mi fa male tutta la faccia per aver sorriso così tanto. Io e Jase ne avevamo bisogno più di quanto volessi ammettere, ma finalmente sembra che stiamo facendo progressi.

Capitolo Ventitré

NOAH

"Buongiorno, dormigliona!" Magnolia irrompe dalla porta con due caffè in mano.

Rimango paralizzata per lo shock, con un asciugamano avvolto attorno al corpo mentre lei sfodera un sorriso enorme.

"Caffelatte?" Me lo porge, e io lo prendo con esitazione.

"Chi sei e che ne hai fatto della mia migliore amica?" Sollevo il coperchio e annuso il liquido prima di berlo.

Sono solo le sette del mattino, e Magnolia Sutherland è vispa e arzilla come fosse pronta a conquistare il mondo.

"La tua migliore amica che non deve lavorare e sopportare la signora Blanche per tutto il giorno".

"Mmh. Che buono!" Faccio roteare il bicchiere prima di bere un sorso più lungo. "Sa di noci".

"È un mocaccino con cioccolato bianco e gusto toffee, con sciroppo di caramello e uno shot di espresso extra".

"L'hai preparato a casa?"

"Se venissi mai da me, vedresti tutta la mia nuova attrezzatura per i caffè. Ho comprato altri sciroppi e un montalatte costoso". Mi segue fino al bagno.

"Sul serio, devi mollare il lavoro e aprire un bar tutto tuo. La roba della signora Blanche non si avvicina neanche a questo livello". Le rivolgo un largo sorriso dallo specchio.

"Nessuna banca in tutto il Tennessee mi darebbe mai un prestito, con l'affidabilità creditizia che ho. Mi servirebbe un garante, e i miei mi hanno già detto di no", risponde, sedendosi sul water mentre io prendo il necessario per prepararmi.

Se la sono presa perché non è andata all'università; quindi non vogliono sborsare neanche un soldo per mantenerla. Ha lasciato casa e ha trovato un impiego, ma detesta lavorare per qualcun altro. Magnolia sarebbe una piccola imprenditrice fantastica, se solo avesse l'opportunità di dimostrare quanto vale.

"Ti sei fatta un'idea di quanto ti servirebbe?" Prendo la trousse; poi frugo dentro per trovare la crema idratante e il correttore.

"Beh, no, non ancora. Però stavo facendo qualche ricerca online e ho trovato delle idee adorabili per dei bar mobili. Praticamente come i furgoncini per il cibo, però per il caffè. La spesa iniziale maggiore sarebbe per l'acquisto del veicolo, ma il resto sarebbe piuttosto economico. Potrei cambiare luogo a rotazione dopo qualche mese, accrescere la mia clientela… e poi chi lo sa? Magari riesco a trovare un luogo fisso e a conoscere il mio futuro marito".

Mi scappa da ridere. "Un obiettivo alla volta, Mags".

Apre la galleria sul telefono e sfoglia le immagini che ha salvato.

"Quelli in tema western sono adorabili! Oddio, è un'idea pazzesca!"

"Vero? Tingerei l'esterno di un bel rosa o magari turchese; poi farei un'insegna stilosa con scritto "Mocaccino Mattutino di Magnolia", o roba simile. Comunque sia, mi servirebbe un prestito per comprare il veicolo e assumere un imprenditore per rimetterlo a nuovo, a meno che non riesca a trovarne uno già pronto che ha solo bisogno di qualche lavoretto. Dovrei pagare i permessi e le licenze e poi ordinare tutto il materiale e l'attrezzatura. Quindi immagino di dover iniziare con quaranta o cinquantamila, no? O giù di lì, comunque".

"Ok, non mi pare così male per una start-up. Scommetto che una banca approverebbe il tuo progetto".

"Per caso conosci qualche banchiere che non mi chieda soldi per almeno un anno?"

"E se provassimo a ottenere un finanziamento su Kickstarter? La gente potrebbe acquistare il caffè per un anno intero, e tu ricevi subito i soldi". Mi stringo nelle spalle, non sapendo se funzionerebbe davvero; ma, conoscendo Magnolia, non si darà pace finché non avrà ottenuto quello che vuole.

"Possiamo fare brainstorming un'altra volta. Oggi è il tuo giorno! Sei emozionata?"

"È il giorno dell'evento di beneficenza, vorrai dire".

Agita la mano, liquidandomi. "Sì, beh, pure quello. E devi anche aggiornarmi sulla situazione con Fisher. Hai saputo niente di Jase?"

Quando ieri sera Fisher se n'è andato, ero troppo esausta a livello emotivo per sentirla al telefono; quindi le ho scritto un breve resoconto di quello che è successo quando Fisher è venuto da me.

"No, so solo quello che mi ha detto papà: nonna Grace l'ha medicato, lui gli ha fatto un discorsetto e poi Jase se n'è andato a casa. Dopo avermi salutata, Fisher è andato da lui. Poi non ho più saputo niente".

Tiro fuori il mascara e finisco di applicare il trucco.

"Tu che ne pensi? Che ti dice il tuo istinto?"

Spazzolo i capelli, mentre guardo il mio riflesso. "Non gli chiederei mai di scegliere tra di noi e, anche se ci provasse, non glielo permetterei. È tornato qui per Jase, che ha chiaramente bisogno di suo padre. Se Jase prova davvero qualcosa per me, questo complica ancora di più le cose. Anche se io non sono interessata, Fisher non rischierebbe comunque. Ha già detto che non vuole rovinare tutto una seconda volta con suo figlio. Non posso mettermi tra di loro. Finirebbe per covare rancore nei miei confronti, e così non ne sarebbe valsa la pena".

"Allora… stai dicendo che tra voi è finita?" Incrocia le gambe, mentre mi fissa.

Sentirlo dire a voce alta mi frantuma il cuore in mille pezzettini.

"Dentro di me ho ancora la speranza che riusciremo ad aggirare gli ostacoli, anche se ne dubito. Fisher credeva che Lyla fosse morta a causa sua, poi ha abbandonato Jase quando era soltanto un ragazzino. Non commetterà un'altra volta quell'errore. Io sono la minaccia che potrebbe portargli via tutto. Sarebbe uno stupido se continuasse a frequentarmi in segreto".

"Non è giusto, Noah. Jase deve crescere e superare la cosa".

"Non è così semplice, Mags. Fisher crede che basterebbe il suo tradimento a rovinare il loro rapporto. Se scoprisse che ci siamo messi insieme alle sue spalle, potrebbe non perdonare mai più suo padre. Se gliene parlassimo, Jase potrebbe costringerlo a fare una scelta. Onestamente, non so come potrebbe reagire, ma, dopo la scenata di ieri, non credo andrebbe a finire bene".

"Beh, ha problemi con suo padre. Chi è che non ce li ha? Può parlare con uno psicologo come fanno tutti e permettere a Fisher di essere felice".

Prendo il phon e srotolo il cavo. "Ora capisco perché non hai passato psicologia all'ultimo anno".

"Era una palla mortale, con quel prof. Monotono che mi faceva addormentare. Non è stata colpa mia".

"Mi trovi un outfit carino, mentre finisco di prepararmi?" le chiedo, sentendo il disperato bisogno di cambiare argomento.

"Carina e professionale… o carina per sedurre il padre del tuo ex?"

"Ma queste cose che te le chiedo a fare?"

Balza in piedi e mi prende tra le braccia. "Perché mi *aaaaaaamiiiii*".

Alzo gli occhi al cielo, poi accendo il phon.

Oggi ci sarà caldo come al solito, ma, visto che ci saranno

anche dei giornalisti locali, voglio essere un minimo presentabile per le fotografie. Invece di raccogliere i capelli come capita, cosa che faccio quasi tutti i giorni, faccio una mezza coda e lascio alcune ciocche a incorniciare il viso.

"Che bomba sexy!" esclama Magnolia appena entro in camera. "Che hai scelto?"

"Due vestitini: uno verde oliva, con delle balze arrapanti sul fondo, oppure uno giallo girasole che pare pretendere sculacciate". Regge una gruccia per mano e le muove su e giù. "Quale preferisci?"

"Non dovrebbe manco sorprendermi che non hai nessuna opzione carina e professionale". Ridacchio, poi prendo quello verde oliva.

Dopo essermi vestita, indosso i miei stivali da cowboy preferiti. Poi metto i gioielli, cosa che non faccio spesso, visto che passo le giornate ad allenarmi; ma oggi voglio mettermi in tiro.

"Stai tirando fuori l'artiglieria pesante per Fisher, eh?" Magnolia è seduta sul bordo del mio letto, a seguire ogni mia mossa.

"Già, dei braccialetti e degli orecchini a cerchio dovrebbero bastare per convincerlo a scaricare suo figlio e scegliere me", dico piattamente.

Si alza e si mette alle mie spalle, mentre mi guardo nello specchio a figura intera.

"Con me non devi fingere, Noah. È normale che tu stia male perché non potete stare insieme".

"Oggi preferirei proprio non pensarci. Almeno non finché non sarò costretta a farlo. Fisher sarà tra i giudici; quindi non potrò evitarlo. Vorrei poter vivere nella mia bolla di inconsapevolezza per un altro giorno".

Mi posa la testa sulla spalla. "Ok. Però sappi che sarò qui, quando avrai bisogno di me. Se hai bisogno di tirare ginocchiate a qualche cazzo o di buttare del caffè caldo in faccia a qualcuno, ti basta chiamarmi. Però preferirei la prima opzione, perché sprecare il caffè è un crimine".

Inclino la testa sulla sua e sorrido. "Grazie, Mags. Sono contenta di poter sempre contare su di te, quando ho bisogno di vendicarmi".

"Giorno e notte!"

Quando arrivo alla scuderia, trovo tutti quanti al lavoro. Abbiamo preso in prestito alcuni garzoni dall'agriturismo per svolgere i compiti più disparati. Saranno presenti anche lo sceriffo Wagner e alcuni dei suoi uomini, per assicurarsi che tutti siano al sicuro e che non capiti niente.

La consapevolezza di non poter parlare di cose personali con Fisher mi peserà sul cuore per tutto il giorno. Ma spero che Magnolia ed Ellie, le mie fidate aiutanti, riescano a distrarmi con la loro parlantina.

Entriamo nella zona dei cavalli in pensione, dove Ayden sta già lavorando. Date le attività di oggi, ha dovuto cominciare perfino prima del solito per pulire i box e distribuire il cibo e l'acqua, e deve anche essere disponibile ad aiutare i concorrenti a preparare i cavalli.

"'Giorno, signore", ci saluta Ayden, venendoci incontro con una pala.

"Come procede? Possiamo aiutare in qualche modo?"

"Non offrire *me* come volontaria per il lavoro manuale". Magnolia mi dà una gomitata.

Le do un'occhiata di sbieco, e lei fa spallucce.

"Io supervisiono", precisa.

Dopo essere passate anche da Rudy e Trey per controllare che vada tutto bene, io e Magnolia andiamo a cercare Ellie.

Nonostante il suo disappunto per il fatto che oggi Ranger non può gareggiare, è di buon umore.

Gli allenatori e i partecipanti cominciano ad arrivare, e li accolgo personalmente uno per uno mentre scaricano i cavalli. Mamma e nonna hanno passato questa settimana a preparare delle bomboniere di benvenuto, che distribuisco quando tutti si sono sistemati. La maggior parte di queste persone le ho incontrate di sfuggita ad altre gare oppure ho visto le loro fotografie su delle brochures, però mi fa piacere poterle conoscere ufficialmente.

"Grazie per non aver invitato Craig Sanders. Mi sta tormentando da quando ho rifiutato la sua offerta di lavorare con lui". Brittany MacIntire si avvicina con la sua allenatrice, Amelia Bradshaw.

"Ti capisco benissimo". Grugnisco.

"Ehi, ma io ho sentito che sarebbe venuto". Amelia ci guarda. "Me l'ha detto la sorella di uno dei suoi clienti".

"Ha ancora qualche cliente?" Mi viene da ridere. "Beh, considerando che ha violato la nostra proprietà privata e ha vandalizzato il centro di addestramento, se si presenta qui verrà scortato via dalla polizia".

"A quanto pare, non gli è andato giù che le sorelle Fanning l'abbiano scaricato per venire da te". Amelia si stringe nelle spalle. "Non che possa biasimarle".

Non c'è alcuna amarezza o invidia nel suo tono, una sorpresa davvero gradita. Harlow e Delilah Fanning meritano un addestratore in grado di aiutarle a fare progressi, non uno che si mette a urlare quando fanno qualche errore. Dato che Harlow è una mia cliente, oggi gareggia; invece non ho potuto inserire Delilah, dal momento che non abbiamo ancora instaurato un rapporto professionale. Ma viene comunque a fare il tifo per sua sorella.

Chiacchieriamo per qualche altro minuto prima che vada ad accogliere i nuovi arrivati. Quasi tutti gli addestratori hanno dai dieci ai quindici anni in più di me, mentre i loro clienti hanno più o meno la mia età. Ma credo che questo non faccia che aiutarmi a legare meglio con loro. Quando si tratta di cavalli, sono una persona molto paziente e comprensiva, a differenza di altri addestratori che si innervosiscono e si irritano facilmente. Queste cose i cavalli le percepiscono, e spesso influiscono sul loro apprendimento e sulle performance.

"Tutto bene, tesoro?" mi chiede mia madre mentre ci dirigiamo al centro di addestramento, dopo aver aiutato tutti a sistemarsi. Lei e papà sono arrivati in anticipo per salutare gli ospiti prima dell'apertura.

"Sì, sono solo nervosa. Ma sono contenta che finalmente il gran giorno sia arrivato". Sfodero un largo sorriso. "Non sarebbe stato possibile senza di voi".

Mi passa un braccio sulle spalle e mi stringe. "Hai fatto tutto quanto tu, Noah. Noi abbiamo soltanto dato una mano. Sei tu la mente che l'ha reso possibile. Sarà straordinario. Vedrai".

Le tocco la mano che mi ha posato sulla spalla. "Grazie, mamma".

Quando entriamo, vediamo papà che armeggia con il microfono al tavolo del presentatore. Ha un sorriso enorme sul viso e si è messo in tiro, con jeans scuri, stivali, una camicia blu infilata nei pantaloni e il cappello da cowboy.

"Su chi è che vuoi fare colpo, cowboy?" ironizza mia mamma, dandogli un bacio.

"Devo pur trovare il modo di convincere 'sta gente a spendere soldi", risponde lui, e scoppiamo a ridere.

"L'hanno già fatto, se hanno comprato il biglietto", gli ricordo.

"Già, e ora devo farli partecipare all'asta silenziosa". Fa l'occhiolino.

"Se vuoi fare soldoni, metti all'asta degli appuntamenti con i gemelli. Le donne vogliose pagherebbero cifre assurde". Ridacchio, aspettandomi che anche i miei genitori ridano alla battuta; invece, papà si fa serio e prende il cellulare.

"Guarda che stavo scherzando". Mi chino su di lui mentre scrive sullo schermo.

"Troppo tardi. Ho detto a Landen di aggiungerlo alla lista".

"Grandioso. Beh, se qualcuno lo chiede, non è stata una mia idea". Sollevo le mani. Però in realtà si meritano quest'umiliazione, dopo tutte le stronzate che fanno per tormentarmi.

Ellie e Magnolia mi raggiungono e trovano dei posti dietro al tavolo dei giudici. Io starò poco lontana insieme ai miei genitori, ad assicurarmi che tutto proceda senza intoppi, mentre Ayden e gli altri garzoni si occuperanno dei cavalli. Landen e Tripp penseranno a schierare i gareggianti e Wilder e Waylon porteranno fuori i barili e gli ostacoli.

Nonna Grace arriva con Mallory e Serena e tutte e tre si mettono sulle gradinate vicino a mia madre. Saluto alcune persone che cercano posti per sedersi. Altri garzoni vanno in giro ad aiutare gli ospiti, e presto l'arena è piena zeppa di gente. Il mio cuore si riempie d'orgoglio, e uno stormo di farfalle mi invade lo stomaco. La giornata per cui ho lavorato negli ultimi sei mesi sta per cominciare.

Wilder entra mordicchiando una gigantesca pannocchia di granturco e masticando a bocca aperta.

"Quella dove l'hai presa?" gli chiedo, con le mani sui fianchi.

"Che vuoi? I furgoncini hanno aperto".

"Dovresti *aiutare*", gli ricordo.

"Rilassati. Sono bravo col multitasking. Chiedi a Jen". Agita le sopracciglia, e mi viene da vomitare. "E poi stavo accompagnando dentro i giudici. Sono arrivati".

Il battito del mio cuore accelera quando vedo Fisher in fondo alla fila. I miei genitori stringono la mano a tutti quanti e li ringraziano per essersi offerti volontari. Lo sguardo di Fisher trova il mio, e mi giro subito dall'altra parte prima che qualcuno noti la tensione che aleggia tra di noi. Quando i giudici si siedono al tavolo di fronte, papà distribuisce un fascicolo per ciascuna gara contenente le informazioni di tutti i partecipanti.

"Quando arriva il portavoce dell'ente di beneficenza, puoi cominciare", dico a papà appena ha finito.

Ho chiesto che inviassero qualcuno che partecipasse all'evento e a cui potessimo presentare un assegno a fine giornata.

Magnolia mi ficca un dito nel fianco, attirando la mia attenzione; poi fa un cenno verso una persona che ci sta raggiungendo.

Oh, merda!

Non mi aspettavo di vederlo, visto che vive a qualche ora da qui.

"Noah. Magnolia. Splendide come sempre". Fa un fischio, e un brivido mi pervade.

"Ciao, *Ian*". Mi costringo a sorridere, pregando con tutta me stessa che non riconosca Fisher, dopo averci beccati nel furgoncino la notte del rodeo.

"Che ci fai qui?" gli chiede Magnolia, attirando di proposito la sua attenzione su di sé.

"Non pensavate mica che mi sarei perso l'evento dell'estate, vero? Sapevo che vi avrei trovate qui, e non potevo resistere all'idea di rivedervi". Invece di capire che non è il benvenuto, si siede nella fila dietro di noi.

"Che gentile che sei a voler supportare la nostra iniziativa *benefica*, Ian!" Metto enfasi sulla parola per sottolineare che non si tratta di un evento di socializzazione.

Appena pronuncio il suo nome, Fisher si gira. Fa schizzare lo sguardo da me a Ian, e noto come cambia espressione appena lo riconosce. Sbarro gli occhi e scuoto la testa per indicargli di non voltarsi. Mi scocca un'occhiata preoccupata e poi si gira di nuovo verso l'arena.

Ian continua a parlare con Magnolia: le chiede perché non gli ha mai scritto dopo il rodeo e insiste che dovrebbero uscire insieme qualche weekend. Lei prova a rifiutare, ma lui non recepisce il messaggio.

"A Mags non piacciono le relazioni a distanza. Quindi, a meno che tu non ti trasferisca qui, direi che non ha senso frequentarvi", intervengo, quando le guance di Magnolia sono in fiamme per la frustrazione.

Lei fa schizzare la testa verso di me e sussurra: "Non fargli venire strane idee".

"Mai dire mai. Per la persona giusta, mi trasferirei anche". Fa un sorrisetto malefico. "A proposito… tu stai ancora con quel tipo con cui ti ho beccata nel furgone del cibo?"

Merda!

"Chi?"

Ovviamente Wilder ritorna proprio nel momento meno opportuno.

"Non sono affari tuoi", borbotto. "Vattene".

"Mi hai appena fatto la ramanzina perché devo dare una mano. Adesso vuoi che me ne vada? Deciditi, accidenti!"

"Vai a cercare il portavoce, così possiamo cominciare". Gli dico. "Si sarà perso".

"E come faccio a sapere che faccia ha, scusa?"

"Io lo conosco. Vengo con te!" Magnolia balza in piedi, impaziente di allontanarsi da Ian, ma, allo stesso tempo, mollandomi da sola con lui.

"Quei due stanno insieme?" mi chiede Ian, seguendoli con lo sguardo mentre escono dall'arena.

"Bleah, no. A lei interessa un altro Hollis". Ridacchio da sola.

"Sei tornata con Jase?"

"No", rispondo con decisione.

"E allora perché non posso sapere chi ti sei fatta al rodeo? È qui?" Si guarda intorno.

Mi avvicino e abbasso la voce. "Non voglio che i miei genitori lo sappiano; quindi o ti tappi la bocca o chiedo allo sceriffo Wagner di scortarti fuori. Ci siamo capiti?" Sfodero un largo sorriso.

Raddrizza la schiena e si schiarisce la gola. "D'accordo, come vuoi tu".

Quando torno al mio posto, vedo avvicinarsi Wilder e Magnolia con il signor Billings. Mio padre lo saluta e lo presenta ai giudici; poi io gli stringo la mano e lo ringrazio per essere venuto. Mamma lo accompagna al suo posto e, quando è tutto pronto, papà prende il suo microfono e si mette tra i barili al centro dell'arena.

"Benvenuti al primo Evento di Beneficenza Hollis! Siamo davvero lieti di avervi qui per raccogliere fondi per la Fondazione Nuovo Inizio. Ogni centesimo sarà destinato ai cavalli infortunati e soccorsi".

Si solleva un applauso dalla folla, e mio padre continua il discorso di benvenuto. Presenta ciascun giudice, facendolo alzare in piedi e lasciandolo salutare il pubblico; poi mi invita a raggiungerlo. Faccio un breve intervento e invito tutti quanti a divertirsi, comprare da mangiare e partecipare all'asta silenziosa.

Quando abbiamo finito, papà parla delle diverse categorie di partecipanti per il *barrel racing*, e finalmente l'evento ha inizio.

Osservare lo spettacolo seduta tra Magnolia ed Ellie. Ho chiesto a Landen di contattarmi nel caso ci fosse bisogno del mio aiuto alla scuderia o nelle aree di attesa; quindi tengo il telefono in tasca con la vibrazione.

"È strano stare da questa parte della gara", sussurra Ellie mentre guardiamo uno dei partecipanti che sfreccia nell'arena.

Le passo un braccio sulle spalle e stringo. "Lo so. Però non è poi così male stare qui. Fare il tifo è un vero spasso".

"È vero". Fa un largo sorriso.

La concorrente seguente deve avere moltissimi fan perché, appena arriva, una ventina di persone balzano in piedi e cominciano a urlare. Lei intanto gira attorno al primo barile e supera senza sforzi anche il secondo.

"Accidenti, quant'è veloce!" mormora Ellie.

E poi, la ragazza sfiora appena il terzo barile, ma per fortuna questo non cade.

"Mamma mia, per un pelo!" dico.

Non appena papà annuncia il tempo ottenuto, la folla erompe in grida e acclamazioni. Ci uniamo anche noi e ci alziamo in piedi per applaudire alla futura vincitrice.

Per la gioia di Ellie, ha battuto il tempo di Marcia Grayson.

"Anche io voglio essere così veloce!" Mallory si gira verso di me. "Me lo insegni?"

Sorrido sentendo l'emozione nella sua voce. "Certo, quando avrai quindici o sedici anni".

"Uffa. E va bene".

Magnolia ridacchia. "Io avevo tredici anni quando ho cominciato".

Le lancio un'occhiataccia per farle capire di abbassare la voce. Mallory mi chiederebbe di addestrarla a fare qualunque cosa, se glielo permettessi, ma tra tutti i miei impegni è già difficile trovare un po' di tempo per lei durante i weekend.

Un'ora dopo, papà annuncia che ci sarà una breve pausa, così che i gemelli possano rastrellare il terreno e portare gli ostacoli per la prossima gara. Nel frattempo, lui ne approfitta per ringraziare gli sponsor che hanno donato i premi in denaro e invita gli ospiti a passare dai loro stand tra una competizione e l'altra.

"Vai a chiedere ai giudici se gradiscono qualcosa da bere", mi esorta mamma. "Ho portato una borsa frigo con dell'acqua, altrimenti posso prendere del tè freddo dal furgoncino".

Sono tentata di chiederle se può andarci lei, ma, visto che è il mio evento e sono stata io a invitare personalmente i giudici, so che non approverebbe. Non avrei alcun problema, se non dovessi fingere che Fisher sia soltanto un mio dipendente.

Raggiungo il tavolo e mi stampo un sorriso sul volto. "Ehilà, volete dell'acqua o del tè freddo?"

Rispondono uno alla volta e, quando arrivo da Fisher, lo vedo distante. "Va bene dell'acqua".

Mamma va a prendere tre tè, mentre io porto l'acqua a Fisher.

"Grazie", mi dice, quando gliela lascio davanti. La sua mano si avvolge attorno alla mia per un istante, e restiamo fermi così.

"Non c'è di che, signor Underwood". Sorrido, poi lascio andare la bottiglia.

Come mi siedo, sento il telefono che vibra per un messaggio.

FISHER

Sei bellissima. Sono davvero orgoglioso di te per tutto l'impegno che ci hai messo. Sarà una giornata fantastica.

NOAH

Grazie.

C'è qualcosa che non va tra di noi, e lo percepisco persino dai messaggi; provo però a non pensarci, perché non voglio che qualcuno noti il mio malumore.

FISHER

Scusami se ieri notte non ti ho scritto. Quando sono arrivato a casa ero molto stanco.

NOAH

Nessun problema. Tanto avevo bisogno di dormire. Com'è andata con Jase?

FISHER

Molto bene. Siamo andati alla tomba di Lyla e ci siamo fatti una lunga chiacchierata. Posso dirti di più durante la prossima pausa.

NOAH

Ok. Stasera ne parliamo, sì?

Anche se vorrei conoscere il contenuto della loro conversazione, ora ho soprattutto bisogno di sapere se più tardi potrò vederlo.

FISHER

Sì, passo da te quando è tutto finito.

Mio padre annuncia il salto ostacoli, e so che per il momento il nostro tempo è finito.

NOAH

D'accordo.

Dopo aver inviato l'ultimo messaggio, infilo il telefono in tasca. Fisher mi manca già tantissimo, e il mio cuore soffre per quanto desidera toccarlo. Anche se le nostre mani si sono sfiorate per un brevissimo istante, ho sentito il petto stringersi. Sono contenta che la situazione tra lui e Jase stia migliorando, ma so che la nostra relazione ne risentirà.

La gara comincia, e tutti i partecipanti sono talmente bravi che chiunque potrebbe vincere. Avendo cominciato da poco, Harlow è nella categoria principianti; però riesce a superare tutti gli ostacoli senza farne cadere neanche uno. Io e le ragazze facciamo il tifo a squarciagola per tutti quanti, riuscendo a incitare anche la folla.

Ian è ancora seduto vicino a noi e, anche se rimane in silenzio, continua a lanciare occhiate a me e Magnolia, cosa che mi sta mettendo a disagio. Quando prova a comunicare, fingiamo che non esista. Se non fosse così assillante con lei per avere un appuntamento e con me per sapere con chi ero quella notte, non mi sentirei così nervosa.

Quando tutti i concorrenti hanno gareggiato, i gemelli rimuovono l'attrezzatura mentre papà annuncia che tra poco comincerà il *mutton busting* e ne consiglia la visione a chi vuole divertirsi. Poi chiede al signor Billings di dare qualche informazione in più sulla sua associazione di beneficenza.

"Vado a prendere qualcosa da mangiare. Vieni anche tu?" mi chiede Magnolia.

Scuoto la testa. "No, resto qui, ma puoi portarmi qualcosa?"

"Vengo io!" Ellie balza in piedi.

Scendono i gradini e altre persone le imitano.

Quando mi vibra il telefono, mi batte forte il cuore, e sorrido appena vedo il nome di Fisher. Non dovrei illudermi troppo sul nostro futuro, ma è più forte di me.

FISHER

Per caso Ian ti stava importunando?

NOAH

L'ho rimesso subito in riga. Com'è fare il giudice?

FISHER

Se diventa un problema, dimmelo.

Qui con me

Lo dico quasi scherzando ma, onestamente, sarebbe terribile se Ian lo riconoscesse proprio adesso e facesse una scenata di fronte alla mia famiglia e ai miei clienti.

Sorrido come una stupida ragazzina innamorata all'idea che prenda le mie difese e, anche se non è necessario, è bello sapere che mi copre le spalle.

"Chi è che ti sta facendo emozionare così tanto?" Ian si sporge verso di me, avvicinandosi lentamente, e blocco subito il telefono.

"Che cosa vuoi, Ian?"

"Parla bene di me a Magnolia per convincerla a uscire con me".

Sbuffo, rischiando quasi di ridergli in faccia. "Se fosse interessata, te l'avrebbe detto".

"Magari, se le dici cose positive, cambierà idea".

"Non ti organizzo un appuntamento. Non sono una pappona".

"Mi devi un favore, ricordi? Non ti ho denunciata e non ho chiamato la polizia, anche se avrei potuto metterti nei guai. Te e il tuo bel *toy boy*". Inarca un sopracciglio, e sono tentata di levargli quell'aria presuntuosa con una sberla.

"Però non l'hai fatto, e ormai non puoi più farci niente. O sbaglio? Non hai prove e non c'erano telecamere dietro a quell'edificio. Bel tentativo di ricatto!"

Mi alzo, vado da mio padre e sussurro al suo orecchio di chiamare lo sceriffo Wagner.

"Va tutto bene?" mi chiede, chiamandolo al cellulare.

"Tra poco sì", dico impassibile; poi volto la testa e noto che Fisher mi sta fissando intensamente.

Come se non bastasse Ian a rompermi le palle, Magnolia ed Ellie corrono da me e mi trascinano in disparte.

"C'è Craig. L'abbiamo visto aggirarsi attorno alla scuderia con fare sospetto; però Ayden gli ha detto di levarsi di torno".

Maledizione! Ma che sono, una calamita per gli stronzi?

"Grandioso! Ho appena chiamato lo sceriffo perché mi liberi di Ian. Sapete dov'è andato?"

"No, ma ho il sospetto che non se ne andrà di sua spontanea volontà". Magnolia sbuffa.

La gara di *mutton busting* comincia, e facciamo tutti il tifo per tutti i piccoli partecipanti. È fantastico guardare i bambini che si aggrappano alle pecore con tutte le loro forze, però penso anche che c'è Craig e che potrebbe facilmente mettere in pericolo molte vite innocenti. Sono ancora nervosa per quando ha seminato i chiodi per l'arena, e il fatto che oggi si sia infiltrato qui è a dir poco sospetto.

Quando lo sceriffo Wagner arriva con il vicesceriffo Scott, lo informo della presenza indesiderata di Craig, così che possa tenerlo d'occhio; poi gli chiedo di scortare Ian fuori dall'arena e di chiedergli di andarsene.

Sarà una mossa estrema, ma ci sta mettendo a disagio e ha provato a ricattarmi.

Un conto è essere stronzi.

Un altro è farlo qui a casa mia, durante il mio evento.

Mentre lo raggiungono, noi tre diamo le spalle agli spalti. Lo intravedo con la coda dell'occhio mentre scende con rabbia i gradini guardandomi in cagnesco.

"Grazie a Dio!" mormora Magnolia. "Ha voluto la bicicletta? E ora pedali".

Alcune persone mi raggiungono e si presentano tra un evento e l'altro, mentre c'è chi mi chiede perfino se ho qualche buco nell'agenda. Sono piena per tutto l'anno, ma consiglio comunque di scrivermi per email, nell'eventualità che si liberi qualcosa prima.

Altra gente viene semplicemente a dirmi che si sta divertendo molto e che le gare sono molto belle.

C'è molto movimento, tra chi entra e chi esce per prendere da mangiare e da bere e, anche se ho partecipato a molti eventi sin da quando ero ragazzina, quelli come questo sono i miei preferiti. L'ambiente è tranquillo, ma divertente ed emozionante. Tutti i presenti vogliono spassarsela, mangiare e socializzare.

Quando mio padre annuncia la prossima pausa, ricorda al pubblico di tornare per l'evento di *showmanship*, lo spettacolo che si terrà prima della cerimonia di premiazione, dove verranno annunciati i vincitori di ciascuna gara.

Dopo la consegna dei premi in denaro, Landen ha portato le cifre dell'asta silenziosa a mamma, così che potesse calcolare il totale. Tra quelle, i biglietti, le quote di iscrizione di ciascun concorrente, i banchetti degli sponsor, le escursioni e le percentuali donate dai furgoncini di cibo, abbiamo consegnato al signor Billings un assegno di centoventitremila dollari.

La cifra supera il valore del ricavato di sei mesi dell'associazione; il che significa che potranno permettersi di aiutare molti cavalli che necessitano cure mediche e assistenza. A fine giornata, avevo il cuore gonfio d'orgoglio. Nonostante si siano presentati sia Craig che Ian, l'evento è stato un successone, e spero che riusciremo a ripeterlo tutti gli anni. Vorrei che ogni volta raccogliessimo fondi per un'associazione benefica diversa.

È stato ancora più bello perché ho potuto incontrare altri addestratori locali e i loro clienti, vedere tutti i miei compaesani che si divertivano e le piccole attività lavorare insieme per rendere possibile questa giornata. Ho ampliato la mia rete di contatti e, ora che ho stretto nuove amicizie nel settore e so di avere altre opportunità per il futuro, sono molto più tranquilla

Ho quasi pianto alla fine del mio discorso mentre ringraziavo tutti quanti. Poi ho commesso l'errore di guardare Fisher, e lì avrei voluto piangere per altri motivi.

Arrivo a casa che ormai sono le nove. Avevamo molte cose da riordinare. Ho aiutato i concorrenti a caricare i cavalli nei rimorchi e li ho ringraziati uno ad uno per aver partecipato. Mi butto sotto la doccia e mi infilo dei vestiti comodi, mentre aspetto l'arrivo di Fisher. Ho il presentimento che non mi piacerà quello che mi deve dire, ma, se possiamo passare solo un'ultima notte insieme, cercherò di sfruttarla al massimo.

Capitolo Ventiquattro
FISHER

Dopo una giornata intensa passata al ranch, al caldo, sono esausto. Ho i nervi a fior di pelle, conscio che il momento della verità si avvicina. Io e Noah non abbiamo potuto parlare di niente di personale con intorno la sua famiglia e tutta quella gente; quindi siamo ricorsi ai messaggi. Le ho fatto sapere quanto sono orgoglioso dell'impegno che ci ha messo per organizzare un evento di successo. Lei mi ha chiesto com'è andata ieri sera con Jase, e le ho raccontato brevemente la nostra visita alla tomba di Lyla e alcune delle cose che lui ha dovuto affrontare dopo che me ne sono andato. Poi mi ha chiesto se avremmo parlato comunque a fine giornata. Per quanto desideri poter rimandare la conversazione di qualche altro giorno, non posso: Noah merita di sapere che cosa sta succedendo e di non rimanere nell'incertezza.

Passo le mani sudate sui jeans, faccio un respiro profondo, poi busso. Questa volta non mi sono neanche preso la briga di parcheggiare all'agriturismo e ho lasciato il pick-up dietro casa sua, tra due alberi.

Quando mi apre, entro velocemente, e lei mi chiude la porta alle spalle. I suoi folti capelli dorati sono raccolti in uno chignon disordinato e il viso è stato da poco ripulito dal trucco che aveva oggi. Ha sostituito il vestitino verde oliva e gli stivali da cowboy con dei pantaloncini comodi e una canottiera.

Questa donna mi lascia senza fiato.

Inspiro violentemente, e il mio cuore martella mentre penso a quello che so di dover fare.

"Ciao". Sorride con esitazione.

La avvolgo tra le braccia e la spingo contro la porta. Quando la mia bocca trova la sua, infilo famelico la lingua tra le sue labbra. Lei mi afferra la camicia e inarca il suo corpo contro il mio. L'erezione pulsa mentre Noah mi supplica di darle di più.

"Noah…" Mormoro il suo nome con un respiro dolente. "Prima dovremmo parlare".

"No".

"*Biondina*". Affondo il viso tra i suoi capelli, desiderando di poter evitare il dolore che sto per causare a entrambi.

"Non se ciò che stai per dire mi spezzerà il cuore. Prima fai l'amore con me. Stai qui con me, in questo momento. A tutto il resto ci penseremo dopo".

Non andiamo a letto insieme dalla sera del rodeo, ma non posso dirle di no. Non questa volta.

Sa che è un addio.

Le prendo il viso tra le mani e riporto la mia bocca sulla sua. Le nostre lingue duellano disperate, e Noah geme quando le porto indietro la testa per baciarla con più trasporto.

Abbasso le mani sul suo sedere e la sollevo, le nostre bocche ancora fuse insieme. Quando mi passa le gambe attorno al corpo, la porto in camera sua e la lascio sul bordo del letto. Raddrizzo la schiena, mi tolgo la camicia e ammiro l'estrema bellezza di questa donna.

"Sicura di volerlo fare?" Appoggio i gomiti ai lati del suo corpo e le succhio lentamente il collo. "Puoi sempre cambiare idea".

"Non mi fermerei neanche se il mondo venisse invaso dagli alieni; quindi continua a spogliarti, cowboy".

Sorridendo sulla sua pelle, dico: "Sì, signora".

Mentre sbottono i jeans, provo a calciare via gli stivali e, quando finalmente riesco a sfilarli, rimuovo il resto dei vestiti.

"Da quaggiù ho proprio una bella visuale". Noah si morde il labbro inferiore, guardandomi dalla testa ai piedi.

"È il tuo turno, Biondina".

Faccio scivolare le dita sotto l'elastico dei suoi pantaloncini, ma, invece di sfilarli con un colpo secco, li abbasso un poco e le bacio la coscia nuda. Poi un altro pochino, e le bacio l'altra coscia.

"Signore, di questo passo resteremo qui fino all'alba! Aspetto questo momento da settimane. Rischio l'autocombustione, a questo punto…" La sua voce è impaziente e ansimante mentre continuo la mia dolce tortura.

"Abbi pazienza, *amore mio*. Non ho intenzione di correre troppo; quindi dovrai fartene una ragione".

Sbuffa, sollevando il bacino come per convincermi a darmi una mossa. Dal momento che non indossa le mutandine, vedo tutto quanto.

"Toccati! Prepara il clitoride per me".

Obbedisce e si massaggia tra le gambe, il respiro affannato mentre io scendo fino alle caviglie e, finalmente, lancio da parte i pantaloncini.

"Guardati… Sei stupenda, cazzo!" Mi inginocchio tra le sue cosce, separandole per bene mentre lei continua a masturbarsi.

Prima che possa lamentarsi, mi carico la sua gamba sinistra sulla spalla e infilo due dita nel suo sesso bagnato. Le sue labbra si separano in una O perfetta, mentre lei inarca la schiena e geme.

"Togliti la maglietta, piccola. Fatti vedere tutta quanta".

Riesce a trovare la posizione giusta per sfilarsela da sopra la testa. Allungo una mano e pizzico uno dei capezzoli col piercing.

Mentre affondo le dita dentro di lei, lascio il pollice sul clitoride e mi chino per avvicinarmi. Con la sua gamba sollevata, ho tutto l'accesso di cui ho bisogno.

"Cazzo, ti manca pochissimo!" mormoro; poi avvolgo la bocca attorno al suo seno.

I suoi versetti di piacere mescolati ai gemiti me l'hanno fatto venire duro come il marmo. Noah affonda le mani tra i miei capelli, intrecciando le dita alle ciocche e tirandole mentre io faccio roteare il polso e mi spingo più in profondità, fino al punto G.

"Oh, mio Dio, proprio lì!" Getta indietro la testa e respira, travolta dal piacere.

Continuo a baciarle e succhiarle il seno. Da egoista, voglio marchiarle tutta la pelle, così che non mi dimentichi mai, qualunque cosa accada.

"Sei pronta a venire, amore mio?"

"Sì, ti prego… Ne ho bisogno".

"Vuoi le dita o la bocca?"

"Sì".

Ridacchio e premo le labbra sopra il suo cuore, sentendolo battere con forza contro di me.

Inginocchiandomi tra le sue gambe, scivolo più vicino e mi fiondo sul suo dolce sesso. Appiattendo la lingua, lecco la carne e gusto i suoi dolci umori. Mentre spingo due dita in profondità, soffio aria calda sul clitoride prima di succhiarlo.

I gemiti di Noah e la sua presa sui miei capelli si fanno sempre più aggressivi man mano che la porto più vicina al limite. Urla più forte e inarca la schiena mentre io penso a massaggiarla. Nonostante il mio bisogno disperato di possederla, voglio prolungare questo momento il più a lungo possibile. Il fatto che si fidi delle mie capacità di procurarle piacere e che mi mostri la sua vulnerabilità come mai prima mi fa desiderare che questo momento non finisca mai.

Sussulta e si stringe attorno a me, abbandonandosi finalmente al piacere e gridando mentre raggiunge l'apice. È talmente meravigliosa quando viene che a stento resisto alla tentazione di affondare di nuovo in lei e ripetere tutto da capo.

"Porca troia!" Il suo petto si solleva e riabbassa quando mi chino su di lei e catturo la sua bocca.

"Sei pronta per me, amore?" Il mio cazzo si muove tra le sue gambe quando lei solleva il bacino.

"Cristo, sì. Sono pronta da *secoli*".

Scuoto la testa, con una risata. "Muoviti un poco più su".

Una volta collocatomi tra le sue cosce, mi posiziono sulla fessura e scivolo lentamente dentro. Noah inspira violentemente, e io le stringo i fianchi e osservo i nostri corpi che si fondono insieme.

"Respira, piccola. Fammi entrare".

Si irrigidisce mentre la penetro. Alla fine, sospira e mi passa le gambe attorno al corpo.

"Stai bene?" Appoggio la mia fronte alla sua, e lei affonda le unghie nella mia pelle.

"Sì. Sto bene". Tira su col naso, e noto che ha le guance umide.

No, non sta bene.

Ho la tentazione di sfilarlo e prenderla tra le braccia, però che anche lei ne ha tanto bisogno quanto me. Ci serve un'altra notte insieme, soltanto noi due senza distrazioni. Il nostro legame non si spezzerà soltanto perché non possiamo stare insieme.

Con il polpastrello del pollice, asciugo la pelle sotto i suoi occhi e ci stampo sopra un bacio.

"Mi dispiace tanto".

Annuisce, tenendo lo sguardo basso.

"Ho bisogno che cominci a muoverti, ti prego", sussurra, con un respiro dolente. I muscoli del suo sesso mi stringono l'erezione quando solleva il bacino.

Le darò tutto ciò che mi chiederà, anche se soffro.

Mentre ci muoviamo insieme, le sollevo il mento finché non mi guarda. "È bellissimo, Biondina. Cazzo, non mi basti mai! Sei pronta per il livello successivo?"

"Assolutamente sì".

Mi sollevo e sposto il peso sulle ginocchia, la afferro per i fianchi e mi spingo con forza dentro di lei finché non le manca il fiato. I suoi urletti tra un gemito e l'altro mi portano quasi sul punto di esplodere.

Senza avvisarla, mi ritraggo e la faccio girare. "Mettiti in ginocchio e solleva il sedere, piccola".

Selvaggi, i suoi capelli biondi si sciolgono dallo chignon quando preme il viso sul letto e divarica le gambe. Le do uno sculaccione su una natica, e lei strilla.

Massaggio l'erezione mentre faccio scorrere le dita tra le labbra bagnate del suo sesso. "Se non ricordo male, l'ultima volta hai detto che lo volevi veloce, duro, profondo, travolgente, lento, terribilmente lento e poi di nuovo profondo e duro. Vale anche questa volta?"

La mia voce provocante le strappa un sorriso quando mi guarda oltre la spalla. Era esattamente la reazione che speravo di ottenere.

"Come fai a ricordartelo?"

Strofino l'asta sulla sua fessura, ricoprendo la punta dei suoi umori, ma senza scivolare dentro. Noah grugnisce, spingendo il bacino più in alto.

"Ricordo *tutto* di te, Noah. Non c'è nulla di te che potrò mai dimenticare. Non il modo in cui ti lecchi le labbra quando sei nervosa o eccitata. Non il modo in cui arricci il naso quando sei incerta o non ti piace qualcosa. Non il modo in cui sposti il peso sull'anca quando qualcuno ti ha fatta arrabbiare. E sicuramente non il modo in cui mi desideri. Quindi dimmi di cos'hai bisogno questa sera, e io te lo darò. *Qualunque cosa*".

Le sue guance si tingono di rosso mentre un sorrisino appare sul suo viso. "Stasera, voglio il tuo amore e la tua passione travolgenti. Voglio qualunque aspetto di te, da quello più violento a quello più dolce. Non trattenerti".

Bacio la curva del suo sedere; poi mi spingo dentro di lei e le do esattamente ciò che ha richiesto.

I nostri corpi sono scivolosi per il sudore mentre sbattono insieme. Le passo un braccio davanti al torso e le stringo il seno finché non si scioglie una seconda volta. Tra lei che mi dice quanto è bello e i suoi *di più, di più, di più* appena sussurrati, sto quasi per esplodere. Ma, se questa è la nostra ultima volta insieme, voglio godermi ogni istante perfetto dentro di lei.

"Voglio cavalcarti". Si gira, e io mi sdraio al centro del letto.

Noah mi sale addosso e scivola con facilità sull'asta. Si muove contro di me, tenendo le mani sul mio petto mentre io le stringo i fianchi con una mano e la massaggio tra le cosce con l'altra.

Mentre la guardo, memorizzo ogni centimetro del suo corpo sexy: il rigonfiamento del seno, i capezzoli rosa, il segno dell'abbronzatura attorno al petto e alle spalle per aver preso il sole in canottiera, la curva liscia che unisce il collo e la mandibola e le orecchie delicate. Ogni centimetro di questa donna desidera il mio tocco, e dover tenere le mani lontane da lei sarà una tortura.

Getta la testa all'indietro e muove il bacino, inseguendo un altro orgasmo. Dischiude le labbra per un gemito, e io le pizzico un capezzolo mentre respira a fatica.

Avvolgendole un braccio attorno alla vita, la stringo al petto e inverto le posizioni, bloccandola sotto di me.

"Cristo santo!" Ride, cingendomi la vita con una coscia. "Non ho mica chiesto la modalità flash".

Ridacchio, spingendomi di nuovo dentro di lei finché non arrivo in profondità. "Continua così, dolcezza. Cambierò idea e ti porterò all'inferno con me".

Prima che possa rispondermi, comincio a muovermi violentemente dentro di lei. Il suono prodotto dal contatto pelle contro pelle e le suppliche affannate ci avvolgono in un'armonia di beatitudine. Affondo il naso tra i suoi capelli, inspirando il suo dolce profumo, che mi mancherà molto. Lei mi artiglia le braccia come se stesse cercando di farsi strada con le unghie sotto la mia pelle.

"Sei così perfetta per me, Biondina!" sussurro contro il suo orecchio. "Così dolce e audace. Non smetterò mai di amarti".

Chiudo con forza gli occhi quando la sento piangere. Poi le prendo il viso tra le mani e premo la mia bocca sulla sua. I nostri corpi si muovono in sincrono mentre riverso la mia anima in questo bacio che sa troppo di addio.

"Vieni dentro di me, Fisher. *Ti prego*", mormora a voce talmente bassa che quasi non la sento.

Con un'ultima spinta, mi lancio giù dal precipizio e le do tutto me stesso.

Noah possiede il mio cuore.

La mia anima.

Ogni goccia del mio amore.

"Cazzo, Biondina!"

Altre lacrime le rigano le guance, ma questa volta non le asciugo; mi abbasso su di lei e le bacio una ad una.

Porto Noah dentro la doccia, dove ci laviamo a vicenda tra un bacio e l'altro. Poi le racconto di più sulla conversazione tra me e Jase: di come ha interpretato il mio abbandono, di come è stato crescere senza di me e perdere sua sorella, del fatto che Damien andava a trovarlo e gli ha raccontato la verità, della sua reazione alla mia confessione e della nostra intenzione di voltare pagina. Le spiego che Jase non è sicuro se ciò che prova per lei sia reale o meno, ma le dico che, anche se non lo fosse, agire alle sue spalle e mentirgli sarebbe già un tradimento così grave da farmi perdere la sua fiducia una volta per tutte.

Non c'è via di scampo.

Se lo dico a mio figlio, non vorrà più avere nulla a che fare con me.

Se non lo dico a mio figlio e dovesse scoprire della nostra relazione segreta, non vorrà più avere nulla a che fare con me.

L'unica soluzione è quella di chiuderla qui, prima che ci sia un segreto da scoprire.

Sono fregato se lo faccio e sono fregato se non lo faccio.

Ferire Noah è l'ultima cosa che voglio.

Ma, volendo scegliere mio figlio, non avrò altra scelta.

Il cuore mi esplode fuori dal petto mentre la stringo tra le braccia, consapevole di dover rinunciare all'amore della mia vita.

"Vorrei poterti odiare", sussurra quando mi sdraio dietro di lei sotto le coperte. Dopo la doccia, io mi sono vestito, mentre lei ha optato per una maglietta larga. "Renderebbe tutto molto più semplice. Così potrei ascoltare a tutto volume le canzoni tristi di Taylor Swift e mangiare quintali di gelato".

"Lo sapevo che sei una *swiftie*", ironizzo, tra i suoi capelli, nella speranza di strapparle almeno una risata.

"Piantala! Se proprio devi mollarmi, almeno prova a dire cose terribili su di me, così almeno posso arrabbiarmi normalmente".

"Non esiste neanche una cosa negativa che potrei mai dire su di te".

"Oh, eddai! Me lo devi". Si gira finché non siamo faccia a faccia. "Cos'è che avevi detto? Sono egocentrica. Troppo sicura di me. Troppo audace".

Le sposto una ciocca di capelli bagnati dietro l'orecchio. "Sono tutte cose che amo di te".

"Allora… di' qualcos'altro".

Chinando la testa, le bacio la punta del naso. "Vorrei essere morto quel giorno, così da risparmiarti questo dolore".

Strabuzza gli occhi. "Perché dici una cosa del genere?"

Mi stringo nelle spalle. "Perché è vero. La mia sopravvivenza ha causato più dolore di quanto non avrebbe fatto la mia morte: Jase non si sarebbe sentito abbandonato, Mariah non avrebbe dovuto chiedermi il divorzio e tu non mi avresti mai conosciuto. Magari tu e Jase sareste perfino riusciti a far funzionare il vostro rapporto. Chi può dirlo?"

"Spero tu non dica sul serio. Se fossi morto, avrei passato tutta la vita da sola, ad attendere che arrivassi, perché tu sei la mia anima gemella".

"Avresti conosciuto qualcun altro. Qualcuno decisamente migliore di me. Qualcuno senza un passato tragico. Qualcuno che potrebbe scegliere sempre e comunque te".

Qualcuno della sua età.

Scuote furiosamente la testa. "Non è assolutamente vero. Conoscere te mi ha cambiato la vita e, anche se non possiamo stare insieme, sarai sempre *quello giusto* per me. Preferisco stare da sola che accontentarmi di una seconda scelta".

"Non dire così! Meriti di essere felice, e so che c'è qualcuno là fuori che farà un lavoro decisamente migliore di quello che avrei mai potuto fare io".

"Lo so che speri sia la verità, ma non lo è".

La stringo a me in un altro abbraccio. "Non aspettarmi. Devo stare accanto a Jase. Non posso distrarmi o mentirgli più di quanto non abbia già fatto. Ti prego, ho bisogno che volti pagina. Trova qualcuno che possa darti la vita che vuoi. Sposati, fai dei figli, costruisciti la tua famigliola di cowboy. Sappiamo entrambi che è un qualcosa che io non posso darti".

Deglutisce con forza e spinge i pugni contro il mio petto. "Ora mi stai facendo davvero incazzare".

Ottimo. Così non si aggrapperà alla speranza che tra di noi possa mai funzionare.

"Ho il doppio dei tuoi anni, Noah. Sei abbastanza sveglia da sapere che né la tua famiglia né il paese ci accetterebbe mai. Cosa ne penserebbero i tuoi clienti, se sapessero che frequenti il padre del tuo ex?"

"Non sarebbero cazzi loro. E da quando in qua la nostra differenza d'età sarebbe un problema?"

Scivolo fuori dalle coperte e prendo gli stivali.

Più tempo resto qui, più sarà difficile.

Cazzo, lo è già.

"Rispondimi!" sibila, mettendosi seduta sul letto.

Dopo aver messo le scarpe, infilo il telefono in tasca e mi giro con una scrollata di spalle. "È sempre stato un problema, Biondina. Semplicemente, l'ho ignorato. Magari non avrei dovuto farlo, così non saremmo arrivati a questo punto".

Si muove fino al bordo del letto e poi mi viene incontro, con passo pesante, sollevando il mento. "Stai dicendo una marea di stronzate. Stai cercando di essere un bravo padre e fare la cosa giusta, e lo capisco, ma non permetterti di sminuire quello che c'è stato tra di noi solo perché vuoi che io volti pagina. Ti amo, Fisher, e niente di quello che puoi dire o fare cambierà le cose".

Quelle due paroline si avvolgono attorno al mio cuore come una morsa e per poco non muoio soffocato.

Vorrei quasi che non le avesse dette.

Quant'è testarda, maledizione!

Ma sentirgliele dire è allo stesso tempo bellissimo e doloroso.

Mi porterò quelle parole nel cuore fino alla morte.

Senza dire niente, le prendo il viso tra le mani, porto la mia bocca alla sua e le do un ultimo bacio prima di uscire dalla porta.

Capitolo Venticinque

NOAH

Con le braccia stracolme di fotografie dell'evento della settimana scorsa, entro a casa dei miei genitori per la cena domenicale. Stasera inizio il mio nuovo album, e spero che questa attività possa togliermi Fisher dalla testa per qualche ora.

Quando gli ho detto che lo amo e se n'è andato comunque, ero furiosa. Mi ha spezzato il cuore. Ma ero soprattutto triste perché non ha rivolto a me le stesse parole.

Anche se me l'aspettavo che tra di noi sarebbe finita, ha fatto comunque male quando ha detto che merito un uomo migliore di lui e ha tirato fuori la nostra differenza d'età.

Non posso neanche prendermela con lui per il fatto che vuole fare la cosa giusta, però sono arrabbiata con me stessa per essermi innamorata. Dopo aver scoperto chi è davvero, avrei dovuto mantenere le distanze. O, come minimo, quando ho scoperto che Fisher voleva ricucire il rapporto con Jase, non avrei dovuto insistere perché tra di noi ci fosse più di un'amicizia.

Ora stiamo soffrendo entrambi.

Da vera egoista, volevo un'ultima notte con lui. Nessuna

distrazione, nessun motivo razionale per cui non possiamo stare insieme, ma solo noi due che facevamo l'amore.

È stato perfino meglio della nostra prima volta; il che è tutto dire, visto che quella notte mi ha detto delle sconcezze che mi hanno fatto perdere letteralmente la testa. Ma è stato meglio perché questa volta il mio cuore apparteneva a lui. Le emozioni che mi vorticavano dentro erano intense, e questo ha reso la nostra intesa ancora più profonda.

Adesso, non diventerà altro che un ricordo lontano.

Prima che se ne andasse, gli avevo detto che avrei voluto odiarlo, e l'ho quasi fatto quando è uscito dalla stanza. Lo so che ha detto quelle cose soltanto perché gliel'ho chiesto io, ma sembravano davvero sincere, ed è per questo che mi hanno fatto ancora più male.

"Ciao, tesoro!" Mia madre mi accoglie in corridoio con il grembiule ancora avvolto attorno alla vita. "Sei in anticipo".

"Volevo arrivare prima di tutto il caos". Sorrido debolmente. *Avevo bisogno di distrarmi.*

"Il fotografo mi ha mandato qualche cartella. Anche Magnolie ed Ellie mi hanno inviato alcune foto scattate da loro; quindi ne ho fatte stampare un bel po' e ora sono pronte per l'album", le spiego, mentre mi conduce in cucina.

"È fantastico, tesoro! Non vedo l'ora di vederle".

"Ehi, nonna". Lascio le mie cose e la abbraccio di lato mentre mescola della salsa *gravy* bianca sul fornello. "Che profumino delizioso!"

Prima che possa allontanarmi, mi dà una leggera gomitata. "Il tuo uomo non è riuscito a strapparti gli occhi di dosso l'ultima volta che è stato qui. Stasera cercate di essere più discreti".

Parla a voce bassa, e devo aver sentito male.

Mi avvicino. "Cosa? Di chi stai parlando?"

Si guarda intorno e lancia un'occhiata penetrante a mia madre, prima di riportare l'attenzione sulla padella che ha di fronte. "Tesoro, non ho mai visto un uomo guardare una donna come Fisher guarda te. Sarò anche vecchia, ma mica sono cieca".

Mi si seccano le labbra quando comprendo ciò che sta insinuando.

Lo sa?

"Ti sbagli, nonna. Tra di noi non c'è niente".

"Come mai? Jase l'ha scoperto?"

"Cosa? No". Scuoto la testa. "Cioè, non c'è niente da scoprire".

"Mmm-mmh". Fa un sorrisetto furbo.

Prima che possa continuare la conversazione, la porta d'ingresso si spalanca, e un calpestio aggressivo di stivali riecheggia per la casa.

Addio, pace e tranquillità!

"Wow, siete tutti in orario! Sono sconvolta", ironizzo quando tutti e quattro i miei fratelli entrano in cucina.

"Andate a lavarvi!" ordina mamma.

"Significa che dovete usare anche il sapone". Faccio un sorrisetto, prendendo i piatti dal bancone per apparecchiare.

"Che hai detto? Vuoi un abbraccio?" Wilder mi raggiunge con due lunghe falcate e avvolge le sue braccia sudicie attorno al mio corpo.

"No! Levati! Argh, bleah. Fatti una doccia, una volta ogni tanto". Lo spingo via con la mano libera. "Se mi cadono i piatti, ti faccio il culo".

"Noah, niente parolacce!" mi rimprovera mia madre.

Gli altri fratelli riescono a trovare il bagno, mentre lui resta qui a infastidirmi.

"Allora di' al tuo mostriciattolo di andarsene".

Mamma lo guarda con aria minacciosa, senza dire una parola.

"Che c'è? Stavo solo offrendo un po' di amore alla mia sorellina", dice lui scherzando. Subito dopo, quando nostra madre si volta, mi ficca un dito nel fianco.

"*Ti ammazzo nel sonno*", sibilo sussurrando; poi gli do un calcio nello stinco.

"Wilder, piantala di infastidire tua sorella e vai!" gli dice duramente papà quando entra in cucina e va verso mamma.

"Già, in un'altra galassia, possibilmente".

"Sei una bambina". Wilder tira una delle mie trecce.

"Oh, mio Dio! Ma quanti anni hai? Cresci!" ribatto, dandogli una gomitata prima di raggiungere il tavolo.

"Prima tu".

Digrigno i denti. "Giuro, ti hanno fatto cadere e hai battuto la testa per terra quando sei uscito dall'utero. Ti sono morti tutti i neuroni in un colpo solo".

"Sono quasi sicuro che quello è successo a te quando ti ho presa in braccio per la prima volta".

"Baci la mamma con quella bocca?" ringhio.

Mi provoca mandando baci rumorosi all'aria, e così facendo mi irrita ancora di più.

Prima che possa lanciargli un piatto addosso, papà lo afferra per la spalla e lo trascina con la forza fuori dalla cucina. "Ora vai a lavarti!"

Finalmente Wilder gli dà retta, e io continuo ad apparecchiare.

"Mamma, ci sono due piatti in più", dico.

Sto per rimetterli via, quando mi ferma. "Sono per il signor Underwood. L'ho invitato a cena. Viene anche Jase".

Sbatto con forza le palpebre. *Cosa?*

Il mio cuore si ferma. È già stato terribile dover vedere Fisher tutti i giorni per tutta la settimana. Non mi aspettavo di trovarlo alla cena di famiglia.

"Perché avresti invitato il mio ex e suo padre?" Soprattutto senza avermelo detto.

"Bisogna alleggerire la tensione tra Jase e i tuoi fratelli. È ora che comincino a comportarsi da uomini, invece di parlare coi pugni".

"Perché nessuno mi ha avvisata?" Almeno mi sarei preparata. *Prendendo un sedativo.*

"Oh, tesoro, credevo non fosse un problema. Siete amici. Non l'hai ancora perdonato?"

Per avermi dato della troia o per avermi spinta? No, col cazzo.

"Non proprio".

"Beh, ora avete l'occasione per fare pace".

Oh, mio Dio!

"E i ragazzi lo sanno?" Daranno di matto.

"Cosa dovremmo sapere?" chiede Landen quando tornano tutti e si mettono a tavola.

"Aprite bene le orecchie". Papà torreggia di fronte al tavolo con le braccia conserte. "Avremo due ospiti per cena. Dovete comportarvi da gentiluomini e portare rispetto. Ricevuto?"

"Dipende. Chi viene?" chiede ironico Tripp, e gli altri tre ridono.

Non appena papà gli risponde, perdono la testa.

Proprio come mi aspettavo.

"Non si è neanche scusato", dice Waylon, poggiandosi allo schienale della sedia con le mani giunte dietro la testa.

"Vengono qui per risolvere la questione", afferma mamma. "Dunque comportatevi bene, altrimenti dovrete vedervela con me".

E non ci penserà due volte a buttarli fuori a calci e a farli mangiare in veranda.

Dal tono di voce di mia madre sembrerebbe che stia parlando con dei bambini, ma li conosce fin troppo bene. Quattro ragazzi scalmanati che sono cresciuti in un ranch e hanno passato il tempo a divertirsi con stronzate spericolate tendono a comportarsi da cavalli selvaggi, quando va bene.

"Salve", grida Fisher dall'ingresso, e rabbrividisco al pensiero di dover passare tutta la cena con lui.

E il mio ex ragazzo.

Direi che, tecnicamente, sono entrambi miei ex.

Mi viene da vomitare. *Perché doveva succedere proprio adesso?*

L'ultima volta che ci siamo ritrovati nella stessa stanza insieme, eravamo al Lilian's, e io ero tentata di lanciare dei gamberi in faccia a Jase per la sua maleducazione.

"Ciao! Entrate, entrate pure". Mamma li invita ad accomodarsi.

Nonna Grace mi guarda e fa l'occhiolino prima di sedersi.

Che accidenti sta tramando?

"Scusate il leggero ritardo", dice Fisher, raggiungendo mia madre con una bottiglia di vino.

"Nessun problema. Siete in perfetto orario", lo rassicura mamma. "Per voi ci sono due posti vicino a Noah. Apro la bottiglia e poi possiamo recitare la preghiera".

Deglutisco a fatica mentre cerco in ogni modo di distogliere l'attenzione dai due uomini indesiderati che mi vengono incontro. Jase prende posto accanto a me e Fisher si siede al suo fianco.

Papà e nonna portano i piatti di cibo a tavola mentre mamma stappa il vino. I miei fratelli continuano a fissare Jase in silenzio.

"Non è minimamente imbarazzante, eh?" sussurra lui.

"Quasi come quando mi è venuto il ciclo per la prima volta, durante l'ora di educazione fisica in seconda media".

Trattiene una risata, che attira l'attenzione di Fisher. Incrocia il mio sguardo per una frazione di secondo, ma io lo distolgo subito.

Jase si china su di me perché nessun altro possa sentirlo. "Non volevo venire, ma mio padre ha insistito. Mi dispiace per la settimana scorsa. Non te lo meritavi affatto".

"Potevi chiamarmi o mandarmi un messaggio…" Gli scocco una breve occhiata.

"Credevo non volessi sentirmi, ma mi dispiace davvero, Noah. Voglio che torniamo a essere di nuovo amici".

Amici? Quindi significa che *non* è innamorato di me?

Questa volta, mi giro verso di lui e studio la sua espressione sincera. Evito di guardare Fisher, anche se è talmente vicino che sento il suo profumo.

"Devi chiedere scusa anche ai miei fratelli", gli ricordo.

Fa una smorfia, aggrottando la fronte. "Mi hanno fatto due occhi neri!"

Landen, dall'altro lato del tavolo, si schiarisce la gola, attirando la nostra attenzione.

"Che vuoi?" mimo con la bocca.

I miei genitori e nonna Grace si siedono, aspettando pazientemente che tutti siano pronti per la preghiera.

Dopo che abbiamo finito di rendere grazie a Dio, mamma ci

dice che possiamo cominciare a mangiare. All'inizio c'è un silenzio imbarazzante, rotto solo dal tintinnio dei piatti che vengono passati ai commensali, finché Wilder non apre stupidamente bocca.

"La tua faccia si è ripresa bene".

Dopo più di una settimana, il gonfiore e i lividi sono già scomparsi.

"Già, grazie al cielo. Ho detto ai miei clienti che sono finito contro un palo di metallo".

Landen trattiene una risata. "Se credi che le mie mani siano fatte di metallo, di' pure quello che vuoi".

Papà si schiarisce la gola, fulminandolo con lo sguardo.

"Che c'è? Dicevo per dire". Si stringe nelle spalle, poi sposta l'attenzione su Fisher. "Scusami se ti ho colpito per errore".

"Nessun problema", ribatte Fisher.

Jase mette giù la forchetta. "Per quanto possa valere, mi dispiace per come mi sono comportato. Non ho scuse, tranne il fatto che sto passando un periodo difficile e non pensavo lucidamente. Vi assicuro che non accadrà più. Noah è mia amica da molti anni, e spero che continuerà ad esserlo".

Wow! Non credo di averlo mai sentito parlare con così tanta sincerità.

"Hai detto proprio bene, Jase". Mamma gli sorride.

"Sei stato molto dolce, Jase. Grazie", dico.

"Beh, noi le scuse non le accettiamo", sbotta Tripp.

Papà ringhia, attirando la sua attenzione con uno sguardo minaccioso.

"Secondo me, dobbiamo portarlo al Twisted Bull e vedere quanto resiste senza vomitare", suggerisce mio fratello. "E, allora, *forse* le accetteremo".

"Bell'idea! E prima ti compriamo pure qualche fusto di birra". Wilder ride.

"Così starà male per giorni". Aggrotto la fronte, scioccata dal fatto che sto difendendo Jase dopo quello che ha fatto; ma i miei fratelli sono spietati. "E poi, lavora a contatto con i clienti. Non può presentarsi con i postumi della sbornia e barcollare da una parte all'altra".

"A me pare una giusta punizione", commenta Waylon.

"Si è scusato e ci ha dato la sua parola. È sufficiente per guadagnarsi il nostro perdono", afferma mamma.

Quegli idioti dei miei fratelli alzano gli occhi al cielo e sbuffano; loro non ci andrebbero mai piano con Jase, perché non l'hanno mai sopportato.

"Non vi preoccupate. La settimana scorsa ho fatto la mia prima sessione dalla psicologa e la rivedrò ogni settimana per un bel po' di tempo. Mi sono reso conto di avere problemi passati che devo ancora risolvere", ci spiega Jase.

"Davvero? Sono proprio fiera di te!" Gli passo un braccio sulle spalle e stringo dolcemente. Non è facile ammettere di aver bisogno di aiuto.

"*Psicologa*, eh? È bona?" gli chiede Wilder.

"Se ti piacciono le signore attempate con i capelli bianchi". Jase si stringe nelle spalle.

"Perfetta per i complessi materni di Wilder". Landen scoppia a ridere.

"Fuori!" Papà indica Landen e Wilder. "Prendete i vostri piatti e andatevene!"

"E io che ho fatto?" chiede Wilder con la bocca piena. "Stavo soltanto facendo conversazione".

La sedia di Landen sfrega sul pavimento, e quella di Wilder la segue poco dopo. Mentre i due escono dalla stanza, cala il silenzio.

"La tua psicologa ha posto per un'altra cliente?" sussurro, sporgendomi verso Jase perché possa sentirmi solo lui.

Gli strappo una risata. "Le parlerò bene di te".

Con un sorriso, ricomincio a mangiare. È bello essere di nuovo in buoni rapporti, anche se ora sono in conflitto con suo padre. Iniziamo un'altra conversazione tranquilla mentre mamma e papà parlano con i miei fratelli e nonna Grace. Fisher è silenzioso; parla soltanto quando qualcuno si rivolge a lui.

"Papà mi ha accompagnato a una riunione di un gruppo per l'elaborazione del lutto, venerdì sera", mi dice poco dopo Jase.

Mi si allarga il cuore, sapendo quanto ne abbiano terribilmente bisogno entrambi. "È meraviglioso. Cioè, non il fatto che dovete andarci, ma che…"

"Lo so cosa intendi, Noah. Non è stato poi così male come pensavo. C'erano snack gratis". Sorridente, fa spallucce.

Ridacchio. "Potresti attirarmi in una marea di posti, con gli snack gratis".

"Questa settimana ti alleni con Donut, quindi?" mi chiede Tripp.

"Sì, comincio domani. Voglio provare a dedicargli un'ora al giorno, così potrò dare una risposta a Delilah. Direi che, se entro venerdì Donut non mi avrà ammazzato, accetterò l'offerta".

"Ma dai, che assurdità!" si lamenta Waylon. "Non puoi lavorare con la mia ex".

"Perché no? Non sono stata *io* a tradirla".

Mi punta la forchetta contro come se fosse tentato di ficcarmela nell'occhio. "Non l'ho tradita! Ci eravamo presi una pausa".

Alzo gli occhi al cielo per la scusa patetica. "Non è ciò che hanno detto tutti gli uomini nella storia del mondo? *Ci eravamo presi una pausa…*" gli faccio il verso.

"E con Marcia Grayson, per giunta". Tripp rabbrividisce tutto. "Quella lì parla con la lisca".

"*Tripp!*" lo rimprovera mamma.

"Già, ma immagina quanto è brava con la lingua". Waylon fa schizzare fuori la sua e poi la agita.

"Fra due secondi vi mando a mangiare in veranda con i vostri fratelli", li sgrida papà.

"Mi dispiace, Fisher. Pare che abbiano perso le buone maniere e la ragione", dice mamma.

"Non si deve scusare, signora. Mi ricordano molto i giovani cavalcatori di tori con cui viaggiavo".

"Sembra che li abbiamo cresciuti coi maiali". Mamma guarda

in cagnesco Tripp e Waylon, che si riempiono velocemente la bocca di patate.

"Aspettate quando ci saranno i nipotini", commenta nonna Grace con un tono comico nella voce. "I ragazzi capiranno ben presto di dover tenere a freno la lingua davanti a dei bimbi piccoli".

"Bleah, non farmi immaginare che si riproducono". Rabbrividisco.

"Oh, non vedo l'ora! Cinque figli adulti, e neanche un nipotino…" Mamma mi guarda con la coda dell'occhio, e giro la testa per vedere a chi si sta rivolgendo.

"Non guardare me. I gemelli hanno quasi trent'anni. Assilla prima loro due".

Waylon ridacchia. "Wilder farebbe una vasectomia, se il dottore glielo permettesse".

"Spero che abbia dieci figli, tutti uguali a lui", dico.

"È arrivato il dolce?"

Parli del diavolo…

Wilder entra in casa con il suo piatto vuoto in mano come se non avesse causato problemi giusto venti minuti fa. Va dritto al bancone, dove le crostate si stanno raffreddando.

"Devo finire di spalare letame dalla scuderia dei cavalli da passeggiata prima che faccia buio", spiega, mentre prende una fetta.

"Perché non l'hai fatto prima di cena?" gli chiede papà.

"Ero impegnato", risponde mio fratello. "E c'era da aggiustare una delle recinzioni metalliche. Mi ha rallentato".

Landen lo segue dentro, prende una fetta di crostata, poi trascina di nuovo Wilder fuori dalla porta.

Quando i due sono usciti, Tripp e Waylon finiscono velocemente il dolce e trovano delle scuse per andarsene presto.

"Ti aiuto con i piatti, mamma". Mi alzo dalla sedia, prendo il mio piatto e poi chiedo a Jase il suo.

"Hai finito, signor Underwood?" Incrocio, alla fine, lo sguardo di Fisher.

"Sì, grazie". La sua voce cortese e formale è l'opposto di quella ruvida con cui ha sussurrato al mio orecchio la settimana scorsa.

"Jase, restate per lo *scrapbooking*?" chiede mamma, e mi si ferma il cuore.

È già tanto se sono sopravvissuta alla cena.

"In realtà, passa a prendermi un cliente tra venti minuti. Voleva vedere una casa proprio questa sera e gli ho detto che sarei dovuto venire qui, e così si è offerto di recuperarmi. Non potevo dire di no".

"Io rimango", risponde Fisher, e la mia schiena si raddrizza come un'asse di legno.

Maledetto.

"Oh, splendido! Noah ha portato un mucchio di foto dell'evento. Sei stato un ottimo giudice. Sono certa che te le mostrerà molto volentieri.

Voltando lo sguardo, scopro che Fisher mi sta guardando con occhi affettuosi. "Non vedo l'ora".

"Fisher, come vanno ora le cose con Jase?" gli chiede nonna Grace una quindicina di minuti dopo che abbiamo cominciato a fare *scrapbooking*.

Dopo aver pulito la cucina, abbiamo posato tutto l'occorrente sul tavolo. Fisher si è seduto accanto a me, così che potessi mostrargli le fotografie. Poi mi ha aiutata a decorare le pagine, un gesto che mi è sembrato troppo da *coppietta*; ma, anche se fosse, nessun altro ci ha fatto caso.

"Sarà un processo lento, però sono contento che abbia accettato di farsi aiutare e che si sia aperto con me. Gli ho raccontato alcune cose sul passato che non sapeva, e ora sta cercando di metabolizzare anche quelle".

"Io lo sapevo che non è innamorato della nostra Noah, ma, perlomeno, gli ho letto il rimorso sul volto, quando si è scusato. È un grande passo per chiunque", dice nonna, e arrossisco quando mi tira dentro la conversazione.

"Lo è. Sto trascorrendo più tempo possibile con lui tra un lavoro e l'altro e cerco di essere presente, quando me lo permette. Sua madre non è la mia più grande fan; quindi devo affrontare anche quel problema".

"Mariah cambierà idea sul tuo conto, soprattutto se desidera il meglio per Jase", afferma mia nonna.

"Lo spero".

"Guardate questa!" Nonna Grace solleva una delle fotografie nuove. Ci sono io, in piedi vicino al tavolo dei giudici, e Fisher è quello seduto più vicino a me. "È bellissima. Mettila nell'album!"

Al suo ordine perentorio, la sfilo lentamente dalle sue dita, incerta sulle sue intenzioni.

"Qualcuno ne vuole ancora?" chiede mamma, prendendo la caffettiera.

"Sì, grazie". Fisher solleva la tazza vuota.

"No, grazie". Sorrido. "Devo svegliarmi presto per allenarmi con Donut".

"A proposito…" Mamma rimette via la caffettiera prima di sedersi. "L'estate scorsa ti sei fatta male mentre facevate acrobazie. Questa volta devi farti controllare da qualcuno".

"Però non è stata colpa mia. Landen continuava a girare con la sua moto da cross vicino al centro di addestramento e l'ha spaventato".

"Cos'è successo?" chiede Fisher.

"Nulla di che. Sono rotolata giù e mi sono sbucciata le ginocchia. Non mi sono fatta niente. Però Donut è rimasto molto scosso; quindi non ho continuato".

"Per questo, avrai bisogno di qualcuno che ti tenga d'occhio durante la settimana, se vuoi allenarti".

"Mamma, non ne ho bisogno. Ho già avvisato i ragazzi che

non possono avvicinarsi all'area prima delle nove. È per questo che comincio presto".

"Non importa, tesoro. Non puoi rischiare di farti male. Hai dei clienti che contano su di te. E poi, mi fate già venire abbastanza attacchi di cuore con le vostre pagliacciate. Gradirei che non me ne facessi venire uno vero, facendomi finire all'ospedale".

"Sono d'accordo", interviene papà, seduto a capotavola. Stava leggendo il giornale. Non credevo ci stesse ascoltando.

Affloscio le spalle mentre resisto all'impulso di battere il piede per terra come una bambina capricciosa. Non ho ancora dimostrato abbastanza le mie capacità?

Agito un braccio e mi stringo nelle spalle. "Beh, a chi dovrei chiederlo, all'ultimo minuto? I garzoni sono tutti impegnati fino all'ora di pranzo. Non posso stare ad aspettare che uno di loro arrivi a farmi da *babysitter*. Ho molti impegni da sbrigare e…"

"Lo faccio io", dice all'improvviso Fisher.

Giro di scatto la testa verso di lui. "Cosa?"

"Verrò un'ora prima, così avrai qualcuno che ti tiene d'occhio. In questo modo, non dovrai aspettare nessuno". Fa spallucce e abbassa lo sguardo sull'album come se non avesse appena rovinato tutto.

Come faccio a concentrarmi sull'addestramento con Fisher che osserva ogni mia mossa?

"Che idea fantastica!" Mia nonna fa un largo sorriso. "Fisher ha esperienza con i tori. Sono certa che non avrà problemi a gestire Donut".

Stringo le labbra e lancio un'occhiata a nonna Grace, assottigliando lo sguardo. Ora sono sicura che sta tramando qualcosa.

"Mi piace come idea", commenta papà. "E Donut ti conosce già".

"Ora sono molto più tranquilla sapendo che ci sarà Fisher", dice enfaticamente mamma.

Sospiro con forza. "D'accordo. Vieni per le sette e mezza".

"Ci sarò", conferma Fisher.

Capitolo Ventisei

FISHER

Mi fermo all'agriturismo a prendere due caffè da portar via e arrivo al centro di addestramento con cinque minuti di anticipo. Da quanto ho potuto vedere, Noah non lo beve spesso, ma, considerando che ieri notte siamo rimasti svegli fino a tardi per fare *scrapbooking*, immagino che stamattina ne avrà bisogno.

Anche se aveva detto di doversi svegliare presto, abbiamo completato otto pagine del nuovo album. I suoi genitori e sua nonna erano già andati a letto quando me ne sono andato. Per quanto detesti essere *soltanto* suo amico, è stato bello sedermi con lei e chiacchierare. Mi ha mostrato l'album personale che sua madre e sua nonna hanno cominciato quando è nata. È pieno di fotografie di lei da piccola, fino a quando ha iniziato la scuola e a cavalcare. Le diverse gare a cui ha partecipato durante gli anni delle medie e delle superiori riempiono almeno una dozzina di pagine. Poi ha tirato fuori una delle tante scatole colme di nastri e trofei. Non c'è da stupirsi se i cavalli si sentono a loro agio e al sicuro con lei: è pressoché autodidatta, ma è un prodigio per la sua età e per il suo livello di competenza.

È stato bello poter concludere la serata con una nota positiva, dopo il modo in cui era finita la cena. Ho notato quanto era sorpresa di vedere me e Jase, ma mio figlio aveva bisogno di un'occasione per scusarsi con lei e risolvere la questione con i suoi fratelli. Io e Jase abbiamo una lunga strada da fare, ma loro hanno alle spalle un percorso di vita troppo importante per buttare tutto al vento.

"'Giorno", la saluto quando entro nel centro di addestramento e le porgo uno dei caffè. "Pensavo potesse servirti una botta di energia".

È adorabile con gli stivali da equitazione e il casco. Ha i capelli raccolti in una lunga treccia, con qualche ciocca che le incornicia il viso, e vorrei potermi avvicinare e spostargliele dietro le orecchie.

Beve un sorso, poi sorride. "Grazie. Non ho dormito molto, ma ne è valsa la pena. Sono contenta che tu sia rimasto, ieri sera".

"Anche io. Era da un po' che non mi divertivo così tanto".

"Non vedo l'ora di metterci di nuovo mano. Magari domenica prossima?" mi chiede, e noto il barlume di speranza che le affiora negli occhi. È una pessima idea, perché più tempo trascorro con lei, più difficile sarà restare saldo nella mia decisione.

Ma non riesco a dirle di no.

"Sì, molto volentieri".

Frequentare la donna che non posso avere è un tipo particolare di tortura che non avevo mai sperimentato prima. È orribile, però non riesco neanche a starle lontano. Sembra che neanche lei lo voglia.

"Beh, pronto a vedere cosa sa fare Donut?" Beve un sorso di caffè, poi lascia da parte il bicchiere.

"Sì. Dimmi quando hai bisogno di me".

"Resta soprattutto dietro di me, così se cado mi prendi al volo prima che mi sloghi una caviglia. Donut è piuttosto bravo a stare fermo, ma si spaventa facilmente. Anche se ci abbiamo lavorato molto, i rumori forti lo imbizzarriscono. Probabilmente è tutto merito di quell'idiota di mio fratello, che andava in giro con la sua moto da cross in questa zona".

"Non credi che, visto quel che è successo, dovresti allenarti su un cavallo che non si spaventa?"

Gli accarezza il collo dolcemente. "Abbiamo un forte legame, e si fida di me. Finché non ci saranno rumori forti, andrà tutto bene".

Tengo a freno la lingua, deciso a sostenerla nonostante la preoccupazione che possa farsi male al primo scoppio di marmitta nelle vicinanze.

"D'accordo, sono pronto, se lo sei anche tu". Lascio il caffè accanto al suo per avere entrambe le mani libere.

"Per prima cosa, faccio un po' di riscaldamento con qualche acrobazia semplice per rinfrescarmi la memoria".

Non conosco i termini tecnici di questa disciplina, ma l'ho vista numerose volte ai rodei. Di solito c'è sempre qualche volteggiatore, che si esibisce per mandare su di giri il pubblico. Indossano tenute sgargianti e agghindano i cavalli con glitter e colori abbinati. Alcuni eseguono addirittura il Roman riding, ovvero stanno tra due cavalli, con un piede su ciascuna groppa, e poi saltano ostacoli infuocati. I cavalli corrono quasi alla massima velocità, mentre gli atleti si sporgono su un lato o restano dritti. Onestamente, è molto pericoloso; in pratica, è come fare ginnastica artistica sul dorso di un cavallo.

"Non mi sono mai seduto sopra una sella del genere", le dico quando solleva la gamba sinistra e la fa passare dall'altra parte in un modo diverso dal solito. Il pomello è lungo e dritto e ci sono delle maniglie sulla parte posteriore per le varie acrobazie. Donut indossa anche un collare e delle cinghie in più perché la sella rimanga in posizione nonostante i movimenti.

"L'ho trovata l'anno scorso, quando ho deciso di provare, per poi fermarmi piuttosto presto. Delilah ha già molta esperienza; quindi mi sto allenando soltanto per familiarizzare meglio con le sensazioni che provo durante i movimenti, non solo per capire come vanno fatti".

Si sdraia sulla sella con le braccia incollate sui fianchi e le gambe dritte, e io rimango a mezzo metro da lei per non intralciarla; ma sono comunque abbastanza vicino, in caso di bisogno.

"Che mossa è?" le chiedo.

Gira la testa e sorride. "Un normalissimo *plank*. Distribuisco su entrambi i lati il mio peso, così Donut può percepire il bilanciamento".

"Se Delilah è già esperta, perché avrebbe bisogno di un'allenatrice?"

Noah si mette seduta e fa camminare Donut mentre irrigidisce le ginocchia e raddrizza la schiena. Poi solleva la gamba destra e la sposta dall'altra parte. Mi sento un paparazzo che segue ogni sua mossa e aspetta l'occasione per lo scatto migliore.

"Delilah ha imparato la disciplina da una delle migliori volteggiatrici della zona, Molly Mecca. Durante gli anni delle superiori, ha gareggiato e vinto un bel numero di premi. Ma poi, qualche anno fa, ha avuto un brutto infortunio e ci ha messo diverso tempo a riprendersi. Dopodiché, Molly è andata in pensione, e Delilah si è rivolta a Craig perché la aiutasse a ritornare quella di un tempo. Aveva le competenze e le conoscenze necessarie, ma, dopo essersi fermata così a lungo, aveva perso sicurezza".

"E adesso ha licenziato Craig e vuole te?" chiedo, tenendole gli occhi addosso mentre cambia posizione. Non sembra nulla di troppo rischioso, visto che sta facendo riscaldare Donut, ma sono comunque nervoso. Non so cosa mi fosse venuto in mente quando mi sono offerto volontario, perché mi verrà un infarto prima della fine dell'addestramento. Ogni volta che si muove da destra a sinistra o ruota su se stessa, allungo d'istinto la mano per afferrarla.

"Come puoi immaginare, Craig è stato il solito Craig: invece di segnalarle gli aspetti critici su cui lavorare, non faceva altro che urlarle addosso. Sarebbe un bravo allenatore se solo fosse paziente e desse consigli; invece, usa tattiche intimidatorie e minacce per costringere i clienti a svolgere un buon lavoro. Non funziona con la maggior parte delle persone, e soprattutto non con i cavalli. Delilah ha bisogno di qualcuno che le dica dove deve migliorare, che la aiuti a correggere quei difetti; solo così potrà ritrovare la sua sicurezza e tornare ad essere quella di un tempo. Quindi, anche se non sono una volteggiatrice professionista, ne so abbastanza per capire dove sta il problema".

Noah scivola sul fondoschiena di Donut mentre si regge alle maniglie sulla parte posteriore della sella, e sento il mio battito cardiaco che aumenta. Una scalciata del cavallo, e Noah finisce per terra.

Ma Donut mantiene la postura mentre lei continua a cavalcare e a metterlo a suo agio mentre si muove.

"Sembra non aver problemi con quello che stai facendo", le dico.

"Già, secondo me, si ricorda l'estate scorsa. Avevo paura che se ne fosse dimenticato".

"Non significa che devi già premere il piede sull'acceleratore", la avverto, non essendo pronto né psicologicamente né fisicamente a un simile cambio di ritmo.

"Hai paura per me, signor Underwood?" Fa un sorrisetto mentre spinge i piedi sulla sella e si mette in ginocchio, come se volesse alzarsi. Per fortuna, però, non lo fa e rimette giù le gambe.

"Ho paura di svenire, se non ci vai piano".

"Eri un cavalcatore di tori, e hai paura che *io* faccia qualche acrobazia da bambini? Affascinante, davvero".

"Quello dura otto secondi. Certo, sono gli otto secondi più lunghi della storia quando sei in groppa a un animale di quasi una tonnellata, ma io avevo anni di allenamento alle spalle".

"E io scommetto che ti sei fatto male diverse volte".

"Sì, è vero". Ridacchio. "Si impara presto a rannicchiarsi e rotolare via".

Noah ride, sollevando e abbassando i piedi come per valutare la reazione di Donut ai movimenti più rapidi.

"Scusa in anticipo per il nome, ma aspetta quando proverò il *suicide drag*. L'anno scorso non sono riuscita a esercitarmi e, adesso che ho guardato più video, voglio vedere se riesco a farlo".

Al sentirglielo dire, mi sento mancare il fiato, perché posso solo immaginare quanto dev'essere rischiosa quell'acrobazia. "Preferirei che non lo facessi".

"E perché no?"

"Il nome è tutto un programma".

"In realtà è un'acrobazia molto comune. Ma sì, può essere difficile all'inizio. Non ho mica detto che l'avrei fatta oggi, solo che prima o poi voglio provarci".

"E cosa sarebbe esattamente?"

"Praticamente, è quando ti appendi a testa in giù su un fianco del cavallo mentre va al galoppo. Infili un piede nel buco della sella, mentre l'altro rimane a penzoloni sopra la tua testa, e trascini le mani sul terreno".

Sbatto gli occhi un po' di volte, cercando di elaborare le parole che ha appena detto, e comincio a ricordare di aver visto alcuni volteggiatori eseguire l'acrobazia. I capelli volano da una parte all'altra mentre le braccia restano a penzoloni verso il basso e il corpo rimbalza seguendo il ritmo dell'animale. In quella posizione non hanno alcun controllo sul cavallo, che deve continuare a correre senza una guida. Un passo falso dell'animale, e la persona rischia di spezzarsi l'osso del collo.

"Assolutamente no, Noah. Non metto in dubbio il tuo talento, ma è troppo rischioso".

Alza gli occhi al cielo come se la mia ansia fosse ingiustificata. "È per questo che sei qui, ricordi?" Batte le ciglia come se questo bastasse per convincermi ad accettare la sua idea assurda.

Prima che possa risponderle, balza in alto e si mette in piedi. Un piede scivola appena, e io quasi mi lancio verso di lei, ma poi mi fermo. Donut non sta andando troppo veloce, quindi riesco a reggere il passo. Però, conoscendo Noah, so che prima o poi vorrà accelerare.

"Va tutto bene, forse non ho messo le scarpe giuste".

Mi passo una mano tra i capelli, sentendo già la fronte rigarsi di sudore. "Dovresti avvolgerti nel pluriball".

"Grazie al cielo che non c'eri per i tornei di salto sul trampolino dal tetto! Saresti svenuto". Tiene lo sguardo fisso su Donut mentre rimane in equilibrio sulla sella. Ma sono comunque nervoso.

Ogni ricordo di Lyla che scalava quella roccia torna in superficie. Ero troppo sicuro delle sue capacità e, non appena ho abbassato la guardia, ho commesso un errore irreparabile. Avrei dovuto starle più vicino, non avrei dovuto permetterle di salire così in alto e, cazzo, avrei dovuto prenderla al volo.

"Probabilmente sì. Anche solo il nome suona pericoloso e stupidissimo".

"Wilder, da insopportabile idiota qual è, ha fatto un tuffo a bomba e si è dimenticato di stendere le gambe dopo il primo rimbalzo. Invece di atterrare sui piedi, è volato dritto contro un albero. Ne è uscito con una commozione celebrale, un sacco di lividi e una costola rotta".

"Cristo santo! Sul serio, non capisco come i vostri genitori abbiano fatto a sopravvivere così a lungo".

"E la parte peggiore è che l'incidente non l'ha manco fermato. Un mese dopo, è andato a Blackhole Granite e si è tuffato nella cava. Ha rischiato di affogare perché non riusciva a tornare in superficie. Landen e Tripp si sono dovuti buttare di corsa per tirarlo fuori. Waylon gli ha fatto il massaggio cardiaco finché non ha sputato fuori l'acqua".

Scuoto la testa. Quel ragazzo non ha paura di niente e non sa neanche cos'è il pericolo. Come abbia fatto a vivere così a lungo è un vero mistero.

Noah si risiede, fa qualche acrobazia semplice e poi smonta. La mia mano si sposta istintivamente sulla base della sua schiena finché non poggia i piedi al sicuro sul terreno.

"Ecco fatto. Non è stato poi così tragico, vero?" Sfodera un sorrisetto, afferrando la briglia di Donut.

"Ti rispondo appena il battito del mio cuore torna normale".

Dovrei essere immune dalla paura di correre rischi e dalla preoccupazione quando vedo qualcuno fare acrobazie a cavallo, ma, quando si tratta di Noah, ogni minima scivolata o botta mi sconvolge. Continuo a ripetermi che ha un gran talento ed è molto capace, ma, quando la raggiungo ogni mattina al centro di addestramento, ho un mini attacco di panico.

Giorno dopo giorno, diventa sempre più audace e si spinge un tantino più in là. Mi insegna perfino i nomi di alcune delle acrobazie che esegue, tipo la bandiera, il volteggio, la salita, il mezzo mulino e così via. Donut tollera qualunque cosa, e sono contento che sia così ben addestrato, perché così io devo soltanto concentrarmi sui movimenti di Noah. Dopo qualche giorno, Noah ha aumentato il ritmo e Donut galoppa più veloce. Rimango il più vicino possibile e, anche se sono nervoso come non mai, sono pure molto impressionato.

Noah si è buttata nell'impresa con una conoscenza minima della disciplina, ma ha studiato prima di iniziare, si è dedicata agli allenamenti e ha continuato a esercitarsi con le acrobazie finché non è riuscita ad eseguirle perfettamente. Non sarà un'esperta e non si esibirà ancora per diverso tempo, però ha assimilato i concetti di base in solo una settimana.

"Molto presto, sarò pronta per un outfit scintillante e passerò da un rodeo all'altro!" Fa una piccola giravolta attorno a Donut, che se ne resta fermo, impassibile.

"Che ne dici se quello lo lasci fare a Delilah, mentre tu rimani qui al tuo posto?"

"*Al mio posto*, eh? Cosa vorrebbe dire?"

Siamo a giusto un metro di distanza l'una dall'altro, ma l'aria tra di noi è talmente densa che si potrebbe tagliare con un coltello.

"Niente. È solo che preferisco averti qui al ranch, dove posso ancora vederti tutti i giorni".

Aggrotta le sopracciglia come se non sapesse come interpretare le mie parole, ma non si mette a discutere né mi chiede di spiegarmi meglio.

"Mi mancherebbe casa, però sarebbe divertente. Un po'

invidio Delilah, che potrà viaggiare per i rodei e percepire tutta l'emozione del pubblico che esulta nell'arena. Scommetto che è una bella botta di adrenalina, tutte le sere".

Annuisco, perché ha ragione. Quell'eccitazione non scema mai, a prescindere da quante volte lo fai.

"Quando cominciate?" le chiedo, immaginando che abbia accettato di lavorare con lei, visto che si è allenata per tutta la settimana.

"Viene questo weekend. La osserverò e capirò a che livello è; poi le farò un preventivo, e partiremo da lì. Non credo che avrà bisogno di me per più di un mese o due".

"Senza dubbio. Sei piuttosto brava".

"*Piuttosto brava…*" mi fa il verso, tenendo le mani sui fianchi.

Tirando fuori il telefono, controllo l'ora e vedo che sono quasi le nove. Di solito è quando terminiamo l'allenamento perché io possa andare al lavoro, mentre lei può cominciare con gli addestramenti della giornata. Però mi sto godendo ogni secondo che posso passare con lei. Tra di noi non c'è più alcun disagio. Siamo tornati ad essere amici, e nessuno sospetta niente.

Cazzo, quanto lo detesto!

Vorrei strapparle il casco di dosso, prenderla tra le braccia, stringerla forte e poi rubare tutti i suoi baci.

Ma non posso; quindi mi accontento di quello che posso avere: occhiate ardenti e tocchi leggeri.

"Hai finito?" le chiedo.

Laney, la moglie di Ayden, è entrata in travaglio ieri notte e ha partorito questa mattina sul presto. Di sicuro Noah vorrà andare a trovarla. Proprio quando stavamo per cominciare, Serena e Mallory si sono fiondate qui dentro per darci la bella notizia.

Noah guarda l'ora. "Abbiamo cinque minuti. Voglio provare di nuovo il *suicide drag*, ma questa volta più veloce".

È già terribile che un paio di giorni fa l'abbia fatto per la prima volta e, se Donut non fosse così tollerante, non accetterei mai. Però Noah fa quello che le pare; quindi sto al suo passo e osservo ogni sua mossa.

"Più veloce quanto?"

"Beh, abbastanza da trascinare le mani sul terreno".

Data la posizione richiesta dall'acrobazia, non può neanche indossare il casco. I volteggiatori non lo usano mai ai rodei, ma durante gli allenamenti Noah lo tiene sempre. Sono tentato di implorarla di non farlo, ma so che sarebbe inutile. Non si arrenderà finché non ci avrà provato e, anche se non lo facesse di fronte a me, potrebbe benissimo provarci quando non ci sono. Preferisco che provi adesso sotto il mio controllo, così che possa sentirsi soddisfatta del suo tentativo, piuttosto che da sola, correndo il rischio di farsi del male.

"D'accordo. Ma non troppo veloce", la avverto. "Ho le ginocchia di un vecchio cavalcatore di tori".

Trattiene una risata. "Quindi stai sfruttando il piano sanitario pensionati, eh?"

"Molto divertente". Sbuffo.

Faccio un respiro profondo mentre lei sale di nuovo in groppa a Donut, per poi guidarlo in un galoppo regolare. L'arena è sufficientemente larga perché il cavallo possa accelerare e rallentare quando ne ha bisogno Noah, con ampio margine prima di raggiungere la curva.

Fanno un giro intero, poi Noah solleva il pollice per farmi capire che sta per eseguire l'acrobazia. Non riuscirei mai a tenere il loro passo; quindi rimango a osservare, muovendomi in cerchio.

Noah aggancia il piede, si butta giù dal fianco del cavallo e poi si porta l'altra gamba sopra la testa. Infine lascia cadere le braccia e le trascina sul terreno. Accade in meno di tre secondi, ma rimane in quella posizione per almeno altri dieci.

La osservo con un senso di panico misto a meraviglia. Adoro il fatto che sia riuscita a imparare l'acrobazia in così poco tempo e che non si arrenda mai quando si è messa in mente qualcosa.

Si tira su, solleva le braccia e poi fa un largo sorriso. Pieno di orgoglio, inizio ad applaudire.

Quando fa fermare Donut, balza giù e si lancia tra le mie braccia. La stringo al petto e inspiro il profumo del suo shampoo.

"Ce l'ho fatta!"

"Ne ero certo".

Ritrae un poco la testa, gli occhi luminosi e pieni di emozione. Un lampo le passa sul volto mentre si lecca le labbra. A fatica mando giù il groppo che mi è rimasto incastrato in gola. Faccio scivolare la mano sulla sua nuca, e sono terribilmente tentato di premere la sua bocca sulla mia.

"Ehi, Noah!"

Al suono della voce di Tripp, ci separiamo, e io infilo velocemente le mani in tasca.

"Hai finito, così possiamo entrare io e Landen?" le chiede.

"Sì, ma prima devo farti vedere cos'ho appena fatto!"

"Aspetta…" Quasi non riuscivo a respirare l'ultima volta che ha eseguito l'acrobazia.

Descrive l'esercizio; poi si mette accanto a me per montare in sella e fa partire Donut.

"Sta diventando proprio brava", dico per spezzare il silenzio.

"Eravate un po' troppo appiccicati quando sono entrato. C'è qualcosa tra di voi?"

Quando lo guardo, mi studia il volto come per sfidarmi a mentirgli.

"Di che stai parlando?" Goccioline di sudore mi rigano la fronte mentre cerco di mantenere la voce ferma.

Solleva un sopracciglio. "Quindi non ti scopi mia sorella? Non so come la prenderebbero i miei genitori, in quel caso…"

Noah si mette in posizione e urla a Tripp di guardarla. Con la coda dell'occhio, noto qualcosa per terra proprio sulla traiettoria di Donut.

"Quello che accidenti è?" chiedo, avvicinandomi.

Tripp mi segue, guardando sua sorella, e soltanto quando vedo l'oggetto misterioso sollevarsi mi rendo conto che si tratta di un serpente.

"Noah, mettiti seduta!" grido, mentre corro verso il rettile.

Sono troppo lontano per raggiungerlo prima che Donut lo veda e, appena succede, si blocca e si impenna.

"Craig!" urla Tripp e, quando mi giro, vedo un'ombra vicino alla porta.

Tripp corre all'inseguimento mentre io cerco di afferrare le redini di Donut, ma è terrorizzato e corre via con Noah ancora attaccata nella stessa posizione.

"Il piede si è bloccato!" urla Noah, cercando in tutti i modi di sollevarsi.

Il cuore mi martella nel petto mentre alzo le braccia e uso comandi vocali per fermare Donut. Vorrei che Tripp fosse rimasto per liberarci del serpente, così che il cavallo potesse darsi una calmata. Si è scatenato il caos, e non so come impedire a Donut di sgroppare.

"Rilassa il piede!" le dico, sperando che basti perché possa sfilarlo, nel caso l'animale si impenni di nuovo.

Ogni volta che Noah prova a raggiungere il pomello, lui salta e la spinge di nuovo giù.

Corre talmente veloce che mi sento assolutamente impotente. L'arena è troppo grande perché possa tenere il suo passo.

Quando supera una curva, corro per mettermi di fronte a lui e sollevo le braccia, nella speranza di attirare la sua attenzione e fermarlo. Sbuffa mentre rallenta; quindi mi avvicino e faccio per prendere le redini.

Prima che possa afferrarle, Noah cade al suolo con un tonfo.

"Noah, alzati!"

Proprio come prova a muoversi, il serpente riappare, e Donut dà di matto. Scalcia all'indietro, nitrendo e, quando abbassa le zampe, schiaccia con gli zoccoli un fianco di Noah.

"Cazzo!"

Noah grida mentre si raggomitola su se stessa. Prova a parlare con Donut, senza però riuscire a tranquillizzarlo.

La afferro per i polsi e la trascino lontano dal cavallo imbizzarrito, finché non riesco a sollevarla. Il serpente sta ancora tormentando Donut, e sarà impossibile calmarlo se prima qualcuno non allontana il rettile. Ma ora la mia unica priorità è quella di portare Noah fuori da questo posto.

Mentre corro via con lei in braccio, sento i suoi gemiti di dolore.

"Mi sa che la caviglia è andata", mi dice, con le lacrime agli occhi.

"Mi preoccupano di più le costole, piccola. Sono quasi sicuro di aver sentito qualcosa che si rompeva".

"Anche io. Fanno un male cane". Geme tra le mie braccia mentre provo ad aprire lo sportello del mio pick-up.

Sapendo che probabilmente non riesce a reggersi sul piede, la faccio sdraiare sui sedili posteriori.

"Mi pulsa la testa", dice sofferente.

"Noah, guardami!" Le schiaffeggio la mano finché non lo fa. "Tieni gli occhi aperti, d'accordo? Ti porto al pronto soccorso".

Sbatte lentamente gli occhi come se stesse lottando contro l'impulso di chiuderli.

"Occhi. Aperti. Puoi farcela, piccola".

"Dove state andando?" chiede Tripp, alle mie spalle.

Sbatto la portiera e resisto alla tentazione di picchiarlo per il fatto che ha abbandonato sua sorella.

"Donut si è spaventato e l'ha presa a calci". Balzo dietro il volante e abbasso il finestrino. "Devi portare via quel serpente e poi riportare Donut al box. È terrorizzato".

"Oh, merda! Si è fatta male?" Toglie il berretto e si passa le dita tra i capelli scompigliati.

"Sì, è rimasta appesa sul fianco di Donut mentre lui sgroppava e scalciava. Il piede era bloccato, e io non sono riuscito a calmare il cavallo. Di' ai vostri genitori che la sto portando al pronto soccorso".

Non perdo un secondo di più e, resistendo all'impulso di fargli la ramanzina, metto in moto. Giro la testa, controllo come sta Noah e le ricordo di continuare a guardarmi.

"Mi fa male tutto".

I suoi gemiti sofferenti mi colpiscono dritto al cuore, mentre rivivo in un flashback il terrore di quando ho trasportato Lyla sul retro della mia macchina. Per quanto fosse ovvio che ormai ci avesse lasciati, mi sono aggrappato alla speranza per tutta la corsa verso il pick-up e durante il viaggio fino all'ospedale.

Mi rifiuto di perdere Noah. È l'amore della mia vita e, anche se non possiamo stare insieme, non sopporterei di avere di nuovo il cuore spezzato. Questa volta non ne uscirei vivo.

Le costole rotte da Donut potrebbero aver perforato un polmone o un vaso sanguigno. Potrebbe esserci un'emorragia interna nella cavità toracica. La lunga lista di possibilità mi terrorizza.

Portando indietro il braccio, le prendo la mano. "Per sopportare il dolore, stringimi, amore. Non lasciarmi andare".

Capitolo Ventisette

NOAH

Mi reputo una persona con un'alta tolleranza al dolore, ma, porca miseria, ho un male cane dappertutto! L'infermiera è arrivata a un certo punto per darmi altri antidolorifici, ma l'effetto è svanito e adesso mi serve una dose doppia.

Setaccio il lettino con la mano alla ricerca del pulsante di chiamata. Appena grugnisco, Fisher si alza in piedi e mi raggiunge.

"Di cos'hai bisogno, piccola?" chiede.

"Anti…" Gemo, cercando di tenere gli occhi aperti.

"Altri farmaci? Ok, aspetta".

Preme il bottone e mi chiede se voglio cambiare posizione, ma al solo pensiero scuoto la testa. Ogni centimetro mi pare un chilometro, e preferirei muovermi soltanto se necessario.

L'infermiera entra con un sorriso, ma il suo sguardo si sofferma su Fisher un momento in più del dovuto. Ovviamente lui non se ne rende conto perché è concentrato su di me. Se avessi anche un grammo di forze in più, le direi di tenere quel suo sguardo sensuale lontano da lui. Ma, se è venuta a portarmi quello che mi serve, rimanderò la strigliata a un'altra volta.

"Ciao, Noah". La sua voce è bassa ma allegra. "Ho dell'altra morfina per te, ma ti farà sentire assonnata".

"Bene", sussurro.

"Quando ho finito, sostituisco gli impacchi di ghiaccio. Dovrebbe darti sollievo alle costole".

Annuisco perché è l'unica cosa che riesco a fare. Mi scoppia la testa per la botta leggera che ho preso, e la morfina dovrebbe aiutarmi proprio con questo e con ogni centimetro dolorante del mio corpo.

È stato caos allo stato puro dal momento stesso in cui Fisher mi ha portata al pronto soccorso. Mi hanno caricata su una barella e trasportata in una stanza dove hanno effettuato un esame completo. Ricordo che ho gridato per il dolore mentre controllavano la caviglia e le costole. Quando una lastra ha escluso emorragie interne nella cassa toracica, mi hanno fatto una tomografia computerizzata e hanno trovato una frattura alla caviglia. Poi l'hanno fasciata, nell'attesa che venga ad esaminarla uno specialista per determinare se devono operarmi.

I miei genitori sono arrivati un'oretta dopo il ricovero e stanno discutendo con i dottori del percorso riabilitativo. So già che non potrò mettere peso sul piede per sei-otto settimane, ma non mi interessa. Una persona come me non può permettersi di girarsi i pollici per due mesi.

Non appena il farmaco entra in circolo ogni parte di me si rilassa, e sorrido.

"Ti senti meglio?" chiede Fisher, carezzandomi la guancia.

"Sì. Puoi dire al dottore che la caviglia è a posto e che non mi dovranno operare?"

"Considerando il colore violaceo e il fatto che è gonfia quanto il mio polso, dubito che ci crederà".

Aggrotto la fronte. "Basta un po' di ghiaccio e si sistema".

Mi scosta alcune ciocche dietro l'orecchio e fa un debole sorriso. "Mi dispiace, amore. Anche senza l'operazione ti direbbero di riposare. Non hai scampo".

Sbuffo e per il momento non insisto. "Donut sta bene? Che ne è stato del serpente?"

"Tripp è riuscito a calmarlo e l'ha riportato al box. Era

sconvolto e così hanno chiamato il veterinario per sedarlo. Il serpente l'hanno trovato e se ne sono liberati".

È un miracolo che Donut non si sia fatto male, e ringrazio il cielo che almeno lui stia bene.

"Ce n'era soltanto uno? Da dov'è venuto fuori?"

"Io ho visto soltanto quello, ma i tuoi fratelli stanno perlustrando tutto il centro d'addestramento e le scuderie, per sicurezza. Tripp ha visto Craig vicino alla porta. Deve aver liberato il serpente, restando lì per assicurarsi che Donut reagisse".

"Cristo, è come un parassita di cui non ci si libera mai! Ricordo che Tripp è corso via. L'ha trovato?"

"No. Tripp ha chiamato lo sceriffo, e sono sulle sue tracce. Non era in casa quando sono andati a interrogarlo".

Mi irrita pensare che è ancora a piede libero. "Io non gli ho manco fatto niente".

"Scommetto che questa volta se l'è presa per Delilah. In qualche modo sapeva che a quell'ora ti saresti allenata".

"Non si arrenderà finché non mi avrà ammazzata", dico, e poi i miei occhi si fanno troppo pesanti perché riesca a tenerli aperti.

"Bene, la bella notizia è che non c'è bisogno di operarmi alla caviglia. Quella brutta è che sarà necessario se inizi a mettere peso sul piede. Il riposo è fondamentale". Il dottore mi guarda, e vorrei ribattere che non posso non lavorare per tutto quel tempo. Ma, visto che ci sono i miei genitori, nonna Grace e Fisher qui con me, non ha senso mettersi a discutere.

Mi faranno interrompere gli allenamenti finché non sarò guarita del tutto.

"Mi assicurerò io che non lo faccia", dice Fisher, e aspetto la reazione dei miei con il fiato sospeso. "Mi sento responsabile per quanto è successo. Il minimo che possa fare è aiutarla mentre si riprende".

Abbiamo avuto giusto un paio di momenti da soli per parlare, ma vedo che sta soffrendo per il senso di colpa e per il ricordo di quello che è successo a sua figlia. Non appena Donut si è impennato e ho sentito il piede incastrato nella sella, ho subito pensato a ciò che avrebbe provato Fisher e ho cercato come una matta di liberarmi. Non mi aspettavo che Donut mi schiacciasse, altrimenti avrei provato con maggiore determinazione a spostarmi più in fretta.

Nonna sorride mentre ci guarda e, giuro, sembra saperla lunga.

"Non è colpa tua, signor Underwood", gli dice mia madre. "Gliel'avevo detto che l'equitazione acrobatica è pericolosa".

Alzo gli occhi al cielo. "È sempre pericoloso stare a cavallo quando c'è un serpente nell'arena. Sarebbe successo anche se fossi stata seduta normalmente e non appesa sul suo fianco".

"In quel caso, però, non saresti in queste condizioni". Mamma fa schioccare la lingua.

Non mi prendo la briga di discutere, perché le ho già raccontato com'è andata.

"Ti manderemo a casa con una scorta di antidolorifici per placare il dolore, ma alla fine sono il tempo e la pazienza la chiave per la guarigione", dice il dottore.

Due cose che al momento non ho.

Quando l'infermiera ci porta la lettera di dimissioni, papà porta il pick-up di fronte all'ospedale e vengo trasportata fuori in sedia a rotelle. Mi stanno spedendo a casa con le stampelle e un tutore che voglio già strapparmi di dosso.

"Oddio!" Gemo, inspirando violentemente. La sofferenza causata dalla rottura di tre costole sullo stesso lato è un tipo di dolore che non avevo mai provato.

"Fai con calma", dice mamma quando provo ad alzarmi da sola.

Fisher è al mio fianco; mi sorregge con una mano e appoggia l'altra sulla mia schiena mentre mi piego in avanti.

"Riesci a salire?" mi chiede dolcemente.

Sollevo lo sguardo sulla portiera aperta. "Ne dubito".

Senza aggiungere un'altra parola, mi passa un braccio sotto le ginocchia e mi tira su. Lo afferro subito per le spalle mentre mi trasporta fino al pick-up, per poi lasciarmi sul sedile.

"Non ha senso farti soffrire, se posso darti una mano io", dice, come per giustificare il suo gesto, visto che i miei genitori sono dietro di lui.

"Quanto sei forte, Fisher!" Mamma gli stringe il bicipite. "Ma vedi di non farti venire l'ernia per sollevarla".

"Wow, mamma, grazie!" dico in tono impassibile, mentre fatico ad allacciare la cintura.

Si mette accanto a lui mentre papà carica le stampelle sul retro.

"Oh, tesoro. Lo sai cosa intendo. Sei tutta muscoli".

Lo so che sto facendo la permalosa, ma voglio soltanto andare a casa e sdraiarmi sul mio letto. Mia madre ha passato la giornata a preoccuparsi per me, mentre Fisher ad autoflagellarsi perché mi sono fatta male. Lo sappiamo tutti che non è stata colpa sua, ma, per quante volte glielo dica, lui insiste che avrebbe dovuto reagire in modo diverso.

L'unico vero problema è Craig e, non appena lo sceriffo Wagner l'avrà trovato, lo denuncerò per violazione di proprietà privata e aggressione con intento a nuocere. Ora che abbiamo molte più telecamere, riusciremo a ottenere un'immagine nitida del suo volto. La pagherà per aver sabotato la mia carriera e spaventato il mio prezioso cavallo. Andrò a trovare Donut nella scuderia di famiglia il prima possibile, per fargli capire che non sono arrabbiata con lui.

"Ci vediamo a casa tua", mi dice Fisher quando mamma si è allontanata.

"Non sei tenuto a prenderti cura di me", ribatto con fermezza. "Non è colpa tua e non devi farti carico di questo peso".

Il suo sguardo si rabbuia, la mascella si serra, e ho paura che possa dire qualcosa di inopportuno di fronte ai miei genitori.

Ma poi si avvicina al mio orecchio e mormora: "Per me non sarai *mai* un peso, Biondina. Rinuncerei al privilegio di respirare, se servisse a liberarti da anche solo un grammo di dolore".

Non è giusto che mi dica queste cose così dolci e premurose quando io non posso ricambiarle. Ha chiuso la nostra relazione, perdendo il diritto di parlarmi in questo modo.

"Sei comoda, tesoro?" chiede papà, mettendosi al volante.

"Sì, sto bene", mento.

Mia madre e mia nonna si siedono sul retro con me e Fisher chiude il loro sportello.

"Vado al supermercato. Visto che non riuscirà a fare la spesa, prendo tutto ciò che può servirle", dice alla mia famiglia.

"Sei tanto gentile, grazie", replica mamma.

Lo fisso, mordendomi la lingua per non dirgli di non disturbarsi. L'ultima persona che voglio intorno ora che non mi sento al meglio è l'uomo di cui sono innamorata e che non posso avere. Ho quattro fratelli che potrebbero darmi una mano. E poi Magnolia è disposta a mollare il lavoro per aiutarmi a tempo pieno. Onestamente, vuole soltanto una scusa per mandare la signora Blanche a quel paese, ma le ho detto di non preoccuparsi, visto che Fisher si è candidato come mio infermiere personale.

"Chiama Mallory e Serena. Erano tanto in ansia per te. Serena era al pronto soccorso con sua nonna quando Fisher ti ha portata dentro", mi dice mamma.

"Davvero?"

"Erano appena andate a vedere il bambino. Sua nonna ha detto che Fisher era bianco come un fantasma e molto stressato mentre raccontava cos'era successo".

Il mio cuore si spezza al ricordo di quando mi ha trasportata fino al suo pick-up. Riuscivo a malapena a tenere gli occhi aperti, e lui mi ha detto di stringergli la mano finché il dolore non sarebbe scomparso.

Qui con me

Non l'ho lasciata andare finché non mi hanno portata in una stanza e gli hanno detto di aspettare fuori.

Magnolia è seduta vicino a me mentre, appoggiata su alcuni cuscini, mi lamento perché non posso andare alla scuderia a vedere Donut. Appena mi sono messa a letto, ho rimosso il tutore e mi sono infilata sotto le coperte.

Quando Fisher è arrivato con le buste della spesa, i miei e nonna Grace se ne sono andati per lasciarmi riposare, ma non ce l'avrei mai fatta a dormire profondamente con lui qui a casa. Ho scritto a Mallory e ho chiamato Serena su FaceTime prima che Magnolia si presentasse da me. I miei fratelli mi hanno mandato messaggi nella chat di gruppo, scommettendo su quanto tempo ci vorrà prima che io impazzisca.

Ho vinto io dicendo un'ora.

"È lì da mezz'ora a prepararti la cena", dice Magnolia. "C'è pure un profumino delizioso".

"Avrei preferito non lo facesse. Non ho molto appetito", ammetto, gemendo quando uso per sbaglio il piede infortunato per spingermi più in alto.

Magnolia balza in piedi, in preda al panico. "Che ti serve? Un altro cuscino? Più ghiaccio?"

"Altre medicine. Ce le ha Fisher in cucina".

"D'accordo, torno subito".

Quando se ne va, mi trascino sul bordo del materasso e mi allungo per prendere le stampelle. Non avendole mai usate prima, ricado sul letto appena sollevo il piede.

Sento Magnolia che parla con Fisher in cucina; quindi dovrei avere abbastanza tempo prima che ritorni.

Visto che non voglio chiedere aiuto, armeggio con le stampelle finché non riesco a bloccarle sotto le braccia e poi ci riprovo. Arrivo in corridoio, dove finisco contro il muro e faccio cadere una fotografia.

"Noah!" Fisher corre fuori dalla cucina con una spatola in mano. "Che stai facendo?"

"Stavo giusto tornando da te", dice Magnolia.

"Devo pisciare. Posso farlo o non mi è permesso?"

Fisher lascia l'utensile a Magnolia, poi afferra le mie stampelle e le passa anche quelle.

"Ehi, mi servono".

Senza dire niente, mi solleva tra le braccia e mi porta in bagno. Spero che non voglia fare quello che penso.

"È ridicolo", gli dico quando mi lascia in piedi davanti al gabinetto.

"Riesci ad abbassarti i pantaloncini o vuoi che lo faccia io?"

"Da qui dovrei farcela da sola". Mi morsico il labbro inferiore, non volendo ammettere quanto faccia male muovermi.

"Perché mi racconti bugie? Lascia che ti aiuti".

"Scusami se non voglio pisciare davanti a te. Non mi piace essere servita e riverita", ammetto.

"Non è quello che sto facendo. Non ti è mai dispiaciuto quando ti toglievo i vestiti".

Gli tiro un pugno sul petto. "Lo sai cosa intendo. Posso avere un po' di privacy, per favore?"

"Ho baciato, leccato e visto ogni centimetro di te".

Un brivido mi sale lungo la schiena al ricordo della nostra ultima volta insieme. "Beh, vediamo di non aggiungere anche questo alla lunga lista di cose che hai visto o fatto".

"Noah". Sfodera un sorriso. "Fammi abbassare i pantaloncini, poi me ne vado".

Non riesco quasi più a trattenerla; quindi smetto di oppormi e annuisco. "Va bene. Ma non guardare!"

Ridacchia mentre si inginocchia di fronte a me, infila le dita sotto le mutande e i pantaloncini, poi chiude gli occhi.

Fa scorrere lentamente i vestiti lungo le cosce, e il tocco

delicato dei suoi pollici che mi carezzano le gambe nude mi strappa quasi un gemito. Quando si alza, fa attenzione a non toccare la caviglia.

"Vuoi appoggiarti a me per sederti?"

"Oh, mio Dio, no! Vorrei mi restasse almeno un po' di dignità".

Con un sorrisetto, tiene gli occhi chiusi. "D'accordo, mi metto qui fuori in corridoio. Urla quando hai finito".

Si chiude la porta alle spalle, che però rimane aperta per metà. Sono troppo disperata per gridargli dietro; quindi non perdo tempo. Sedermi sulla tavoletta è più doloroso di quanto mi aspettassi, ma mi mordo il labbro per non grugnire.

Quando ho finito, riesco a sollevare i pantaloncini mentre mi alzo e mi reggo al bancone. Poi zoppico fino al lavandino per lavare le mani.

"Hai finito?" Fisher irrompe in bagno, facendomi venire un colpo.

"Cristo! Sì".

Senza preavviso mi solleva tra le braccia, e io mi appoggio al suo petto.

"Non ce n'è bisogno. Devo imparare a usare le stampelle". Lo stringo più forte, godendomi il suo calore.

"E lo farai, ma questo è solo il tuo primo giorno qui a casa. Sei ancora assonnata per la morfina e non puoi permetterti di farti ancora più male".

Quando mi porta in camera, Magnolia si alza dal letto e sprimaccia il cuscino prima che Fisher mi metta giù.

La mia amica mi sorride, con un sopracciglio inarcato, mentre sposta lo sguardo su me e Fisher. Lo so cosa sta pensando, ma si sbaglia. Non potremo mai essere più che amici, e se l'ho accettato io allora deve farlo anche lei.

"Ho preso le medicine, un impacco di ghiaccio nuovo e ti ho scaricato una nuova storia erotica con mostri sull'app. Non c'è di che". Magnolia lascia tutto sul comodino mentre Fisher mi solleva il piede.

"Come osi esserti dimenticata il vibratore a forma di rosa, insieme alla storia?" ironizzo.

"Stavo cercando di essere discreta, ma va bene, ecco qui". Lo toglie dal reggiseno e lo lascia sopra il Kindle.

Ridacchio e poi, immediatamente dopo, gemo per la sensazione di tensione che coinvolge il petto e il fianco. "Non farmi più ridere".

Fisher guarda il giocattolino, poi me, e io distolgo lo sguardo. Non potrei mica usarlo davvero nelle mie condizioni; stavo solo scherzando. Non pensavo che Magnolia l'avesse davvero portato qui dalla doccia.

"Vado a controllare la cena". Fisher se ne va, lasciandoci sole.

"Quell'uomo è pazzo di te…" Mi guarda scuotendo la testa, come se avessi deciso io di mollarlo. "Avresti dovuto sentire nonna Grace quando eri ko. Sa tutto di voi".

"Com'è possibile?"

"Ha detto che il modo in cui Fisher ti guarda e la sua preoccupazione per te confermano che ha ragione. I tuoi genitori non c'erano, ma io ho finto di non saperne niente, e lei sogghignava come se sapesse che stavo facendo la finta tonta".

"Beh, può unirsi al club e restarci di merda quando scoprirà che tra di noi è finita".

"Lo so che, secondo voi, deve andare per forza così, ma io credo che Jase se ne farà una ragione. Magari all'inizio si arrabbierà, ma non ce lo vedo a ostacolare la tua felicità".

"Due settimane fa ha fatto a pugni con i miei fratelli perché pensava mi vedessi con qualcuno", le ricordo.

"Sì, e poi si è scusato e ha detto che voleva rimaneste *amici*".

"La decisione non è mia. Dev'essere Fisher a dirglielo. E lui quello che rischia di mandare all'aria il loro rapporto, e io non posso chiedergli di farlo sapendo quello che ha dovuto passare per tornare nella vita di suo figlio".

"Posso chiederglielo io". Si alza, ma la afferro prontamente per il polso e la tiro giù.

Ride quando la rimprovero. "Se è destino che accada,

troveremo un modo. Altrimenti, vorrei guarire il mio cuore e andare avanti".

Con il pollice, indica la porta alle sue spalle. "Con mister Alto, Tenebroso e Vigoroso che ti prepara un banchetto in cucina? Buona fortuna, amica! Hai più forza di volontà di me. Io mi sarei già buttata in ginocchio, a supplicarlo dicendo *prendi me, scegli me, ama me*".

La sua citazione di *Grey's Anatomy* mi strappa una risata, e la guardo accigliata per avermi causato altro dolore alle costole.

"Scusami, non posso farci niente. Sono nata spiritosa".

"Mmh-mmh".

"Se non hai più bisogno di me, allora vado e vi lascio al vostro momento alla *Lilli e il Vagabondo*, con lui che ti imbocca con la forchetta". Fa agitare le sopracciglia, alzandosi in piedi.

"Riesco a mangiare da sola, molte grazie".

"E io canto come una professionista, ma seguirei comunque lezioni di canto da Justin Bieber, pur di passare del tempo con lui. *Preferibilmente nudi*". Solleva l'angolo delle labbra con fare malizioso mentre si dirige alla porta.

"Vattene, sfasciafamiglie!"

"Team Selena!" urla dal corridoio.

"Vorrei proprio sapere a cosa si riferiva", dice Fisher, lasciando un largo vassoio sul letto.

"Si stava soltanto comportando… da Magnolia". Affondo le mani nel materasso e uso tutta la mia forza per sollevarmi e mettermi seduta. "Cos'hai preparato?"

"Farfalle con pollo e parmigiano e del pane all'aglio".

"Caspita, sembra delizioso!"

Solleva il piatto e prende una delle forchette.

"Che buon profumino!" dico, con un'improvvisa fame da lupi.

"Assaggia e vedrai". Mi avvicina una forchettata di pasta, e io la fisso con l'intenzione di dirgli che non c'è alcun bisogno di imboccarmi. Ma sono troppo stanca per mettermi a bisticciare; quindi apro la bocca e lo lascio fare.

Capitolo Ventotto

FISHER

Noah è cocciuta come un mulo, ma, dopo che sono andato da lei per quattro giorni, finalmente sta accettando il mio aiuto. Le ho preparato da mangiare, ho fatto il bucato, passato l'aspirapolvere e spolverato, mentre nel frattempo cercavo di tenere a bada le mie emozioni. Restare soltanto amici con la persona che ha conquistato la mia anima è una vera e propria tortura, ma mi rifiuto di lasciarla sola, a meno che non debba lavorare. Dormire sul suo divano scomodo e troppo piccolo per me è orribile, ma stringo i denti per far sì che Noah non passi tutta la notte da sola.

Ho limitato le giornate di lavoro a cinque ore e comincio alle sette del mattino per poter essere qui entro mezzogiorno. Quando non ci sono io, passano la sua famiglia e Magnolia; quindi c'è sempre qualcuno in casa. Lo so quanto Noah detesta la cosa, ma non può usare il piede, se vuole che guarisca in modo adeguato. Sta migliorando con le stampelle e prende le medicine soltanto due volte al giorno. Sono grandi progressi, ma non sarebbero stati possibili se fosse rimasta abbandonata a se stessa.

"Oggi puoi portarmi a vedere Donut?" mi chiede mentre preparo dei *wrap* con pollo al pesto per pranzo.

"Sei già pronta a spingerti fin là?"

"Devo uscire da questa casa. Sto impazzendo". Getta indietro la testa e sbuffa. "E, comunque, al mio minimo movimento sbagliato saresti lì a reggermi".

Il suo tono saccente mi strappa un sorriso. "Forse no. Cadere col culo a terra potrebbe servirti".

"Oh, no… Qualcuno si sente poco apprezzato?"

Lasciando il cibo sul tavolo, porto la bocca al suo orecchio. "Ogni giorno mi mostri il contrario permettendomi di restare nella tua vita". Mollo il piatto e faccio un passo indietro. "Ti ci porto dopo mangiato".

Pulisco il bancone, poi mi siedo di fronte a lei.

"Grazie per il pranzo. Ha un profumino delizioso". Le brontola lo stomaco quando dà un grande morso, e rido perché si sporca tutta la bocca di pesto.

"Quand'è stata l'ultima volta che hai mangiato?" Mi sporgo verso di lei e passo il pollice sul suo labbro inferiore, poi lo lecco.

Ci fissiamo, e lei deglutisce a fatica. "Ieri sera, quando hai preparato la cena".

Mi rimetto seduto. "Nonna Grace non ti ha portato la colazione, stamattina?"

"Aveva un appuntamento in città, e ho detto a mia madre che me la sarei cavata da sola per qualche ora".

"Quindi non c'era nessuno qui con te?"

Fa un sorrisetto, bevendo un sorso di caffè. "No. E guarda un po', sono sopravvissuta".

"Quindi immagino che non hai saputo di Craig, vero?"

"Cosa dovrei sapere?" Assottiglia lo sguardo, il tono privo di tutta l'insolenza di prima.

"Stamattina l'hanno rilasciato su cauzione". Serro la mascella al pensiero che sia già a piede libero dopo aver passato soltanto una notte dietro le sbarre. Lo sceriffo Wagner l'ha arrestato due giorni fa dopo averlo trovato in una villa della sua famiglia a un'ora da qui. Il giudice non ha ritenuto le accuse gravi abbastanza da indurlo a fissare una cauzione molto alta; quindi adesso sarà libero fino all'udienza preliminare.

"Grandioso… mi aggredirà, ora che posso usare soltanto un piede".

"Lo sceriffo ha detto che, quando l'ha preso in custodia, si è comportato da squilibrato. L'ho raccontato ai tuoi fratelli e ai tuoi genitori prima di venire qui; dunque ora stanno tutti in guardia. In effetti, quando tuo padre è passato alla scuderia, stava andando in giro con il fucile".

"Cristo santo!" Scuote la testa.

"Non preoccuparti. Ho attivato le notifiche delle telecamere; quindi, se Craig fosse talmente stupido da presentarsi di nuovo qui, non ci sfuggirà".

Resta in silenzio per un istante mentre guarda il cibo, poi di nuovo me. "Tu sei armato?"

Finisco di masticare e pulisco la bocca prima di rispondere. "Vuoi davvero che ti risponda?"

"Probabilmente no".

Dati i miei trascorsi con le pistole, Damien si è sbarazzato della mia quando ero in ospedale. Soltanto anni dopo, quando ho cominciato a viaggiare spesso, ne ho presa una nuova e l'ho tenuta al sicuro nel pick-up.

Dopo mangiato, aiuto Noah a vestirsi, tenendo gli occhi chiusi come richiesto da lei. Poi la trasporto alla macchina e guido quei pochi minuti fino alla scuderia di famiglia.

"Faccio da sola", dice dopo essere scesa, e le passo le stampelle.

Non è che non sappia usarle, ma le fanno ancora male le costole. Un passo falso e potrebbe cadere di nuovo. Però non permetterei che accadesse, visto che sono a pochi centimetri da lei.

Quando apro la porta e lei entra, ritorno al suo fianco mentre lei zoppica verso il box di Donut. Non appena la vede, il cavallo comincia a emettere gemiti e a nitrire.

Con un sorriso raggiante, Noah gli va lentamente incontro. Quando lo raggiunge, allunga la mano, e lui la annusa.

"Secondo me, gli sei mancata", dico dolcemente.

Noah fa un largo sorriso. "Mi sei mancato anche tu, bello".

Noah gli carezza il collo; poi lui con il muso tocca una delle stampelle.

"Non è stata colpa tua, Donut. Tu non hai fatto niente, ok? La faremo pagare al responsabile. Lo so che non volevi farmi del male".

Il cavallo appoggia la testa a quella di Noah mentre lei continua ad accarezzarlo. È un momento dolce. Un legame così profondo e una simile fiducia incondizionata non li avevo mai visti prima. Resto in disparte, lasciando che condividano qualche altro momento di tenerezza.

"Ti voglio bene, bello. Tornerò da te il prima possibile". Gli dà un bacio, si asciuga una lacrima, poi si gira e va verso la porta.

"Stai bene?" le chiedo in macchina, diretti verso casa sua.

Ha lo sguardo fuori dal finestrino e annuisce.

Allungando la mano, le stringo la gamba. "Otterremo giustizia, Noah. Non farà mai più del male a te o a Donut".

"Vorrei poterci credere…" mormora.

Adesso è giù di morale, ma farò tutto il possibile per proteggerla e non mi darò pace finché Craig non avrà ottenuto ciò che merita.

Di nuovo a casa, Noah si mette a letto e dorme per qualche ora. Io riposo sul divano, poi comincio a preparare la cena. Sono passato al supermercato dopo il lavoro e ho preso alcune delle sue cose preferite.

È silenziosa mentre mangiamo, e non la costringo a parlare, ma capisco comunque quanto dev'essere difficile per lei. Noah era attiva tutto il giorno, tutti i giorni, e dover restare bloccata in casa con un solo piede buono e delle costole rotte è un cambiamento drastico. Ho vissuto esperienze simili anche io, quando mi facevo male e non potevo cavalcare per settimane di fila, a volte mesi, mentre il mio corpo guariva.

"Faccio una doccia. Potresti togliere la fasciatura alla caviglia?" mi chiede quando ho finito di pulire la cucina.

"E ce la fai?"

Finora si è lavata a pezzi per evitare di restare in piedi su una gamba sola sotto la doccia.

"Devo lavarmi i capelli e mi sento tutta sporca. Solo perché siamo in un ranch non significa che devo puzzare ventiquattr'ore su ventiquattro".

"D'accordo, ma non farla da sola. Se scivoli, ti spezzi la caviglia".

"Non ci metterò peso sopra", ribatte. "Mi reggo alla sbarra e mi lavo con una mano sola".

"Noah". Incrocio le braccia, risoluto. "Lascia che ti aiuti. Ai capelli ci penso io".

"Averti lì dentro con gli occhi chiusi mi sembra ancora più pericoloso".

Mi lecco le labbra e passo una mano sul mento, divertito. "Li terrei aperti".

"Assolutamente no". Scuote la testa.

Cazzo, quant'è testarda! "Prendermi cura di te e tenerti al sicuro sono le mie priorità assolute, Biondina. Lo so che non ti piace, ma sai quanto me ne importa. I tuoi genitori contano su di me, e non ho intenzione di deluderli una seconda volta".

Inspira violentemente come se volesse insistere; invece alza gli occhi al cielo. "*D'accordo*. Ma, se dai anche solo una sbirciatina sotto il collo, non ci penserò due volte a tirarti una ginocchiata alle palle".

Sogghigno perché deve aver perso la testa, se pensa che riuscirei a lavarla come si deve senza guardare. "Affare fatto".

Andiamo in bagno, e mi offro di aiutarla a spogliarsi, ma scaccia via la mia mano e mi dice di girarmi. Obbedisco, ma le resto comunque vicino per sicurezza. Geme, e avverto una fitta di dolore nel petto.

"Sei pronta? Posso girarmi?"

"Sì".

Faccio del mio meglio per tenere lo sguardo puntato sul soffitto mentre la prendo per mano e la aiuto a entrare nella doccia.

"Tieni il piede sollevato. Mettiti al centro e reggiti alla sbarra".

Non voglio che saltelli da una parte all'altra sulla superficie bagnata; quindi apro l'acqua quando si è messa in posizione.

Sobbalza. "Merda, quant'è fredda!"

"Scusami, l'ho messa bollente. Tra un minuto dovrebbe scaldarsi".

Tornando sul tappetino, tolgo la camicia e poi sbottono i jeans.

"Che stai facendo?" Solleva la mano per coprire la visuale.

"Ti aspetti che entri lì dentro vestito?"

Fa schizzare lo sguardo nel mio prima di distoglierlo. "Non ci avevo pensato, ovviamente".

"Beh, se io riesco a tenere gli occhi sopra il tuo collo, allora puoi farcela anche tu". Sfodero un sorrisetto, consapevole che sarà tentata di guardarmi.

"Va bene. Ma sbrigati e chiudi lo sportello perché sto congelando".

Quando sono nudo, la raggiungo. Ci fissiamo, e mi chiedo se stia ricordando l'ultima volta che siamo stati qui dentro insieme.

Un momento che mi rimarrà impresso nella mente per il resto della vita.

La afferro per il fianco buono e la reggo in piedi. "Porta indietro la testa e bagnati i capelli".

Mi cade lo sguardo sui capezzoli coi piercing mentre lei si passa le dita sulla cute. Quando raddrizza la schiena, sollevo la testa. "Da cosa devo cominciare?"

"Ehm… inizia con lo shampoo. È il flacone bianco".

Voltandomi, ne spremo una noce sul palmo e, quando mi giro, vedo che mi stava guardando il culo.

Inarco un sopracciglio, strofinando insieme le mani. "Hai già scordato le regole?"

"No. Avevo qualcosa nell'occhio". Sbatte le palpebre qualche volta, e io trattengo una risata.

Le massaggio la cute con le dita, e lei getta indietro la testa con un gemito. L'acqua colpisce i punti giusti, ed io la aiuto a sciacquare i capelli.

"Balsamo?" le chiedo.

"Il flacone nero".

Ripeto il procedimento, ma questa volta lo spalmo con molta cura sulle punte prima di risciacquare.

"Ho dimenticato di prendere un asciugamano", dice quando raccolgo il bagnoschiuma.

"Allora dovrai soffrire con le mie mani abrasive". Faccio un sorrisetto quando grugnisce pensando ai miei calli ruvidi.

Tenendo lo sguardo nel suo, parto dal collo e mi sposto sul petto, cercando di essere il più meticoloso possibile. Il suo cuore batte all'impazzata sotto il palmo della mia mano prima che lo faccia scivolare tra i seni. La tentazione di toccarla come desidero è talmente intensa che devo contare fino a dieci per evitare di pugnalarla con il cazzo.

L'acqua calda che le ricade sulla schiena riempie la doccia di vapore e, anche se ho un freddo cane, non lo do a vedere. Preferirei morire congelato che lasciarla qui dentro da sola.

Dopodiché, afferro il suo braccio libero e, centimetro dopo centimetro, la massaggio fino a raggiungere le costole. Soltanto ora che abbasso lo sguardo noto quant'è brutto il livido sul torace.

"Cazzo, Noah!"

"Non dovresti guardare", ribatte.

"Sei stata tu la prima a infrangere le regole".

Mi concentro sul suo ventre, facendo particolare attenzione a non premere troppo, e poi passo all'altro braccio.

"Reggiti a me con questo", le dico, staccandole la mano dalla sbarra e avvolgendo le sue dita attorno al mio bicipite. Quando ho finito, ripeto anche sull'altro lato.

La rimetto in posizione, prendo dell'altro bagnoschiuma, poi mi metto in ginocchio.

Le tremano la bocca, come se non vedesse l'ora di ricordarmi che non dovrei guardare, ma, non appena tocco l'interno coscia, dischiude le labbra e geme.

Non è l'unica che sta soffrendo.

Il suo dolce sesso è praticamente davanti alla mia faccia.

Dovermi trattenere dal toccarla è la forma peggiore di auto-tortura, ma continuo comunque. Faccio scivolare i pollici lungo la sua gamba, per poi insaponare con cautela la caviglia e il piede.

Noah sussulta; al che sollevo lo sguardo. "Merda, scusami. Tutto bene?"

"Sì, però è delicata".

"Ora passo all'altra gamba. Tieni questo piede sollevato", le ricordo.

Comincio dalle dita, poi salgo più in alto. Quando raggiungo l'interno coscia, affondo i pollici nella carne per massaggiare i muscoli. Il suo ventre si irrigidisce mentre salgo e copro ogni centimetro di pelle non ancora insaponata.

Alzandomi, stacco il soffione della doccia e sciacquo la parte anteriore del corpo.

"Va ancora tutto bene?" le chiedo mentre si agita un poco sul piede.

Annuisce col fiato corto quando sposto il getto d'acqua sul clitoride.

"E ora?" mormoro, stringendola per il fianco.

"Oddio!" Chiude gli occhi mentre inclina la testa.

Solo perché *io* non posso procurarle un orgasmo non significa che non possa aiutarla a raggiungerlo.

"Non opporre resistenza, amore mio", le sussurro all'orecchio passandole una mano dietro la nuca. "Abbandonati al piacere".

"Non avevi paura che potessi cadere?"

"Ti reggo io, piccola". La stringo più forte. "Lasciati andare finché ne hai bisogno".

Mi stritola il braccio e finalmente cede. Raggiunge quasi subito il limite e ansima quando l'orgasmo la travolge.

"Brava piccola". Sposto il getto e le stampo un bacio sulla tempia. "Adesso lavo l'altro lato".

Dopo aver rimesso il soffione al suo posto e regolato il getto, aiuto Noah a girarsi per poterle insaponare la schiena. Per quanto mi piacerebbe fare di nuovo tutto con calma, so che non ce la fa più a reggersi su un piede solo.

"Finito". Chiudo l'acqua, poi esco a prendere gli asciugamani. Dopo essermene passato uno attorno alla vita, la aiuto ad asciugare i capelli e ad avvolgersi nell'altro.

Invece di darle le stampelle, la prendo in braccio e la porto fuori dal bagno.

"Posso saltellare", mi dice mentre mi dirigo in camera.

"Con un piede bagnato? No. Vorresti usare le stampelle ora che sei fradicia e stai tenendo su l'asciugamano? No e poi no". Inarco un sopracciglio. "Finiresti di nuovo al pronto soccorso, dritta in sala operatoria".

Digrigna i denti e sbuffa. "Odio questa situazione".

Dopo che l'ho lasciata sul materasso, tiene fermo il telo incrociando le braccia e le gambe. Non è affatto contenta di non poter fare le cose da sola, e conosco fin troppo bene la sensazione.

"Noah". Attiro la sua attenzione, poi mi inginocchio per guardarla negli occhi. "Lo so che avere qualcuno che si prende cura di noi e ci assiste è dura. Sei una donna indipendente, adori seguire la tua routine e non sei fatta per startene in casa a girarti i pollici. Queste sono solo alcune delle qualità che adoro di te. Quando mi facevo male, detestavo non poter lavorare. Ma una cosa che ho imparato è che più la prendi male, peggio ti senti. Quindi, quando sono severo con te, è perché so cosa succede quando non segui le istruzioni che ti sono state date e peggiori perfino di più la tua situazione. Voglio che tu guarisca il prima possibile, così potrai tornare nell'arena".

Si lecca le labbra prima di succhiare quello inferiore tra i denti. "Non è per questo che sono così frustrata".

"Ok, allora parlami. Che succede?"

"Mi hai spezzato il cuore". Si ferma e abbassa lo sguardo come se pronunciare queste parole le facesse più male della caviglia. "Ogni giorno che passi qui a prenderti cura di me si aggiunge alla lista di motivi per cui mi sono innamorata di te. Ma non posso tradurre i miei sentimenti in azioni. Sei off-limit, e starti lontana è una tortura insostenibile. Non voglio fare la figura dell'ingrata, perché non lo sono, ma la tua presenza qui è un costante promemoria di ciò che non posso avere. Di solito le ragazze affrontano la fine di una relazione e si addormentano piangendo nella privacy della loro stanza. Nel mio caso, la persona che mi ha fatto soffrire vive praticamente a casa mia, mi tratta da regina e mi fa pentire di essermi arresa tanto facilmente. Quindi, quando dico che odio questa situazione, è perché vorrei baciarti ogni secondo che sei qui. E non posso".

Le si spezza la voce mentre alcune lacrime le rigano le guance, e giuro che ho dimenticato come fare a respirare. Le sue parole sono un pugnale nel cuore, e mi odio per quello che le ho fatto.

Avrei dovuto capire quanto sarebbe stato difficile per Noah e non avrei dovuto insistere per assumermi la responsabilità di badare a lei. Ma mi sentivo in colpa perché si è fatta male sotto i miei occhi ed io non ho potuto prevenire l'infortunio, anche se avevo promesso che l'avrei protetta.

Le prendo la mano, me la porto alla bocca e bacio le nocche. Sono quasi tentato di mandare tutto a fanculo e di dire a Jase in questo istante che sono innamorato di Noah, ma mio figlio non sarebbe l'unico ostacolo che dovremmo superare. I suoi genitori dovrebbero accettare la sua relazione con un uomo che ha il doppio dei suoi anni, e c'è anche il rischio che mi licenzino.

"Mi dispiace così tanto che la mia presenza ti faccia soffrire ancora di più. Se potessi cambiare le circostanze, lo farei. Non voglio essere la causa del tuo dolore; quindi, se vuoi, non verrò più qui da te. Agli altri dirò che devo ricominciare a lavorare. Sono sicuro che Magnolia non desidera altro che mollare il lavoro e prendersi cura di te giorno e notte. Farò tutto quello che vuoi, Noah".

Abbassa lo sguardo e annuisce. "Credo sia la cosa migliore".

"D'accordo. Non voglio lasciarti da sola stanotte, ma domattina mi organizzerò perché qualcuno prenda il mio posto".

Con Craig che la tiene nel mirino, non permetterò assolutamente che passi anche solo una notte da sola.

"Puoi aiutarmi a vestirmi?" chiede mentre mi sto rivestendo.

"Certo. Cosa vuoi mettere?"

Indica una maglietta larga, e poi trovo un paio di mutandine e la faccio stendere sul letto. Prendo un impacco di ghiaccio per le costole e appoggio il piede infortunato sopra un cuscino.

"Mi sembri comoda. Tutto a posto?"

"In realtà…" Si agita un poco, schiarendosi la gola e tirandosi più su. "Ti dispiacerebbe restare qui con me a guardare un film? Lo so che ti ho appena chiesto di andartene, ma, se questa è la tua ultima notte qui, magari possiamo passare un paio d'ore in più insieme, che dici? Solo che questa volta scelgo qualcosa io, dato che tu mi hai fatto vedere quell'*Underboard*".

Ridacchio, passandomi le mani tra i capelli bagnati e contando la lunga lista di motivi per cui è una pessima idea. "*Overboard*".

"Giusto, quello". Agita la mano, poi solleva le coperte.

Incrociando le braccia, dico: "Dipende. Cosa vuoi guardare?"

Prende il telecomando di Apple TV e sfoglia le app fino a fermarsi su una fotografia di Taylor Swift. Inarco un sopracciglio, facendo avanti e indietro con lo sguardo da lei allo schermo.

"È ora che tu ti faccia una cultura con *Miss Americana*".

Passiamo l'ora e mezza seguente sdraiati fianco a fianco sul suo letto, e io non faccio che pensare a come l'ho delusa. Guarda lo schermo con le lacrime agli occhi, e non capisco se sono dovute al documentario o alla nostra storia.

"Non l'hai trovato super stimolante e tragicamente meraviglioso?"

"Era molto bello".

Non ammetto che non ho quasi fatto altro che guardare le sue reazioni con la coda dell'occhio e che ho passato novanta minuti a memorizzare ogni centimetro del suo viso perfetto.

"Mallory e Serena me lo fanno guardare una volta al mese".

Ridacchia. "E poi ascoltiamo le sue canzoni a tutto volume e balliamo finché la botta di zuccheri non svanisce".

"Pensavo che la *swiftie* fosse Mallory".

"E, secondo te, da dove l'ha imparato?"

Rido con lei. "Sono fortunate ad averti".

"Quest'estate sono stata super impegnata e non ci siamo viste spesso. Devo rimediare. Il mese prossimo c'è il ricevimento di Ayden e Laney, e li stavo aiutando con l'organizzazione".

"Beh, adesso devi soltanto riposare".

"Non ho neanche visto il bambino. Magari domani chiedo a mamma di portarmi da loro".

Mi si irrigidiscono le spalle al pensiero che esca di casa senza il mio aiuto, ma non posso restare attaccato a quella paura. Noah deve imparare a muoversi da sola e deve capire cosa riesce a tollerare senza bisogno che glielo dica io.

"Mi pare un'ottima idea".

Trasalisce con un sorrisino divertito. "Davvero?"

Facendo spallucce, sorrido. "Sì".

Dopo averla aiutata di nuovo a mettersi comoda, controllo che abbia tutto ciò che può servirle e poi verifico che porte e finestre siano ben chiuse.

"Buonanotte, Noah". Rimango sulla soglia della sua stanza.

Dopo un momento di silenzio, si schiarisce la gola. "Vorrei poterti odiare perché mi hai fatta innamorare di te, ma sei un ex come Taylor Lautner".

"Dovrei sapere cosa significa?"

Incurva l'angolo della bocca. "È l'ex di Taylor Swift preferito dei fan perché non ha mai causato drammi e l'ha trattata come una regina".

"Allora lo prendo come un complimento".

Sorride e annuisce. "Buonanotte, Fisher".

Capitolo Ventinove

FISHER

Non vedo Noah da due giorni, se non contiamo il fatto che ho parcheggiato davanti a casa sua e ho dormito nel pick-up tutta la notte come uno stalker. Ma non credo che questo conti.

La prima notte che ho passato lontano da lei non ho smesso di pensare a quanto sarebbe stato facile per Craig entrare nella proprietà per causarle problemi o addirittura intrufolarsi in casa sua. Non sono riuscito ad addormentarmi nel mio letto; quindi sono andato da lei a mezzanotte e sono rimasto a osservare la zona da una certa distanza, prima di crollare esausto.

Ho fatto la stessa cosa anche stanotte, solo che non ho neanche provato a mettermi a letto. Sono venuto da lei alle dieci e sono rimasto finché non sono arrivate sua madre e nonna Grace, alle otto.

"Nottataccia?" mi chiede Landen.

Quando mi viene incontro, sono intento a rifilare uno zoccolo. Sollevo lo sguardo e vedo che ha le braccia conserte e un sorrisetto divertito.

"No. Perché me lo chiedi?"

Si stringe nelle spalle, ma ha un'espressione divertita sul volto. "Hai l'aria stanca, tutto qui".

"No, tutto bene".

Si avvicina e mi mette una mano sulla spalla. "Ti lascio un piccolo materasso gonfiabile nel tuo pick-up. Dovrebbe starci sul retro e sarà decisamente molto più comodo del sedile anteriore".

Tengo il capo chino mentre continuo a lavorare, poi mi schiarisco la gola. Non ha senso negare, visto che tanto sembra saperlo già. "Grazie".

"Mi fa piacere che tu la stia tenendo d'occhio. È una ragazza testarda e probabilmente ti direbbe che non ha bisogno di aiuto".

"Già, l'ho notato".

"E se c'è qualcosa tra di voi, vi conviene uscire allo scoperto prima che i nostri genitori lo scoprano da soli".

"Non c'è niente tra di noi".

Tengo lo sguardo sullo zoccolo di Ranger. Ellie mi ha chiesto di dare un'occhiata all'infezione e di pulire il piede. Secondo me, potrà ricominciare ad allenarsi tra qualche settimana.

Landen ridacchia. "D'accordo, bello. Buon lavoro!"

Quando se ne va, mi guardo intorno per vedere se ci stava ascoltando qualcuno. Per fortuna eravamo soli. Non lo biasimo se non mi crede, anche se gli ho detto la verità, ma è meglio che nessun altro si insospettisca.

Anche se non sto più da Noah, le ho detto che può rivolgersi a me nel caso le servisse qualcosa. Prima mi ha chiesto il favore di passare al supermercato per comprarle alcune cose. Lo faccio volentieri, e mi dà una scusa per vederla.

Dopo il lavoro, vado a casa a lavarmi prima di andare in paese. Controllo la lista di Noah e rimango paralizzato quando leggo la parola *preservativi*. E, come se non bastasse, tra parentesi ha aggiunto *i più grandi che ci sono*.

Sicuramente mi sta prendendo per il culo.

Comunque sia, essendo pazzo di lei, prendo una confezione di Magnum XL.

Quando arrivo a casa sua, vedo il pick-up di Jase parcheggiato fuori, e prendo in considerazione l'idea di tornare più tardi. Ma c'è il rischio che i prodotti freschi nelle buste vadano a male; così mi faccio forza e scendo dall'auto.

Mio figlio sa che le sto dando una mano e che mi sento terribilmente in colpa per quello che è successo; quindi non dovrebbe sospettare nulla. Manterrò le distanze, riporrò la spesa e poi me ne andrò.

"Ehi", saluto, entrando con le mani piene.

Noah è sul divano e Jase è seduto vicino a lei.

"Ehi, vecchio mio. Ti sei messo tutto in tiro. Cos'è, stasera hai un appuntamento bollente?" Il tono sarcastico di Jase mi fa digrignare i denti, ma non dico nulla di cui potrei pentirmi.

"No, no. Mi sono cambiato dopo il lavoro per non puzzare di cavallo". Lascio le buste sul bancone e comincio a svuotarle.

Jase continua a parlare con Noah di lavoro e del fatto che la settimana prossima firmerà il contratto della casa. Poi chiede se le andrebbe di aiutarlo a scegliere i mobili e l'arredamento. Lei gli parla di Pinterest e altri siti su cui potrebbe trovare delle idee, ma gli dice che, se vuole andare a fare acquisti insieme a lei, dovrà aspettare che si riprenda del tutto fisicamente.

Quando lui inizia a parlare del più e del meno, cerco di spegnere il cervello per non origliare. Lo so che adesso sono amici, ma continuo a chiedermi se mai lui vorrà di più da lei.

Dopo aver messo tutto al suo posto, tranne i preservativi, vado alla porta per andarmene. "Se dovesse servirti qualcos'altro, Noah, fammi sapere".

"Grazie, signor Underwood. L'apprezzo molto". Mi guarda come se mi stesse scrutando l'anima.

"Nessun problema".

"Volevo provare a prepararle la cena", interviene Jase. "Ti va di restare?"

Mi si serra lo stomaco all'idea di un'altra cena all'insegna del disagio. "Magari un'altra volta. Ho alcune commissioni da sbrigare. Però voi due divertitevi".

Con un sorriso forzato, esco di casa e sospiro.

L'unica *commissione* che ho da sbrigare è una dormita bella lunga prima di tornare stanotte.

Qui con me

Mi sveglio disorientato alle dieci con un paio di chiamate perse e alcuni messaggi di Noah. Temendo il peggio, la richiamo senza neanche leggerli, ma parte la segreteria.

NOAH

Perché hai lasciato i preservativi sul bancone della cucina?!

NOAH

Magnum XL?!

NOAH

Devi avere una stima proprio alta di te stesso.

NOAH

Oppure pensi che dovrei andare a letto con un uomo che ce l'ha di quelle dimensioni. Ma, visto che ho avuto bisogno di te per andare in bagno e per lavarmi i capelli, ti garantisco che non permetterò a nessuna XL di avvicinarsi a me.

Sono confuso da morire, visto che li aveva messi nella *sua* lista. E la frecciatina non mi piace molto, ma lascio correre.

FISHER

Ho provato a chiamarti, ma starai dormendo. Non capisco. Li hai messi tu sulla lista della spesa.

Quando raggiungo il pick-up, tiro fuori il materasso gonfiabile che ha lasciato Landen. Appena è pronto, lo colloco sul retro del pick-up.

Noah mi risponde mentre sto parcheggiando nel mio nascondiglio.

NOAH

Ma che stai dicendo?

Dieci secondi dopo invia un altro messaggio.

NOAH

Oh, mio Dio! Ora ammazzo Magnolia!

NOAH

Aveva lei il mio telefono mentre facevo la lista
delle cose che mi servivano e li ha aggiunti
perché si crede SUPER simpatica.

Ridacchio perché qui fuori c'è la macchina di Magnolia; il che
significa che sta passando la notte da lei. Immagino che ora Noah
le stia facendo una bella lavata di capo.

FISHER

Magari li voleva per sé. Le piace… Landen,
giusto?

NOAH

Ah! Non ci credo che li hai comprati davvero. Non
hai trovato strano che fossero sulla lista?

FISHER

Onestamente sì. Ma non avevo diritto di chiederti
spiegazioni.

NOAH

Non riesco neanche a mettere peso sul piede.
Come fai a credere che sia qui a prendere
cazzoni?

Ridacchio, dispiaciuto che non stiamo parlando al telefono o di
persona, perché mi manca sentire il suo tono ironico.

FISHER

Ripeto: non sono affari miei.

Qui con me

Prendo i cuscini e le coperte che ho lasciato sul sedile davanti e li porto sul retro. Per quanto mi piaccia parlare con lei, so che peggiorerà soltanto le cose. Un giorno troverà la persona giusta. E, quando quel giorno arriverà, le augurerò il meglio e annegherò la mia disperazione in una bottiglia di whiskey.

Ho l'impressione di averla delusa perché non le ho dato ragione, ma è meglio così. Posso amarla da lontano e lasciarle lo spazio necessario perché volti pagina.

Il mio telefono squilla proprio quando mi sto addormentando.

È una notifica delle telecamere.

Mi guardo intorno e, in lontananza, vedo la luce di sicurezza sulla scuderia di famiglia.

Non c'è alcun motivo perché uno dei fratelli di Noah si trovi lì alle due del mattino, a meno che non si tratti di un'altra delle avventure di Wilder di cui sento sempre parlare.

Quando controllo l'app non vedo nessuno, ma non riuscirò a dormire finché non avrò controllato.

Mi avvicino a piedi, guardandomi intorno e aguzzando le orecchie. Sento un fruscio tra i cespugli e mi chiedo se non sia stato un animale ad attivare le telecamere.

"Ehilà? C'è qualcuno?"

Un tintinnio riecheggia dalla scuderia. Apro la porta, poi estraggo il telefono per accendere la torcia, visto che dentro c'è quasi buio. Quando i cavalli nitriscono, allarmati, capisco che c'è davvero qualcosa che non va. Il loro intuito non sbaglia mai.

Un'ombra che corre in lontananza attira la mia attenzione. Sento puzza di benzina quando mi avvicino, e i cavalli continuano ad agitarsi mentre l'odore si fa sempre più forte.

"Ehi, figlio di puttana!"

Mi giro verso una persona incappucciata e intravedo una sbarra di metallo prima che il tipo mi colpisca alla testa e io cada al suolo.

Capitolo Trenta

NOAH

"Noah, svegliati!" Magnolia mi scuote, e io strizzo gli occhi quando la luce mi acceca. "C'è qualcosa che brucia".

"C-Cosa?" Mi metto seduta, poi mi guardo intorno mentre elaboro quello che ha appena detto.

"Ho sentito odore di fumo e ho fatto un giro per capire da dove proviene".

"In casa?" Sposto le coperte, ma poi subito mi ricordo che non posso camminare. "Mi passi le stampelle?"

Le prende dalla parete a cui sono appoggiate. "Fuori! È vicino, perché l'odore è forte. Credo provenga dalla scuderia di famiglia".

Oh, mio Dio! *I cavalli*! Un'ondata di panico mi travolge.

"Dobbiamo chiamare i pompieri". Prendo il tutore, poi infilo una scarpa.

"L'ho già fatto. Ho anche chiamato Landen e Tripp perché avvertano i tuoi genitori".

"Ok, bene". Non riesco a smettere di pensare a Donut e a tutti i nostri cavalli. Saranno terrorizzati.

"Pronta?" mi chiede quando mi alzo reggendomi sulle stampelle.

"Sì, sto…" Quando la casa trema, ricado sul letto. Non mi è

mai capitato niente di simile in vita mia. "Porca troia! È stata un'esplosione?"

Magnolia barcolla verso di me e mi aiuta ad alzarmi. "*Cazzo!* Stai bene? Sembrava quasi un terremoto".

La paura nei suoi occhi mi dice tutto ciò che devo sapere. C'è qualcosa che non va.

"Dobbiamo andare", dico con urgenza.

Non appena usciamo all'esterno, l'odore si fa più forte, ma c'è troppo buio per vedere da dove proviene esattamente il fumo.

Magnolia mi aiuta a salire in macchina e, quando partiamo, noto il pick-up di Fisher nascosto tra alcuni alberi.

"E lui che accidenti ci fa qui? Puoi controllare se è in macchina?"

Parcheggia e poi sbircia rapidamente da uno dei finestrini dell'auto di Fisher. Quando balza di nuovo al volante, scuote la testa. "È vuoto, ma sul retro ci sono cuscini e coperte".

"*Cosa*? Dorme qui fuori?" Il cuore mi martella nel petto per l'ansia. Se non è qui, allora dove può essere?

Delle sirene ululano mentre sfrecciano per il lungo viale che conduce alla casa padronale. Bisogna seguire quella strada per raggiungere la scuderia, ma non posso aspettare; devo vedere subito cosa sta succedendo.

"Andiamo!" Magnolia preme con forza l'acceleratore e, poco dopo, vediamo il fumo che si solleva dalla scuderia di famiglia.

"Oh, mio Dio!" Faccio fatica a respirare quando vedo le fiamme che guizzano fuori dalle finestre.

Magnolia parcheggia accanto al pick-up di Landen e scendiamo tutt'e due dall'auto. Le luci di sicurezza sono accese, ma non vedo nessuno. Però devono essere qui da qualche parte.

"Landen! Tripp!" urlo.

Il fumo è talmente denso che, appena mi avvicino, mi sento soffocare. Chiamo Fisher e gli mando dei messaggi, ma non ricevo risposta.

"Noah, attenta!" Magnolia indica i camion dei pompieri, e ci spostiamo prima che ci mettano sotto. Ce ne sono tre, insieme a due ambulanze.

Tripp appare dall'altro lato della scuderia per dirci che Landen è all'interno.

"Cosa? Perché?" sussulto.

Si stringe nelle spalle. "Gli ho detto di aspettare, ma non mi ha dato retta".

Quando arrivano i miei genitori e i gemelli, ci raduniamo e restiamo in attesa.

La scena che abbiamo di fronte è caotica. Mi sento terribilmente impotente perché non c'è nulla che possa fare mentre la scuderia con dentro i miei cavalli va a fuoco. Al sentirli strillare e nitrire mi assale di panico.

"*Per favore!*" supplico uno dei pompieri. "Mio fratello e i cavalli sono lì dentro! Riuscite a tirarli fuori?"

"Faremo del nostro meglio, signorina. Non si avvicini!"

Loro sono calmissimi, mentre io scoppio a piangere. I pompieri si adoperano per tenere a bada il fuoco, ma sembra che le fiamme provengano dal soppalco dove sono ammucchiate le scorte di fieno.

Finalmente Landen appare in mezzo al fumo, trascinando fuori un corpo.

"Oh, mio Dio!" strillo, attirando l'attenzione di tutti.

Landen crolla in ginocchio, tossendo. I miei genitori corrono da lui, e io li raggiungo alla velocità massima consentita dalle stampelle.

"Chi è?" chiedo.

Landen scuote la testa. "Non saprei".

"*Craig?*" dice con voce acuta Magnolia dopo averlo guardato più da vicino. "Ha il viso coperto di sangue, ma è senz'altro lui".

Mi guarda inorridita, e le condizioni di Craig non promettono bene.

"Respira ancora?" chiedo.

Magnolia avvicina l'orecchio alla bocca di lui. "A malapena".

Dico a Tripp di chiamare un medico, e subito alcuni sanitari lo seguono con i loro strumenti.

"Che diamine è successo?" chiedo a Landen mentre loro visitano Craig.

"Non lo so". Tossisce ancora. "Sono entrato per far uscire i cavalli, ma, quando ho visto un corpo steso sul pavimento e privo di sensi, l'ho trascinato fuori".

"Hai visto Fisher lì dentro? C'è il suo pick-up", gli chiedo, fregandomene del fatto che la domanda potrebbe far sorgere sospetti.

Aggrotta la fronte. "No, ma non mi sono spinto molto oltre".

Mia madre dice a uno dei medici di visitare Landen e, anche se lui sostiene di stare bene, gli fanno comunque un controllo e gli mettono una maschera per l'ossigeno sul viso.

"Se la caverà?" chiedo a uno degli uomini che si sta occupando di Craig. Anche a lui hanno messo una maschera per l'ossigeno sulla bocca mentre cercano di fermare il sangue.

"Il battito è debole, ma è ancora qui con noi. Riusciremo a stabilizzarlo, poi faremo un esame completo e una tomografia computerizzata".

Anche se è uno stronzo e probabilmente stava provando ad ammazzare i miei cavalli, non gli augurerei comunque di morire così.

Un attimo dopo, i cavalli si fiondano fuori dalla scuderia in mezzo a una nuvola di fumo, sgroppando e strillando. Wilder e Waylon li seguono, poi li conducono in uno dei pascoli lontano dalle fiamme. Li conto mentre corrono da una parte all'altra, e mi si chiude lo stomaco quando non vedo il mio.

"Ne manca uno. Non vedo Donut!" Guardo la porta della scuderia, però lui non esce.

"Sono certa che lo tireranno fuori, tesoro", dice mamma, stringendomi le spalle.

Sento le lacrime bruciare negli occhi al pensiero di quanto dev'essere spaventato. Non posso perdere anche lui.

"Se non è stato Landen a farli uscire, allora come hanno fatto?" chiedo.

"Magari c'è riuscito uno dei pompieri", suggerisce Tripp.

Un vigile del fuoco si avvicina, e subito attiro la sua attenzione. "Manca un cavallo. Per favore, potete tornare dentro a cercarlo?"

"Non siamo stati noi a farli uscire, signorina. È troppo pericoloso entrare. Stiamo domando le fiamme dall'alto perché le travi si indeboliscono con un calore così intenso. Temo che crolleranno presto".

La cosa non mi sorprende. Queste strutture non sopravvivono mai agli incendi. Tutta quella legna è come carburante. Il massimo che i pompieri possono fare è evitare che le fiamme si propaghino agli edifici vicini.

"Allora come…"

Non appena le parole lasciano la mia bocca, Donut galoppa fuori dalla scuderia con Fisher sulla schiena. Tripp corre verso di loro e afferra la bardatura del cavallo prima che lui possa correre via. Non appena si ferma, Fisher rotola giù e crolla al suolo.

"Fisher!" grido.

Tripp si inginocchia accanto a lui mentre un medico corre verso di loro.

"Tesoro, lasciagli spazio", dice papà, al mio fianco.

Mi si serra il petto al punto che non riesco a respirare. *Che ci faceva lì dentro?*

Lo mettono supino, controllano il battito ed esaminano la testa.

"Tripp, sta bene?" urlo per sovrastare il caos.

"Non lo so. Sta sanguinando anche lui".

Fisher è entrato lì dentro per salvare i miei cavalli e non è uscito finché non ha recuperato Donut.

E per questo rischia di morire.

Quando la realtà mi piomba addosso, crollo tra le braccia di mio padre e piango sul suo petto.

"È in condizioni critiche. Portate la barella!" ordina uno dei medici mentre continua a visitare Fisher.

Non può essere vero. Fisher è privo di sensi e gli stanno mettendo una maschera per l'ossigeno sul viso.

"Se la caverà?" chiedo.

"Lo sapremo solo dopo averlo portato all'ospedale. Potrebbe avere riportato una commozione celebrale o traumi polmonari; per determinare i danni, eseguiranno un check-up completo".

Osservo mentre lo sollevano sulla barella e poi lo trasportano sull'ambulanza. Sono in stato confusionale mentre cerco di elaborare quello che sta succedendo.

L'amore della mia vita ha rischiato la vita per salvare i miei cavalli, e ora potrei non avere più l'opportunità di dirgli quanto lo amo.

"Qualcuno dovrebbe andare con lui per non lasciarlo solo", urlo.

"Ci vado io", dice Tripp, che subito sale sul retro del veicolo insieme ai medici.

"Dobbiamo seguirli", dico a papà.

"Certo, tesoro".

Partono entrambe le ambulanze, e faccio fatica a seguire quello che sta succedendo.

Papà ordina a Wilder e Waylon di restare per tenere d'occhio i cavalli. Abbraccio Donut con tutta la forza che mi permette di usare prima che lo portino al pascolo. Papà dice a Landen di tornare a casa e rilassarsi. Mamma mi dà un bacio prima di andarsene per aggiornare nonna Grace e Mallory.

Poco dopo arrivano Ayden e gli altri garzoni, ma papà li manda via. Non è sicuro stare qui, e ormai non c'è più nulla che possiamo fare.

Mio padre mi aiuta a salire sul suo pick-up e, quando guardo fuori dal lunotto, è surreale vedere tanta distruzione. Avremmo potuto perdere tutti i cavalli, e sono ancora incredula che siano salvi.

"Andrà tutto bene, tesoro", mi rassicura papà mentre percorriamo il lungo viale.

"Non capisco perché Craig si sia spinto a tanto…" Scuoto la

testa, sconcertata. "È già finito nei guai per il serpente, per violazione di proprietà privata e per intento a nuocere. Perché aggiungere altre accuse?"

"Ce l'ha con te, Noah. È ovvio che non ha preso bene la denuncia. Probabilmente pensava di spaventarti al punto da costringerti a ritirare le accuse, però alla fine la situazione gli è sfuggita di mano".

Mi stringo nelle spalle. "Beh, se l'è meritato".

"Sono d'accordo".

"Però non capisco le loro ferite alla testa. Sono dovute all'esplosione oppure hanno fatto a pugni?"

"Sono curioso di saperlo pure io. E mi chiedo anche cosa ci facesse qui Fisher alle prime luci dell'alba". Il suo tono non è ostile, però sento che sospetta qualcosa.

"Credo stesse dormendo nel suo pick-up. Diceva che aveva paura che Craig entrasse in casa mia, dopo essere uscito su cauzione", gli spiego.

Annuisce e, anche se so che vorrebbe farmi altre domande, si trattiene.

"Dovresti informare Jase", mi suggerisce.

Un'altra persona a cui dovrò spiegare perché Fisher era qui.

Quando lo chiamo, parte subito la segreteria. Però la cosa non mi sorprende, visto che sono da poco passate le tre di notte. Gli mando un messaggio, così lo vedrà domattina al suo risveglio.

Quando ci avviciniamo all'ospedale ricevo un messaggio, ma non è da parte di Jase.

"Oh, mio Dio!" sussulto leggendo le parole di Landen.

"Che succede?"

Lo guardo sconvolta. "Hanno trovato un corpo".

Capitolo Trentuno
NOAH

Non appena arriviamo al pronto soccorso, Tripp si siede con me e papà finché non riceviamo qualche notizia sulle condizioni di Fisher. Le lacrime mi rigano le guance mentre un dottore ci parla delle lesioni che ha riportato e dei trattamenti necessari. Quando chiedo di poterlo vedere, mi dicono di attendere finché non lo avranno trasferito in un'altra stanza, ovvero tra un'ora.

Né mio padre né mio fratello hanno fatto commenti sul fatto che sono così disperata per le condizioni di Fisher… beh, molto più di quanto dovrebbe esserlo un datore di lavoro o un'amica. Se nutrono dei sospetti, non li esprimono.

Visto che non ho ricevuto alcuna risposta da Jase, gli invio un altro messaggio con il numero della stanza di Fisher, così che possa trovarla al suo arrivo.

Papà accompagna Tripp a casa e ritorna dopo aver parlato con Landen. Mentre aspettiamo, ci chiama il capo della polizia e lo sceriffo Wagner passa all'ospedale per discutere del coinvolgimento di Craig e del corpo che è stato ritrovato. Mio padre dà loro accesso ai filmati di sicurezza perché possano usarli per le indagini. Si sospetta che il responsabile fosse vicino al punto dell'esplosione e sia stato scagliato fuori dalla scuderia. Il corpo era irriconoscibile ed è stato trasferito all'obitorio.

Vedere Fisher con la testa fasciata e un tubo per l'ossigeno davanti al viso mi chiude lo stomaco. È sotto anestesia perché hanno dovuto eseguire una broncoscopia per valutare i danni alla gola e ai polmoni, visto che nessuno sa per quanto tempo sia rimasto nella scuderia o se è stato esposto all'esplosione. Dopo l'esame hanno rimosso secrezioni e detriti dalla gola e dai polmoni dovuti all'inalazione di fumo, ma le prossime ventiquattr'ore saranno cruciali per capire se peggiorerà.

Hanno fatto una tomografia per verificare la presenza di emorragie interne. Per fortuna non ne hanno trovate, ma lo stanno monitorando in caso di eventuali gonfiori. Date le dimensioni della ferita, è stato colpito con qualcosa di duro e massiccio.

Dicono che è stato fortunato a non riportare ustioni gravissime e che sta soltanto lottando contro lievi lesioni interne. Si riprenderà completamente con tanto riposo e dosi di ossigeno, sempre che non sorga qualche altro problema.

"Ehi", dice piano Magnolia, con due bicchieri in mano. "Ti ho portato del caffè. Sarai esausta".

Ne prendo uno. "Grazie".

"Ci sono notizie?" Si siede accanto a me vicino al letto di Fisher. Non gli ho lasciato andare la mano da quando mi hanno fatta entrare qui dentro e continuo a pregare e scongiurarlo a bassa voce di riprendersi.

"Non proprio. Dicono che bisogna aspettare".

I farmaci contrastano il dolore e il malessere generale, ma allo stesso tempo lo stordiscono.

"Lascia che ti porti a casa per un po', così riposi. Fisher non se ne va da nessuna parte, e tu…"

"Non lo lascio qui". Fisso il corpo immobile mentre faccio fatica a respirare. "Ha rischiato la vita per far uscire i miei cavalli da quella scuderia e, se dovesse morire…"

"Non morirà", mi rassicura Magnolia, ma non ne sarò convinta finché non lo vedrò aprire gli occhi e non sentirò la sua voce.

"Il suo corpo sta guarendo, e questo richiede tempo. Non serve a niente startene qui seduta ad angosciarti", aggiunge.

"Allora dovrete trascinarmi via di qui per i capelli", dichiaro impassibile.

"Ok". Sospira e ci rinuncia.

Sono fisicamente e psicologicamente esausta, ho gli occhi rossi per il pianto e mi fa male tutto il corpo per essere stata seduta da tempo su questa sedia, ma non mi importa. Non vado da nessuna parte finché non si sarà svegliato.

Dopo un momento di silenzio, la guardo. "Stava dormendo sul retro del pick-up perché gli ho detto che sarebbe stato meglio se non fosse più rimasto da me. Se non l'avessi fatto, sarebbe stato a casa mia, *al sicuro*; non sarebbe andato alla scuderia a indagare o a fare quello che stava facendo".

"Noah". Mi posa una mano sulla spalla. "Devi smetterla di torturarti con tutti questi *se*. È stato Fisher a decidere di andare lì. Se non l'avesse fatto, tutti i tuoi cavalli sarebbero morti carbonizzati. Se io non fossi stata a casa tua a sentire l'odore del fumo e a chiamare i soccorsi, le fiamme avrebbero potuto bruciare anche altri edifici. Quello che gli è successo non dipende dal fatto che non gli hai più permesso di stare da te. Ha scelto di proteggerti e, conoscendolo, se potesse tornare indietro farebbe la stessa cosa".

Anche se ha ragione, non mi sento comunque meglio. Fisher sta soffrendo a causa mia.

Un'infermiera entra nella stanza, e ci facciamo da parte così che possa controllare i parametri vitali. Mi dice che Fisher sta bene, considerate le circostanze. Spiega che, quando i suoi livelli di ossigeno si saranno stabilizzati e i polmoni saranno un po' più puliti, ridurranno la dose di farmaci e così dovrebbe gradualmente svegliarsi.

"Suo figlio è arrivato?" ci chiede.

"No. L'ho chiamato e gli ho scritto, ma parte subito la segreteria".

Qui con me

"Quando arriva, vi chiedo il favore di informarci", dice, cercando di consolarmi con i suoi occhi gentili.

Quando se ne va, Magnolia fa una smorfia. "È strano che Jase sia scomparso, non trovi?"

Annuisco. "Già. È venuto da me giusto ieri. Abbiamo parlato di alcune idee per arredare la sua nuova casa e poi ha preparato dei tacos per cena. Non ha accennato che sarebbe andato da qualche parte".

"Hai chiamato in ufficio?"

"Sì, hanno detto che oggi non lavora".

"Magari uno dei tuoi fratelli dovrebbe passare a casa sua a controllare".

"Sì, buona idea. Chiedo a Waylon. È quello che probabilmente non lo picchierà per il solo fatto che esiste".

Fa un sorrisetto perché è vero.

NOAH

Non riesco a contattare Jase, e oggi non lavora. Ti dispiace andare da lui e controllare se è a casa? Non sa ancora nulla di suo padre.

WAYLON

Prima posso prenderlo a ceffoni?

Alzo gli occhi al cielo, troppo preoccupata per ridere al suo patetico tentativo di fare il simpatico.

NOAH

È una cosa seria! Fisher è in condizioni critiche e suo figlio merita di saperlo.

WAYLON

D'accordo. Vado da lui e ti faccio sapere.

NOAH

Grazie! Digli che Fisher sta bene, ma che dovrebbe venire a trovarlo.

WAYLON

Ricevuto.

"Ok, ci sta andando adesso".

"Sei pronta a spiegare a Jase perché sei così disperata per suo padre?" mi chiede Magnolia.

"Non mi pare il momento migliore per dirglielo. Sa che siamo amici".

"Sì, ma perfino tuo padre e i tuoi fratelli cominciano a sospettare qualcosa. Nessuno capisce perché sia così protettivo nei tuoi confronti… essendo un *amico*. O perché ti rifiuti di lasciarlo solo. Ho mentito per te e ho detto che gli ricordi sua figlia e che tu lo vedi come una figura paterna".

Le do uno schiaffo sulla gamba, con una smorfia disgustata. "Magnolia! Che oscenità! Da prigione, proprio. Oh, mio Dio".

Scoppia a ridere. "Sto *scherzando*! Rilassati. Mi è quasi salito il vomito".

Scuoto la testa, sorridendo. "Anche a me".

"Ma perlomeno ti ho strappato un sorriso".

Venti minuti dopo, finalmente Waylon mi risponde.

WAYLON

Non era in casa. Ho lasciato un messaggio sulla porta nel caso torni prima di controllare il telefono.

NOAH

Ok, grazie.

"Jase non è nemmeno a casa. Dove diavolo può essere?"

"Magari ha una fidanzata segreta? Può aver passato la notte da lei", suggerisce Magnolia.

"Questo spiegherebbe perché non è a casa, ma non perché non risponde al telefono".

"Fino a che ora è rimasto? Quando sono arrivata da te se n'era già andato".

"È andato via tipo un quarto d'ora prima che arrivassi tu; quindi non troppo tardi. Verso le sette. Dove può essere andato in queste ore?" aggrotto la fronte.

"Io scommetto che è andato a spassarsela con una ragazza".

Trattengo una risata.

"Beh, comunque sia, gli conviene portare il culo qui al più presto".

"Ciao, tesoro. Ti abbiamo portato la cena". Mamma entra con nonna Grace un'ora dopo che Magnolia se n'è andata. Sapevo che stava cominciando ad angosciarsi stando qui seduta a non fare niente, così le ho detto che poteva andarsene e che le avrei scritto più tardi.

Accigliata, guardo i contenitori che tengono tra le braccia. "Non ho molto appetito. Scusate".

"Devi mangiare e prenderti cura di te", mi ordina mamma. "Fisher non vorrebbe che morissi di fame. Ti ho portato anche le medicine".

"Non ho fame. Non ho fame e basta".

"Ti ho preparato la crostata di pesche, la tua preferita". Nonna fa un sorrisetto.

Il pensiero mi fa sorridere per mezzo secondo. "Grazie".

Per accontentare mia madre mi costringo a mangiare gli spaghetti con le polpette prima del dolce.

Mi raccontano che tutto il paese sta parlando dell'incendio e di come Fisher abbia salvato i nostri cavalli. Non c'è dubbio che sia un eroe. Vorrei soltanto poter vedere i suoi affettuosi occhi marroni e sentire la sua voce roca.

Mia madre mi aggiorna sulle condizioni della scuderia e degli altri al ranch. I pompieri hanno impiegato otto ore a domare completamente le fiamme. Hanno già cominciato a visionare i filmati di sicurezza e domani, quando cominceranno a indagare sulle cause dell'incendio, dovrebbero avere qualche informazione in più.

"Jase non è ancora venuto?" mi chiede.

"No. Sono preoccupata per lui. Ma ho fatto tutto quello che mi è venuto in mente: l'ho chiamato, gli ho scritto, ho telefonato al suo ufficio e ho fatto controllare a casa sua".

"Anche lo sceriffo lo sta cercando. Sono certa che lo troveranno". Gli occhi gentili di mia madre mi danno conforto.

Quando ho detto a mio padre che Jase non stava rispondendo al telefono e non era a casa, l'ha segnalato allo sceriffo Wagner.

"Lo so che non vuoi lasciare Fisher da solo, ma almeno stanotte? Non puoi dormire su quella sedia". Mamma aggrotta la fronte. "Ti preparo il divano".

"Chiedo a quel dottorino sexy lì fuori di portarti delle coperte e dei cuscini", aggiunge nonna.

Riesce a strapparmi una risata.

"D'accordo, ma non garantisco che riuscirò a dormire".

Mamma si alza, mi passa una mano sulle spalle e mi dà una sistemata ai capelli spettinati; poi riorganizza la stanza.

"Puoi almeno spingerlo più vicino al letto?" le chiedo, perché non voglio allontanarmi così tanto da lui.

"Lo metto il più vicino possibile. Non voglio impedire che le infermiere lo raggiungano in caso di necessità", risponde.

Le infermiere passano ogni ora per controllare i parametri vitali, mi dicono di essere paziente e poi se ne vanno. Il dottore è stato qui solo una volta, ma finché Fisher non si sveglia non c'è molto che si possa fare. In questo caso, "nessuna nuova, buona nuova".

Finché i parametri restano stabili, significa che sta guarendo e facendo progressi.

Quando nonna Grace va alla postazione degli infermieri, mia madre si siede accanto a me e dà una pacca sulla gamba sana.

"Lo so che lo ami, tesoro. Purché i sentimenti siano reciproci, non vi sgriderò per aver mentito e averlo tenuto nascosto". Le sue parole sono decise, ma sul suo volto c'è l'ombra di un sorriso.

Batto il piede nervosamente mentre il mio cuore cerca di non scoppiarmi nel petto. Detesto averle dovuto nascondere tutto quanto.

"Come l'hai scoperto? Cioè, prima dell'incidente non…"

Non provo neanche più a negarlo.

"Tua nonna". Ridacchia. "A quanto pare, lo sapeva già da un po'".

"Lo sospettavo".

"Mi ha detto di non essere troppo dura con te. Jase lo sa?"

Scuoto la testa. Dopo questa storia, il pensiero di rivelarglielo mi angoscia ancora di più. "Fisher non voleva rovinare il loro rapporto, ora che finalmente era tornato a far parte della vita di suo figlio; quindi mi ha lasciata per scongiurare nuovi risentimenti".

Accavalla le gambe e inarca un sopracciglio. "Quindi ora non state neanche insieme?"

"No. Ha preso la decisione subito dopo l'evento di beneficenza. Non mi sono opposta perché non volevo mettermi tra di loro. Jase ne stava passando già tante, e non volevo che allontanasse suo padre a causa mia".

"È stato molto nobile da parte tua, Noah. Ma Jase è un adulto. Se ne sarebbe fatto una ragione".

Faccio spallucce perché non ho idea di come avrebbe reagito Jase. "Fisher non poteva permettersi di rischiare. Ha già perso sua figlia. Stava provando a essere un bravo padre e ha messo Jase prima di tutto".

"Posso capirlo", concorda mamma.

"Io no". Nonna Grace torna con un cuscino e una coperta, l'aria losca come se li avesse rubati.

"Se ti vedessi con qualcuno di nascosto, non lo lasceresti, sapendo che io non approverei affatto la vostra relazione?" le chiede mia madre, posando quello che ha portato nonna sul divano.

"Se mi vuoi bene, te ne faresti una ragione. Stessa cosa vale per Jase. Di sicuro all'inizio la prenderà male, ma prima o poi gli passerà. Prova affetto per te e rivuole suo padre nella sua vita", spiega nonna.

"Beh, la decisione non spettava a me. Aveva paura di perderlo, e io non potevo competere con suo figlio", dico.

"Ha rischiato la vita per salvare i tuoi cavalli. Dubito che la cosa lo preoccupi ancora tanto". Nonna mi fa l'occhiolino.

"Non credo che papà la prenderà bene". Mi morsico il labbro inferiore, preoccupata di deluderlo o farlo arrabbiare.

"A tuo padre ci penso io". Mia madre fa l'occhiolino.

Trattengo una risata. "Bleah. Queste cose tienitele per te".

"Oh, ma insomma!" Mi dà un colpetto, e scoppio a ridere.

"Comunque, nonna. Grazie per aver fatto la spia", dico ironica. Anche se sospettavo che sapesse qualcosa, dopo quello che ha detto durante l'ultima cena di famiglia, non pensavo che l'avrebbe rivelato a qualcuno.

"Oh, ma a chi pensavate di darla a bere? L'ho capito dal modo in cui Fisher ti guarda. Non ho mai visto un uomo così innamorato".

Sento le guance in fiamme per le sue parole. Non provo neanche a negarlo. Mamma sorride, ed è un sollievo vedere che non si è arrabbiata. Però sono sicura che la ramanzina verrà dopo.

Rifletto su quello che farò quando Fisher si sarà svegliato. Cambierà qualcosa tra di noi? Torneremo a essere *solo amici*? Se fosse per me, torneremmo insieme e non passeremmo neanche un giorno lontani, ma non posso chiedergli di mettere a repentaglio il suo rapporto con Jase dopo tutto quello che hanno passato. È lui che deve fare quel salto nel buio.

Comunque andrà, sarò qui per lui… sia come amica che come qualcosa di più.

Quando mi alzo per spostarmi sul divano mamma mi offre il braccio, visto che ho optato per muovermi saltellando su un piede invece di usare le stampelle. Sarebbe più faticoso che zoppicare per qualche metro e sopportare il dolore alle costole per pochi secondi.

Dopo essermi messa comoda sul letto improvvisato, appoggio il piede sulla sedia. È tutto il giorno che mi fa male, ma ho ignorato il dolore.

"Ti serve del ghiaccio?" chiede mia madre.

"No, le medicine faranno effetto presto".

È più un senso di fastidio che altro, ma del dolore alle costole potrei anche farne a meno.

"Te la caverai, se ce ne andiamo? Devo mettere nonna Grace a letto". Mamma mi sistema il cuscino e mi stende la coperta sul corpo. Ho intenzione di tornare sulla sedia e poggiare la testa accanto a Fisher non appena se ne saranno andate.

"Sì, andrà tutto bene. La sua infermiera passa spesso e, se dovesse servirmi qualcosa, si sono offerti di darmi una mano", le dico perché non si preoccupino di lasciarmi sola.

Mettono via gli avanzi e prendono le loro cose prima di abbracciarmi. "Grazie per essere venute".

"Ma certo, tesoro. Torniamo domani con la colazione".

Ridacchio, consapevole che nulla di quanto possa dire le dissuaderebbe dal portarmi altro cibo.

"D'accordo, grazie".

Dopo i saluti, prendo la coperta e la trascino fino alla sedia posizionata vicino al letto di Fisher.

"Beh, a quanto pare la verità è venuta a galla", gli dico, sospirando sollevata perché le loro reazioni non sono state affatto così terribili come mi aspettavo. Non so se mi preoccupa di più mio padre o Jase.

"Ti farà piacere sapere che mia nonna stravede per te". Ridacchio anche se dubito che riesca a sentirmi.

Come poso la testa accanto alle nostre mani giunte, mi arriva un messaggio e spero che sia da parte di Jase.

TRIPP

Forse so chi è il cadavere. È stato ripreso insieme a Craig.

NOAH

Oh, mio Dio! Chi è?

Mi manda un fotogramma dei filmati di sicurezza, e ci resto di sasso.

Capitolo Trentadue

FISHER

Ogni centimetro del mio corpo è rigido e dolorante, però preferisco questo alle ustioni. La testa mi fa un male cane, ma da quello che ho sentito qua e là dall'infermiera non ho riportato danni preoccupanti, bensì solo una commozione cerebrale. L'idiota che mi ha colpito ha usato abbastanza forza da farmi perdere conoscenza, ma non da mettermi fuori combattimento.

Quando ho ripreso i sensi e ho capito che la scuderia stava andando a fuoco, ho cominciato ad aprire i box dei cavalli come un razzo. L'incendio ha avuto origine nel soppalco; il che mi ha dato più tempo per liberarli prima che il fuoco raggiungesse il piano inferiore. È un miracolo che sia riuscito a salire in sella a Donut e a fuggire tutto intero. Le fiamme ci stavano raggiungendo, e lui era troppo terrorizzato per uscire da solo. Non si è mosso finché non gli sono balzato in groppa. Quando ci siamo fiondati fuori dalla porta, stavo già soffocando e non riuscivo a respirare.

Noah mi stringe la mano, come se sapesse che riesco a percepire la sua presenza. I farmaci che mi hanno iniettato stanno lentamente perdendo il loro effetto, e adesso sto raccogliendo le forze per aprire gli occhi.

"È permesso?" Qualcuno bussa alla porta, e il suono delicato riecheggia nella stanza. Quella voce la riconoscerei ovunque.

"Salve", dice piano Noah. "Lei chi è?"

Sta per conoscere l'uomo che mi ha salvato la vita e l'ha cambiata per il meglio.

"Sono Damien Lancaster. È un piacere poterla finalmente conoscere, signorina Hollis".

"L'amico d'infanzia di Fisher".

"Proprio così".

"E lei già sa chi sono io?" gli chiede Noah, come se la scioccasse il fatto che ho parlato di lei a un amico. Considerando che Damien lavora ancora come detective nel paese qui vicino, non mi sorprende che abbia saputo cos'è successo.

"Sì". La voce di Damien è più vicina e, presto, la sua mano si posa sul mio braccio, come per farmi sapere che lui è qui. "Mi ha chiamato e mi ha lasciato un messaggio in segreteria il giorno dopo che vi siete conosciuti, e ha detto: *"Damien, l'ho trovata. La donna che un giorno sposerò"*.

Pur non essendo sicuro di poter parlare, tiro comunque fuori le parole a fatica: "Bastardo! Quello non glielo dovevi dire".

"Oh, mio Dio! Sei sveglio?" chiede Noah con voce stridula.

Finalmente riesco a sollevare le palpebre per metà e sorrido quando vedo il suo bellissimo viso. "Ciao, Biondina".

Ho la gola irritata come se avessi inghiottito mille coltelli e la mia voce è roca, ma Noah riesce a sentirmi comunque.

Si copre la bocca mentre le lacrime le scendono lungo le guance. "Ciao".

"I cavalli stanno bene?" chiedo con voce strozzata. Le mie parole sono a malapena udibili, ma ho bisogno di sapere se sono sopravvissuti. Dopo che ho aperto i box, sono fuggiti via; quindi non so ancora che fine abbiano fatto.

"Sì". Comincia a singhiozzare, annuendo. "Per merito tuo".

Sorrido debolmente quando posa la testa sul mio petto. Nonostante i miei arti siano rigidi come tronchi, riesco ad avvolgerle un braccio attorno al corpo. Non sprecherò questo momento con lei.

"Ehi, amico. Mi fa piacere vederti vivo". Damien mi rivolge un sorrisetto d'intesa.

"Già, dovremmo smetterla di incontrarci così".

Scoppia a ridere. "Una volta ogni dieci anni. Hai un tempismo perfetto".

Tra gli incidenti con i tori che mi hanno mandato all'ospedale, il tentativo di suicidio e ora questo, Damien mi ha visto nei momenti peggiori della mia vita.

"Come vanno la caviglia e le costole?" chiedo a Noah.

Non so da quanti giorni io stia qui dentro, ma, a giudicare dai capelli spettinati e dalle ombre scure che ha sotto gli occhi, lei non ha mai lasciato questa stanza.

"Il dolore non è paragonabile all'attesa di vedere se ti saresti risvegliato".

"Scusami". Faccio un sorrisetto, posandole una mano sulla guancia quando si avvicina.

"È valsa la pena aspettare. Però mi sei mancato. E non pensare che sorvoleremo sul commento che ha fatto Damien".

Damien ride, e io lo fulmino con lo sguardo. È la mia unica famiglia da molto tempo, visto che ho smesso di parlare con i miei genitori anni fa, ma ci stuzzichiamo comunque.

"Se avessi saputo che sarebbe bastato quello per svegliarti, sarei venuto prima".

"Quanto tempo è trascorso dall'incendio?" chiedo.

"Tre giorni", risponde Noah. "Stanno ancora passando al setaccio una marea di macerie e stanno conducendo un'indagine approfondita. Craig è nel reparto ustioni, attaccato a un respiratore. Però non ha molte speranze".

"Porca troia!" Il mio cuore comincia a battere all'impazzata quando ripenso alla persona che mi ha colpito. Era un tipo alto, più magro di Craig. "Sono quasi certo che avesse un complice, perché ho visto qualcuno sull'altro lato della scuderia, prima di essere colpito".

La conversazione viene interrotta dall'infermiera. Mi chiede qual è il mio livello di dolore, controlla il tubo dell'ossigeno e poi mi porta dell'acqua. Mi avvisa che avrò la gola irritata e continuerò a tossire per un po', cosa normale dopo aver inalato del fumo. Infine mi informa che il dottore mi raggiungerà più tardi per discutere del trattamento e della data in cui potrei essere dimesso.

"Dov'è Jase?" chiedo quando se n'è andata.

"Ehm…" Noah abbassa lo sguardo, e le labbra di Damien si arricciano in una smorfia, come se lui sapesse che c'è qualcosa che non va. "Non verrà".

"C-Che vuol dire?" chiedo con voce roca; poi sorseggio l'acqua.

"Adesso vado, così potete parlare. Torno domani", dice Damien, dandomi una pacca sul braccio. "Sono contento che ti sia svegliato".

"Grazie per essere passato, amico".

"Lo sai che lo farò sempre".

Gli occhi lucidi di Noah mi fissano mentre aspetta che restiamo soli. Non capisco cosa stia succedendo, ma la tensione mi mette a disagio.

"Che c'è?" chiedo, il cuore che martella nel petto mentre l'ansia mi scorre nelle vene.

"Jase è stato introvabile per le prime ventiquattr'ore. L'ho chiamato, gli ho scritto, ho contattato il suo ufficio e ho persino mandato Waylon a casa sua. Alla fine abbiamo avvisato lo sceriffo, così che anche lui potesse tenere gli occhi aperti. Nessuno mi ha comunicato il ritrovamento di Jase e lui non ha risposto alle mie telefonate; quindi non mi aspettavo che si sarebbe fiondato qui dentro mentre ero con te".

Merda! Sospiro profondamente.

"Immagino che… ormai lo sappia".

"L'infermiera gli ha detto che la ragazza di suo padre non si allontanava da lui da due giorni, e Jase ha fatto due più due, quando mi ha vista. Non mi ha lasciato neanche il tempo di spiegarmi o di raccontargli tutta la storia. Gli è bastato vedermi piangere vicino a te e ha fatto dietrofront".

Chiudo gli occhi, pensando che vorrei essere stato io a parlargliene. Invece, ora lui ribolle di rabbia e si sente tradito.

Mi poso la mano di Noah sul petto, desideroso di abbracciarla. Ha l'aria distrutta. "Cazzo! Mi dispiace. Avrei dovuto dirglielo, così che non lo scoprisse in quel modo".

"Non potevamo sapere che Craig e Ian avrebbero dato alle fiamme la scuderia e che tu saresti rimasto coinvolto".

"*Ian?*"

Annuisce. "È stato ripreso dalle telecamere". Poi abbassa di nuovo gli occhi. "Non è sopravvissuto".

Sbatto le palpebre un po' di volte, come se il gesto potesse cambiare le parole appena pronunciate da Noah. "*C-Cosa*? Perché Ian avrebbe cospirato con Craig? Non sapevo si conoscessero".

"Neanche io, e non saprei. Secondo me, si sono conosciuti all'evento, oppure Ian l'ha contattato dopo che l'ho fatto cacciare. Sono rimasta sconvolta".

Anche se Craig dovesse uscire dall'ospedale, finirebbe in prigione per incendio doloso e, probabilmente, omicidio colposo".

"Hai mai scoperto dove si trovava Jase quando nessuno riusciva a contattarlo?" chiedo.

"Sì, lo sceriffo mi ha detto che l'hanno trovato nella baita di un suo amico a qualche ora da qui. Sono andati a pescare in barca, e lì non c'era linea. Immagino abbia lasciato il paese poco dopo essersene andato da casa mia oppure la mattina presto, prima che lo chiamassi. Non so se facesse parte dei suoi piani, visto che non mi aveva detto niente".

"Probabilmente era qualcuno conosciuto al lavoro. Mi aveva detto di essere stato invitato su in montagna per un weekend, ma può anche essere stato un cambio di piani dell'ultimo minuto. Interessante, però... Non gli è mai piaciuto pescare".

"È tutto il giorno che gli scrivo. Anche se non risponde, gli ho mandato aggiornamenti sulle tue condizioni".

"Se ne farà una ragione. Dagli tempo".

"L'unica cosa che voglio dargli è una bella lavata di capo per essersi comportato da stronzo. Hai avuto un incidente, e non è rimasto neanche a chiedere se stessi bene".

"Credo che l'infermiera gli abbia detto tutto", ribatto, sperando di aver ragione.

Noah tira fuori il telefono. "Vuoi chiamarlo?"

"Sai dov'è il mio?"

"Immagino nel tuo pick-up, stalker", risponde, ironica, e capisco che ha scoperto che stavo dormendo fuori casa sua.

"Non ti chiederò scusa". Faccio l'occhiolino.

"Prima gli scrivo, così saprà che sei tu e che deve rispondere", mi spiega prima di porgermi il cellulare. "Magari lo chiami su FaceTime, che dici?"

"Buona idea".

Quando il messaggio appare visualizzato, lo chiamo.

Dopo cinque squilli, finalmente risponde.

"Jase?"

Rimane in silenzio, con la telecamera puntata al soffitto. Se non vuole parlarmi o guardarmi, non è un problema; perlomeno è disposto ad ascoltare.

"Mi fa male parlare, Jase, ma proverò a fare del mio meglio, così che tu possa sentire la verità da me. Ho conosciuto Noah al rodeo di Franklin. Ci siamo piaciuti subito e abbiamo passato la notte insieme. Non sapevamo quale legame ci unisse, che tu fossi l'anello di congiunzione tra di noi. Sapevo soltanto che mi aveva fatto provare qualcosa che non provavo da anni, e ho voluto esplorare quelle sensazioni. Noah ha capito tutto quando ha letto il mio cognome, così mi ha tagliato fuori. Poi io ho scoperto che era una Hollis, ovvero la figlia della famiglia per cui avrei cominciato presto a lavorare, e ho provato ad avvisarla prima del mio arrivo, ma lei ha continuato a ignorare le mie telefonate. Ho scoperto il motivo soltanto quando sono arrivato al ranch e lei mi ha detto la verità".

Noah mi porge l'acqua quando perdo la voce. "Vuoi che

continui io la storia?" sussurra, ma scuoto la testa. Non mi fermerò finché non avrò raccontato tutta la verità a Jase.

"Sapeva che ero tornato qui per te e che volevo ricostruire il nostro rapporto; quindi abbiamo deciso di restare solo amici. Non volevo rischiare di ferirti o di tradire la tua fiducia".

Jase si fa una risata nasale, come se stessi dicendo stronzate; io, però, continuo comunque, anche se il resto mi metterà in cattiva luce.

"All'inizio abbiamo provato a stare lontani l'uno dall'altra. Lo so che ti sembrerà un cliché, ma non ci siamo riusciti e abbiamo deciso di frequentarci in segreto per capire se avrebbe funzionato. Quando il nostro rapporto fosse diventato solido, l'avremmo detto a te e ai suoi genitori. Non volevamo annunciare nulla finché non fossimo stati sicuri che tra di noi avrebbe funzionato. Ma, quando ho visto quanto ti ha fatto infuriare l'idea che lei potesse stare con qualcuno, ho capito che non avresti mai accettato la nostra relazione e l'ho lasciata".

Mi fa male il cuore al pensiero di come ho deluso le due persone più importanti della mia vita.

Noah mi avvicina di nuovo il bicchiere d'acqua, e questa volta prendo un sorso più lungo. La gola brucia, ma continuo comunque: "Quando Noah si è fatta male, mi sono sentito responsabile per non averla protetta e ha provato rimorso per il fatto che l'incidente era successo sotto i miei occhi. Quindi ho detto ai suoi genitori che l'avrei aiutata durante il periodo di guarigione perché, anche se non potevamo stare insieme, tenevo ancora moltissimo a lei".

"Come sei finito alla scuderia?" gli chiede Jase, aprendo finalmente bocca.

Gli spiego che la mia presenza in casa sua la stava torturando e che perciò ho preferito smettere di passare così spesso da lei e continuare a tenerla d'occhio dall'esterno durante la notte, visto che Craig era uscito su cauzione.

"Non posso dire di esserne totalmente sorpreso", dichiara Jase. "Magari avrei dovuto notarlo prima: il modo in cui vi guardate, il fatto che ti stessi allenando con lei e le portassi la spesa… Ma una parte di me non voleva vedere ciò che avevo di fronte agli occhi".

"Ho provato a mantenere le distanze, ma non sono mai riuscito a impedire che i miei occhi si posassero su di lei ogni volta che ce l'avevo vicina", confesso. "Mi dispiace non avertelo detto".

"Quindi non state più insieme?"

"Tecnicamente no", rispondo, per quanto faccia male ammetterlo. "Ma non so se, dopo questa storia, riuscirò più a starle lontano".

Guardo Noah, che pende dalle mie labbra, ma non dice niente.

Finalmente Jase sposta il telefono per mostrare il volto.

"L'hai mollata? Per me?"

Annuisco. "Per il nostro rapporto. Non volevo perderti".

"Dovresti fare molto peggio che frequentare la mia ex per perdermi, papà. Non mi fa piacere che mi abbiate mentito e abbiate agito alle mie spalle, ma non voglio che siate infelici a causa mia. Hai sofferto abbastanza. Meriti di stare con una persona incredibile come Noah".

Mi commuovo e non so come rispondere, ma, quando le lacrime di gioia e di sollievo affiorano, non le trattengo.

"Ma buona fortuna per quando lo direte alla sua famiglia!" Erompe in una risata, e io ridacchio.

Noah arrossisce, avvicinandosi perché Jase possa vederla.

"Ce ne hai messo di tempo per rinsavire, stronzo! Stavo per mandare Landen a ficcarti un po' di sale in zucca", ironizza.

"Mi servivano ventiquattr'ore per cancellare dalla mente le immagini di voi due", le risponde, saccente.

Noah alza gli occhi al cielo. "Quanto sei drammatico!"

"Lo sai che ha il doppio dei tuoi anni, vero?" Incurva gli angoli della bocca mentre la stuzzica.

"Lo sai che lo sposerò e diventerò la tua matrigna solo per punirti, vero?"

"Oh, sto già iniziando a fantasticare sulle matrigne zozze". Poi comincia a canticchiare la musichetta di PornHub e io trattengo una risata. Noah non ha idea di cosa sia, e questo fa sì che Jase la canti più forte.

Noah alza gli occhi al cielo. "È per questo che mi piacciono gli uomini più grandi".

"Litigate come fratello e sorella. Non capisco come abbiate fatto a stare insieme", commento.

"Già, perché tu sei così *matura*…" Jase strascica le parole in tono derisorio.

"Vi servono dei guantoni da box per sfogarvi, per caso?"

"Lo sa che gli farei il culo, pure con la caviglia rotta", lo provoca con arroganza Noah.

Continuano a bisticciare per un altro minuto. Prima di salutarci, Jase promette che domani passerà a trovarmi. È contento che siamo riusciti a chiarirci tutti e tre. Adesso non ci resta che dire la verità alla famiglia di Noah.

"Oh, ti avverto: nonna Grace e mamma lo sanno già. Quindi restano solo mio padre e i miei fratelli", mi informa.

"Secondo te, se glielo dico adesso che sono conciato così male ci andranno piano?"

Trattiene una risata, sedendosi sul letto accanto a me. "C'è solo un modo per scoprirlo".

"Aspetta. Non ti ho ancora chiesto ufficialmente di tornare a essere la mia ragazza". La prendo per mano e la attiro il più vicino possibile a me.

"Beh, che aspetti, cowboy? Mettiti in ginocchio e supplicami".

Il suo tono serio mi strappa una risata un po' roca. "Se potessi scendere da questo letto senza rischiare di finire col sedere per terra, ti pregherei con tutte le mie forze".

"Hai ragione. Allora fingerò che sei in ginocchio". Fa un sorrisetto, e so che mi sta prendendo in giro.

Con un sorriso, le apro il mio cuore: "Sei mia dal momento stesso in cui ti ho posato gli occhi addosso. Perfino quando non potevamo stare insieme, sono stato sempre tuo". Poi premo le labbra sulle nocche della sua mano. "Ti amo alla follia, disperatamente, Biondina. Nulla mi renderebbe più felice del poter dire al mondo che sei mia, perché tutti sappiano che il mio cuore appartiene a te".

"Renderebbe tanto felice anche me". Sfodera un sorriso raggiante, e adoro vederla così gioiosa. "Innamorarmi di te è stato fin troppo semplice e tragico al momento stesso. Sono pronta a farlo sapere a tutto il mondo".

Si avvicina finché le nostre bocche non si toccano. Detesto non poterla baciare come vorrei, ma accetterei anche un semplice bacio sulla guancia, se fosse il massimo che potesse concedermi.

"Grazie per essere rimasta qui con me. D'ora in poi voglio iniziare le mie giornate svegliandomi al suono della tua voce e vedendo il tuo bellissimo viso".

Sfodera un sorrisetto, poi si prende il labbro inferiore tra i denti. "Direi che si può fare".

Capitolo Trentatré

NOAH

Non appena Fisher è stato dimesso dall'ospedale e Jase l'ha accompagnato a casa sua, Fisher ha preparato un paio di borsoni ed è venuto da me. Mi serviva ancora tempo per riprendermi e così, non volendo separarci, ci siamo rintanati entrambi in camera mia e abbiamo riposato. Lui mi ha fatto vedere altri film vintage, e io gli ho parlato della faida che ha ispirato Taylor Swift a scrivere l'album *Reputation*.

Una delle suoe ere migliori, a mio parere.

"Wow… sei splendida!" Fisher rimane a bocca aperta quando provo a fare una piroetta nel mio abito da damigella. "E io sono un uomo fortunato".

Con un sorriso, saltello verso di lui e poi fingo di asciugargli la bavetta dal mento. "Sì, lo sei".

Porto ancora quello stupido tutore alla caviglia, ma tra poco saranno passate sei settimane e andrò all'appuntamento per controllare se l'articolazione è guarita abbastanza da poterlo togliere. Quando mi muovo per casa non uso le stampelle, visto che le costole non mi fanno più tanto male e riesco a saltellare senza mettere peso sulla caviglia.

È da molto tempo che non lavoro. Landen e Tripp si sono divisi quasi tutti i miei clienti, perché hanno già esperienza, mentre

Ayden ha riorganizzato il calendario dei cavalli a pensione, in modo che non ne arrivassero di nuovi. Ho dovuto mettere in attesa gli addestramenti specializzati, come quelli di Delilah e Harlow. Pure Ellie e Ranger sono pronti a rimettersi al lavoro. Io ho intenzione di farlo quando il dottore mi autorizzerà a ricominciare, sempre se il mio corpo sarà in grado di reggere alla fatica.

"Il colore non mi convinceva, ma poi mi ha conquistata", dico, facendo scivolare le mani sulla seta verde basilico.

Fisher mi cinge la vita con le braccia, eliminando la distanza che ci separa e affondando il viso nel mio collo. "Addosso a te è splendido, ma credo che mi piacerebbe ancora di più sul pavimento".

Inclino la testa mentre mi bacia sul collo e sotto l'orecchio. "Così mi uccidi. Fanculo il matrimonio! Scopami e basta!"

Ridacchia contro la mia pelle. "Il rapporto con tuo padre e i tuoi fratelli è ancora teso. Meglio se non do loro un altro motivo per odiarmi perché ti ho fatto saltare la cerimonia".

Da quando ci siamo rimessi insieme, io e Fisher non ci siamo ancora spinti oltre le pomiciate, e non vedo l'ora che capisca finalmente che non mi spezzo mica. Anche se non prendo più antidolorifici e faccio solo un impacco di ghiaccio la notte, ha paura che non riesca a sopportarlo. Nonostante abbia provato a convincerlo tantissime volte che sto meglio, il timore di farmi male gli impedisce di proseguire.

"Non ti *odiano*", lo rassicuro.

Fisher si è rimesso in sesto nel giro di qualche giorno e, durante la cena domenicale, abbiamo raccontato la verità al resto della famiglia. Landen e Tripp non sembravano tanto scioccati quanto gli altri dalla notizia, ma la cosa non mi ha stupita perché erano quelli con cui avevamo passato più tempo. Waylon e Wilder stanno quasi sempre all'agriturismo e sono troppo presi dalle loro vite per notare quella di chiunque altro.

Mio padre si è alzato in piedi, ha lasciato la stanza ed è tornato con il fucile.

Poi ha detto a Fisher che non avrebbe paura di usarlo, se si azzardasse a farmi del male.

Andiamo da loro tutte le domeniche e restiamo per lo *scrapbooking*. Fisher ha perfino cominciato un album di coppia, anche se abbiamo giusto una manciata di fotografie insieme. Ma questo ci dà qualcosa da desiderare mentre ne scattiamo di nuove.

"Non saprei… Almeno una volta al giorno, Landen si punta l'indice e il medio agli occhi e mi fa il gesto con le dita a V, come a dire che mi sta tenendo d'occhio. Scommetto che sta aspettando soltanto un mio scivolone per potermi menare".

Trattengo una risata di fronte alla sua drammaticità. Landen non è muscoloso quanto Tripp, ma è bravo a fare a pugni ed è rapido nei movimenti. Lo vedo fare wrestling con i nostri fratelli sin da quando ero piccola, e con l'età non ha fatto che migliorare e diventare più svelto.

"Non ti farà del male", lo rassicuro.

"Tripp prova sempre a convincermi a tornare al Twisted Ball con loro, ma poi Waylon mi ha detto che vogliono rimettermi sul toro e vedere quanto tempo duro prima di svenire. Secondo me, stanno tramando per la mia morte".

"Il toro non lo fanno muovere per più di quindici secondi; quindi fossi in te non mi preoccuperei troppo. Vogliono soltanto una scusa per ubriacarsi e fare gli idioti. Non che gliene serva davvero una…" Alzo gli occhi al cielo.

"Non vedo l'ora che Landen si trovi una fidanzata per poterlo trattare allo stesso modo".

Mi scappa da ridere, mentre gli passo le braccia attorno al collo. "Dovrai aspettare un bel po'. Non è uno da relazioni. O almeno non ne ha più avute da quando Angela gli ha spezzato il cuore al terzo anno delle superiori. Adesso ha solo… *avventure*".

"Ma non ha tipo ventisei anni?"

"Sì. Ha quattro anni in più di me".

"Ed è ancora distrutto per una delusione amorosa di quasi dieci anni fa?"

Rido perché ha ragione. È passato quasi un decennio. "Beh,

dopo Angela c'è stata Layna, l'assistente del prof di inglese al suo ultimo anno. Non lo ammetterebbe mai, ma sono piuttosto sicura che abbiano avuto una tresca. Poi si è diplomato, e lei si è fidanzata ufficialmente *con* il prof".

Fisher sbarra gli occhi. "Cristo! Sarà rimasto traumatizzato".

"Dopo quelle due non ha più avuto niente di serio", gli spiego.

"Magari la mia missione sarà quella di trovargli una donna, allora". Fa un sorrisetto compiaciuto per la trovata. "Ellie è single?"

"Oh, mio Dio, non toccare le mie clienti, soprattutto quelle che mi piacciono! Non meritano di essere torturate dai miei fratelli".

Preme la sua bocca sulla mia mentre fa scivolare le mani lungo la mia schiena e mi palpa il sedere. "Non ho mai voluto strapparti un vestito di dosso tanto quanto in questo momento". Il ringhio della sua voce e l'erezione che spinge contro di me mi convincono quasi a dargli il via libera.

"Risparmia le energie per dopo, signor Underwood. Finalmente sei pronto a smetterla di rifiutarmi?" gli chiedo, dando una sistemata al colletto della sua camicia verde scuro. L'ha abbinata a un bel paio di pantaloni neri.

"Ho paura di schiacciarti o di romperti di nuovo le costole".

"Ne varrebbe la pena".

Mi scocca un'occhiata pungente. "Non è divertente".

"Oh, ma dai! Ho ripreso le forze e le energie. Se non fosse per le stampelle, starei cavalcando". Mi fermo, con un sorrisetto. "I cavalli *e* te".

"Adorabile". Mi bacia la punta del naso; poi mi solleva e mi porta fuori.

Nell'ultimo mese sono passata a trovare i cavalli piuttosto spesso perché non si dimentichino di me quando ricomincerò gli addestramenti a tempo pieno. Dopo l'incendio, sono stati distribuiti tra la scuderia dell'agriturismo e quella dei pensionanti. C'è voluto un po' per ripulire la zona colpita dalle fiamme e subito dopo sono cominciati i lavori di ricostruzione.

Donut ne ha passate davvero tante in un brevissimo arco di

tempo; quindi gli ho fatto molta compagnia. Ho chiamato un professionista che mi aiutasse a monitorare i suoi comportamenti, perché sia pronto psicologicamente quando lo monterò di nuovo. Nonostante abbia impiegato diversi mesi a portarlo al livello che aveva raggiunto, alcune cose che aveva imparato sono state rimosse a causa dei traumi subiti.

Se Craig non fosse già andato incontro a una morte dolorosa, gliela augurerei io per aver quasi ammazzato me, i miei cavalli e Fisher.

È stata una giornata perfetta per un matrimonio; neanche il meteo ha deluso le aspettative. Ayden e Laney hanno rinnovato i voti con una piccola cerimonia intima al ranch, insieme alle loro famiglie e a tutte le persone che lavorano qui. Anche se non ho potuto partecipare al corteo, sono rimasta in piedi con le stampelle vicino a Serena e Mallory e, quando la cerimonia è finita, Fisher mi ha tenuto la gonna del vestito mentre saltellavo verso il tendone bianco sotto cui è stato allestito il buffet.

Questo è il primo grande evento in cui io e Fisher non dobbiamo nasconderci e, anche se i miei fratelli si divertono a rompergli le palle, lo trattano come fosse parte della famiglia e decisamente meglio di quanto trattassero Jase.

Dopo cena i tavoli sono stati spostati per creare una pista da ballo e io sono andata al bar.

"Attenta a quanti ne bevi, altrimenti mi toccherà caricarti sulle spalle", sussurra Fisher al mio orecchio mentre sono appoggiata al bancone.

"Pensavo che ti piacesse sentirmi addosso il sapore di Capezzolo Scivoloso…" lo stuzzico, leccandomi le labbra.

"Mmh… in quel caso". Mi stringe al petto. "È troppo presto per andarcene?"

Inarcando un sopracciglio, aspetto ammetta che stava scherzando, ma, visto che non lo fa, capisco che è serio. *Finalmente*.

"Assolutamente no". Butto giù l'ultimo shot, poi prendo le stampelle e mi dirigo al suo pick-up. "Non vedo l'ora di buttarle via, queste qui".

"Lo farai molto presto. Poi tornerai a gestire tutto quanto come al solito". Fa un sorrisetto mentre guida verso casa mia.

Non ho perso tempo a salutare tutti quanti perché li vedrò domani sera alla cena domenicale, ma ho detto a mia madre che ce ne stavamo andando per non farla preoccupare.

Non appena apro la porta d'ingresso, Fisher la richiude con forza e mi solleva finché non gli cingo la vita con le gambe. Il tonfo delle stampelle sul pavimento riecheggia nella stanza, mescolandosi al suono del mio respiro affannato.

"Sei sicura che possiamo farlo?" mi chiede, andando in camera mia mentre la sua erezione preme contro il mio ventre.

"Sì, giuro. Se dovesse farmi male qualcosa, te lo dico. Ma, in questo momento, devi soltanto preoccuparti di spogliarmi e di penetrarmi il prima possibile".

"Tsk, tsk, Biondina". Mi adagia con cautela sul materasso e si allunga su di me. "Mi sono trattenuto per più di un mese; quindi non voglio correre troppo".

Getto indietro la testa con un grugnito: vorrei che almeno stavolta mettesse fine alle mie sofferenze, invece di fare il gentiluomo.

"Non preoccuparti, amore mio".

Mi toglie la scarpa e il tutore prima di posare un bacio tra le mie gambe. Poi fa scivolare le mani lungo le mie cosce nude e mi solleva il vestito. "Ti faccio arrivare dove vuoi tu in otto secondi".

"La tua versione degli *otto secondi* è una tortura in cui mi porti al limite e ti fermi di continuo, prima di lasciarmi finalmente venire".

Ridacchia mentre porta la bocca sulle mie mutandine e ci preme sopra un bacio. "Hai scoperto il codice segreto, eh?"

"Sì, non è stato poi così difficile da decifrare. L'ultima volta stavo quasi per staccarti via le dita".

"E, visto che ci siamo, quale versione degli *otto secondi* preferisci? Con la bocca…" Strofina le labbra sul tessuto che copre il mio sesso. "…o con le dita?" Sfiora il clitoride con il pollice, e io inarco il bacino, vogliosa.

La prima volta che Fisher mi ha fatto contare i secondi è stata durante quella notte insieme al rodeo, e la sua bocca mi ha torturata e fatta godere. La seconda è stata quando abbiamo guardato *Overboard* e mi ha fatto aspettare il lieto fine della coppia, prima di darmi il mio.

"Dovrei farti contare io. Vediamo se ti piace". Metto il broncio quando si sposta da dove lo voglio io e inizia a baciare il mio ventre.

Mi solleva il vestito fino al mento e abbassa il reggiseno senza spalline; poi si concentra sul seno nudo. Con la lingua stuzzica i capezzoli, poi li succhia tra le labbra. Lo so che sta facendo del suo meglio per non pesarmi sulle costole, ma riuscirei a sopportarlo.

"Spogliati, ti prego", lo imploro, pronta a strappargli i vestiti di dosso io stessa, se non dovesse farlo.

"Abbi pazienza, piccola".

Non me n'è rimasta neanche un briciolo.

Poggiandomi sui gomiti fino a mettermi seduta, mi sfilo il vestito e poi slaccio il reggiseno.

Fisher indietreggia un poco per lasciarmi spazio; poi mi permette di sbottonargli la camicia e i pantaloni. Infine, abbassa i boxer e mi mostra tutto se stesso.

Fa un sorrisetto, poi si lecca le labbra mentre mi guarda. "Dal modo in cui mi stai fissando, mi chiedo se stai pensando che ci sia bisogno di usare quei Magnum XL…"

Arrossisco al ricordo di quando gli ho fatto la ramanzina per aver comprato i preservativi. "Li ho dati a Magnolia. Credevo che a lei sarebbero serviti prima che a me. Ma tanto non voglio niente tra di noi".

Lo sa che prendo la pillola, e continuerò finché non saremo pronti a parlare di figli.

"Neanche io". Porta la bocca sulla mia e mi aiuta a scivolare più in alto, finché non si mette tra le mie gambe. Poi mi toglie le mutandine e divora il clitoride finché non riesco più a trattenermi.

"Oh, mio Dio! È stato pazzesco", dico tra un respiro affannato e l'altro.

Finalmente si sistema tra le mie cosce e mi bacia.

"Mmh. Adoro quando sai di Capezzolo Scivoloso".

Faccio un sorrisetto, passandogli una mano tra i capelli e riportando le sue labbra sulle mie. "Lo so. È per questo che l'ho ordinato".

Ridacchia, affondando il viso nel mio collo mentre si regge sulle braccia. "Quindi era quello il tuo piano, eh? Avrei dovuto capirlo".

"Non sono fragile come pensi tu". Abbasso una mano tra i nostri corpi e gli massaggio l'asta. "Lascia che te lo dimostri".

Gli si incrociano gli occhi mentre allargo le gambe e inarco il bacino finché lui non riesce a scivolare dentro di me.

"Cazzo, Biondina!" Appoggia la sua fronte alla mia, prendendomi una mano per sollevarla sopra la mia testa. "È bellissimo, cazzo!"

Questo momento è diverso da tutti gli altri, perché facciamo l'amore senza più segreti tra di noi. Non dobbiamo più nascondere la nostra relazione e temere il peggio. Siamo liberi di essere chi siamo e di amare chi vogliamo senza che ci sia il rischio di ferire qualcuno.

L'ultima volta che siamo andati a letto insieme è stata commovente perché pensavo che non l'avremmo mai più fatto, ma adesso lo è perché abbiamo il nostro *per sempre* davanti.

"Sono troppo ossessionato da te", sussurra al mio orecchio, bloccandomi sotto di sé. La sua confessione fa librare il mio cuore fino alla luna, perché un amore come quello che Fisher prova per me non credevo l'avrei mai trovato. È un uomo speciale, ed è *mio*.

"Fisher, *più forte*. Ti prego", lo supplico, desiderando come una disperata di venire sul suo membro.

Il modo in cui ruota il bacino aumenta la frizione tra i nostri corpi e accende di piacere il mio clitoride.

"Mi manca pochissimo". Gemo forte mentre lui si sbatte dentro di me. "Non fermarti!"

Mi strizza un capezzolo, aumentando il ritmo e spingendosi più in profondità, finché non sento che tocca il punto G.

"Sei proprio una brava bambolina! La tua fighetta è incredibile, piccola".

Il ringhio ruvido delle sue parole è sufficiente per spingermi oltre il limite, e gemo e urlo il suo nome mentre il piacere mi assale. Stritolo l'asta mentre cavalco le ondate di godimento, e poco dopo anche lui ringhia il mio nome quando viene dentro di me.

"Stai bene?" Rotola via, poi mi avvolge tra le sue braccia.

Mi giro verso di lui, gli poso una mano sul viso e premo un bacio delicato sulle sue labbra. "Sì. E ti amo per esserti fidato di me e non avermi trattata come una bambola di porcellana".

Il suo sorrisetto furbo mi porta a chiedermi cosa ci sia di tanto divertente, finché non capisco quello che ha fatto.

"Ti sei trattenuto, vero?" gli chiedo in tono di rimprovero.

Non che possa lamentarmi, visto che è stato *davvero bello*, ma porca miseria! Adesso voglio conoscere il suo lato meno delicato.

"Non ho detto niente".

"Non ce n'era bisogno! Per me sei un libro aperto, bugiardo".

"Non ho mentito. Ti ho dato esattamente ciò che mi hai chiesto".

Metto scherzosamente il broncio; al che lui mordicchia il mio labbro inferiore.

"Non appena potrai ricominciare a fare attività fisica, ti piegherò sul letto e ti scoperò fino a rimescolarti il cervello. Fino ad allora… non lamentarti".

Ridacchio, accoccolandomi tra le sue braccia. "D'accordo. Però non significa che non possiamo fare la doccia insieme, vero?"

"Noah…" Il suo tono di ammonimento mi fa sorridere. "Sei davvero un'ADA, eh?"

"Non c'è botta di adrenalina migliore del sesso nella doccia su un piede solo".

Mi scappa una risata nasale. "È come se cercassi con il lanternino modi nuovi per farti male".

"Lo dice l'ex *cavalcatore di tori*. Saresti lì dentro insieme a me, e so che mi terresti al sicuro".

Si alza in piedi, mi prende tra le braccia e mi porta in bagno.

"Ti farò contare sino a farti venire sulla mia faccia". Mi lascia al centro della doccia, e io afferro la sbarra. "Quella fighetta dolce è mia".

Capitolo Trentaquattro

FISHER

DIECI MESI DOPO

"Buongiorno, splendore", sussurro all'orecchio di Noah, che dorme accanto a me.

Questa vita in cui posso svegliarmi tutti i giorni con lei tra le braccia non la credevo neanche possibile. Un anno fa ero convinto che non avrei mai trovato l'amore e che sarei morto solo come un cane. Mi dicevo che era quello che mi meritavo. Finché Noah non è apparsa di fronte ai miei occhi a quel rodeo e ha conquistato il mio cuore con una semplice frase.

"Buon anniversario", dico, e lei apre gli occhi.

Ridacchio per l'espressione allarmata che le compare in volto appena realizza che proprio oggi cade l'importante ricorrenza.

"Un anno fa…"

"Il rodeo".

Domani partiamo per la competizione di quest'anno, ma per stasera ho organizzato qualcosa per noi due.

"Lo sai cos'ho pensato? Ricordi quel tovagliolo dove avevi scritto il tuo numero? Se mi avessi dato l'altro, avrei riconosciuto il numero di Jase e tutto questo non sarebbe mai accaduto".

"Oh, mio Dio, me n'ero dimenticata! Ti avevo anche chiesto se volessi vederlo, ma hai rifiutato. Pensa se l'avessi visto".

"Una decisione tanto piccola avrebbe potuto cambiare tutto".

"Immagina l'imbarazzo se l'avessi aperto e, trovando il numero di tuo figlio, avessi capito chi ero: non solo la figlia della famiglia per cui avresti cominciato a lavorare, ma pure la ex di Jase. Se l'avessi scoperto quella sera, credi che me l'avresti detto oppure avresti fatto finta di niente?"

"Onestamente, è probabile che mi sarei allontanato subito. Ma grazie a Dio non l'ho scoperto".

"Hai proprio ragione! Non ci saremmo messi insieme, e Jase non avrebbe conosciuto Amelia".

"Pazzesco pensare che siamo arrivati a questo punto, eh?"

Amelia è un'addestratrice della zona e, l'anno scorso, ha partecipato all'evento di beneficenza di Noah. Hanno iniziato a seguirsi sui social e poi, dopo l'incendio, hanno cominciato a sentirsi regolarmente. Un giorno Noah l'ha invitata al ranch e lei ha conosciuto Jase, che si trovava qui per assistere all'esibizione di Noah su Donut. Era determinata a tornare in sella e a ripetere le stesse acrobazie del giorno in cui si è fatta male, così da fargli superare il trauma. Dopodiché, ha firmato il contratto con Delilah e, qualche mese dopo, si è unita alla squadra di equitazione acrobatica. Domani parteciperà al rodeo per il suo primo spettacolo.

Jase e Amelia si sono piaciuti sin da subito e si frequentano da allora.

Però io e mio figlio seguiamo ancora le riunioni del gruppo di sostegno, una volta al mese, e lui vede ancora la psicologa, cosa che mi rende felice. Sapendo tutto ciò che ha affrontato per arrivare sin qui, mi rendo conto dell'impegno che mette ogni giorno per diventare la versione migliore di se stesso e, da padre, sento di essere estremamente orgoglioso di lui.

Andiamo a trovare Lyla il secondo sabato di tutti i mesi e le portiamo dei fiori freschi. Quando Noah ha potuto riprendere a usare l'altro piede, l'ho portata con noi per "presentarle". Adesso è diventata una tradizione di famiglia andare tutti e tre insieme e raccontare a Lyla tutti gli eventi recenti e i pettegolezzi del paese.

So che mia figlia adorerebbe ascoltare le storie sui cavalli di Noah e tutti gli scandali che sentiamo raccontare dal "club delle anziane signore" di nonna Grace.

"A proposito, li ho invitati alla cena domenicale di stasera. Tua madre ha detto che non c'erano problemi; quindi spero non ti dispiaccia".

"Nient'affatto. È sempre uno spasso poterlo prendere in giro perché sto con suo padre".

Trattengo una risata, perché è vero che bisticciano più come due fratelli che altro; il che è esilarante, visto che intendo fare di Noah *mia moglie*.

Dopo i lavori di ristrutturazione al suo cottage, c'era spazio anche per me; così ho spostato là le mie cose e ho finalmente smesso di portarmi dietro il mio borsone per potermi fermare a dormire da lei. Noah voleva restare al ranch, e io volevo stare ovunque fosse lei. Jase ha ottenuto una bella commissione con la vendita di casa mia, e così ci abbiamo guadagnato entrambi.

Ho assunto un'impresa per espandere la camera padronale e la cucina e per aggiungere un secondo bagno. Trascorriamo entrambi diverse ore in piedi tutti i giorni e ci meritiamo un posto dove rilassarci la sera; quindi ho comprato la vasca idromassaggio più grande che ho trovato. Il nostro rituale serale prevede di restare ammollo insieme mentre parliamo della giornata.

"La colazione si sta raffreddando; quindi vestiti e raggiungimi in sala da pranzo".

"Hai preparato da mangiare?" Solleva il naso per aria. "Oh, mio Dio, hai fatto il bacon!"

Ridendo, la aiuto ad alzarsi e le passo una delle mie magliette. "Dai, vieni a mettere qualcosa nello stomaco. Oggi avrai bisogno di energie".

"Non mi devi convincere".

Dopo una giornata a cavallo e un picnic per pranzo sul Sentiero del Tramonto, passiamo il pomeriggio in centro. Magnolia ha insistito per raggiungerci e aiutare Noah a trovare un vestito per l'occasione e portarla a fare la manicure. Loro sono rimaste al centro estetico mentre io ho fatto un pit stop in gioielleria, per poi tornare dalle ragazze con i loro caffè preferiti.

Quando io e Noah arriviamo dai suoi per la cena, è raggiante nel suo nuovo vestitino rosa abbinato allo smalto delle unghie. Magnolia l'ha convinta a fare una messa in piega rapida; quindi sono rimasto ad aspettarle mentre erano dal parrucchiere.

Ma, accidenti, ne è valsa proprio la pena!

Noah è meravigliosa perfino quando sta male, ma questa sera è assolutamente stupenda. Quasi non riesco a strapparle gli occhi di dosso e a tenere a posto le mani. Già la trovavo adorabile con il cappello da cowboy e le trecce, ma vederla tutta in tiro e felice come non mai mi rende ancora più emozionato per stasera.

"Signora Hollis, è incantevole". La bacio sulla guancia mentre ci accoglie in cucina.

"Ti sei agghindato pure tu, signor Underwood". La sua sfacciataggine mi fa sorridere. Sa cosa succederà stasera e ha giurato di mantenere il segreto.

Salutiamo il resto della famiglia e, quando arrivano Jase e Amelia, ci mettiamo a tavola per la cena.

La madre e la nonna di Noah hanno preparato il suo piatto preferito: spezzatino al forno con della baguette, e ovviamente anche il suo dolce preferito: la crostata di pesche.

"È un anno intero che sopporti mia sorella. Congratulazioni! Ti meriti un premio". Wilder solleva il bicchiere, e io mi irrigidisco perché so che Noah non tollererà le sue stronzate.

"Ehi", lo rimprovera. "Perché non dovrebbe essere un anno che *io* sopporto *lui*? Quanto puoi essere misogino?"

"Rilassati". Wilder alza gli occhi al cielo mentre la schernisce con un sorrisetto malvagio. "Chiunque riesca a sopportarti così a lungo merita un premio".

Le labbra di Noah si incurvano all'insù mentre lo guarda sollevando un sopracciglio. "Oh, non ti preoccupare. Passerò tutta la notte a *premiarlo*".

"Che schifo!" sussurra Jase accanto a me, e Amelia ridacchia.

"Che vuol dire?" chiede Mallory.

Per poco non mi escono gli occhi dalle orbite mentre guardo i genitori di Noah. Suo padre rivolge uno sguardo torvo a Wilder. Le guance della signora Hollis sono rosso fuoco. E poi c'è nonna Grace, che ha un largo sorriso, come se fosse semplicemente contenta di essere qui.

"Niente, tesoro". La signora Hollis indica il suo piatto come per ricordarle che è ora di mangiare.

"Noah". Pronuncio il suo nome con un colpo di tosse, in un sussurro di rimprovero.

"*Che c'è*? È lui che se l'è andata a cercare".

Il suo tono impertinente mi strappa un sorriso, e scuoto la testa.

La conversazione ritorna su questioni di lavoro del ranch e dell'agriturismo, com'è solito durante le cene domenicali. Più ci avviciniamo al dessert, più divento nervoso. Ho i palmi umidi di sudore, ma provo a rimanere impassibile quando viene servita la crostata di pesche.

"Nonna, è buonissima!" Noah geme mentre mangia un grosso boccone.

"È proprio buona", concordo. Adoro il gusto della crostata calda mescolata al gelato freddo.

"Quand'è che mi dai la ricetta segreta perché impari a farla pure io?" le chiede Noah.

"È tradizione tramandarla in giorno dell'addio al nubilato", risponde la signora Hollis.

"Stai scherzando!" Noah fa una faccia strana, come se non fosse soddisfatta della risposta.

"Allora significa che noi non la riceveremo mai", ironizza Landen, e gli altri ragazzi ridono.

La signora Hollis gli dà un calcio sotto il tavolo. "La riceveranno le vostre mogli".

"Quindi dobbiamo sposarci per conoscere le ricette di famiglia? Mi pare un po' tanto anni Cinquanta, mamma". Noah mette il broncio prima di ficcarsi un'altra forchettata in bocca.

"Già, e se poi si facesse suora?" scherza Wilder, e dall'espressione che ha sul viso il signor Hollis ho il presentimento che stia per mandarlo di nuovo fuori in veranda.

"Tappati la bocca o ti…" Noah si ferma quando mi alzo.

Raggiungo il nascondiglio dove ho messo l'album che ho preparato per lei e lo porto a tavola.

"Che cos'è?" chiede quando glielo lascio di fronte.

"Ho preparato una cosuccia per te. Sono delle nostre foto di quest'ultimo anno".

Fa scivolare il piatto di lato e guarda la copertina, dove ho aggiunto una fotografia recente del mio compleanno.

"*Il nostro primo anno insieme*", legge a voce alta. "Oh, mio Dio, Fisher! Quindi è a questo che stavi lavorando?"

Mi sporgo verso di lei e la bacio sulla tempia. "So quanto ti piace catturare i momenti più importanti e tenere da parte i ricordi. Pensavo che questo potesse essere un ottimo modo per documentare la nostra relazione".

Sapeva che avevo cominciato a realizzarlo mesi fa, ma ho smesso di farle vedere i miei progressi quando ho deciso che le avrei fatto una sorpresa.

Noah sfoglia le pagine, toccando tutte le foglioline ornamentali e i fiori; poi legge le descrizioni che ho aggiunto ad alcune fotografie. Tutte le festività passate insieme, i lavori di ristrutturazione del suo cottage, noi due a cavallo, io che provo a insegnarle a pareggiare gli zoccoli, i suoi tentativi di farmi eseguire un'acrobazia finché non mi sono arreso, la festa del suo compleanno qualche mese fa e il giorno in cui mi sono trasferito ufficialmente da lei: così tanti ricordi e traguardi di quest'anno passato che non riesco neanche a ricordare come fosse la mia vita prima che arrivasse lei.

"Wow, sono senza parole! È il più bel regalo che abbia mai ricevuto". Qualche lacrima le riga le guance mentre sposta lo sguardo tra me e le pagine. "E le decorazioni che hai fatto sono tanto carine".

"Potrei aver chiesto aiuto a qualcuno…" Sorrido alla signora Hollis e nonna Grace, che mi hanno dato una mano con gli ultimi ritocchi.

Quando Noah arriva alle ultime due pagine, frugo nella tasca e afferro la scatolina di velluto.

"Oh, no! Mi sa che questa foto è caduta dalla cornice". La traccia con un dito prima di accorgersi che la data scritta sopra è quella di oggi. "Un attimo… Che significa?"

Appena scivolo giù dalla sedia, mi metto in ginocchio e tiro fuori la scatolina.

Finalmente Noah mi guarda e si rende conto di ciò che sta per accadere; poi sussulta forte e si copre la bocca. "Oh, mio Dio! Mi stai chiedendo di sposarti, così posso avere la ricetta?"

Scoppio a ridere, e tutti quanti mi imitano perché è una reazione in perfetto stile Noah.

"No, piccola. Però è una fortunata coincidenza".

Apro la scatolina e prendo la mano di Noah. "Noah, ti ho amata per non meno di trecentosessantacinque giorni e, se vorrai concedermi l'onore di diventare mia moglie, prometto che ti amerò per il resto della mia vita e oltre. Biondina, mi vuoi sposare?"

Annuisce freneticamente prima di rispondermi. "Sì! Sì, lo voglio!"

Quando si butta tra le mie braccia, la stringo al petto e affondo il viso tra i suoi capelli.

"Mi hai reso l'uomo più felice del mondo, piccola", le sussurro all'orecchio.

"Non ci credo che hai organizzato tutto quanto e che poi l'hai fatto di fronte a tutta la mia famiglia e Jase!"

Rido mentre ci separiamo.

"Non dirlo a me!" mormora Jase in tono allegro. "Non ti chiamerò mamma".

"Non fare lo spiritoso, altrimenti niente paghetta!" lo schernisce Noah in tono poco serio.

Jase scuote la testa e sospira. "E così si comincia".

Scoppiano tutti quanti a ridere, incluso me.

Prendendo la mano sinistra di Noah, le infilo il diamante all'anulare e sorrido raggiante quando vedo quanto le sta bene addosso. "Spero ti piaccia quello che ho scelto".

"È *stupendo*!" Sbatte le palpebre un po' di volte, come se non riuscisse a credere che è davvero suo. "Ma metterei pure un anello di carta, se significasse che sono tua per sempre".

"*Taylor Swift*!" esclama Mallory per il richiamo alla canzone "Paper Rings". Negli ultimi dodici mesi ci ho fatto l'abitudine.

Io e Noah ci baciamo.

"Ok, ora è tempo di foto!" La signora Hollis si alza con il telefono in mano. Le avevo affidato il compito di registrare tutta la scena perché so che Magnolia vorrà vedere il video.

Ci sediamo fianco a fianco, rivolgendo larghi sorrisi all'obbiettivo. Noah solleva la mano per sfoggiare l'anello nuovo. Quando la signora Hollis fa il conto alla rovescia e arriva a uno, mi giro e guardo con un sorriso raggiante la mia futura moglie: l'ultima fotografia perfetta per la pagina finale del nostro primo anno insieme e per l'inizio del nostro per sempre.

Epilogo

NOAH

CINQUE MESI DOPO

Non mi sarei mai immaginata che mi sarei sposata a ventitré anni.

Non mi sarei mai immaginata neanche che avrei sposato un uomo che ha il doppio dei miei anni.

Di certo non mi sarei mai immaginata che mi sarei innamorata del padre del mio ex.

Eppure, non potrei essere più felice.

Nulla di tutto questo rientrava nei miei piani, ed è proprio ciò che lo rende ancora speciale. Per tutta la vita, ho dato il meglio di me grazie a programmi rigidi e all'organizzazione, e nel momento stesso in cui ho smesso di concentrarmi sui minimi dettagli ho conosciuto l'amore della mia vita.

Non è stato un percorso facile quello che ci ha portati fin qui, ma farei comunque tutto di nuovo, pur di poter sposare Fisher.

Abbiamo organizzato uno splendido matrimonio autunnale in stile country, al ranch. Vorrei poter dire che è filato tutto liscio come l'olio, ma da queste parti è raro che accada, a causa dei cavalli e delle loro routine. Nonostante tutto, è stato il giorno più bello delle nostre vite, un giorno che ricorderò per sempre.

I cavalieri di Fisher sono stati Damien, Jase e tutti e quattro i miei fratelli. Io avevo Magnolia come damigella d'onore, poi Mallory, Serena, Laney e Ruby come damigelle. Organizzare le nozze è stato divertente, ma ciò che attendevo con *più* ansia era quello che sarebbe venuto *dopo*.

"Casa dolce casa", dico mentre varchiamo la soglia del cottage dopo due settimane.

Fisher trasporta dentro tutti i nostri bagagli e per poco non crolla per terra da quanti ne abbiamo. Ho comprato troppi souvenir e ho dovuto prendere un'altra valigia per portarli a casa.

Ma non potevo certo andare a un concerto di Taylor Swift, all'inizio della nostra luna di miele, e non comprare qualcosa per le bambine.

Inoltre, non ce l'ho fatta a rinunciare ai souvenir che ho trovato nella nostra destinazione. Non avevo mai lasciato il sud prima; quindi volevo esplorare il più possibile e portare indietro qualunque cosa.

"Lascia che ti aiuti", propongo, ridendo al suo tentativo di trasportare tutto dentro in una volta sola.

"Ci penso io. Tu rilassati".

"È quello che abbiamo fatto per gli ultimi quattordici giorni. Devo rimettermi al lavoro".

Nonostante mi sia divertita molto, ho sentito la mancanza della mia famiglia e dei miei cavalli.

Quando Fisher ha le mani libere, mi carica sulle spalle e mi porta in camera da letto.

"Non ancora, signora Underwood. Ti ho tutta per me per un'ultima notte, e non voglio sprecarne neanche un cazzo di secondo".

"Finirai col mettermi incinta, se continui a comportarti da cavernicolo". Gli do uno sculaccione prima che mi lasci andare sul materasso e si allunghi sopra di me.

"Sarebbe poi così terribile?" Inarca un sopracciglio.

Abbiamo parlato di avere un figlio insieme, ma non di quando.

"Vorrei godermi la vita coniugale, prima di restare incinta", dico onestamente.

"*Avida*. Mi piace". Mi fa l'occhiolino, per poi affondare il viso nel mio collo e succhiarmi la pelle sotto l'orecchio.

Gli avvolgo le gambe attorno alla vita e lo attiro a me. "Ma possiamo fare pratica… *molta* pratica".

"Adoro quest'idea". Si separa da me e mi aiuta a spogliarmi; poi si toglie lui i vestiti.

Quando si inginocchia tra le mie cosce, lo fermo. "Aspetta! Prima che scendi lì sotto devo lavare via l'odore dell'aereo e il sudore".

"Non costringermi a legarti i polsi!" Spinge via le mie mani, poi mi allarga le gambe. "Divorerò questa fighetta come fosse il mio ultimo pasto, e tu conterai fino a otto prima che ti permetta di venire sulla mia faccia".

"Cazzo…" Sto già ansimando al pensiero. "Ok".

"Brava la mia piccola. E non trattenerti".

Ridacchio al ricordo di quando un ospite ha chiamato la reception perché pensava che stessero ammazzando qualcuno. Ci è stato chiesto se avessimo delle armi in camera, e io ho risposto: "*Solo se la lingua di mio marito vale come arma*".

A quanto pare, non è stata la risposta più appropriata per rompere il ghiaccio.

Il tipo è diventato rosso come un peperone e non riusciva neanche a guardarci negli occhi mentre ci chiedeva di non fare troppo rumore, altrimenti ci avrebbero spostati in un'altra camera.

Dopo quell'incidente, abbiamo dovuto essere creativi.

Stringo le lenzuola nei pugni mentre Fisher mi divora con la bocca e mi fotte con le dita.

E, per la prima volta in assoluto, mi fa venire in sette secondi.

"Porca troia!". Ansimo mentre parlo, con il cuore che batte all'impazzata. "È un nuovo record".

"Ci sono sempre andato piano con te, amore mio. Adesso piegati e solleva il tuo culetto per me".

Non appena mi metto in posizione, mi dà uno sculaccione prima di allargarmi le natiche e scivolare dentro di me. A ogni sua spinta, gemo pronunciando il suo nome. Nessuna emozione che io abbia mai provato può eguagliare l'amore che nutro per lui. Perfino dopo tutto questo tempo, non mi bastano mai né lui né il modo in cui mi fa sentire amata e adorata.

Si fa rigirare la mia coda di cavallo nella mano, mi tira indietro la testa e sussurra al mio orecchio: "Preparati, piccola. Massaggiati il clitoride mentre ti scopo e vengo dentro la tua fighetta stretta".

Cristo! Potrei esplodere anche solo per le sue parole.

"Sì, ti prego", lo supplico.

Si spinge dentro di me senza pietà, colpendo il punto G ancora e ancora mentre grugnisce e geme. Quando cado dal precipizio sono stesa sul letto, con le cosce che stringono la sua asta.

"Solleva il bacino, Biondina. Mi manca pochissimo".

Così faccio e, non appena inizio ad assecondare i suoi movimenti, raggiunge l'orgasmo con un grugnito.

Il mio cuore fatica a battere mentre riprendo fiato, e Fisher crolla accanto a me.

"Ma come facevo senza di te? Come ho potuto rischiare di perdere una cosa simile?" Fa scorrere un dito sulla mia guancia sudata e mi scosta una ciocca di capelli dal viso. Al sentire il tono malinconico della sua voce e al pensiero che avremmo potuto non conoscerci mai, mi si chiude lo stomaco.

"Forse era destino che tu non morissi perché *io* non potevo vivere senza di te", dico, passando un braccio e una gamba sopra il suo corpo.

Mi tiene più vicina, stringendo la presa. "Dopo tutti questi anni, ci credo con tutto me stesso. Oltre al ricongiungimento con mio figlio, sei stata il regalo migliore che mi abbia dato quest'esperienza".

Mi morsico il labbro inferiore, riflettendo sulle mie prossime parole. "Ho una confessione da farti".

Solleva un sopracciglio. "Quale?"

"Ho dimenticato le pillole a casa; il che significa che non le

prendo da due settimane. Me ne sono appena resa conto".
Abbasso lo sguardo, preoccupata che possa rimanere deluso o
arrabbiarsi.

La nostra routine era tutta sottosopra e, visto che rotolavamo
giù dal letto soltanto a mezzogiorno, mi sono scordata che di solito
prendevo la pillola con il caffè del mattino. Stavamo svegli fino a
tardi, a esplorare o a fare l'amore, e poi dormivamo finché non ci
brontolava lo stomaco e andavamo a pranzare.

Mi do una sberla mentale per essere stata così irresponsabile.
È per questo che do il meglio di me quando seguo una routine!

Fisher mi solleva il mento finché i nostri sguardi non si
trovano e mi rivolge un sorriso. "Non c'è niente che vorrei di più
che vederti portare in grembo mio figlio e mettere su una piccola
famigliola con te. Se è questo che ti preoccupa, puoi stare
tranquilla. Ma, se non ti senti pronta…"

"Sapere che potrei già esserlo cambia le cose. *Voglio* avere un
bambino con te. Anche se dovesse arrivare prima di quanto mi
aspetti, lo voglio", dico con tutto il mio cuore. "Magari un po' di
paura ce l'avrò, ma la tua presenza rassicurante al mio fianco mi fa
credere che ce la caveremo".

Porta le labbra alle mie, e gusto il suo sapore. "Ti amo,
Biondina. Io e te, *per sempre*. Non dimenticarlo".

Sorrido raggiante mentre penso a quanto lo amo e a quanto
emozionante sarebbe, se fossi incinta.

"Mai".

"Ho fatto un casino", dice Magnolia quando passo al chiosco
qualche giorno dopo.

Il Mocaccino Mattutino di Magnolia ha aperto ufficialmente
sei mesi fa. È riuscita a mettere da parte abbastanza soldi per

avviare l'attività; poi le è stato concesso un prestito. Porta il furgoncino all'agriturismo due volte alla settimana per servire gli ospiti e passa il resto del tempo parcheggiata in centro. Ero così fiera che avesse finalmente lasciato il lavoro per inseguire il suo sogno. Ha molto successo, e sono felicissima per lei. Se lo merita tutto, dopo l'impegno che ha messo nel risistemare il furgoncino e imparare a preparare i drink migliori della zona.

Non la vedevo da quando sono partita per la luna di miele e mi è mancata molto, ma dopo sono stata troppo indaffarata a disfare le valigie, fare il bucato e rimettermi in pari con il lavoro.

"In che senso?" le chiedo, mentre mi prepara un caffè.

"Potrei essermi portata a letto Travis, un mese fa…"

Sussulto, restando a bocca aperta per lo shock. "Magnolia Sutherland! Non l'hai fatto davvero! E perché me lo dici soltanto adesso?"

Travis è il suo ex scansafatiche che l'ha tradita e poi ha provato a convincerla che è pazza.

"Perché sapevo che avresti reagito così".

"Beh…" Faccio spallucce.

"Ero ubriaca e arrapata. E molto, molto, *molto* stupida".

"Pare l'inizio di qualunque canzone country…" Trattengo una risata. "Ok, allora vi siete rimessi insieme o cosa?"

Si sono lasciati due anni fa e, se avessero ricominciato a frequentarsi, sarebbe un incubo. La appoggerei, se avesse deciso di riprovarci, ma la cosa non mi farebbe impazzire.

Rabbrividisce. "Cristo, no! Gli ho detto di cancellare il mio numero e l'ho bloccato. La Magnolia ubriaca non prenderà più quella decisione".

"*Bene*. Meriti di meglio".

Si gira verso di me, passandomi il bicchiere. "Ho fatto un test di gravidanza, Noah".

Trattengo il fiato mentre attendo che mi dica esattamente quello che mi aspetto.

Le lacrime le rigano le guance. "Era positivo".

"Oh, tesoro". Vado su un lato del furgoncino e apro la porta;

poi la stringo in un abbraccio. "Non so se devo farti le mie congratulazioni o no, però…"

"Non lo so neanche io", ammette, piangendo mentre la tengo tra le braccia.

Si stacca da me e asciuga le lacrime; poi comincia a tormentarsi le dita. "C'è di peggio".

"Cosa può esserci di peggio che farti mettere incinta dal tuo ex?"

"Dopo di lui, sono andata a letto con uno che mi piace davvero, e adesso ho distrutto ogni possibilità di avere una relazione con lui. Non mi vorrà mai, dopo che avrà scoperto che partorirò il figlio di un altro uomo".

"Magnolia! Ti lascio sola per un paio di settimane…" Rido, ma non la criticherei mai. È giovane e può spassarsela quanto le pare. Anche se non avrebbe dovuto spassarsela con Travis; ma ormai è troppo tardi per farle la ramanzina. "Sei sicura che il padre non sia lui? Cosa ne è stato di quei Magnum XL che ti avevo dato l'anno scorso? Non potevi aver già finito tutta la confezione".

"Fidati, a Travis non servono gli XL, però ne abbiamo usato uno. O era scaduto o si è rotto". Aggrotta la fronte. "E sì, ne sono sicura. Uso un'app per monitorare il ciclo e l'ovulazione. Quando sono stata con l'altro ragazzo dovevo già essere incinta. Però ovviamente non lo sapevo".

Mi tiene sulle spine mentre aspetto di poter finalmente condividere la *mia* notizia.

"Ok, e chi era?"

Abbassa lo sguardo, e il mio cuore batte all'impazzata per la sua reazione.

"Era Tripp".

E adesso si è fermato.

"Aspetta…" Mi gratto la testa, come se il mio cervello stesse cercando di svolgere un'equazione. "Mio *fratello* Tripp?"

Fa una smorfia quando alzo inavvertitamente la voce. Schiarendomi la gola, ci riprovo: "Parli del Tripp a cui vai dietro da quasi dieci anni e che non ha mai mostrato alcun interesse nei tuoi confronti? Quel Tripp?"

"Sì". Si morde il labbro inferiore e annuisce. "A quanto pare, un pochino gli piaccio".

Merda! Tripp ne sarà devastato.

"Se gli piaci davvero, allora accetterà sia te che il bambino", le dico. "Però potrebbe non essere ancora pronto per un impegno simile; quindi dovrai prepararti a quella possibilità".

"Oh, lo sono già. Mi aspetto che mi respinga e non mi rivolga più la parola".

Sembra così scoraggiata, e detesto che si senta così.

"Beh, io sarò qui per te sempre e comunque". La abbraccio di nuovo. "Vizierò tantissimo la mia nipotina o il mio nipotino".

"Grazie. Non ci credo che potrai sederti dietro di me e dirmi *spingi, spingi, spingi* durante il parto prima che io possa farlo per te. La mia estate da bomba sexy si è trasformata in un inverno da barilotto".

"Oh, mio Dio!" Scoppio a ridere. "Innanzitutto, l'estate era già finita quando hai avuto quel tuo piccolo incidente. Ma, se può consolarti, possiamo essere due barilotti insieme".

Raddrizza le spalle e abbassa lo sguardo sul mio ventre. *"Cosa?"*

Annuisco con un sorriso che non riesco a trattenere. "Già. L'ho scoperto stamattina".

Rimane a bocca aperta e si lancia contro di me per un abbraccio. "Porca troia! Non avrei mai immaginato che saremmo rimaste incinte nello stesso periodo!"

"Nemmeno io. Non ci abbiamo neanche provato!"

"Accidenti! Lo sperma di paparino Fisher fa i doppi turni". Fa agitare le sopracciglia, e le do un colpetto sul braccio.

"Secondo me, c'era qualcosa nell'aria di quel posto. Oppure il sesso in luna di miele è più efficace".

Fa un largo sorriso, appoggiandosi al bancone. "E se i nostri figli crescessero insieme e si sposassero? Diventeremmo consuocere!"

"Sei matta, lo sai?"

"Lo so. Questi ormoni non faranno che peggiorare le cose".

"Adesso possiamo importunare Fisher e i miei fratelli insieme".
Prendo il caffè e lo assaggio, visto che dopo questo qui passerò al
decaffeinato.

"A proposito… Ti chiedo di non dirlo a nessuno, almeno finché
non ne avrò parlato personalmente con Tripp".

"Sì, certo. A Travis lo dirai?"

Sbuffa. "Prima o poi. Vorrei non doverlo fare, ma, se dovesse
scoprirlo prima che glielo riveli io, si comporterebbe ancora più da
immaturo. Fosse per me, non esisterebbe neanche nelle nostre
vite".

"Però lo sai che non sarebbe giusto. Merita la possibilità di
essere padre. Se dovesse decidere che non vuole farlo, puoi
tagliarlo completamente fuori. Semplicemente, non riprenderlo
nella *tua* vita, se capisci cosa intendo".

Incrocia le braccia e sospira. "Sì, *madre*. Non che voglia farlo
comunque".

"Bene. Allora adesso devi soltanto pensare a mangiare sano,
non stressarti e dormire a sufficienza".

"Tu, invece? Continuerai ad andare a cavallo?"

"Sì, ma niente numeri o acrobazie. Sono sicura che Fisher
proverà a vietarmi qualunque tipo di addestramento. Ma qui si
tratta del mio lavoro; quindi dovrà farsene una ragione. Però,
comunque sia, cercherò anche di non strafare. Possiamo darci
supporto a vicenda, che dici?"

"Bellissima idea. Sono molto più emozionata, ora che so che
pure tu sei incinta". Si fa una risatina, poi tira fuori il telefono.

"allora sono contenta di aver dimenticato la pillola". Ridacchio.

"Ho scaricato un'app per la gravidanza. Dovresti provarla
anche tu, così possiamo monitorare i progressi e i traguardi. Dice
che il mio bambino è grande quanto una lenticchia". Solleva la
mano e fa un cerchietto minuscolo con le dita.

Dopo averla installata sul telefono, inserisco la data del mio
ultimo ciclo mestruale, e dice che sono alla quarta settimana.

"Il mio è grande come un seme di papavero". Le mostro l'immagine sullo schermo. "Mmh, Poppy ["papavero" in inglese, N.d.T.] è un nome carino".

"Mi dispiace, ma io non chiamo il mio Lentil ["lenticchia" in inlgese, N.d.T.]".

Scoppio a ridere di fronte alla sua espressione impassibile. "Mi pare giusto".

Stando alle date, Magnolia è più avanti di solo due settimane rispetto a me; il che significa che condivideremo molte delle nostre tappe fondamentali future.

"Non vedo l'ora di vivere la mia prima gravidanza insieme a te. Anche se le circostanze non sono quelle che avevi sperato, diventerai madre, ed è un qualcosa da festeggiare", le dico quando fissa il suo telefono.

Solleva lo sguardo, e noto le lacrime che le riempiono gli occhi. "Hai ragione".

"Questo fine settimana organizziamo una cena e un pigiama party a casa mia, che ne dici? Scommetto che Mallory e Serena parteciperanno volentieri, se balliamo tutta la sera".

"Si possono fare i pigiama party anche da sposate?" ironizza, asciugandosi le guance quando le lacrime sgorgano.

"Ehm, certo. Fisher sa bene con chi è sposato. Se non fosse stato disposto a sentirmi cantare insieme a Taylor Swift e ad avere in casa i miei pigiama party, allora non avrebbe dovuto mettermi l'anello al dito".

"Voi due siete proprio fortunati! Hai vinto alla lotteria dei mariti".

"E tu troverai qualcuno altrettanto fortunato da avere te. Te lo prometto".

Prima di andare, le do un ultimo abbraccio; poi le prometto che la chiamerò dopo il lavoro. Non ho detto neanche a Fisher che ho fatto il test; quindi devo inventarmi un modo per dargli la notizia.

Perlomeno è pronto per questa eventualità, visto che non

abbiamo usato contraccettivi, ma vorrei organizzare qualcosa di speciale, come ha fatto lui quando mi ha chiesto di sposarlo.

Dato che sta già lavorando alla scuderia, mi intrufolo a casa dei miei genitori e frugo tra il materiale per lo *scrapbooking*. Stiamo lavorando insieme sull'album del nostro secondo anno di relazione, e voglio farne uno separato con le fotografie del matrimonio, ma per adesso aggiungo una nuova pagina per celebrare l'annuncio della gravidanza.

"Che fai, tesoro?" Nonna Grace entra in sala da pranzo con una tazza in mano.

"Preparo una cosuccia da far vedere più tardi a Fisher". Sorrido, chiudendo l'album perché non veda la pagina.

C'è una cornice vintage al centro circondata da pezzettini di spighe. Sopra ho scritto *La nostra prima ecografia*. Quando ne avremo una copia, la aggiungerò.

Mia nonna fa il giro del tavolo e mi dà una pacca sulla spalla. "Sarai un'ottima madre, Noah".

"C-Come fai?" Rimango a bocca aperta. "Come fai a sapere sempre tutto prima degli altri?"

Le sue fossette si fanno più profonde mentre si siede accanto a me. "Sono una brava osservatrice".

"Ma l'ho appena scoperto! Come puoi averlo capito?"

Abbassa lo sguardo sul mio petto, con un sorrisetto. "Hai il seno gonfio. È uno dei primi sintomi. Prima ti ho vista entrare in casa, e tenevi una mano sul ventre. Ci sorge dentro un istinto protettivo, quando sappiamo che siamo incinte. E, infine, sei radiosa".

"Le prime due te le do buone, ma mi sa che stai confondendo il sudore con la radiosità della gravidanza. Sono andata a piedi fino all'agriturismo e sono tornata indietro".

Non mi sono presa la briga di andare a trovare Magnolia in macchina, visto che non dista neanche due chilometri, ma non avevo messo in conto che sarei dovuta tornare al ranch a piedi.

Solleva un sopracciglio e fa un sorrisetto. "È *quella* la radiosità della gravidanza".

"Fantastico!" Ridacchio.

Si alza con il caffè e mi posa una mano sulla guancia. "Aspetta quando scoprirai la nostra tradizione per il *baby shower*".

Aggrotto le sopracciglia, domandandomi di cosa potrebbe trattarsi.

"Beh, ora ho paura di saperlo".

"Lo scoprirai ben presto…" mormora nonna mentre se ne va, lasciandomi da sola con i miei pensieri.

Epilogo Bonus

FISHER

"Insomma, Ranger. Oggi sei irascibile". Gli do una pacca sulla schiena prima di far scivolare le mani lungo la zampa e sollevarla tra le mie cosce. "Un centimetro più a destra e mi avresti preso le palle. Non credo che farebbe bene ai miei piccoletti".

Nitrisce come se non gliene fregasse un fico secco delle mie possibilità di riprodurmi. L'arrivo di un fronte freddo ha innervosito tutti i cavalli. Non che possa biasimarli, ma questo rende più difficile fare il mio lavoro.

"Ti serve una mano, cowboy?" Vedo gli stivali di Noah, e poi il resto.

Quando sollevo la testa, sorrido quando noto che indossa il cappello da cowboy sopra le trecce. Mi pare stia reggendo contro il petto uno dei nostri album. "Da una donna bellissima come te? Sempre".

Accarezza Ranger con la mano libera e prova a dargli conforto. "Ellie passa più tardi per allenarsi con lui. Magari riuscirà a tranquillizzarlo".

"Lo spero. Cos'hai lì?"

"Giusto una sorpresina che volevo darti. Ma può aspettare finché non hai finito".

"Beh, dammi giusto qualche minuto. È l'ultimo zoccolo".

Fa scorrere le dita sulla criniera e aiuta il cavallo a rilassarsi mentre io finisco.

"Bravo, Ranger". Gli do qualche pacca, poi Noah si offre di riportarlo al box.

Al suo ritorno, le sollevo il mento e porto la mia bocca alla sua. "Oggi sei bellissima".

"Beh, grazie. Sei pronto a vedere quello che ho fatto?"

"Assolutamente sì". Tolgo i guanti e la osservo mentre sfoglia il nostro secondo album insieme.

"Ho preparato una pagina nuova. Pronto?"

Quando si morsica il labbro, mi viene una certa ansia, perché non so cosa aspettarmi.

"Credo di sì".

Poi cambia pagina e tutto il sangue defluisce dal mio viso.

La nostra prima ecografia.

Il mio sguardo schizza dal suo alla pagina con la cornice vuota, poi di nuovo al suo.

"Aspetti… *Aspettiamo*… un bambino?"

"Sì. Ho fatto il test stamattina quando sei uscito per andare al lavoro".

"Oh, mio Dio!" La avvolgo tra le braccia mentre un vortice di emozioni mi travolge. "Tesoro, è fantastico!"

Il mio cuore martella contro il suo mentre elaboro la notizia.

Prima di conoscere Noah, non ho mai desiderato altri figli.

Non credevo di meritare di essere di nuovo padre.

Non immaginavo che avrei incontrato una persona perfetta come Noah con cui avrei voluto ricominciare.

Ma lei ha cambiato tutto.

Adesso sono impaziente di avere una famiglia con l'amore della mia vita e di vederla diventare madre.

"Ti amo tantissimo, Biondina. Grazie per avermi dato questa seconda chance".

Affonda il viso nel mio petto e mi stringe la camicia mentre piange tra le mie braccia.

"Perché piangi, piccola?"

"Vorrei dire che è colpa degli ormoni, ma sono solo troppo felice. Non sapevo neanche di volere un bambino proprio adesso finché non ho visto quel segno più sul test, e da quel momento non sono più riuscita a immaginare nulla di diverso per il nostro futuro. Poi sono stata travolta allo stesso tempo dall'emozione e dalla paura di fare un lavoro terribile".

La sposto leggermente indietro per poterle asciugare le guance rigate dalle lacrime. "Sei troppo fantastica per fare un qualunque lavoro terribile, e questa qui non è un'eccezione, amore mio. Non vedo l'ora di stringere nostro figlio tra le braccia, ma prima ancora voglio vederlo scalciare e sentire il battito del suo cuore. Ogni istante sarà incredibile. Vedrai".

"Lo so. Anche io sono emozionata, al pensiero. Però ho paura che non saprò cosa fare".

Chinandomi, le bacio la fronte. "Non dovrai farlo da sola, non ti preoccupare".

"Ti avverto: preparati al doppio del divertimento perché anche Magnolia è incinta".

"Aspetta, cosa?" Il mio cervello va in tilt. "Non sapevo neanche che frequentasse qualcuno".

Si guarda intorno come per assicurarsi che nessuno ci stia ascoltando, ma poi appare Ayden.

"Te lo dico più tardi. Oh, e comunque questo fine settimana facciamo un pigiama party a casa".

Sollevo un sopracciglio. "I tuoi fratelli mi hanno costretto ad andare al Twisted Bull sabato".

"*Di nuovo?*"

"Per la mia iniziazione ufficiale nella famiglia, ora che ci siamo sposati".

Si fa una fragorosa risata. "Pensavo l'avessi già avuta l'anno scorso, quando abbiamo annunciato che stavamo insieme".

"Quella era la *prima* iniziazione".

"Ma perché li stai assecondando? Mandali a quel paese".

Faccio un sorrisetto. "Perché, per quanto sia una cosa stupida, è divertente sfoggiare le mie doti e dimostrare che sono ancora eccezionale. Scommettono su quanto tempo riesco a stare sul toro, ma a fine serata io intasco un centinaio di dollari, mentre loro sono troppo ubriachi perché gliene freghi qualcosa".

Sospira, alzando gli occhi al cielo. "Meglio dire subito che sono incinta, così puoi avere anche l'iniziazione *per aver ingravidato la loro sorellina*. Oh, e nonna Grace lo sapeva già anche se non gliel'avevo detto".

Sorridendo, la attiro di nuovo a me. "Di questo passo, quella donna saprà il sesso del bambino prima di noi".

"Probabilmente hai ragione".

Le prendo il viso tra le mani e la guardo nei suoi affettuosi occhi color oceano. "Ti amo da impazzire, Noah. Grazie per aver scelto me, avermi sposato e avere in grembo mio figlio. Non potrei chiedere una vita migliore".

Quella sera abbiamo festeggiato preparando una crostata di pesche e facendo l'amore. Noah ha cominciato a stilare una lista dei nomi che le piacciono, e per una bambina il mio preferito è Poppy.

Se fosse un maschietto, vorrei chiamarlo Damien.

Nel weekend, i fratelli di Noah hanno fatto il tifo per me mentre cavalcavo il toro meccanico. Ho resistito dodici secondi, prima che la birra che avevo nello stomaco cominciasse a minacciare di risalirmi su per la gola, se non fossi sceso subito. Quando ho rivelato che sarebbero diventati zii, mi hanno fatto pagare anche per loro.

La settimana successiva sono andato con Jase alla tomba di Lyla, dove ho dato a entrambi la notizia che avranno un nuovo fratellino, o una nuova sorellina, tra nove mesi.

Quando Jase mi ha abbracciato forte sono quasi scoppiato in

lacrime per il suo supporto. Non era costretto a darmi una seconda possibilità, ma il fatto che me l'abbia concessa significa tutto per me.

Diamine, mi ha cambiato la vita!

Mi ha riportato a Sugarland Creek.

Mi ha spinto a diventare un uomo migliore.

E, per la prima volta dopo dieci anni, mi ha fatto sentire degno di essere di nuovo un padre e un marito.

Siete curiosi di sapere come andrà tra Magnolia e Tripp?
Scoprite la loro storia in *Resta con me*

Se vuoi leggere la storia dell'amore ritrovato tra Ayden e Laney, scarica il prequel *Vieni con me*!

Circa L'autore

Brooke ha cominciato il suo percorso nel 2013, sotto gli pseudonimi di autore bestseller di *USA Today*: Brooke Cumberland e Kennedy Fox, e al momento **Brooke Montgomery** e **Brooke Fox**. Ama scrivere romanzi d'amore che catapultano il lettore in piccoli borghi unici, con famiglie numerose e storie che si concludono con un lieto fine. Brooke non può vivere senza il caffè freddo, i leggings e i pisolini. Ha scoperto la sua passione per la scrittura durante un inverno universitario… e nessuno è più riuscito a fermarla.

www.brookewritesromance.com

Seguimi sui social:

facebook.com/brookemontgomeryauthor

instagram.com/brookewritesromance

amazon.com/author/brookemontgomery

tiktok.com/@brookewritesromance

goodreads.com/brookemontgomery

bookbub.com/authors/brooke-montgomery